W0222823

Carol O'Connell

Née en 1947, Carol O'Connell a étudié l'art en Californie et en Arizona avant de s'installer à New York. Depuis sa première apparition dans *Meurtres à Gramercy Park*, paru en 1995, Kathy Mallory, inspectrice à la Brigade criminelle spéciale de Manhattan, est devenue une personnalité incontournable de la littérature policière.
Après *Coupe-gorge*, publié aux éditions Fleuve Noir en 2006, Kathy Mallory revient dans *Retrouve-moi* (Fleuve Noir, 2007).

L'HOMME QUI MENTAIT AUX FEMMES

DU MÊME AUTEUR
CHEZ POCKET

L'appât invisible

Les enquêtes de Kathy Mallory :

Meurtres à Gramercy Park
L'assassin n'aime pas la critique
Les larmes de l'ange
Meurtre en direct
L'école du crime
Verdict assassin
Coupe gorge

CAROL O'CONNELL

L'HOMME QUI MENTAIT AUX FEMMES

ROBERT LAFFONT

Titre original :
THE MAN WHO LIED TO WOMEN

traduit de l'anglais par Yolande du Luart

Le Code de la propriété intellectuelle n'autorisant, aux termes des paragraphes 2 et 3 de l'article L. 122-5, d'une part, que les « copies ou reproductions strictement réservées à l'usage privé du copiste et non destinées à une utilisation collective » et, d'autre part, sous réserve du nom de l'auteur et de la source, que les « analyses et les courtes citations justifiées par le caractère critique, polémique, pédagogique, scientifique ou d'information », toute représentation ou reproduction intégrale ou partielle, faite sans le consentement de l'auteur ou de ses ayants droit ou ayants cause, est illicite (article L. 122-4). Cette représentation ou reproduction, par quelque procédé que ce soit, constituerait donc une contrefaçon sanctionnée par les articles L. 335-2 et suivants du Code de la propriété intellectuelle.

© Carol O'Connell, 1995
© Traduction française : Éditions Robert Laffont, S.A., 1996

ISBN : 978-2-266-17311-7

Ce livre est dédié à Richard Hughes, un vieil ami qui ne dort pas la nuit car il répond aux appels anonymes d'enfants terrorisés, en les dirigeant le plus souvent vers Covenant House qui abrite ceux qui ne peuvent plus retourner chez eux.

PROLOGUE

La pluie tombait en staccato sur le capuchon en plastique de son ciré. Elle sentait les gouttes mais ne les entendait pas car elle était sortie ce matin-là sans son appareil auditif ni ses lunettes à double foyer. Le paysage devant elle avait le silence du rêve. Sa vision floue lui épargnait la vue des mégots de cigarettes et des emballages de bonbons multicolores.

Une odeur caractéristique de poils mouillés lui chatouilla les narines puis s'évanouit rapidement. Elle mit quelques secondes avant de focaliser son regard sur la croupe du chien qui quittait le sentier pour escalader un talus herbeux hérissé de buissons. Soudain le cou de l'animal fut secoué brutalement par une main invisible. Il fit une culbute en arrière. Clignant des yeux pour mieux voir, Cora s'aperçut que sa laisse était restée accrochée aux ronces. Paniqué, le chien réussit néanmoins à se dégager en se débattant. Il disparut rapidement derrière la butte.

Cora replaça une mèche de cheveux blancs sous son capuchon et, ainsi, devint presque invisible, son ciré vert olive se fondant dans la nature environnante. Les plantes n'avaient pas encore perdu toutes leurs feuilles bien que le mois de décembre fût bien avancé.

Elle regarda sa montre. Elle savait qu'il était temps de quitter le parc. Mais un alignement de bancs verts, luisant sous la pluie, s'étendait sur le sentier devant elle, l'invitant à soulager ses vieilles jambes fatiguées. Elle se laissa tomber sur le premier banc vide. Justement, dit-elle à ses rhumatismes, c'était à cause de ce temps de chien qu'elle se sentait en sécurité dans Central Park. Les détrousseurs de vieilles dames ne travaillent pas sous une pluie battante et ne sont pas matinaux.

Son corps réagit par une violente douleur qui lui transperça l'épaule gauche tandis qu'elle posait son bras et sa main sur le dossier du banc. Quelques instants plus tard, Cora sentit quelque chose de léger se promener sur son poignet. Approchant de sa main ses yeux bleus de myope, elle reconnut avec répulsion un scarabée charognard.

Cora poussa un profond soupir en découvrant de longues dents jaunies. La vocation de cet insecte à la longévité remarquable était de nettoyer les cadavres. Mais ce minuscule croque-mort avait devancé son heure ! Tant que la vieille femme respirait encore, il lui fallait respecter les lois de la nature. La douceur du temps, inhabituelle pour la saison, avait peut-être perturbé le coléoptère, songea-t-elle. Tant pis, l'insecte devrait repasser un autre jour.

Et maintenant, une deuxième créature, à la poursuite de la première, pénétrait, sur huit pattes velues, dans l'étroit champ visuel de la naturaliste.

Cette araignée avait la particularité de mourir en automne après avoir été dévorée par sa progéniture. Celle-ci avait survécu jusqu'en décembre et se trouvait, à cet instant précis, à quelques centimètres de sa proie.

Ah! C'en était trop! Trop de violence pour une journée à peine commencée.

Cora secoua son poignet et envoya le scarabée hors d'atteinte des mandibules de l'araignée déçue qui s'arrêta, puis repartit sur ses huit pattes velues.

La sérénité de la matinée rétablie, Cora put contempler à loisir le lac qui reflétait la grisaille du ciel. Son regard se posa bientôt sur sa partie étroite, près du sentier où elle se trouvait. L'eau y stagnait, calme et sombre. Un peu plus loin, sur la berge, deux grandes formes noires et rondes se promenaient. C'étaient deux parapluies ouverts qui semblaient se parler. Et Cora reconnaissait l'attitude de deux personnes en pleine discussion.

Le plus grand des parapluies avait de longues jambes brunes, le plus petit, des jambes bleues. À présent, le parapluie aux jambes bleues semblait s'éloigner de son compagnon. Une main blanche jaillit de dessous le grand parapluie pour rattraper Jambes bleues.

La vieille dame sourit. De jeunes amants, sans doute. Elle conclut qu'il s'agissait d'une rencontre furtive. Le grand parapluie changea de position en découvrant pendant une fraction de seconde un visage clair qui tourna la tête dans la direction opposée, sans doute pour s'assurer qu'on ne les observait pas. Il maintenait solidement Jambes bleues qui reculait et paraissait vouloir s'en aller encore une fois. Son parapluie s'envola — dévoilant une chevelure d'or contre le fond noir — et tomba à l'eau. Le manche et la poignée flottaient tout droit comme le mât d'un bateau. Le parapluie tournoya sur lui-même de plus en plus vite, ballotté par le vent frais et humide.

Le grand parapluie se baissa. Ramassait-il quelque chose à terre ? En effet, il parut monter l'objet à la hauteur du visage de Jambes bleues. Ensuite le parapluie bloqua pendant un instant la vue de Cora.

Cela devait être un cadeau qu'il lui faisait, pensa-t-elle en écarquillant les yeux. Jambes bleues devait être contente car elle cessa de résister aux avances du grand parapluie. Elle semblait étourdie, appuyée contre l'épaule de l'homme. Quelque chose de rouge vif ornait les cheveux blonds qui cachaient un côté du visage de la jeune femme. Le couple ne dansait plus, figé sur place.

Prélude à un baiser ?

Cora regarda de nouveau sa montre. Elle les laisserait s'aimer en privé car elle était déjà en retard sur son horaire habituel. Se levant avec peine, elle s'éloigna à pas lents sur le sentier, en tournant le dos aux amants. Elle ne put donc voir, pendant que le grand parapluie tombait à terre, deux mains saisir la tête de Jambes bleues et les longs doigts s'enfoncer dans les boucles blondes. Une traction brusque vers la gauche libéra Jambes bleues de tous ses ennuis. Pour elle, le temps n'aurait plus ni commencement ni fin.

1

20 décembre

Son obsession pour les machines remontait à sa plus tendre enfance, au contact des réseaux téléphoniques qui encerclent la planète comme une immense toile d'araignée.

On avait inscrit à l'encre, dans la paume de la main de l'enfant, le numéro qui permettait de la retrouver. Seuls les quatre derniers chiffres n'avaient pas été effacés par une tache de sang.

Peu à peu, elle avait appris à mendier de la petite monnaie aux prostituées qui ne lui posaient pas de questions et qui n'iraient pas la livrer aux assistantes sociales. Dans les téléphones publics, elle composait trois chiffres au hasard et ensuite les quatre chiffres qu'elle connaissait. Quand une femme répondait, elle disait : « C'est moi, Kathy, je suis perdue. »

Possédant l'oreille absolue, dès l'âge de sept ans elle dupliquait en sifflant les signaux qui donnaient accès aux circuits internationaux dont elle connaissait tous les indicatifs. Elle savait aussi comment faire tomber la monnaie du téléphone en sifflant d'une certaine manière. Ainsi, la compagnie du téléphone assurait la subsistance de son petit corps malingre tout en alimentant sa fixation.

Aux quatre coins du globe, il y a des femmes que hante encore la voix désincarnée d'une enfant perdue dans l'espace cybernétique du réseau téléphonique.

Le sergent Riker de la section criminelle spéciale ne connaissait pas les origines de Kathy Mallory. Personne ne les connaissait, d'ailleurs. Elle avait fait irruption dans la vie de l'inspecteur Louis Markowitz à l'âge de dix ou peut-être onze ans. Qui pourrait dire avec certitude l'âge d'une enfant des rues ? Quant à son histoire, c'était son affaire personnelle.

Helen Markowitz, la femme de l'inspecteur, avait lavé la petite fille de la tête aux pieds et découvert sous la crasse une cascade de cheveux blond vénitien qui dissimulaient des yeux verts brillants et une bouche pleine, vermeille, dans un petit visage à la beauté émouvante, aux traits délicatement sculptés. Dotée par surcroît d'une intelligence exceptionnelle, Kathy semblait comblée d'un excès de dons du ciel.

Quatorze ans plus tard, le corps de Kathy Mallory gisait sur une table d'autopsie dans la pièce voisine de son bureau, selon le rapport du détective Palanski.

Le sergent Riker poussa la porte. Un courant d'air glacé le saisit. Une lumière blanche et crue éclairait la table chromée sur laquelle étaient posés des instruments incongrus, une perceuse et une scie. Le corps était partiellement recouvert d'un drap.

Auprès de la table se tenait un jeune médecin tout vêtu de vert, masque, blouse et gants en caoutchouc. Ils s'étaient déjà rencontrés au chevet d'autres cadavres. Le pathologiste salua le sergent d'un signe de tête et se retourna vers le micro suspendu au-dessus du corps. Il énonça d'une voix monocorde la liste des caractéristiques du sujet.

« ... une femme bien développée, d'environ vingt-cinq ans... »

Riker se pencha sur le corps, la lumière du plafonnier soulignant ses cheveux blancs et ses rides profondes. Son costume était si fripé qu'on aurait dit qu'il avait dormi dedans.

« ... une éraflure et une ecchymose sur l'avant-bras droit... »

Une blessure défensive ? Il y avait donc eu lutte.

Des boucles blondes entouraient un visage de porcelaine. Il ajusta son regard sans s'attarder sur la blessure à la tête ni sur les restes du festin des asticots et des scarabées charognards.

Ce n'était pas le visage qu'il s'attendait à voir.

« ... une blessure à la tempe droite... »

Le sergent souleva la paupière d'un œil devenu glauque. Cet œil n'avait jamais été vert. Il observa attentivement les racines des boucles blondes. Pas une vraie blonde.

Ce n'était pas Kathy.

« ... le corps mesure un mètre soixante-dix... »

Cette jeune femme n'était pas aussi grande que Kathy, bien qu'elle fût aussi mince et environ du même âge.

« ... les vertèbres cervicales sont brisées... », continua la sinistre litanie.

Le sergent Riker mit un certain temps avant de maîtriser les muscles de son visage et de sa gorge. Lui, le vieux flic blasé qui avait tout vu en trente ans de service, il avait du mal à réprimer un sanglot. Il ferma les yeux.

— Le détective Palanski est un crétin, dit une voix familière, dans son dos.

Riker se retourna pour faire face au médecin légiste. Le Dr Slope enfilait des gants en caoutchouc. Un masque chirurgical vert pendait sous son visage impassible. La colère du médecin ne s'exprimait que dans sa voix. Edward Slope connaissait également Kathy depuis qu'elle était petite.

— La ressemblance n'est même pas assez probante pour imaginer qu'elles soient sœurs, continua Slope.

« ... les mains ont été écrasées. Pas d'hémorragie. La blessure a été infligée après le décès... »

Riker sortit son carnet et son stylo. Il évita de regarder le corps maintenant dénudé de la jeune femme sur la table, exposé aux lumières vives, aux regards des hommes, à l'air froid de la morgue. Il écrivit : « Le corps a été trouvé à Central Park, à quatre ou cinq pâtés de maisons de l'appartement de Mallory, dans l'Upper West Side. La victime portait un blazer en cachemire et un jean comme ceux que porte habituellement Mallory. Et le nom de Mallory se trouve sur l'étiquette du tailleur. »

Le Dr Slope contemplait le cadavre d'un air pensif.

— Les yeux de Mallory sont d'un vert à faire damner un saint. Comment est-ce que Palanski a pu confondre ce vert émeraude avec le bleu délavé de ces yeux-là ?

— Il n'aura pas osé soulever les paupières, dit Riker. Il avait une trouille bleue de Mallory. Même en la croyant morte, il avait encore peur d'elle.

« ... La rigidité cadavérique est encore présente au niveau du cou et de la mâchoire... »

Le médecin légiste fit un signe de tête à son assistant et ramassa un bloc-notes attaché par une ficelle. En se tournant vers Riker, il lui demanda :

— Qu'avez-vous appris jusqu'à présent ?

— Coffey a reçu un rapport préliminaire de la brigade du West Side. Le médecin légiste estime que la mort est survenue hier, entre six heures et neuf heures du matin. Un entomologiste est en train d'analyser les larves des insectes nichées dans les blessures. On pourra peut-être réduire la fourchette d'estimation de l'heure du crime. Votre confrère pense que le corps a été déplacé moins d'une heure après le meurtre.

Le sergent Riker n'avait écrit qu'un seul mot sur la page vierge de son carnet : « bestioles ». Il n'avait pas besoin de regarder vers la table pour savoir ce que l'on faisait à la jeune femme. Le jeune homme masqué, un scalpel à la main, était en train de pratiquer une première incision, de l'épaule gauche au sternum et du sternum à l'épaule droite en décrivant un grand V. À l'extrémité de son champ visuel, Riker aperçut l'incision suivante, une profonde entaille qui ouvrait le corps en son milieu, de la poitrine au pubis. L'odeur du sang se mêlait à celles de l'urine et des excréments. Il entendait les matières liquides s'écouler dans les trous percés sur chaque côté de la table.

— Palanski était le premier policier arrivé sur les lieux, dit le sergent. Il considère Central Park comme une décharge publique.

— Qu'en pensez-vous, Riker ? demanda Slope.

— C'est possible. Je n'en sais rien. On a seulement trouvé des traces d'herbe sur les vêtements. Le meurtrier l'a peut-être tuée dans le parc et ensuite traînée dans les buissons à l'abri des regards pendant qu'il lui écrasait les doigts.

Ce bruit qu'il venait d'entendre, se dit Riker, c'était

sans doute un organe qu'on jetait sur la balance – un poumon ou le cœur.

— C'est probable, dit le médecin légiste. Cela explique que les blessures aux mains n'aient pas saigné. Les doigts ont été bousillés après la mort. Vous aurez du mal à relever les empreintes.

Slope tira une radiographie d'une grande enveloppe et l'examina à la lumière du plafonnier.

— Le coup sur la tête n'a pas pu la tuer. Le type lui a tordu le cou après l'avoir assommée.

— Avec une grosse pierre, par exemple ? demanda Riker.

— Possible. D'après le sens de la fragmentation des os, je dirais qu'il l'a frappée de face avec un objet dans sa main droite. Il n'y a pas de contusions sur le cou. J'en conclu qu'il s'est servi de ses deux mains pour lui soulever la tête et briser les vertèbres cervicales. Allez-vous attendre le rapport médico-légal ?

— Je ne sais pas, dit Riker. Comme il ne s'agit pas de l'un de nos officiers, le rapport devrait retourner à la brigade du West Side. Il n'y a rien ici qui soit du ressort de la section criminelle spéciale.

« ... des traces d'un avortement récent... »

D'autres organes venaient de tomber sur la balance. Riker compta trois impacts de chair molle sur le métal.

— Je crois que le Dr Oberon a observé des traces de blessures défensives sur le bras, dit-il, les yeux rivés sur son carnet.

— Non, je ne suis pas de cet avis, dit Slope en se penchant sur le bras en question. Je dirais plutôt qu'il s'agit d'une série d'ecchymoses faites par la main de l'agresseur. Le salaud la serrait fort. Il avait d'ailleurs une grosse main... N'oubliez pas de dire à Palanski que je vais lui coller Mallory aux fesses ! Cet idiot a gâché ma matinée. Je ne vois pas pourquoi je devrais le ménager.

Sans lever les yeux, Riker sut que le jeune médecin légiste en avait fini avec les organes de la victime. À présent, il s'approchait de sa tête pour pratiquer une longue incision qui partait d'une oreille jusqu'à l'autre, au sommet du crâne. Ensuite le médecin rabattrait la peau du visage qui n'était pas celui de Kathy. Chaque geste était exécuté avec la rapidité et la précision d'un boucher. Riker reconnut le bruit de la scie qui attaquait la boîte crânienne. Bientôt le cerveau s'écraserait sur la balance. Le stylo du sergent attendait, en suspens, pendant l'éternité de cet instant. Enfin, ce fut terminé.

Le corps avait été étripé, esquinté.

Parce que cette jeune femme aurait pu être Kathy, le tueur avait atteint la fibre sensible du sergent. Kathy Mallory s'était nichée dans cette fibre sensible depuis qu'elle était petite fille. Elle y avait grandi.

Plus tard dans la journée, il plongerait son désespoir dans le scotch sans le noyer, pourtant. Celui-ci serait encore présent le lendemain matin, ou peut-être l'après-midi, en compagnie de sa gueule de bois, au chevet de son lit, comme deux harpies guettant leur proie.

Depuis sa suspension du service, le sergent Mallory n'avait cessé de porter un revolver Smith & Wesson de calibre 357 qui déformait ses blazers bien coupés. Sans l'éclat sauvage de ses yeux verts, elle aurait pu passer pour une citoyenne ordinaire. Confortablement recroquevillée sur un canapé XVIIIe bien rembourré, elle profitait d'un rayon de soleil. Ses tennis ne touchaient pas le tissu de soie. Helen lui avait appris à respecter le mobilier, qu'il soit ancien comme dans le bureau de Charles décoré de tapis persans et de lampes Tiffany, ou fruste comme celui du département de la police de New York, la NYPD.

— Parlez-lui, Mallory, insista Effrim Wilde qui n'osait pas l'appeler par son prénom.

Il la connaissait pourtant depuis plusieurs années.

Plissant ses longs yeux en amande, Mallory se tourna vers Effrim.

— J'espère que le gosse n'est pas possédé par le démon. (Elle jeta un coup d'œil en biais vers Charles.) Je ne supporte pas ça.

Charles Butler déploya un large sourire. Effrim Wilde, lui, ne souriait pas du tout. Sa silhouette ronde se détachait à contre-jour devant la grande baie vitrée au centre de la pièce. Écrasé par le haut triptyque des vitraux en forme d'arche, il évoquait plus un enfant de chœur qu'un homme d'une cinquantaine d'années. Son visage de vieux chérubin était surmonté d'une couronne de cheveux poivre et sel tirant sur le blanc.

— Je t'assure, Charles, que c'est un problème fascinant.

— Je ne trouve rien de fascinant à une arnaque banale, répondit Charles.

Il enviait le petit nez retroussé d'Effrim car il avait perpétuellement conscience de la taille et de la longueur du sien. Charles ne pouvait regarder quelque chose sans passer par-dessus son nez, le contourner ou sans remarquer son ombre portée sur le mur. Charles n'était pas beau et il le savait. Il avait accepté depuis longtemps le fait que les inconnus le considèrent comme un fou échappé d'un asile, sans doute à cause de ses gros yeux ovoïdes, légèrement globuleux, dont la pupille bleue semblait flotter sur une large surface blanche, ce qui lui donnait l'air vaguement ahuri.

— Laisse tomber, Effrim, je ne m'occupe pas de ce genre de bêtises, dit Charles en se levant et en dominant involontairement le petit homme de son mètre quatre-vingt-dix-huit.

— Ce ne sont pas des bêtises, Charles ! J'ai la documentation...

— La russe ou la chinoise ? Ça n'a pas d'importance. Je ne suis convaincu ni par l'une ni par l'autre. Ces expériences n'ont jamais été reproduites avec la rigueur nécessaire. Je ne marche pas. Pourquoi ne présentes-tu pas le cas à Malakhai ?

— Malakhai, le démystificateur ? Je croyais qu'il était mort.

— Non, il est à la retraite à présent. Mais je ne pense pas que ce petit garçon lui causerait une fatigue mentale excessive. Il ne prendra pas très cher pour un travail d'une quinzaine de minutes, dit Charles en se tournant ensuite vers Mallory. Malakhai est un vieil ami de la famille. Quand il était illusionniste, il partait en tournée en Europe avec le cousin Max. Tu n'as pas connu cette époque, bien sûr.

— Charles, la dépense ne compte pas pour moi, dit Effrim.

— Parfait, mais Malakhai ne court pas après l'argent. Veux-tu que je lui téléphone ?

— Sûrement pas. Il transforme tous ses cas en spectacle ! Nous avons besoin d'une discrétion absolue dans cette affaire. Il s'agit d'un jeune garçon. D'un gosse très perturbé.

— Vraiment ? dit Charles en souriant aimablement. Je pensais que tu voulais t'attirer les bonnes grâces du père du garçon parce qu'il gère le comité qui distribue les subventions. C'est l'époque de l'année où votre groupe d'experts fait la quête, n'est-ce pas ? Quant à moi, je ne m'occupe que de véritables dons, des dons que l'on peut mesurer.

— Et la lévitation d'objets, ce n'est pas un don ?

Selon sa mimique habituelle, les yeux d'Effrim s'arrondirent dans une expression étonnée devant l'incrédulité obstinée de Charles.

— Effrim, tu sais bien que ce garçon est un frimeur. Il ne « lévite » rien du tout. Et ça n'avance à rien de faire appel à Mallory. Elle n'éprouve pas de sympathie particulière envers les petits enfants, les vieilles dames et les chiens. Et elle ne croit pas qu'un objet inanimé puisse voler sans être physiquement manipulé. Le terme technique est « psychokinésie ».

— Eh bien, tu connais mieux le jargon que moi, dit Effrim avec un grand geste condescendant de la main. J'accepte la correction. Merci.

— Et si le gosse fait voler de la nourriture, ça s'appelle une bagarre de nourriture.

— Merci, Charles.

Charles observait avec amusement le petit jeu du sourire attristé, des yeux baissés, du soupir peiné, adressés à ceux que la vérité n'avait pas encore éclairés. Son vieil ami se préparait à un nouvel assaut.

— Cet enfant a subi un terrible traumatisme affectif, reprit Effrim sur le ton de « Frères et sœurs, prions ensemble... ». Il a perdu sa mère quand il avait neuf ans. Et quatorze mois plus tard, sa première belle-mère mourait à son tour.

— N'insiste pas, Effrim. La psychokinésie n'est pas ma spécialité.

Effrim leva les yeux à la manière insipide des saints du Quattrocento.

— Ta spécialité est de découvrir de nouveaux talents et d'en trouver les applications, n'est-il pas vrai ? Cet enfant est doué dans toutes sortes de domaines, tu sais. Son QI se situe entre le tien et le mien. Mais il y a une certaine urgence à intervenir car sa nouvelle belle-mère est terrorisée. Apparemment, il met en pratique ses dons d'une manière assez effrayante.

Un long bras mince, terminé par des ongles rouge sang, s'étira sur le dossier du canapé. Mallory sortait de sa léthargie.

— Donc, sa belle-mère actuelle est la nouvelle cible ? demanda-t-elle.

Charles observa Effrim, lequel était en train d'évaluer les possibilités d'une alliance avec Mallory — comment l'approcher ? Comment éviter les choses à ne pas dire ? C'était le don spécial d'Effrim. Il en avait fait un art consommé.

— J'espère bien que non, dit Effrim avec une insincérité malicieuse. Il fait voler des objets pointus.

Charles remplit de sherry le verre de Mallory. Son regard croisa celui de la jeune femme. Il la suppliait en silence de ne pas encourager Effrim.

Puis il tendit la carafe à son vieil ami — et pourtant, il ne lui aurait pas confié son argenterie.

— Effrim, si tu crois vraiment que le garçon est traumatisé, pourquoi ne pas le montrer à un psychiatre ?

— Je ne le conseillerais pas, intervint Mallory en répondant à la place d'Effrim. Combien de psys ont du génie ? Si c'est une arnaque et que le gosse est assez malin pour la réussir, il embobinera un psy ordinaire.

Charles regarda Mallory avec un petit sourire en coin qui voulait dire : « Je t'avais pourtant demandé de ne pas faire ça. »

Mais Mallory évita son regard. Charles fut intrigué qu'elle prenne le parti d'Effrim en qui elle n'avait aucune confiance.

— Comment la mère et la belle-mère sont-elles mortes ? demanda-t-elle.

C'était donc la série de morts subites qui intéressait Mallory. Il aurait dû le deviner. Son association avec lui commençait à la lasser. Quand sa suspension prendrait fin, elle réintégrerait la section criminelle spéciale et il la perdrait. Il n'avait rien à lui offrir, ni cadavres ni énigmes aussi intéressantes que des meurtres.

Effrim contemplait son verre, comme s'il puisait sa réponse dans le sherry.

— Ça a été une tragédie, une véritable tragédie. La mère du petit est morte d'une crise cardiaque. Étrange, car elle était encore jeune. Elle n'avait que vingt-huit ans.

Il leva les yeux pour voir si Mallory mordait à l'appât. Le visage de la jeune femme ne manifestait pas la moindre émotion. Il la regarda avec un peu trop d'insistance et détourna les yeux, embarrassé.

— Et ensuite, dit-il en fixant son verre de sherry, sa première belle-mère s'est suicidée... Elle n'a pas laissé de lettre.

Mallory releva légèrement le menton, les yeux grands ouverts à présent.

Charles regardait le plafond en songeant : Du beau travail, Effrim !

— C'est beaucoup de malchance dans une seule famille, dit-il.

— Seulement pour les femmes, remarqua Mallory. Nous prenons l'affaire.

Elle ne regarda même pas Charles pour savoir s'il était d'accord. Il ne s'en offusqua pas. Cela prolongerait peut-être l'association Mallory & Butler Ltd. La police n'allait pas la laisser travailler au noir indéfiniment. Même Mallory ne pouvait s'en tirer ainsi, impunément.

Effrim se dirigeait vers la porte.

Bravo Effrim ! Mieux vaut t'en aller en courant !

— Je vous enverrai un chèque en guise d'acompte, dit le petit homme avec un large sourire qui continua de flotter dans la pièce après qu'il eut refermé la porte, comme celui du chat du Cheshire dans *Alice au pays des merveilles*.

Mallory posa les pieds par terre et se dirigea vers son bureau.

— Je vais explorer l'angle de l'assurance-vie, dit-elle.

— Un instant, Mallory, dit Charles. Nous sommes chargés d'évaluer une activité psychokinétique, pas l'historique de la famille.

— Vous plaisantez ?

— Évidemment ! Veux-tu déjeuner ?

— Il n'y a rien dans le réfrigérateur du bureau.

C'était vrai ! Il s'en souvenait maintenant. Elle lui avait fait une liste d'achats au dos de laquelle il avait noté deux numéros de téléphone, puis il s'en était servi pour marquer une page dans un livre, mais il avait oublié de faire les courses.

— Allons chez moi, proposa-t-il.

Ils traversèrent le palier et entrèrent dans l'appartement de Charles. Ici, au moins, les yeux d'aigle de Mme Ortega veillaient à l'approvisionnement du réfrigérateur de ce pauvre homme incapable de faire ses courses. Aujourd'hui, la femme de ménage avait laissé un message fixé par un aimant sur la porte du réfrigérateur. C'était un plan de la cuisine indiquant toutes les zones dangereuses où elle avait posé des pièges pour la souris. Charles eut pitié pour le rongeur car il avait la plus grande estime pour le savoir-faire de Mme Ortega.

Mallory s'installa à la table de la cuisine. C'était la pièce favorite de Charles. Les murs étaient garnis d'étagères remplies d'épices de toutes espèces et d'instruments divers destinés à torturer et à couper les légumes en fins morceaux ou en cubes et à les frire dans l'huile. Charles apporta sur la table tout ce qu'il trouvait dans le réfrigérateur tandis que Mallory s'employait à confectionner de somptueux sandwiches de son invention, à la viande et au fromage. Elle goûta avec gourmandise un cornichon d'une marque nouvelle que Charles venait de poser sur la table.

— Tu étais plus heureuse quand tu travaillais à la section criminelle, n'est-ce pas ?

— Quand Markowitz était en vie, oui, répondit-elle. Ce n'était pas la même chose que de travailler avec Coffey. Quand je serai réintégrée, il me collera à perpète dans la pièce aux ordinateurs. Il était vraiment fâché la dernière fois qu'on s'est vus. Il ne me laissera plus jamais opérer sur le terrain.

— Je croyais que cette suspension n'était qu'une formalité.

— C'est exact. Quand on tire sur un criminel, on est suspendu tant que la commission d'investigation civile enquête sur le cas.

— Mais tu n'as pas tué l'agresseur qui avait pourtant battu et dévalisé ce vieil homme ?

— Coffey voit les choses sous un autre angle.

— Alors, tu ne comptes pas dissoudre notre association ?

— Non, je n'y ai pas pensé un seul instant. Mais ça n'empêchera pas que je retourne à la section spéciale dès que ma suspension prendra fin.

Jetant un coup d'œil sur sa montre, Mallory se leva pour allumer le petit poste de télévision sur le bar de la cuisine. C'était l'heure des infos. Elle aimait bien se tenir au courant des meurtres commis quotidiennement à New York.

— Mais il existe des règlements de police qui interdisent le travail au noir, n'est-ce pas ?

— Oui, en effet, dit-elle en haussant les sourcils comme pour dire : « Et alors ? »

Le journal télévisé montrait les chiffres du massacre journalier affichés sur l'horloge de la mort à Times Square. Les statistiques étaient lues par le présentateur tandis que les numéros défilaient sur l'immense panneau électronique devant des milliers de passants et d'automobilistes et des millions de téléspectateurs.

— Je déteste ce machin, dit Mallory en voyant défiler les chiffres des morts causées par armes à feu.

— L'horloge de la mort ? Mais je croyais que tu appréciais particulièrement la mort sur ordinateur. Ça rend la lecture des homicides si propre et si efficace.

Elle ne répondit pas. Son visage s'était refermé – un masque impassible. Charles se rendit compte qu'il avait gaffé. Pourquoi espérait-il encore anticiper les réactions de Mallory ? Comment deviner ce qu'elle ressentait ? Et comment s'empêcher de se le demander ?

Charles regardait l'écran du téléviseur d'un air absent. Son esprit avait émigré dans le bureau de Mallory où elle rangeait tous ses jouets informatiques. Son association avec Charles comportait certains avantages pratiques : l'équipement électronique sophistiqué qui lui permettait de pirater les données du monde entier était à l'abri des regards indiscrets.

« Nous venons d'apprendre à l'instant par bulletin spécial de la NYPD, dit le présentateur du journal télévisé, qu'un officier de police vient d'être assassiné à Central Park. La victime est le sergent Kathleen Mallory, la fille de l'inspecteur Markowitz récemment décédé dans l'exercice de ses fonctions. Les détails du meurtre ne seront révélés qu'après une enquête plus approfondie. »

Charles regarda intensément la Mallory bien vivante, en chair et en os, assise à la table en face de lui, comme s'il devait vérifier son existence, avant de mettre en doute la véracité de la télévision. À supposer qu'elle n'ait pas été avec lui pendant l'annonce de la nouvelle ?

Le carillon de l'entrée se mit à retentir en même temps que la sonnerie du téléphone. Les premiers appels de condoléances, se dit Charles. Mallory alla ouvrir la porte pendant qu'il répondait au téléphone.

— Allô ?

— Charles, c'est Riker. Vous n'écoutez jamais les messages sur votre répondeur ?

— Riker, vous voulez me parler de l'annonce de la mort de Mallory ?

— Ouais, dit Riker. J'appelle du bureau du médecin légiste. Nous avons essayé de joindre Mallory toute la journée. Est-elle là ?... Pourriez-vous avoir la gentillesse de me passer le petit cadavre ?

Mallory retourna à la cuisine, suivie du Dr Henrietta Ramsharan de l'appartement 3A. La chevelure brune d'Henrietta tombait librement sur son chemisier en denim. Elle portait les jeans délavés qu'elle mettait en rentrant de son cabinet. Ses yeux noirs reflétaient sa stupéfaction de voir une morte lui ouvrir la porte.

Le lieutenant Jack Coffey était assis à son bureau, qui se trouvait dans l'ex-bureau de l'inspecteur Markowitz. Même après sa mort, le Vieux était toujours à la tête de la section criminelle spéciale, et cette pièce restait la sienne. Jack Coffey s'estimait encore heureux que les chèques soient établis à son propre nom. À cet instant précis, il pensait à la fille de Markowitz, Kathleen Mallory.

Le rapport de Palanski ainsi que les photos préliminaires de la scène du crime venaient de lui être faxés par la brigade de police du West Side. Les photos étaient sombres mais il put discerner les cheveux blonds sous le grain du cliché et la silhouette familière vêtue de son uniforme habituel : jean, blazer et tennis. Coffey attendait seulement que la victime soit identifiée par un ami de la famille avant de rédiger son rapport.

Le sergent Riker partirait sans doute à la retraite après ce coup-là. Déjà, la disparition de Markowitz l'avait durement touché. Il risquait de faire une déprime à la mort de Mallory.

Coffey éteignit la lampe et s'appuya des deux mains sur le bureau en se levant – comme si un homme de trente-six ans avait besoin d'une béquille pour se mettre debout. Fixant d'un regard absent le tableau sur le mur du fond, il se demanda si un peu d'eau sur sa gueule le réveillerait d'entre les morts.

Quel salaud aurait pu l'approcher d'assez près pour la frapper de cette façon ? Personne. C'était impossible.

Mais la preuve en noir et blanc se trouvait étalée sous ses yeux. Le joli visage de Mallory faisait la une de toutes les chaînes de télévision. Quand il saurait qui était le flic qui avait donné l'information aux médias, il aurait sa peau.

Ah ! Mallory !

Si seulement il pouvait la revoir pendant quelques minutes, il risquerait de se faire remettre vertement à sa place par le regard méprisant et glacial qu'elle lui décochait souvent. « Pauvre idiot », disaient les yeux de Mallory. Il l'imaginait debout devant lui ; il pouvait presque sentir son parfum. Il était temps de rentrer chez lui pour se bourrer la gueule. Il se tourna vers la porte.

— Nom de Dieu !

Coffey voulut se rattraper au chambranle et manqua son coup. Il s'accrocha à la chaise en vacillant sur ses jambes, le cœur battant la chamade.

Mallory se tenait devant lui sur le seuil de la porte. La lumière du couloir, en contre-jour, entourait sa tête d'un halo d'or. Derrière elle, il aperçut un Riker fluorescent, presque transparent.

— Je sais, dit Mallory. Vous croyiez que j'étais à la morgue.

— Eh bien, c'est à la fois oui et non, Mallory, dit Riker. Le lieutenant a appris que tu étais morte mais il attendait ton retour après le coucher du soleil.

Riker jeta nonchalamment son rapport sur le bureau de Coffey.

La première page était maculée d'une tache de boisson et de deux taches grasses.

Coffey debout, agrippé au dossier de la chaise, regardait fixement le rapport sans pouvoir prononcer une parole. Mallory s'assit tranquillement sur une chaise en allongeant ses interminables jambes, pendant que Riker prenait une autre chaise et allumait la lampe. L'ombre d'une Mallory bien vivante se projeta sur le mur du fond. Riker sortit son carnet et son crayon.

Coffey, la main crispée sur son estomac, s'assit lentement.

— Le corps portait un blazer en cachemire marron, fait sur mesure pour vous, Mallory, dit-il enfin.

— Cela a été confirmé par ton tailleur sur la 42e Rue, Mallory, dit Riker en lisant ses notes. D'après le rapport de Palanski, tu es une cliente inoubliable.

— Avez-vous une explication au sujet du blazer ? demanda Coffey en radoucissant aussitôt le ton. C'est la seule piste que nous ayons, vous savez...

— Vous trouverez le trou fait par la cigarette de Riker sur la manche gauche, rétorqua Mallory d'un ton qui n'était pas doux. Je m'en suis débarrassée.

— Vous l'avez mis à la poubelle ?

— Non, je l'ai donné à Anna Kaplan, la femme du rabbin. Elle recueille des vêtements pour les sans-abri.

Coffey parcourut le rapport de Riker en ignorant les taches – à part celle qui ferait bien de ne pas être de la bière.

— Selon le rapport du médecin légiste, il s'agit d'une femme bien en chair, d'environ vingt-cinq ans. Rien à voir avec une sans-abri, pas de poux, pas de parasites sur le corps.

Il laissa de côté la pléthore d'insectes charognards qui serviraient à déterminer l'heure de la mort d'après leur cycle nécrophage.

— Et après ? demanda Mallory en haussant les épaules. Parlez à Palanski. Il n'a peut-être pas seulement foiré sur l'identité de la victime. De quoi disposons-nous jusqu'à présent ?

Sa question se situait dans le cadre d'une analyse criminelle. Le lieutenant avait besoin d'elle. Comment faire pour ne pas la contrarier, pour ne pas se mesurer dans une argumentation où elle avait toujours le dessus ? Il parcourut rapidement le rapport de Riker.

— Nous savons qu'elle a subi un avortement dix jours avant sa mort. La première blessure a été causée par un coup porté à la tête. De face. Ça pourrait signifier qu'il s'agissait de quelqu'un qu'elle connaissait. À part ça, nous n'avons rien, dit Coffey. Pas de témoins, pas d'arme du crime.

— Il pleuvait hier, dit Riker en désignant le premier rapport sur le bureau de Coffey. La pluie aura lavé tous les indices. Si Heller n'a pas trouvé l'arme, c'est qu'elle n'était pas à l'endroit où l'on a découvert le corps. C'était peut-être une grosse pierre, et, si le criminel a le moindre bon sens, elle se trouve maintenant au fond du lac. Cela en partant de l'hypothèse que la victime a été tuée dans le parc. Nous savons qu'on a transporté le corps après le meurtre.

— Aucun de nos officiers n'est impliqué dans cette affaire, dit Coffey. Si vous n'avez rien à ajouter, je renvoie ce soir le rapport à la brigade du West Side.

Bien calée sur sa chaise, les yeux mi-clos, Mallory observa d'un air innocent :

— Sans empreintes digitales, il leur faudra au moins

un mois pour identifier le corps — s'ils y arrivent. Ça sera classé comme une affaire de second ordre. Ils ne trouveront jamais le lieu du crime. Ils vont se planter.

— Je suppose que vous y arriverez plus vite et sans vous planter?

Coffey lut dans les yeux de Mallory que c'était exactement ce qu'elle pensait.

— Voulez-vous que je tente ma chance?

— Je veux que vous réintégriez votre place devant les ordinateurs.

— Je suis toujours suspendue et je suis en train de réfléchir à une proposition plus intéressante.

Mallory se leva vivement et, lui tournant le dos, sortit du bureau.

— Vous savez bien qu'elle a raison, dit Riker après s'être assuré que Mallory ne pouvait l'entendre. Les gars du West Side vont se planter et l'assassin va s'en tirer.

— Ce sont des choses qui arrivent. Je n'y peux rien.

— Refilez l'affaire à Mallory.

— Son profil professionnel concerne l'analyse criminelle et l'informatique — pas le travail sur le terrain.

— Mais elle a déjà travaillé sur le terrain.

— Officieusement, et uniquement parce que nous étions à court de personnel. Si elle veut que cela devienne officiel, il lui faudra passer par la paperasse administrative et travailler en équipe avec un policier. Et qui donc serait capable de travailler avec elle? Vous oubliez aussi que cette affaire est le problème d'une autre brigade.

— Techniquement parlant, elle appartient encore à la section spéciale. Pourquoi ne pas la donner à Mallory? Fermez les yeux et ne lui posez pas trop de questions...

— Comme le faisait Markowitz?

Quand elle enfreignait la loi dix fois par jour, piratant les ordinateurs des autres, ignorant les procédures administratives et les mandats de perquisition — et obtenant des résultats remarquables...

— Je devrais la laisser gérer son propre département, continua Coffey. C'est ça l'idée, sergent Riker?

— Ouais.

— Mais Markowitz ne voulait pas qu'elle aille sur le

terrain. C'est tout juste s'il n'a pas fait capitonner la pièce aux ordinateurs. Il lui expliquait chaque détail d'une affaire, comme à une enfant.

— J'ai toujours pensé qu'il avait eu tort de faire ça, dit Riker en allumant une cigarette.

Il ne demanda même pas à Coffey si la fumée le gênait – c'était pourtant le cas, mais Coffey ne dit rien. Il s'était habitué à ce petit jeu entre eux qui frisait l'insubordination. Il n'avait pas encore remercié Riker de ne pas lui avoir téléphoné de la morgue pour rectifier l'erreur sur l'identité de la victime.

— Durant tout ce temps, dit Riker en exhalant la fumée, elle aurait pu s'exercer sur le terrain afin de pouvoir survivre en dehors d'ici. Mais, à présent, je me rends compte qu'elle a sa propre méthode de survie, qui est peut-être plus efficace. C'est vraiment gaspiller ses talents que de la tenir enfermée avec les ordinateurs.

— C'est justement quand je l'ai laissée sortir qu'elle s'est fait suspendre, dit Coffey.

— Elle avait pourtant bien visé !

— Voyons, Riker, vous savez bien que si elle avait tué le criminel, je n'y aurais vu aucun inconvénient. Mais Mallory s'amusait avec lui.

— Qui a prétendu ça ? Ne me dites pas que cette bande d'idiots à la commission civile de contrôle l'a réprimandée ?

— Au contraire, la commission l'a félicitée d'avoir maîtrisé son usage de la force puisqu'elle s'est bornée à tirer dans la main de l'homme qui tenait le revolver. Mais ce sont des civils, n'est-ce pas ? C'est à moi que ça pose problème. Le criminel visait Mallory avec son flingue. Elle aurait dû buter ce forcené. Mais c'était moins amusant que de lui exploser la main !

Ça t'en bouche un coin, Riker ?

Coffey se félicitait intérieurement d'avoir marqué un point, mais il lui fallait placer le dernier mot :

— J'ai une pile d'affaires à régler à présent et personne ne peut la remplacer en informatique. C'est tout.

Coffey fourragea dans les papiers sur son bureau et se plongea dans la lecture d'un dossier. Quelqu'un de plus susceptible que Riker aurait compris le message : décamper. Mais celui-ci n'avait toujours pas bronché quand Coffey releva la tête en lui jetant un regard irrité.

— Riker, dit enfin Coffey, rattrapez Mallory et dites-lui que la suspension est terminée.

Riker acquiesça de la tête mais ne changea pas d'un pouce sa position confortable.

— Si vous ne lui donnez rien d'intéressant à faire, elle fichera le camp, dit Riker en exhalant la fumée de sa cigarette. Elle restera associée avec Charles dans ce cabinet de consultants.

— Cette combine est complètement illégale et il faut que ça cesse, sinon je lui confisque sa plaque ! dit Coffey en testant d'abord cette menace sur Riker.

Il se demandait comment Mallory réagirait.

— Vous ne pouvez pas intimider Mallory.

Le lieutenant devenait fou quand Riker avait raison. Si la police appliquait le règlement concernant le travail au noir, il ne resterait même pas trois flics pour veiller sur la ville !

— Vous portez-vous volontaire pour être son ange gardien, sergent Riker ?

— Mallory n'a pas besoin de moi, dit Riker. Elle n'a besoin de personne. Elle a grandi comme ça depuis sa plus tendre enfance. Une sale gosse têtue et...

— Je croyais que Markowitz était votre ami, Riker. Voulez-vous que cet homme se retourne dans sa tombe, en mettant sa fille en danger ?

— Si elle n'avait pas été sa fille, il l'aurait employée comme il le fallait. Sans états d'âme.

Riker laissa tomber sa cendre sur la moquette. Pour lui, le monde entier était un cendrier.

— Pourquoi lui confierais-je cette affaire ? L'homme est brutal. C'est un psychopathe, dit Coffey en tendant à Riker la photo de la morgue. (Riker détourna les yeux.) D'abord il défonce le crâne de la victime et ensuite il tourne la tête à cent quatre-vingts degrés jusqu'à ce que le cou se brise. Comment Mallory va-t-elle... ?

— N'ayez pas peur qu'elle lui tire une balle dans la main... Je crois qu'elle a retenu la leçon.

Riker leva sa grosse tête hirsute vers Coffey avec une expression sérieuse.

— Donnez-lui donc une chance, ajouta-t-il en haussant les épaules.

Coffey réalisa que cela comptait beaucoup pour le sergent.

— Vous savez qu'elle partira de zéro. Pas la moindre piste.

— C'est justement ce qui lui plaît, dit Riker. Quand vous avez dit ça la première fois, les yeux verts de ce petit monstre se sont allumés comme des bougies de Noël. Il y a de quoi faire croire à l'enfer !

— Tout ce que nous savons de ce criminel, c'est qu'il est un danger pour les femmes ; et vous voulez que je lui livre Mallory !

Ouais. Livrez un dangereux pervers au bébé pour qu'elle se fasse les dents.

— Elle sera parfaite contre celui-là.

— Qu'est-ce qui vous fait dire ça ?

En attendant la réponse, Coffey attrapa un crayon et inscrivit ses initiales au bas du rapport étalé sur son buvard. S'enfonçant confortablement sur sa chaise, Riker mit ses pieds sur le bureau. Le crayon se cassa entre les doigts de Coffey.

— Vous savez, dit Riker à travers un nuage de fumée, Markowitz a toujours été très fier de Mallory, même quand elle était petite. Il passait son temps à vanter ses qualités. Il disait que peu de pères dans le quartier pouvaient se targuer d'avoir une gosse avec un profil psychologique de sociopathe.

2

21 décembre

Il avait revu en rêve la balle magique. Au ralenti, elle flottait du canon du revolver jusqu'à son ventre. Il la vit pénétrer dans sa chair en faisant gicler le sang. Sur le chemin de la salle de bains, Riker heurta de son pied nu une bouteille de bière. Il n'en sentit même pas l'impact tant le rêve semblait se dérouler réellement devant ses yeux ouverts. Un jour l'alcool le tuerait. Ses réflexes lui feraient défaut au moment où il en aurait besoin pour sauver sa misérable peau. Qu'il soit éveillé ou endormi, la balle magique flottait toujours devant lui. Mais l'alcool et lui formaient à présent un vieux couple. Il préférait encore le rêve de la balle de revolver à la vision des araignées géantes qui avait accompagné sa dernière tentative de désintoxication.

Combien de temps s'était écoulé depuis ? Au moins treize ans. Attaché dans son lit, en pleine crise de delirium tremens, il subissait les affres du manque le jour où Kathy s'était introduite par la fenêtre de cette clinique où les visites des enfants étaient interdites. Chaussée de tennis, la petite fille avait atterri sans bruit sur le parquet. Elle avait cette adresse furtive du voleur-né.

Pendant un court instant, l'image de l'étrange enfant se superposa au spectacle horrible des araignées qui grimpaient sur son lit et sur les murs. La plus grosse, qui descendait du plafond en sécrétant activement son fil ténu, s'approcha de son visage en agitant, dans un ballet aérien, ses huit pattes noires. Bientôt l'araignée rampait sur ses paupières fermées tandis qu'il essayait désespérément de rompre les épaisses lanières en cuir qui l'immobilisaient.

— L'araignée, hurla Riker, enlève-la de mes yeux !

La petite Kathy s'approcha du lit, examina attentivement les yeux de Riker et déclara qu'il n'y avait plus d'araignée. Ensuite, elle le regarda avec un profond mépris. Elle était si près qu'il voyait son image en miniature reflétée deux fois dans les yeux de l'enfant.

Regardant dans le grand miroir sur le mur, il voulut voir ce qu'elle avait vu : son propre visage baigné de sueur, qu'agitait un tic nerveux causé par la peur. La bave coulait d'un coin de sa bouche sur son menton. Acquiesçant lentement de la tête, il donna raison à Kathy — les araignées ne pourraient plus maintenant hanter son cerveau.

Il se souvint avec soulagement qu'Helen Markowitz avait appris à Kathy à ne pas cracher à l'intérieur d'une maison. Il voyait qu'elle en avait envie pendant qu'elle le regardait. Au bout d'un moment, elle se détourna et repartit par où elle était venue. Ses petites mains rabaissèrent silencieusement le cadre de la fenêtre à guillotine. Elle avait disparu sans laisser de traces.

Depuis ce jour, les araignées avaient quitté Riker pour envahir un cerveau encore plus détérioré que le sien. Riker ne réussit pas à abandonner la boisson, mais il mit son point d'honneur à ne plus jamais se laisser aller devant Kathy. Cette môme sans pitié avait mis fin à ses cuites humiliantes en public qui le faisaient s'écrouler puis rentrer chez lui à quatre pattes. Il était devenu presque respectable pour un alcoolique, il marchait à peu près droit, il ne titubait plus.

La lumière blanche que réverbérait le trottoir l'éblouissait à travers ses lunettes de soleil. Riker ouvrit la porte côté passager de la petite voiture beige de Mallory et se laissa tomber sur le siège. Se penchant vers le pare-brise, il cligna des yeux en embrassant du regard le panorama familier de son quartier.

— Eh bien, c'est vraiment une belle matinée !

Mallory lui répondit par un silence méprisant.

Il l'avait fait attendre pendant qu'il prenait sa douche

et se rasait. Elle, une maniaque de l'heure. En s'installant à côté d'elle, il avait anticipé sa colère rentrée. Souriant aimablement, il finit de nouer sa cravate en attendant la remarque sarcastique qui ne tarderait pas. Sans dire un mot, elle emballa le moteur, démarrant à pleins gaz en laissant une trace de pneus brûlants dans la rue.

Riker s'agrippa au tableau de bord, essayant de calmer sa gueule de bois. De douloureux élancements lui transperçaient le crâne.

— Ça va, Mallory. On a une longue journée devant nous. Sois sympa.

La voiture ralentit à une allure normale et, d'une voix particulièrement douce, Mallory remarqua :

— Les flics en uniforme n'ont pas eu de succès avec les concierges de l'Upper West Side. Personne n'a reconnu les photos.

Elle avait donc commencé l'enquête sans lui. Il n'était que dix heures du matin. D'habitude, il ouvrait à peine l'œil à cette heure-là, en ne faisant que *penser* à tomber de son lit et, s'il avait assez d'énergie, se traîner jusqu'à la salle de bains.

— Si tu avais passé plusieurs années sur le terrain, dit Riker d'un ton sentencieux, tu saurais combien c'est difficile pour la plupart des gens d'identifier un corps d'après une photo prise à la morgue. Sans parler d'un cadavre avec le côté de la tête enfoncé. Une mère l'identifierait ou peut-être un ami intime — mais un concierge ? Jamais de la vie. Donc, on ne sait pas où elle habitait.

L'expression de Mallory, de profil, signifiait « je te revaudrai ça » ou bien seulement un « ouais, t'as raison » sarcastique. L'un ou l'autre, en tout cas.

— Où allons-nous ? demanda Riker pour tester l'atmosphère. À Brooklyn ?

— Non. J'y suis déjà allée. Anna Kaplan a déposé les vêtements à un centre de collecte. Les gens du centre les ont apportés au dépôt principal de Manhattan. Le paquet d'Anna a atterri dans un foyer d'accueil pour femmes dans l'East Village.

— Alors nous allons au foyer ? Mallory, je rejoins

Coffey sur ce point. Je n'imagine pas notre victime habitant dans un centre d'accueil.

— J'ai déjà été au foyer. Le blazer n'a jamais été enregistré sur l'inventaire. Quelqu'un l'a piqué à l'entrepôt. C'est là que nous allons.

— Comment sais-tu que la veste n'a pas été volée au foyer ?

Il se mordit les lèvres pour cette question stupide. Elle avait mis le foyer sens dessus dessous en terrorisant tout le monde...

— Une amie d'Anna dirige ce foyer. Elle a déballé elle-même le paquet d'Anna. Pas de blazer. Nous allons donc à l'entrepôt pour interroger tous ceux qui ont manipulé ce lot de vêtements.

Les dix minutes suivantes s'écoulèrent dans un silence reposant. L'aspect positif de faire équipe avec Mallory était qu'elle ne se donnait pas la peine d'alimenter la conversation. Quand elle ouvrait la bouche, c'était pour vous envoyer une vanne ou pour vous prouver quelque chose.

Au moment où ils garèrent la voiture devant l'entrepôt, Riker choisit ses mots avec soin. Posant sa main sur son épaule, il lui dit en marchant vers l'entrée.

— Mallory, ne joue pas au cow-boy, cette fois-ci. Je t'ai défendue devant Coffey, mais il avait raison et tu le sais bien. Si tu dois tirer sur quelqu'un, fais-le proprement, O.K. ?... Bon, l'école est finie.

Ils traversèrent le hall dans un silence glacial et montèrent au troisième étage dans une boîte en métal gris pas plus grande qu'un cercueil. Les portes de l'ascenseur s'ouvrirent sur une longue pièce de la taille d'un pâté de maisons. Les paquets et les cartons entassés en rang d'oignons donnaient l'illusion de couloirs irréguliers qui convergeaient à l'autre extrémité de l'immense salle. La poussière flottait dans l'air autour du chariot à fourche qui faisait la navette dans l'allée centrale où s'entassaient les cartons au fur et à mesure que les numéros étaient annoncés par un petit bonhomme aux jambes arquées et à la bedaine prononcée.

Mallory brandit sa plaque et suivit l'homme aux

jambes arquées le long de l'allée centrale. La lumière diffuse qui passait à travers les carreaux sales des fenêtres donnait au lieu une atmosphère crasseuse qui correspondait à l'odeur des vêtements. Riker avait porté des habits de seconde main pendant toute son enfance. Il n'était pas près d'oublier cette odeur fade et pugnace.

Le contremaître bedonnant annonçait les chiffres inscrits sur son bloc-notes tout en se lançant dans des explications que Mallory n'écoutait même pas.

— Personne ne toucherait à un de ces ballots, disait-il. Quel est l'imbécile qui risquerait de perdre son boulot pour une vieille fringue de seconde main ?

Riker sourit. Cette vieille fringue avait dû coûter au moins neuf cents dollars à Mallory. Rien n'était assez bon pour elle. Helen Markowitz lui avait donné le goût des belles choses depuis qu'elle était petite, quand Riker pouvait encore l'appeler Kathy. Mais en dépit des robes chics et chères dont Helen comblait la petite, celle-ci s'obstinait à ne porter que jeans, tennis, et tee-shirts.

Aujourd'hui, le seul changement dans sa garde-robe était ses luxueux blazers sur mesure, au côté gauche déformé par un gros revolver dans son étui. Elle avait également échangé ses tennis contre des chaussures de marche italiennes, faites main, du cuir le plus souple qu'on puisse rêver.

— Qui prend en charge les ballots quand ils arrivent ? demanda-t-elle.

— N'importe lequel des huit types qui travaillent ici, répondit le contremaître en hurlant ensuite dans son porte-voix : « 489 ».

— Convoquez-les ici, tous les huit.

— Écoutez, ma petite dame, je suis toujours prêt à coopérer avec les flics mais j'suis pas...

— Vous ai-je *demandé* votre coopération ? *Convoquez-les !*

Riker se rendit compte que le bonhomme était de la vieille école – il n'allait pas se laisser commander par une bonne femme. L'homme se retourna contre Mallory, l'œil mauvais, les lèvres retroussées à la manière d'un pit-bull montrant les dents. C'est alors que quelque chose dans le regard de Mallory le fit se calmer aussitôt. Peut-être se souvenait-il qu'il avait oublié son flingue à la maison, ce matin-là.

S'éclaircissant la gorge, il aboya les huit noms dans son porte-voix. Traînant les pieds, les hommes vinrent se placer en rang devant le contremaître. Leur bloc-notes et leur crayon pendaient à leur ceinture. Ruisselants de sueur, ils jetaient des regards curieux et lubriques sur Mallory.

La jeune femme les examinait attentivement, telle une acheteuse éventuelle. Riker observa qu'au fur et à mesure de cette inspection les hommes baissaient les yeux. Visiblement, un certain malaise s'installait. Ils se balançaient d'un pied sur l'autre en se lançant des regards furtifs. L'un d'entre eux, jeune avec des taches de rousseur, transpirait plus que les autres tandis que sa pomme d'Adam se livrait à des soubresauts intempestifs. Mallory semblait s'intéresser particulièrement à lui. Le rouquin rentrait les épaules, essayant de se faire tout petit. Sous son mince tee-shirt, on voyait ses muscles se contracter.

Mallory se tourna vers Riker en levant légèrement le menton. Elle fixa de nouveau l'homme aux taches de rousseur. Riker fit un demi-cercle vers la droite pendant que Mallory s'avançait sur l'homme qui recula d'un pas et s'enfuit à toutes jambes. Riker essaya de le saisir par son tee-shirt et le manqua. Mallory se précipita à la poursuite du fuyard, Riker sur ses talons, hors d'haleine, soulevant un nuage de poussière.

— Jimmy ! hurla le contremaître, reviens tout de suite, imbécile ! Ce n'est qu'une veste de sport usagée...

Mais Jimmy était déjà loin et ne pouvait l'entendre.

Jimmy Farrow n'avait jamais couru aussi vite pour échapper aux flics et pourtant ce n'était pas la première fois. En se retournant, il vit le vieux loin derrière, tout rouge et congestionné, mais la femme l'avait presque rattrapé. Elle n'était plus qu'à une douzaine de mètres derrière lui, même pas essoufflée, son blazer ouvert laissant voir un énorme revolver.

Bon Dieu, il aurait parié qu'elle souriait !

La salope !

Elle le suivit dans les rues étroites, à travers la circulation sur Houston et, finalement, escalada à sa suite le mur d'un immeuble du West Village.

Faisant un effort surhumain, Jimmy bondit en l'air et s'agrippa à la rampe d'un escalier de secours. Il se hissa sur le premier échelon et grimpa l'escalier en métal. En arrivant sur le palier, il regarda en bas à travers la grille. Personne. Il l'avait semée, cette fois.

Jimmy regardait en l'air avant d'escalader l'étage au-dessus, quand une main le saisit brutalement par les cheveux et le tira en arrière.

D'où sortait-elle ?

D'un coup de pied derrière les genoux, elle lui fit perdre l'équilibre et il tomba sur la grille, tout près du bord de la petite plate-forme. En un clin d'œil, elle l'avait poussé à moitié dans le vide, la tête en bas, ses bras faisant vainement des cercles désordonnés pour se rattraper. Il vit le trottoir trois étages plus bas. Il sentit qu'elle le retenait par son jean, agenouillée sur ses jambes. Il cessa de se débattre. Si elle le lâchait, il s'écrasait sur le ciment. Elle pouvait le jeter quand elle le voudrait.

— Tu as donc volé la veste en cachemire. Et... ? demanda-t-elle, en le laissant glisser un peu plus bas.

— La veste ! s'écria-t-il. Tout ce cirque pour une veste de sport à la con ?

— Tu l'as volée ?

Le trottoir paraissait encore plus près et un vent froid le fit frissonner.

— Ouais, je l'ai fait ! O.K. ?

— Elle ne lui plaisait pas ?

Quoi ? Cette salope est dingue. Qu'est-ce qu'elle veut ?

— Ouais, ça lui a plu ! Beaucoup !

Jimmy se demanda si lui n'était pas à l'endroit et le monde à l'envers, en voyant arriver le vieux flic qui saisit tranquillement l'échelle de l'escalier de secours et la fit glisser à terre. Ensuite, le vieux prit son temps pour monter comme si c'était normal de voir un pauvre type suspendu en l'air qui risquait de s'écraser sur le béton d'un moment à l'autre.

Sales flics.

— Mallory, ne fais pas ça, dit le vieux sergent. Tu ne veux quand même pas que Coffey me vire sans retraite ?

— Ce pauvre mec ne portera pas plainte, dit la femme flic. Je peux faire ce que je veux avec lui.

— Si tu le laisses tomber, ça te coûtera dix jours de paperasses.

Mallory relâcha un peu sa prise. Le jeune homme glissa plus bas.

— O.K. ! O.K. ! cria Jimmy Farrow. Je vous ai déjà dit que je l'avais volée. Remontez-moi !

Il fut remonté sans cérémonie par quatre mains brutales. Quand il fut enfin assis, à angle droit sur son derrière, le vieux flic sortit son carnet.

— Tu veux faire une déclaration, mon petit ? C'est bien ce que tu veux ?

— Ouais, d'accord. L'allocation de la Sécurité sociale de ma grand-mère n'est pas arrivée ce mois-ci. Une voisine lui a fait ses courses pendant quelques jours jusqu'à ce que ma mère puisse la rembourser. Je voulais seulement donner un cadeau à Amanda — c'est la voisine... C'était l'idée de ma grand-mère.

— Si j'ai bien compris, dit le vieux, d'abord tu donnes le blazer à Amanda, ensuite tu la tues — et c'est ta grand-mère qui t'a fait faire ça ?

Oh! mon Dieu, ils sont cinglés tous les deux!

— Je ne lui ai rien fait. Je lui ai simplement donné le blazer.

— Tu étais très ami avec Amanda ?

— Non ! Je vais deux fois par semaine faire le ménage dans l'immeuble de ma grand-mère. Elle est la gardienne, mais elle ne peut plus laver le vestibule, les couloirs et les escaliers.

— Tu es vraiment un brave petit gars, dit le vieux flic. Parle-moi d'Amanda.

— Je rencontre Amanda dans le hall de temps en temps, c'est tout. Elle est très copine avec ma grand-mère. Demandez-lui.

La vieille femme les attendait sur les marches devant l'immeuble. Jimmy Farrow se tenait sur le trottoir entre deux policiers, la tête basse, ses mains menottées derrière le dos. Riker grimpa les marches derrière Mallory en observant la vieille dame regarder Mallory, puis son petit-fils, la bouche entrouverte avec une expression d'incrédulité.

— Police, dit Mallory en sortant sa plaque. Vous êtes Mme Farrow ? C'est votre petit-fils ?

La vieille dame fit signe que oui en clignant rapidement des yeux.

Riker regarda le trottoir derrière eux. Les sirènes de la voiture de police avaient éparpillé les prostituées comme des cafards regagnant leurs cachettes. Toutes sauf une qui rappliquait pour voir, trop défoncée au crack pour avoir peur.

— Je voudrais visiter l'appartement d'Amanda Bosch, dit Mallory.

— Avez-vous un mandat de perquisition ? demanda automatiquement la vieille gardienne.

Pour Riker cette réaction était normale. C'est le quartier qui voulait ça. Cette formule précédait en général l'autre expression favorite : « C'est pas moi ! »

— Elle est morte, dit Mallory. Vous croyez que j'ai besoin d'un mandat ?

Bien balancé, mon ange.

La réponse négative de la vieille femme, qui secoua la tête, était également prévisible. Une telle chose est impensable, disaient les yeux fatigués de Mme Farrow qui serra son cardigan contre sa poitrine, comme si le geste pouvait la protéger de Mallory. Elle recula d'un pas incertain. Mallory lui mit une photo sous le nez.

— C'est elle ? C'est Amanda Bosch ?

Doucement, Mallory. Nous ne voulons pas la mort d'une contribuable.

Mme Farrow examina en tremblant l'image de la morte et fit le signe de croix. Cela n'empêcha nullement Mallory de répéter plus fort.

— C'est bien elle ?

— Oui, oui, c'est Amanda Bosch.

Mallory nota quelque chose dans son carnet. Riker devina que son rapport méticuleux indiquerait que l'identification de la victime avait eu lieu le matin à dix heures cinquante-six. Ce serait un record pour la section spéciale, s'agissant d'un corps sans empreintes digitales.

Ils suivirent la vieille femme dans l'immeuble, jusqu'à un appartement au deuxième étage. Les mains de Mme Farrow tremblaient tellement qu'elle eut du mal à tourner la clé dans la serrure. Riker entra dans l'appartement derrière Mallory. Mme Farrow hésita un instant, sur le seuil de la porte, puis disparut dans le couloir.

La première chose que Riker remarqua fut l'extrême propreté de l'appartement. Tout était astiqué à la perfection, même dans la cuisine ouverte qui donnait sur le living. Il régnait une odeur de poudre à récurer et de désinfectant. On avait fait le ménage à fond pour recevoir des amis – ou pour effacer des taches de sang et des empreintes ?

La poignée intérieure de la porte d'entrée reluisait comme si on l'avait frottée avec soin. Même Mallory ne poussait pas l'obsession de la propreté jusqu'à essuyer ses propres empreintes en quittant son appartement. Riker appela un policier en uniforme qui se tenait dans le couloir aux côtés de Jimmy Farrow.

— On dirait qu'il s'agit du lieu du crime. Va demander à la gardienne si tu peux téléphoner pour appeler l'équipe technique.

— Ça sera une perte de temps, dit Mallory en admirant le brillant d'une petite table. Pas un grain de poussière. Si notre homme s'en tire pour cause de maladie mentale, je l'engage tout de suite pour nettoyer mon appart.

Elle ne toucha à rien, les mains dans les poches, à mesure qu'ils exploraient le reste de l'appartement. Markowitz l'avait bien dressée.

Ils pénétrèrent dans la chambre du fond, une petite pièce à peine assez grande pour contenir un lit à une place et un ordinateur. À sa vue, Mallory retira ses mains de ses poches, mais elle ne s'en approcha pas. À présent, songea Riker, elle ne s'intéresserait à rien d'autre.

Au fond d'un placard entrouvert, Riker aperçut par terre un joli berceau en bois, à l'ancienne. Ainsi, Amanda avait acheté un berceau pour le bébé et l'avait ensuite mis de côté, hors de sa vue, après qu'on lui eut arraché l'enfant de sa chair.

Il détourna les yeux.

Poursuivant son investigation, il examina une étagère remplie de livres où il trouva surtout des guides. Dans cette pièce aussi, tout était nickel. À la lumière des deux fenêtres, Riker observa des traces d'éponge haut placées sur les murs. Y avait-il eu des éclaboussures de sang? Est-ce qu'Amanda s'était défendue avant que le meurtrier ne la tue?

— Eh bien, tout concorde, dit-il à Mallory qui examinait sans y toucher l'étiquette d'une disquette. Le crime a eu lieu ici et le salaud a fait le ménage à fond. Tu sais, mon petit, on arrive peut-être à la solution.

Mallory marchait de long en large devant la console de l'ordinateur. Riker devinait qu'elle attendait seulement que le technicien lui confirme ce qu'elle savait déjà — on avait effacé toutes les empreintes de l'ordinateur. Tout le reste n'existait plus pour elle.

Ce n'était pas le style du Vieux.

Markowitz exigeait que chacun de ses enquêteurs lui apporte le moindre détail noté dans un carnet ou enfermé dans un sac en plastique. Mallory, en revanche, passait sur les détails.

Un policier en uniforme apparut sur le seuil de la porte d'entrée.

— Il y a une équipe dans le secteur. Ils seront là dans une quinzaine de minutes.

— Merci, Martin, dit Riker.

Si Mallory approuvait le nettoyage de l'appartement, c'est qu'on ne trouverait rien. Vingt minutes plus tard, Heller, le plus ancien du laboratoire médico-légal, était du même avis. Debout, au milieu de la chambre à coucher, de ses yeux bruns, tranquilles, il parcourut lentement chaque surface polie. Il fit la grimace.

Tandis qu'il enfilait ses gants en caoutchouc, il fit signe à l'un de ses hommes de s'occuper de la cuisine. Le troisième technicien s'attaqua au living, sa torche balayant les recoins du petit appartement. Heller, un pinceau à la main, s'approcha de la petite table de nuit près du lit.

— Non, dit Mallory. Occupez-vous d'abord de l'ordinateur, j'en ai besoin maintenant.

Un autre homme de l'âge d'Heller aurait pu se vexer de recevoir des ordres de Mallory, qui était plus jeune que sa fille. Mais Heller ne broncha pas et posa sa valise remplie d'instruments au pied de l'ordinateur.

Un policier apparut sur le seuil de la porte de la chambre.

— On vient d'apporter ceci pour vous, dit-il en tendant à Mallory une petite mallette en cuir.

Elle contenait des outils de précision et des disquettes. Mallory s'adressa à Heller qui saupoudrait l'ordinateur d'une poudre noire.

— Ne laissez pas cette saloperie se répandre sur le clavier. Et attention au ventilateur — il ne faut pas que ça s'infiltre...

Riker n'avait jamais vu Heller travailler si vite, rien que pour apaiser Mallory. Quand il eut fini, il s'éclipsa en un clin d'œil.

— Je vais parler à la vieille dame et à son petit-fils, dit Riker.

— Entendu.

À présent elle pouvait se concentrer entièrement sur l'ordinateur. Riker ainsi que les techniciens qui travaillaient autour d'elle n'existaient plus.

En refermant la porte, Riker jeta un coup d'œil derrière lui et aperçut Heller qui s'attaquait à la table de nuit en râlant parce que ce criminel était un fanatique de la propreté. Le brave homme oubliait qu'à deux mètres de lui une fanatique semblable était assise en face d'un ordinateur et qu'elle était armée.

— N'emballez pas ça, dit Mallory à Heller qui s'employait à faire glisser dans un sac en plastique le fichier posé sur une petite table près de l'ordinateur. J'en ai besoin. Il contient la liste des clients d'Amanda — les gens qui l'ont chargée de faire des recherches.

— Vous avez vos pinces dans cette mallette? demanda Heller en jetant un coup d'œil sur les instruments de Mallory.

Elle regarda Heller. Croyait-il vraiment qu'elle ne

savait pas comment manipuler des indices ? Non, ce n'était pas ça. Il faisait simplement son boulot. Markowitz avait toujours chouchouté Heller, même quand celui-ci le rendait fou avec sa manie de vérifier chaque détail ! Mallory aussi avait besoin du savoir-faire de cet homme.

— Ne vous en faites pas, Heller. Si ses empreintes étaient dessus, il aurait emporté le fichier avec lui. Tenez, regardez ça, dit-elle en s'écartant de l'écran.

Heller se pencha sur les lettres blanches qui se détachaient sur le fond azur. C'était une liste de noms. Il examina ensuite la première carte du fichier.

— Vous voyez ? Les premières informations sur l'écran correspondent à celles de la première carte. Nous avons ici la copie électronique des cartes du fichier. Quelqu'un s'est connecté sur cet ordinateur au moins six heures après la mort d'Amanda Bosch. La personne qui a nettoyé l'appartement a également fait le ménage dans l'ordinateur. Elle a effacé ce fichier. Je l'ai retrouvé grâce au programme utilitaire d'un logiciel. Avec un peu de chance, le fichier des cartes ne correspondra pas exactement à celui de l'ordinateur.

— Vous pensez que le type a retiré la carte qui l'identifiait ?

— Je le parierais, répondit Mallory. Pourquoi aurait-il effacé la liste sur l'ordinateur si son nom ne s'y trouvait pas ?

Heller inscrivit ses initiales sur un sac en plastique que l'un des techniciens venait de lui remettre.

— Nous en avons terminé ici, Mallory. Je n'ai pas grand-chose à vous apprendre. L'homme était grand. La hauteur des traces sur le mur le prouve.

— Comment savez-vous qu'il ne se tenait pas sur une chaise ?

— On peut suivre la trace ininterrompue de l'éponge. De toute évidence, l'homme marchait le long du mur. J'estime sa taille entre un mètre quatre-vingt-cinq et un mètre quatre-vingt-quinze. Et ce salaud n'a rien négligé. Nous emportons au laboratoire les tapis et le matelas. S'il y a des traces de sang, nous les trouverons. Nous avons relevé des empreintes sur les chaussures et les ceintures en cuir. Ce sont probablement celles de la victime. (Heller montra les marques sur le mur.) Personne de cette taille n'aurait de si petites empreintes digitales...

Heller semblait chercher ses mots.

— C'est tout ?

Tu ne me cacherais pas quelque chose, n'est-ce pas, Heller ?

— Le type est bizarre, fêlé.

Heller tira le tiroir de la table de nuit. Il était vide ; on en avait retiré le contenu. Renversant le tiroir, Heller le tendit à Mallory. Le bois sentait encore l'odeur de pin du produit nettoyant.

— Il a lavé toutes les surfaces extérieures des tiroirs. Pourtant, il n'y avait pas la moindre trace de sang dessus. Je l'ai vérifié à l'aide de la lumière et d'un spray spécial. Ce type est vraiment dingue.

— Vous voulez dire que je dois rechercher un homme au profil de psychopathe, et, par-dessus le marché, un obsédé de la propreté ?

— C'est possible. J'ai vu un cas de ce genre, il y a une dizaine d'années. Votre vieux vous en a peut-être parlé. Le lieu du crime était aussi immaculé que celui-ci. La police a fini par arrêter le criminel quand il est revenu sur les lieux pour nettoyer encore. Un détective se trouvait dans l'appartement quand l'assassin est arrivé avec ses gants de caoutchouc, portant un seau et une serpillière. Si seulement le dénouement était toujours aussi simple... C'est tout ce que j'ai.

Et merci, Heller, souffla le fantôme de Markowitz assis dans son fauteuil rembourré, à l'intérieur du cerveau de Mallory.

— Merci, Heller.

Mallory prit ses pinces en souriant et saisit avec précaution chaque carte qu'elle remit sur son support après l'avoir comparée avec la liste qui s'affichait sur l'écran de l'ordinateur.

Heller et ses hommes venaient de partir quand Mallory arriva à la lettre *h*. La carte de Betty Hyde manquait. D'après le fichier de l'ordinateur, Hyde était une journaliste qui assurait la chronique mondaine de plusieurs grands journaux. Mallory se souvint qu'elle avait aussi une rubrique dans un journal télévisé du soir. Elle habitait au Coventry Arms, une luxueuse résidence de l'Upper West Side.

La richesse.

L'appartement était à six minutes à pied de l'endroit du parc où le corps de la victime avait été abandonné.

Une inspection rapide de l'agenda électronique d'Amanda Bosch permit à Mallory de découvrir que Betty Hyde utilisait les services de la jeune femme de façon intermittente. Ses notes sur leurs invitations mondaines indiquaient que leurs relations étaient plus sociales que professionnelles.

Mallory évoqua le visage de Betty Hyde dans son spot télévisé de cinq minutes. L'échotière n'était pas tendre en rapportant la vie privée des célébrités. On l'imaginait mieux en victime qu'en suspecte. Quand Mallory eut terminé sa vérification, seule sa carte manquait. Sans doute à cause de l'adresse.

Elle s'attaqua aux sous-fichiers cachés. Il lui serait facile de déjouer la sécurité, mais pourquoi Amanda Bosch en avait-elle eu besoin sur un ordinateur privé ? Quelqu'un d'autre passait-il du temps dans cet appartement ? Certainement pas Betty Hyde dont les goûts étaient radicalement différents à en juger par son somptueux appartement qui valait bien plusieurs millions de dollars.

L'ordinateur réclamait un mot de passe. Mallory fouilla dans son équipement software avec l'œil exercé d'un cambrioleur qui passe ses outils en revue. Finalement, ce fut le mot LIVRE qui déjoua la protection en déversant un roman entier.

Ça collait avec les livres sur le métier d'écrivain et les précis de style alignés sur l'étagère.

— Vous avez tout à fait raison, madame Farrow, dit Riker. Elle n'aurait pas dû vous parler comme ça. Mais, vous savez, elle a perdu son père dernièrement et, depuis, elle n'est plus la même.

En réalité, Mallory n'avait pas changé du tout.

— Oh, la pauvre enfant ! s'exclama Mme Farrow.

Mallory n'avait jamais été une enfant.

Riker était assis dans un fauteuil confortable tapissé d'un tissu où prédominaient les roses ; il y avait aussi des roses sur le papier peint et sur le tapis. Même sa tasse à café était bordée de roses. Riker sourit à la vieille dame qui habitait dans l'appartement au-dessus de celui d'Amanda Bosch.

— J'ai su que vous aviez des problèmes avec vos chèques de la Sécurité sociale.

— En effet, Jimmy les vole et les encaisse. J'ai pensé que c'était pour cela que vous veniez l'arrêter. Habituellement, sa mère me rembourse, mais ce mois-ci elle était un peu à court d'argent. Je n'ai pas porté plainte. Je ne le ferai jamais. Amanda m'a fait mes courses et m'a aidée pour acheter mes médicaments. J'ai dit à Jimmy que s'il ne remboursait pas Amanda, je le ferais mettre en prison. Je ne le ferai jamais, vous pensez bien. Alors, Jimmy n'a rien trouvé de mieux que de lui faire cadeau d'une veste usagée avec un trou de cigarette sur la manche...

— Savez-vous où était Jimmy ce matin-là ?

— Mon petit-fils était ici avec moi. Son père l'a traîné chez moi à six heures du matin pour qu'il me fasse des excuses. Mon fils, voyez-vous, travaille de nuit. Il s'arrête à cinq heures. Quand sa femme lui a finalement parlé du chèque, il est devenu fou de rage, mon fils. Et Mme Cramer – c'est ma voisine de palier –, elle est si gentille ! Chaque matin depuis ma dernière crise cardiaque, Mme Cramer passe me voir avant de partir à l'hôpital. Elle était là quand Jimmy et son père sont passés. Vous pouvez lui demander. Ensuite, nous avons tous été à la messe et, après, nous sommes allés prendre le petit déjeuner chez mon fils. Il m'a ramenée à la maison vers midi.

Riker consulta ses notes. Cela collait avec ce que Jimmy lui avait dit. Il ne croyait pas que la vieille femme mentait. Ses yeux exprimaient chacune de ses pensées, de ses angoisses.

— Et votre petit-fils n'a jamais été hors de votre vue pendant toute la matinée ?

— Non. Le père Ryan vous le dira. Il s'en souviendra. Il a été surpris de voir Jimmy à la messe.

Baissant les yeux sur ses mains noueuses, percluses de rhumatismes, qui tenaient une boîte en fer, elle demanda :

— Qu'allez-vous faire de mon petit-fils ?

— Je demanderai à l'un de nos hommes de le reconduire à l'entrepôt.

— Pas d'inculpation ?

— Non.

Elle ouvrit avec peine sa boîte en fer et lui offrit un biscuit.

— J'ai encore quelques questions à vous poser au sujet d'Amanda, dit Riker en se servant.

— Je ne peux toujours pas croire qu'elle est morte. Elle était si jeune... Et Amanda était si bonne, si douce. Je ne peux pas...

Ses paroles s'étranglèrent dans sa gorge. Soudain, la vieille dame se sentit très fatiguée. Cela se voyait à son dos voûté et à ses épaules tombantes.

— J'aimerais en parler avec ses voisins, dit Riker. Ils se souviendront peut-être de l'avoir vue avec un petit ami. C'est difficile de croire qu'une belle jeune femme comme elle n'avait personne dans sa vie, non ?

Amanda n'avait pas fait ce bébé toute seule. Il est vrai que Noël approchait, mais Riker ne croyait pas aux miracles. La vieille gardienne ne lui avait pas tout dit.

— Les voisins ne sauront pas grand-chose, dit Mme Farrow. Dans ce quartier, les gens travaillent pendant la journée et se couchent tôt.

— Et vous n'avez jamais entendu le type à l'étage en dessous, pendant les week-ends ?

— Ma foi, non.

La vieille courba davantage ses maigres épaules et regarda fixement le tapis. Elle avait compris qu'elle s'était fait piéger.

Riker sourit en regardant la vieille dame avec une sorte de tendresse.

— Vous savez, je n'aime pas dire du mal des défunts. Mais je ne crois pas qu'Amanda nous en voudrait. Et je sais que vous voulez que nous trouvions son assassin, n'est-ce pas ?

— Amanda n'en parlait jamais, dit-elle à voix basse. Il ne venait la voir que l'après-midi, quand il n'y avait personne dans l'immeuble.

— Mais vous les avez entendus, en bas. Vous les avez entendus tous les deux ?

Que n'avait-elle pas entendu, disait le tremblement nerveux des doigts arthritiques sur la boîte en fer. La vieille femme refusa de croiser le regard du sergent.

Mallory fit défiler rapidement les lignes du roman sur l'ordinateur, cherchant quelque chose d'inhabituel, la trace d'un fichier effacé. Soudain, derrière la vitre donnant sur l'escalier de secours, elle entendit le cri d'un bébé. Elle se retourna vers la fenêtre.

Ce n'était pas un bébé.

Mallory fixa une paire d'yeux obliques aussi verts que les siens. Le chat avait dû être blanc, mais à présent sa fourrure était grise de poussière et l'une de ses oreilles pendait, déchirée et sanguinolente. Amanda Bosch devait avoir l'habitude de nourrir l'animal abandonné.

— Pas de veine, le chat. À toi de te débrouiller tout seul, à présent.

La jeune femme s'installa de nouveau devant l'ordinateur en commençant à s'intéresser à l'intrigue du roman. L'un des personnages principaux habitait dans une résidence de luxe dans l'Upper West Side. Elle pensa à la carte manquante sur Betty Hyde. Le héros était un homme marié qui trompait sa femme. De mieux en mieux.

Le chat continuait à miauler.

Mallory se tourna vers la fenêtre en lançant au chat un regard qui signifiait : *Cesse tout de suite de miauler ou je t'expédie au paradis des chats.* L'animal se méprit sur le message car ses yeux se fendirent davantage en répondant : Je t'aime aussi. Puis, debout sur ses pattes de derrière, il se mit à gratter la vitre en miaulant de plus belle : *Laisse-moi entrer, laisse-moi entrer !*

Mallory remonta la fenêtre. Avant qu'elle ait pu attraper l'animal, il s'était faufilé sous son bras en laissant une touffe de poils sur sa manche. Sautant à terre, traversant la cuisine, il bondit jusqu'au living.

Mallory haussa les épaules. Et puis zut ! Amanda Bosch était morte, l'appartement serait à louer, que le chat chaparde s'il en avait envie. Ça lui était bien égal, à elle.

Mais le chat se remit à miauler. Mallory le suivit et le vit ouvrir la porte du placard et y entrer. Il en ressortit aussitôt en flairant le sol. Revenant vers Mallory, il se frotta contre sa jambe. Les miaulements plaintifs se transformèrent en ronronnements bruyants. Elle réprima l'envie de s'en débarrasser d'un coup de pied. Elle se contenta de le repousser. Le chat sauta sur l'étagère, fit tomber une boîte de rubans et revint fièrement, une souris bourrée d'herbe aux chats dans sa gueule.

Ce n'était pas un chat abandonné.

Mallory se dirigea vers la cuisine américaine. Ouvrant l'un des placards, elle remarqua une assiette creuse, bleue, avec les mots Long Nez imprimés en lettres dorées. Le chat ne la quittait pas des yeux. C'est alors qu'elle observa une marque grise autour de son museau. Cela donnait l'illusion d'un nez long et épaté. Long Nez était bien nommé.

Il miaulait de nouveau. Mallory mit une main sur sa hanche, exposant son revolver dans son étui. Elle avait oublié que ce geste n'aurait que peu d'effet sur un chat.

Dressé sur ses pattes de derrière, Long Nez, tournoyant sur lui-même, exécuta une suite de petits pas de danse. Ensuite, il s'assit tranquillement en regardant fixement le bol dans la main de Mallory. Elle était déçue. La seule chose qu'elle respectait chez les chats, c'était justement leur refus de faire les pitres comme des chiens savants. Celui-ci avait cédé. Pourquoi ?

Elle lui ouvrit une boîte de thon pour qu'il se tienne tranquille. Le chat dévora la nourriture comme s'il n'avait pas mangé depuis huit jours.

Retournant dans la chambre à coucher, elle mit en marche l'imprimante. En attendant que les feuillets s'impriment, Mallory examina l'armoire et remarqua le berceau par terre.

Un berceau avant un avortement ?

Elle alla dans la salle de bains et fouilla le placard sous

le lavabo. Il y avait un bac à litière pour chat. Il restait encore des traces de poudre noire mais pas d'empreintes. Le tueur l'avait soigneusement essuyé.

Après avoir tout inspecté, Mallory arriva à la conclusion que cet appartement n'était pas le lieu du crime. Elle était convaincue que le criminel n'avait pas tout nettoyé à la suite d'une simple effraction suivie d'une agression. Il avait passé beaucoup de temps ici. C'était l'homme qu'Amanda avait éliminé de ses sous-fichiers, de son roman. Elle avait agi ainsi parce qu'il tenait le rôle principal dans le livre.

Et pourtant il avait laissé le fichier des cartes individuelles. Était-il vraiment débile ?

Évidemment pas.

Il était obligé de laisser les adresses des clients d'Amanda afin que la police ne fouille pas trop dans son quartier, en demandant, par exemple, la coopération du public au journal télévisé du soir. Ça collait. L'endroit à Central Park où l'on avait découvert le corps était à cinq minutes de l'appartement de Betty Hyde. C'était donc cette adresse que l'assassin voulait dissimuler.

À présent, Mallory examina avec encore plus d'attention chaque pièce de l'appartement.

Les détails, lui soufflait Markowitz, de cette petite chambre dans son cerveau que Mallory lui avait aménagée avec son fauteuil favori, son râtelier à pipes et sa blague à tabac hollandais. *Les détails.*

Elle examina les provisions dans la cuisine. Deux boîtes de conserve de poisson mais pas d'aliments pour chat. Certaines personnes avaient une façon bizarre de nourrir leurs animaux familiers. Elle trouva l'aspirateur et l'ouvrit. Le sac manquait. Heller avait dû l'emporter. Elle remarqua des poils de chat.

Long Nez se frottait à nouveau contre sa jambe en y laissant généreusement des traces de son pelage. Il se dressa sur ses pattes arrière, ses pattes de devant légèrement appuyées sur son jean. Mallory se baissa et prit les pattes du chat dans sa main.

Plus de griffes. Un chat d'appartement.

Cela expliquait l'oreille blessée et le sang. Un chat

privé de griffes ne pouvait survivre dans la rue. La bête s'était échappée quand l'assassin était revenu — ou bien celui-ci avait-il eu une bonne raison pour la jeter dehors ?

Le chat avait léché son plat avec alacrité. Il avait dû être privé de nourriture depuis longtemps. Cela collait avec l'hypothèse que le criminel était revenu à l'appartement le jour du meurtre, la dernière date enregistrée sur le calendrier de l'ordinateur.

Riker ne s'attendait pas à voir Mallory avec un matou dans les bras. Les chats sont les ennemis traditionnels des obsessionnels de la propreté. Celui-là avait déjà déposé une traînée de poils blancs sur son blazer gris. Mais le plus étonnant était qu'il soit encore en vie. Elle le déposa sur le tapis à ses pieds. Le chat se frotta contre sa jambe, laissant une nouvelle touffe de poils et, pourtant, Mallory ne broncha pas.

— Qui est ton copain ?

— Il s'appelle Long Nez. Il habite ici.

— Ah ! oui. (Riker s'accroupit pour caresser le chat qui se cacha derrière l'autre jambe de Mallory.) As-tu trouvé autre chose ?

— Le crime n'a pas été commis ici, dit-elle tout en repoussant doucement le chat. Mais quelque part dans Central Park. Le meurtrier habite dans le coin. Il n'aurait pas traîné un cadavre ici pour le déposer ensuite dans le parc. Ça n'a pas de sens. En revanche, Amanda l'a rencontré dans le parc.

— Un rendez-vous ? Tu as dégotté ça sur l'ordinateur ?

— Non. Il avait plu ce matin-là. Il n'y a pas de parapluie dans l'appartement. Elle a découvert quelque chose, et elle lui a donné rendez-vous dans le parc pour lui en parler.

— Comment arrives-tu à cette conclusion ?

— Elle était chercheur free-lance et enquêteur. Elle a trouvé un truc compromettant contre lui. Elle le menace et il la tue. Ensuite, il a paniqué et il s'est enfui. Plus tard, il est revenu et a caché le corps dans les sous-bois. Il lui a écrasé les doigts pour détruire ses empreintes digitales. Ça lui a fait gagner le temps nécessaire pour venir ici le soir même et effacer toute trace d'une relation avec la victime. Il habite au Coventry Arms. Je te parie qu'il est marié et qu'il mesure un mètre quatre-vingt-dix environ. À toi maintenant. Qu'as-tu appris ?

Riker sourit et remit son carnet dans sa poche.

— L'histoire du gosse tient la route.

Il suivit Mallory dans la petite chambre. L'imprimante déversait encore des feuillets de papier qui jonchaient le sol. Mallory les parcourut jusqu'à ce qu'elle trouve la feuille qu'elle attendait. Elle l'arracha du rouleau.

Riker parcourut la liste de noms.

— D'abord, il efface ce fichier clients, dit Mallory. Ensuite, ce malade mental n'a pris sur la petite table qu'une seule carte avec l'adresse d'une cliente. Amanda travaillait occasionnellement pour la chroniqueuse Betty Hyde. Elles avaient aussi des relations mondaines.

— Tu en déduis que Betty Hyde est mêlée à l'affaire ?

— Non. Hyde n'a pas employé Amanda depuis deux mois.

— Peut-être qu'Amanda rendait visite à Betty Hyde pour lui offrir ses services ?

— Non, regarde ça, dit Mallory en déchirant un autre feuillet. Voici son planning. Rien dans son calendrier ne mentionne un travail pour Betty. Il y a même une note précisant que Hyde est en voyage. Je l'ai vérifié par le journal et la compagnie d'aviation. Elle doit rentrer cet après-midi.

Mallory présenta une autre feuille à Riker.

— Examine les facturations pour ces clients. Bosch notait tous ses rendez-vous – elle ne travaillait pas pendant le week-end. Et elle ne se dérangeait jamais pour chercher les documents dont elle avait besoin. Pendant ces deux derniers mois, son travail a été livré par coursier dans son appartement ou déposé chez ses clients.

— Le criminel habite donc dans le même immeuble que Betty Hyde ?

— Ouais – l'imbécile n'a emporté qu'une seule carte –, il habite l'immeuble de Betty Hyde, le Coventry Arms. Il ne voulait pas que la police vienne poser des questions à cette adresse. C'est comme s'il m'avait laissé un plan tout tracé !

— Quand Coffey apprendra ça, il va hurler comme un cochon qu'on égorge. C'est un peu en dehors de ton secteur, mon petit, mais tu connais le genre de gens qui habitent ces immeubles.

— Helen a grandi dans l'immeuble voisin. Sa sœur Alice y habite encore.

— Heureusement que tu as ce genre de relations... Tu en auras besoin si tu marches sur les pieds des résidents de Coventry Arms. Je ne savais pas qu'Helen appartenait à ce milieu friqué.

— La famille d'Helen était aisée mais pas très riche. Il existe une vraie cohabitation dans ce quartier.

— Quelle est la situation de l'immeuble de ta tante Alice ? Crois-tu qu'elle nous fera une petite place pour exercer une surveillance rapprochée ?

— Je ne crois pas. Je ne l'ai rencontrée qu'une seule fois et ça s'est mal passé. Elle ne peut pas me sentir.

— Comment est-ce possible ? Pourquoi est-ce qu'elle ne t'aime pas ?

Mallory était complètement absorbée dans le défilement du papier éjecté par l'imprimante.

— Alors, dis-moi pourquoi tu ne t'entendais pas avec la famille d'Helen ? Je sais qu'ils n'appréciaient pas trop Markowitz, mais toi... ?

— Tante Alice m'a détestée dès notre première rencontre, je ne l'ai jamais revue depuis.

Qu'avait bien pu faire la petite Kathy à la tante Alice ?

Riker tenait son carnet ouvert dans sa main en inspectant le bureau du médecin. Un lourd parfum de plantes en fleurs imprégnait la pièce. Le docteur sembla à Riker le genre d'âme sensible qui attrape les mouches pour les libérer au-dehors. Il eut un bref sentiment de pitié pour le petit homme en blouse blanche qui tentait d'expliquer à Mallory qu'il ne pouvait dévoiler la vie privée d'une patiente — qu'elle soit vivante ou morte. Le gynécologue refusait de lui dire si Amanda Bosch avait eu une maladie sexuellement transmissible. Il s'agissait du secret professionnel et il lui était impossible de le violer.

Mallory commençait à s'énerver. Seul Riker connaissait les signes annonciateurs. Ce petit médecin si sensible aux femmes et à leurs problèmes gynécologiques n'avait pas été préparé à cela.

Mallory se leva.

Trop tard, doc !

La jeune femme fit sursauter le médecin en jetant sur son buvard une photo de l'autopsie. Elle n'eut même pas besoin de le toucher pour le repousser contre les coussins de son fauteuil. Elle se pencha simplement au-dessus de son bureau en le fixant droit dans les yeux. Sans élever la voix, en articulant chaque syllabe d'une voix monotone, elle dit :

— Regardez ce que ce salaud lui a fait.

Cette photo ne ressemblait pas à celles que les policiers présentaient habituellement aux portiers dans le but d'identifier la victime. C'était la photo, obscène, d'une femme éventrée, éviscérée – le résultat de l'autopsie.

Mallory oublia de mentionner que ce carnage était l'œuvre d'un médecin légiste. Elle laissa le docteur donner libre cours à son imagination, ce qui eut pour effet de le rendre blanc comme un linge et de le précipiter vers les toilettes.

La jeune femme s'installa confortablement sur sa chaise en écoutant le pauvre homme vomir son déjeuner et rincer abondamment le lavabo. Le petit air penché et le pli ironique de la bouche de Mallory indiquaient qu'elle s'attendait à plus de force d'âme de la part d'un médecin.

Quand le docteur revint, il avait vieilli de dix ans. Il s'assit avec précaution dans son fauteuil et joignit les mains.

À présent, il appartenait corps et âme à Mallory.

— Connaissiez-vous le père de l'enfant ?

— Non. Elle refusait d'en parler. J'avais l'impression qu'il s'agissait d'un homme marié.

— Je veux savoir si une maladie sexuellement transmissible aurait pu motiver l'avortement. Je ne veux pas perdre mon temps à attendre le résultat des analyses du laboratoire médico-légal.

— Non, non, rien de tel. J'ai fait tous les tests à sa demande. En revanche, sa grossesse risquait de nuire à sa santé à cause d'une malformation de l'utérus.

— C'était donc un avortement thérapeutique ?

— Non, je ne crois pas. Je sais qu'elle désirait cet enfant plus que tout au monde. Ses problèmes physiologiques rendaient la conception très difficile. Il y avait une chance sur un million pour qu'elle soit enceinte.

— Vous avez pratiqué son avortement ?

— Non, elle s'est adressée à l'hôpital public. Elle est arrivée aux urgences en se plaignant de maux de ventre et de saignements. Je l'ai rejointe aussi vite que j'ai pu. Mais je n'avais pas mes entrées dans cet hôpital. C'était déjà fini quand on m'a laissé la voir. L'opération a été bâclée par un interne. Une vraie boucherie.

Le docteur jeta un coup d'œil sur la photo sur son bureau. Il sembla réviser sa conception du mot boucherie.

— Après cet avortement, reprit-il, elle ne pouvait plus envisager une autre grossesse. Les dégâts étaient irréparables, même le meilleur chirurgien n'aurait rien pu y faire.

— Quand a eu lieu l'avortement ?

— Ça fera une semaine aujourd'hui. Elle a annulé deux rendez-vous avec moi. Je ne l'ai jamais revue depuis. Je lui ai laissé des messages sur son répondeur. Elle ne m'a jamais rappelé.

— Donc, elle a fait une fausse couche ? C'est ce qui a déclenché l'avortement ?

— Non. Il n'y a pas eu de fausse couche.

— Vous pensez qu'elle a essayé d'avorter elle-même ?

— Non, bien sûr que non. Mais le bébé était en danger. Amanda Bosch ne dormait pas et ne mangeait pas depuis plusieurs jours. Elle subissait une pression énorme.

— Quelle sorte de pression ?

— Je ne sais pas. Quand je l'ai vue cette nuit-là à l'hôpital, elle a refusé de me dire ce qui s'était réellement passé. Le médecin de garde lui avait proposé de sauver l'enfant. Il m'a raconté qu'elle avait hurlé : « Non ! Tuez-le ! Arrachez-le de mon corps ! » Cet imbécile a fait ce qu'elle lui demandait sans prendre en considération l'état émotionnel de la jeune femme.

— Quel genre de traumatisme provoquerait des saignements et des maux de ventre ?

— Tout simplement un stress considérable accompagné d'un manque de sommeil. Dans son cas, le repos était très important. La plupart des femmes avec un profil médical identique au sien passent la majeure partie de leur grossesse au lit.

— Donnez-moi de bonnes raisons qui l'auraient poussée à avorter, dit Mallory. Je sais que ce n'étaient pas des raisons financières. J'ai vérifié son compte en banque.

— Peut-être a-t-elle eu connaissance d'une révélation terrible concernant le père de son bébé — quelque chose de suffisamment grave pour l'empêcher de garder son enfant. Elle était déjà enceinte de quatre mois. Le père lui a peut-être dévoilé un problème génétique...

— Mais vous aviez pratiqué les tests nécessaires, n'est-ce pas ?

— Sauf l'amniocentèse. Dans son cas, ce n'était pas indiqué. Et Amanda ne m'a jamais parlé de problèmes génétiques ou autres, d'ailleurs. C'était une jeune femme heureuse — jusqu'à la perte du bébé.

— Pouvez-vous imaginer d'autres possibilités ?

— Les femmes avortent en général à cause d'un viol. Ce n'était pas le cas d'Amanda. Le traumatisme émotionnel qu'elle a subi a pu être provoqué par de nombreux facteurs, mais il a fallu quelque chose de particulièrement horrible pour la faire avorter de cet enfant qu'elle avait tant désiré.

Le visage du médecin exprimait une véritable souffrance.

— J'aimais beaucoup Amanda, continua-t-il en repoussant de la surface de son bureau les photos de l'autopsie. Vous parliez tout à l'heure de son compte en banque — c'était le premier versement pour une maison. Elle voulait une maison avec un jardin où l'enfant pourrait jouer.

Dans le bureau de Coffey — qui était encore celui de Markowitz —, Riker racontait :

— Et Mallory a accordé un bon point au tueur pour ses talents domestiques...

— Les analyses médico-légales n'ont rien donné ? demanda Coffey à Mallory.

— L'équipe d'Heller a trouvé un pistolet à amorces dans la boîte à ordures de l'immeuble. Heller pense que cela a un rapport avec l'appartement d'Amanda Bosch.

— Il a trouvé des empreintes ?

— Non, justement, dit Mallory. C'est pourquoi il pense qu'il existe un lien avec l'affaire. Le jouet a été soigneusement essuyé. C'est une réplique d'un vieux pistolet automatique.

— Je ne savais pas qu'on fabriquait encore des pistolets à amorces...

— Seulement quelques entreprises, dit Riker en consultant son carnet. Mais ça ne nous aide pas beaucoup ; celui-ci a été fabriqué il y a trente ans. Il appartenait peut-être à l'assassin quand il était enfant.

— Tu crois qu'il a essayé de faire peur à la victime avec ça ? demanda Coffey.

— C'est bien possible, dit Riker. On se pose des questions quand un homme conserve ses jouets d'enfant...

Il y avait sur le bureau de Coffey une balle de base-ball avec l'autographe de Mickey Mantle. Coffey sourit sans se laisser troubler. Riker haussa les épaules.

— Avons-nous un mobile ?

— Amanda Bosch savait quelque chose sur le type et l'a menacé, dit Mallory. Il a paniqué et l'a tuée.

— D'où sortez-vous ça, Mallory ?

— Elle faisait des enquêtes et fouinait dans la vie des gens. Il est le père de son enfant.

— Qu'en savez-vous ?

Que savait-elle vraiment ?

— S'il était le père de son enfant, ce serait naturel qu'elle vérifie son passé, dit Mallory. Elle a dû découvrir quelque chose. Ça colle. Ça explique tout.

— Mais ce ne sont que des hypothèses, n'est-ce pas ? À moins que vous ne m'ayez pas tout dit. Vous ne me feriez pas ça, Mallory ?

Bien sûr qu'elle le ferait. Coffey jeta un coup d'œil vers Riker qui eut la bonne grâce de ne pas lever les yeux au ciel.

— Non, je vous ai tout dit.

Mais Coffey décida qu'elle avait mis une seconde de trop avant de répondre.

— Vous avez donc pu identifier le corps. Du beau travail, Mallory. En revanche, ce n'est pas évident que le tueur habite au Coventry Arms. En me fondant sur vos informations, je ne peux pas interroger les gens qui résident dans cet immeuble sans que ça fasse des vagues en haut lieu – des invités personnels du gouverneur vont porter plainte pour harcèlement. Nous n'avons pas le moindre indice concret. En admettant que Central Park soit le lieu du crime, une absence d'alibi pendant six minutes ne comptera pas en cour d'assises. En outre, l'assassin avait l'opportunité d'entrer dans l'appartement d'Amanda Bosch pendant vingt-quatre heures. Il n'avait même pas besoin de tout nettoyer en une fois. Si nous interrogeons tous les hommes de l'immeuble, où cela nous mènera-t-il ? Je ne peux pas le faire simplement parce qu'il manque une carte dans un fichier. Amanda Bosch l'a peut-être jetée elle-même. Betty Hyde n'est peut-être plus sa cliente...

— Elle n'a pas jeté la carte. Il y a aussi dans le fichier des cartes au nom de ses anciens clients. Cette femme n'a rien jeté.

Excepté un bébé à moitié fait.

— Ce n'est pas suffisant pour arrêter quelqu'un, dit Coffey.

— Je ne vous demande pas d'arrêter qui que ce soit, rétorqua Mallory. Laissez-moi habiter dans l'immeuble. On trouvera bien un appartement vide.

— Alors vous croyez que vous pourrez occuper un appartement vacant ou sous-loué sans alerter le suspect ? Nous recevons encore des appels de gens qui vous croient morte depuis qu'ils ont vu votre visage à la télé.

— Je suis certaine que ce type est lié d'une manière ou d'une autre au Coventry Arms. Je ne l'aurai qu'en le forçant à se montrer.

— Vous ne pouvez pas les coincer à tous les coups, Mallory.

— L'assassin appartient au même groupe social qu'Amanda Bosch et Betty Hyde. Celle-ci les a peut-être présentés, ou bien Amanda Bosch a rencontré le tueur pendant qu'elle rendait visite à Betty Hyde. En tout cas, je sais que cet homme habite là ou fréquente quelqu'un dans l'immeuble.

— Vous êtes sûre que Betty Hyde n'est pas mêlée à l'affaire ?

— Elle était en Australie le jour du meurtre. Je l'ai vérifié. De plus, elle a soixante ans et elle est trop petite.

— Mais c'est son nom qui figure sur la carte manquante. Betty Hyde a peut-être engagé un pro pour exécuter le contrat ?

— Ça ne colle pas du tout, interrompit Mallory. Amanda Bosch avait une relation personnelle avec l'assassin. Elle s'est rendue au parc, ce matin-là, pour le retrouver. Je pense que le meurtre n'était pas prémédité – pas d'arme sur le lieu du crime. Il a utilisé ses mains nues et une grosse pierre.

— Pourquoi ne pas convoquer Miss Hyde ? Son témoignage nous serait très utile...

— Non. Il vaut mieux ne pas alerter les gens sur la mort d'Amanda Bosch. La plupart de ses clients résident dans le Village ou dans le secteur de Midtown. Cet immeuble est son seul lien avec l'Upper West Side. Et c'était la seule adresse que le meurtrier voulait supprimer.

— Mallory, vous n'avez rien qui *prouve* que cet homme habite le Coventry Arms !

— Je sais où il habite parce que je le connais, *lui*. Il a pris tout son temps pour écraser les mains de la victime, lui réduire les doigts en bouillie. Après avoir surmonté sa panique initiale, il a travaillé tranquillement dans le lieu qu'il avait choisi – tout près de chez lui.

Coffey fit glisser vers Mallory une enveloppe marquée des initiales d'Heller.

— Heller confirme votre théorie soutenant que le lieu du crime se trouve à Central Park. Comment avez-vous pu le convaincre de retourner là-bas ? Ils ont découvert au bord de l'eau des éclaboussures de sang sous des galets retournés. Heller est venu me voir il y a une demi-heure environ. Il a dit que vous aviez autorisé les heures supplémentaires...

— Ça renforce donc mon hypothèse que le Coventry Arms est la résidence de l'assassin, qu'il a retiré la carte pour nous empêcher d'enquêter là-bas. Introduisez-moi dans l'immeuble.

— Apportez-moi des faits solides, alors nous pourrons envisager une surveillance rapprochée.

— Au moins, ne divulguez pas le nom de la victime. J'ai besoin de cet avantage pour obliger l'assassin à se découvrir.

— Vous avez ma parole. Personne ne saura le nom de la victime.

— Ouais, merci, dit Mallory.

Un « de rien » non exprimé flotta dans la pièce qu'elle venait de quitter.

Mallory rangea sa voiture devant le Coventry Arms en laissant tourner le moteur.

L'édifice en stuc, datant du siècle dernier, revêtait l'allure menaçante d'une forteresse. Des lumières brillantes embrasaient la plupart des fenêtres tandis que des lueurs vacillantes éclairaient les autres. Des pignons et des balcons foisonnant de plantes vertes brisaient la monotonie de la façade surmontée d'un long toit plat. Les murs étaient envahis par du lierre qui dépassait les feuilles sombres des vieux arbres. Les fenêtres arboraient les formes les plus variées, carrées, rectangulaires ou circulaires. Mais la plus remarquable était la fenêtre centrale, un immense vitrail en forme d'arche qui aurait fait honneur à une cathédrale même si ses motifs aux couleurs vives étaient plus anciens que l'église même.

Mallory s'amusa à décrypter les figures mythologiques gravées dans le verre. Ses années passées à Barnard n'étaient pas complètement gaspillées. L'image de la femme devait représenter la déesse du Printemps. Elle était emportée dans les bras de son amant, le dieu des Enfers, qui courait vers le bord de l'abîme. Le mouvement des amants était fixé à jamais dans ce suicide meurtrier qui les précipitait vers la mort, l'entrée de l'Hadès, le retour au paradis perdu.

L'immense gueule en pierre de Belzébuth encadrait l'entrée de l'immeuble, des doubles portes ornées de frises en cuivre. Outre le concierge habituel, il y avait un vigile ce soir-là – une présence nécessaire en cette époque de rock stars sans cesse traquées par leurs envahissantes groupies.

Mallory portait sa plaque dans la poche arrière de son jean. Elle avait le droit d'entrer quand elle le désirait, d'interroger qui bon lui semblait. Elle possédait le pouvoir, mais elle ne pouvait l'utiliser. Pas encore. Et elle ne pouvait s'introduire subrepticement. Coffey avait bien fait de lui refuser la surveillance rapprochée – mais pour de mauvaises raisons. Il valait mieux faire une entrée remarquée. Seuls les comportements trop discrets semblent suspects.

Mallory démarra lentement et s'arrêta à l'autre bout du pâté de maisons devant un immeuble plus modeste. Elle n'était venue qu'une seule fois dans cette résidence, mais elle se souvenait de chaque détail de sa visite. Elle stationna comme d'habitude, en double file. C'était plus facile d'effacer les contraventions dans l'ordinateur de la police que d'indiquer aux contractuelles la fonction de sa voiture. La jeune femme présenta sa carte de visite au concierge quand il lui demanda *qui* elle venait voir et *qui* elle était.

— Êtes-vous Mallory ou Butler, mademoiselle ?

— Dites-lui que c'est Kathy, sa nièce.

Ce n'était pas entièrement vrai. Son adoption n'avait jamais été officiellement enregistrée. Elle avait toujours refusé de répondre aux questions sur son passé ou ses parents. Sans pouvoir tracer ses origines, l'administration n'avait pu poursuivre les démarches. Mallory avait donc toujours gardé le statut légal d'enfant placée ; quant à la notion de tante adoptive, elle demeurait floue. Il y avait beaucoup de Mallory à New York, mais l'unique sœur d'Alice n'avait qu'une seule fille, nommée Kathy.

Le concierge replaça le récepteur. Il tint la porte grande ouverte avec un large sourire. Tante Alice devait donner de généreux pourboires.

Le gardien de nuit assis derrière son bureau raccrocha également son téléphone en saluant courtoisement la jeune personne qui traversait le hall.

Cette demeure, sans être opulente, exprimait toutefois une aisance discrète. Le mobilier du vestibule était de bonne qualité. L'ascenseur semblait bien entretenu à en juger par le ronronnement harmonieux du moteur.

À la première visite de Kathy, un groom faisait marcher l'ascenseur. Du haut de ses dix ans, elle se souvint de l'avoir regardé en levant la tête. On en voyait rarement aujourd'hui, depuis que l'automatisation avait supprimé les petits boulots.

Les portes s'ouvrirent sur un palier recouvert de moquette de haute laine beige. Du papier à rayures de bon ton tapissait les murs. Mallory se dirigea sans hésiter vers l'appartement au fond du hall. La première fois qu'elle était venue avec Helen, elle ne pouvait atteindre – même sur la pointe des pieds – le marteau en cuivre à tête de lion qui ornait la porte.

Une femme de chambre, la même, ouvrit et s'effaça pour la laisser passer dans l'entrée. Mallory la suivit et s'étonna de la brièveté du trajet. La dernière fois, ce vestibule lui avait semblé immense. Après avoir traversé le salon de musique, elles pénétrèrent dans une pièce presque aussi grande que dans sa mémoire d'enfant, une salle de bal encombrée de bric-à-brac sur chaque table et dont les murs étaient recouverts de photos de famille. Mallory aurait parié qu'aucun meuble n'avait changé de place depuis sa dernière visite, quatorze ans auparavant. Le mobilier en bois sombre se détachait sur de lourds rideaux en damas rouge. Dans les recoins remplis d'ombres, la lumière se reflétait parfois sur une boîte en argent ou une petite figurine en or.

Photos et portraits de famille représentaient une longue lignée de générations, lui avait dit Helen. Elle ne se souvenait que de peu de chose de la conversation qui s'était tenue au cours de la visite, cet après-midi-là. Alice ressemblait à sa sœur et cet air de famille se retrouvait sur le visage vieillissant de leur mère. Mais le teint gris de la vieille dame reflétait déjà le mal qui la rongeait et qui devait emporter Helen quelques années plus tard.

Le bavardage des deux sœurs ennuyait la petite fille qui dressa l'oreille seulement quand le sujet de la conversation porta sur Markowitz. Elle écoutait attentivement, ses mains formant des petits poings serrés. Markowitz avait beau être un flic, c'était aussi son père. Soudain, elle se dressa hors de sa chaise dans un élan rageur. Le regard d'Helen l'obligea à se rasseoir. L'enfant qui, il n'y avait encore pas si longtemps, mangeait dans les poubelles croisa sagement ses mains sur ses genoux et ses jambes à la hauteur des chevilles ainsi qu'Helen le lui avait appris.

— Alors Louis n'a rien trouvé de mieux pour toi ? demanda Alice en haussant le ton.

Pour la jeune Kathy Mallory, il ne fallait pas utiliser ce ton-là avec la douce Helen Markowitz. La voix criarde continua :

— Pas le moindre lien du sang... le rejeton de quelqu'un d'autre, sorti du ruisseau !

La mère des deux sœurs, qui n'avait pas encore ouvert la bouche, se leva péniblement en s'appuyant sur sa canne et renvoya d'un signe de la main la femme de chambre qui accourait à ses côtés :

— Ça suffit, Alice, dit-elle d'un ton impérieux, les yeux menaçants. Ce qui est fait est fait.

Alice commença à se lever en ouvrant la bouche pour protester. La vieille dame lui intima le silence comme elle l'avait fait pour la femme de chambre. Mais c'était trop tard, le mal était fait. Helen pleurait, des larmes abondantes inondant son visage.

Kathy bondit avec la rapidité d'un boulet de canon sur la sœur d'Helen, propulsant son visage à un centimètre de celui d'Alice. Les mots sortirent de ses entrailles dans un grondement plein de haine et de menace :

— Si tu fais encore pleurer Helen, je te coupe les jambes aux genoux, espèce de *conne* !

— On ne dit pas conne, ma chérie, dit Helen, debout derrière elle, en enfilant les petits bras dans un manteau neuf.

Tandis qu'elles suivaient la femme de chambre dans le vestibule, Kathy entendit l'éclat de rire strident de la mère d'Alice. Elle voulut retourner la frapper mais Helen l'avait retenue. Avec Helen, il suffisait d'un regard ou d'une légère pression de la main pour calmer l'orage continuel qui agitait la petite Kathy Mallory.

Quatorze ans plus tard, Mallory était de retour. Helen était morte et enterrée depuis quatre ans. Elle retrouva les yeux d'Helen dans le visage ravagé d'Alice.

— Je croyais que vous étiez morte, dit Alice.

— Comme vous voyez, je suis en vie, rétorqua Mallory.

Seriez-vous déçue, tante Alice ?

— Mais je l'ai entendu aux nouvelles du soir, à la télévision, dit Alice comme si elle surprenait Mallory en train de mentir. Enfin, ça n'a pas d'importance. Il est un peu tard pour faire des visites, ne trouvez-vous pas ? Et je veux dire sur plusieurs plans...

— C'est vrai que ça fait un bout de temps, dit Mallory. Je vous ai aperçue à l'enterrement de Markowitz.

Le jour de l'enterrement du Vieux qui venait d'être déposé au fond de la tombe, en relevant la tête, Mallory avait vu Alice penchée sur le cercueil. On aurait dit le fantôme d'Helen tant la ressemblance était frappante. Mallory avait fermé les yeux. Quand elle les avait rouverts une seconde plus tard, le fantôme avait disparu.

— J'ai pensé qu'Helen aurait été contente qu'un membre de la famille soit présent, dit Alice.

— En effet, je vous en remercie.

— Vous n'avez pas beaucoup changé depuis le temps où vous étiez petite fille. Mais vous n'aviez pas l'air d'une petite fille. Vos yeux étaient plutôt ceux d'une adulte. Vous étiez une enfant difficile. Violente, insolente – vous n'étiez pas civilisée.

Mallory ne répondit pas. Elle ne se vexa même pas. C'était la vérité.

— Je sais où vous habitez maintenant, Kathy. Pas très loin d'ici, n'est-ce pas ? Cet appartement a dû vous coûter très cher. Et j'imagine que les charges sont élevées. Pourquoi êtes-vous venue ? Je suppose que vous voulez de l'argent.

— Je n'ai pas besoin d'argent.

— Alors que voulez-vous ? demanda Alice en se penchant vers sa visiteuse, un éclair traversant ses yeux bleu délavé. Que pourriez-vous donc vouloir de moi ?

Sa voix était montée d'un ton. Elle tremblait et paraissait sur le point de craquer. Elle reprit :

— Vous m'avez pris ma sœur ! Saviez-vous qu'elle ne m'a plus jamais parlé ? Saviez-vous combien j'aimais Helen ?

Alice se leva avec effort. Souffrait-elle du même cancer qui avait tué Helen ? Elle avait l'air fatiguée et elle avait maigri.

La colère venimeuse d'Alice s'était épuisée. Elle se laissa tomber dans son fauteuil et s'enfonça profondément dans le coussin. Elle se mit à pleurer. Mallory attendit. Ne montrant ni sympathie ni hostilité. Neutre, attendant que ça se passe.

— Pourquoi êtes-vous venue ? Que voulez-vous de moi ?

— J'ai besoin de votre aide, dit Mallory.

— La population du Coventry Arms est très mélangée de nos jours. Les vedettes du rock y donnent des fêtes bruyantes et les politiciens en font autant... dit la vieille dame qui devait avoir dans les quatre-vingts ans.

— Une vedette de la télévision et un acteur habitent dans l'immeuble, ajouta le mari qui avait été présenté à Mallory sous le nom de Ronald Rosen.

— C'est vrai, renchérit Mme Rosen. De mon temps, on n'aurait jamais laissé des saltimbanques s'installer dans un immeuble de cette classe.

— À ton époque, Hattie, répliqua son mari, les gangsters formaient l'aristocratie du West Side.

Se tournant vers Mallory, le vieil homme ajouta :

— Quand j'étais gosse, nous habitions le quartier de Hell's Kitchen, tout comme les parents de la mère de ma femme. C'était le bon temps. Je faisais les commissions pour Owney Madden, le duc du West Side. Deux de ses hommes ont été abattus sous mes yeux durant la guerre du whisky de contrebande.

Mallory sirotait son thé dans une tasse de fine porcelaine de Chine en bavardant avec les Rosen qui résidaient au Coventry Arms. Alice remplit les tasses en versant le thé d'une théière ancienne en argent massif.

— Ainsi vous êtes la fille d'Helen... dit M. Rosen. Vous devez plutôt tenir de votre père.

Mme Rosen lui donna un coup de pied sous la table. Il

devina qu'il avait fait une gaffe mais il ne savait pas laquelle. Apparemment, c'était sans importance car sa femme arbora de nouveau son sourire aimable.

— Nous avons vu Helen grandir dans cet appartement, n'est-ce pas, Alice ? dit Mme Rosen. Mais nous ne l'avons vue que trois ou quatre fois après son mariage avec Markowitz. J'étais à l'enterrement d'Helen. Cela fait trois ou quatre ans qu'elle est morte, n'est-ce pas ?

Mme Rosen s'adressa de nouveau à Mallory.

— Je vous ai aperçue à l'enterrement. Je ne voulais pas vous déranger. J'ai parlé à Markowitz pendant les condoléances. Il semblait tellement... (Jetant un coup d'œil sur Mallory, elle continua :) Oh ! mais je bavarde trop...

— Est-ce que Mallory est le nom de votre mari ? demanda M. Rosen qui reçut un nouveau coup de pied de la part de sa femme, laquelle avait dû être renseignée par Alice.

— C'est passionnant, dit Hattie Rosen. Exactement comme à la télévision. Voulez-vous que nous utilisions de faux noms ?

— Bonne idée, dit Mallory. J'aurais besoin aussi d'une lettre à l'intention du concierge — pour justifier le fait que j'occupe votre appartement.

— Bien sûr, dit M. Rosen. Et nous devrions également prévenir Arthur — c'est notre portier. Je n'aime pas mentir à Arthur.

— Dites-lui la vérité, dit Mallory. Mais n'en dites pas trop. Simplifions les choses. Dites-lui que vous devez partir pour régler une affaire urgente et que je suis une amie de la famille. C'est moi qui mentirai, s'il le faut.

— Vous ai-je prévenue que mon mari ronfle ? demanda Mme Rosen. Nous faisons chambre à part.

— Il y a deux chambres à coucher dans mon appartement, la vue sur la rivière, et un concierge vingt-quatre heures sur vingt-quatre, dit Mallory. À propos, y a-t-il beaucoup de gens équipés d'ordinateurs dans votre immeuble ?

— Tout le monde en a, même nous, répondit Mme Rosen. Ils ont installé un système informatique spécialement pour l'immeuble.

— C'est ma femme qui utilise l'ordinateur, dit M. Rosen. Moi, je n'y connais rien.

— Qu'y a-t-il à connaître ? Vous appuyez sur le bouton de mise en marche et *voilà* ! Le programme pour l'immeuble s'inscrit sur l'écran. On peut laisser des messages au gérant et au gardien, demander qu'on promène ses chiens ou annoncer son départ en vacances. On peut même gérer son compte par ordinateur si l'on est connecté avec sa banque. Il ne faut pas en avoir peur, mon chéri. Ce n'est qu'une machine. Le mode d'emploi est imprimé sur la porte de la console. C'est facile à apprendre. Oh ! j'ai oublié de vous dire que la fille qui fait le ménage vient une fois par semaine. Elle a sa propre clé et vous pouvez lui faire entièrement confiance. Je crois qu'elle s'appelle Sarah... Ronald, c'est bien Sarah, n'est-ce pas ?

— Puis-je emménager demain ? demanda Mallory.

— Oui, certainement. Mais nous devons revenir chez nous dans dix jours pour les noces d'or de ma cousine Bitsy. Nous avons invité une centaine de personnes — vous comprenez, ma chère... Au sujet de la télévision de votre appartement, vous êtes bien branchée sur le câble ?

Quand les derniers détails de l'échange d'appartements furent enfin réglés à la satisfaction des deux parties, les Rosen prirent congé, et Alice et Mallory échangèrent un au revoir tendu. Mallory se dirigea lentement vers la porte d'entrée, en enregistrant chaque détail des pièces de l'appartement où Helen avait grandi.

Elle passa à côté du grand piano recouvert d'une tapisserie où trônaient une cinquantaine de photos dans de petits cadres en argent. Il n'y avait que des visages d'enfants. Les portraits à l'arrière étaient plus anciens, d'après leurs vêtements. Devant, se trouvaient les enfants qui venaient d'être récemment ajoutés à la collection. Mallory découvrit la photo d'Helen enfant. Elle était en retrait, parmi celles des enfants qui avaient grandi et vieilli. Mallory la prit et contempla le jeune visage d'Helen.

Elle était en train de remettre la photo à sa place, quand, soudain, sa main s'immobilisa. Son regard surprit un visage dans les rangées du milieu. Elle se reconnut dans une photo de classe prise l'année qui avait suivi sa visite chez tante Alice.

Son portrait, ni spécialement mis en valeur ni caché, avait sa place parmi les générations, au sein de la famille.

3

22 décembre

Riker grimpa l'escalier de la clinique vétérinaire dont la salle d'attente avait les dimensions d'un vaste auditorium. Des effluves d'animaux mêlés à une odeur de désinfectant chatouillèrent désagréablement ses narines. De chaque rangée de chaises s'élevait une cacophonie d'aboiements, de miaulements variés et de piaillements d'oiseaux. Les propriétaires rassuraient leurs bêtes avec des mots doux en se penchant sur les paniers remuants. D'autres retenaient les laisses de leurs chiens qui ne désiraient qu'une chose : être ailleurs. Parmi les bruits humains, on distinguait principalement des « mon pauvre bébé » avec toutes les variantes imaginables. La centaine de personnes qui remplissaient la salle d'attente étaient véritablement des « amis des bêtes ».

Que faisait donc Mallory dans ce lieu ?

Malgré la foule qui se disputait chaque place libre, Mallory occupait la moitié d'un banc à elle toute seule. Le chat sur ses genoux essayait de lui lécher le visage. Le coup d'œil menaçant de la jeune femme fut immédiatement compris par le petit animal qui tenait à la vie. Il rentra sa langue râpeuse et se roula en boule sur le jean de Mallory. L'une de ses oreilles pendait tristement, la pointe presque arrachée.

Les propriétaires d'oiseaux jetaient des regards inquiets sur le chat, en protégeant leurs cages. Les gens à chiens, qui tenaient leurs laisses avec une poigne de fer, paraissaient particulièrement perturbés parce que Mallory n'avait pas enfermé son chat dans une boîte ou un panier approprié. Manifestement, elle avait transgressé les règles d'étiquette élémentaire qu'Helen Markowitz n'avait pu lui apprendre pour la bonne raison qu'il n'y avait jamais eu d'animaux familiers chez eux.

Riker l'observa encore pendant une minute. Si elle se montrait indifférente au chat, celui-ci semblait extrêmement attaché à elle. Le sergent pouvait entendre son ronronnement à distance. Comme si elle avait senti son regard posé sur elle, Mallory tourna lentement la tête jusqu'à ce que leurs yeux se croisent.

Cette fille possédait un sixième sens qui faisait peur. Riker en rendait Markowitz responsable. Il y avait des limites aux jeux qu'on pouvait jouer avec une enfant qui n'avait pas eu d'enfance. Markowitz avait développé en elle une vision quasi périphérique. Riker croyait aussi qu'elle était capable de sentir l'élévation de la température quand une personne entrait dans la pièce.

Elle lui fit un signe de tête. Passant devant un chien et un perroquet, un autre chien puis un lézard, Riker s'assit enfin à côté d'elle. Tout en jetant un coup d'œil sur le chat qui ne regardait qu'elle, il demanda :

— Alors, tu t'imagines que le département va payer la note du vétérinaire ?

— Tu parles qu'ils paieront ! Ce chat est un témoin.

— Eh là ! C'est à Riker que tu causes !

— Le chat connaît l'assassin et l'assassin connaît le chat.

— Je crois que tu pousses le bouchon un peu trop loin, mon petit.

Les yeux de Mallory disaient : *Ne m'appelle pas mon petit.*

— Coffey n'est pas emballé par l'échange d'appartements, continua Riker. Ç'aurait été plus diplomate que tu lui demandes d'abord son avis.

— En quoi ça le regarde où j'habite ?

— Eh bien, il a un point de vue intéressant. Amanda Bosch avait le même âge, la même allure que toi. Elle était peut-être un peu plus petite que toi, mais tu es à coup sûr le type de l'assassin.

— Je le sais.

La figure de Mallory se tourna vers lui à l'unisson de celle du chat – deux paires d'yeux en amande braquées sur lui simultanément.

C'était encore trop tôt pour se mettre à boire.

— Quel nom utilises-tu ?

— Le mien.

— Un peu risqué, non ? Je dis ça uniquement parce que tout le monde a vu ta jolie gueule à la télé quand ils ont annoncé la mort d'un flic. Il y a toutes les chances qu'il t'ait vue aussi. Et sinon, quelqu'un va le lui dire.

— Parfait. Attends un peu qu'il voie le chat.

— Tu ne sais pas qui est le criminel. Tu ne le verras même pas venir.

— Écoute, je n'ai pas affaire au professeur Moriarty ! Il en sait moins sur les ordinateurs qu'une secrétaire. C'est un menteur qui a été démasqué. Et c'est un type qui panique dans les coups durs.

Mallory se baissa et tira un dossier en papier kraft du sac en toile au pied de sa chaise.

— Voici la liste des locataires et de leurs situations financières.

Riker ouvrit le dossier et émit un long sifflement en parcourant les noms des compagnies de crédits, d'assurances et des institutions financières. Ça justifiait les yeux rougis de Mallory qui avait dû passer la nuit à pirater les données des ordinateurs des grandes banques. Ensuite elle avait dû vérifier cet amas de paperasse qu'elle avait tiré de l'ordinateur d'Amanda Bosch – cinq cents ou six cents pages peut-être qu'elle avait négligé de mentionner dans l'inventaire de l'appartement.

Comment avait-elle pu saisir des informations provenant de l'US Army ? Il lui fallait, quant à lui, au moins une semaine pour obtenir un fichier personnel.

— Qu'est-ce que c'est que ces documents concernant le service militaire ?

— Des statistiques physiques – tailles et groupes sanguins.

— Mallory, nous n'avons rien trouvé qui puisse déterminer son groupe sanguin.

— Ouais, mais lui ne le sait pas. Il a nettoyé cet appartement comme un fou. Que n'a-t-il pas astiqué ! Il doit passer des nuits blanches à se demander ce que nous avons trouvé...

Riker examina une liste d'appartements dont quarante-cinq noms avaient été barrés.

— Pourquoi les as-tu éliminés ?

— La plupart d'entre eux ne correspondent pas à la taille du suspect. J'ai rayé tous les célibataires ainsi que l'homme marié qui a fait fortune dans les logiciels — lui au moins sait que si l'on peut annuler un fichier on ne peut l'effacer. Il sait comment on peut le retrouver. J'ai rayé également les appartements des sociétés loués trois jours d'affilée. Notre homme habite New York. Enfin, j'ai éliminé les appartements vacants. Ce qui reste correspond à peu près au profil recherché.

— Et cet écrivain, Eric Franz ? Il est célibataire, n'est-ce pas ?

Riker exhiba le fax daté de novembre dernier provenant des statistiques des voitures accidentées.

— Sa femme est morte il y a plus d'un mois.

— La liaison de l'assassin avec Amanda Bosch a commencé bien avant, répliqua Mallory. Depuis un an environ — n'est-ce pas ce que t'a dit Mme Farrow ? Et Amanda était déjà enceinte de plus de trois mois quand elle s'est fait avorter.

Un chien de berger à l'air affamé avançait vers Mallory et le chat. Sa propriétaire, une dame d'un certain âge, rattrapa la laisse et tenta de freiner la progression du chien en enfonçant ses talons dans le linoléum.

— Tu as des favoris ? demanda Riker.

— Ouais. J'ai placé un astérisque à côté de leurs noms. Quatre d'entre eux ont des horaires irréguliers. Ça leur permettrait d'avoir passé les après-midi chez Amanda.

Le chien de berger se rapprochait, entraînant inexorablement sa maîtresse à sa suite. Riker et Mallory échangèrent un regard.

— Si tu tires sur le chien, dit Riker, tu ferais bien de tuer sa maîtresse aussi. Si tu laisses la vieille dame en vie, elle fera un procès à la ville de New York et le commissaire Beale n'aimera pas ça.

Apparemment, Long Nez n'avait jamais vu de chien auparavant. Il restait tranquillement assis sur les genoux de Mallory, observant avec curiosité cette grosse bête excitée qui avait l'intention de le dévorer.

Riker se remit à sa lecture. Mallory avait mis un point d'interrogation à la suite du nom d'Harry Kipling. Une note au crayon indiquait : Quel rapport avec Kipling Electronics ?

Ce nom pourrait causer quelques soucis à Coffey. Les suspects célèbres sont les pires. Avec un peu de chance, Kipling était un as de l'informatique et serait ainsi rayé de la liste.

— Comment as-tu pu obtenir le groupe sanguin de Kipling ? Il n'y a pas de rapport de l'armée sur lui.

Mallory lui lança un bref coup d'œil et il comprit qu'il valait mieux ne pas insister. Riker commençait à se rendre compte que saisir les dossiers des hôpitaux devait être du gâteau pour quelqu'un qui s'était ainsi infiltré dans les ordinateurs de l'US Army.

— Oh ! merde ! s'exclama-t-il en reconnaissant deux autres personnalités sur la liste.

L'une venait d'être nommée à la Cour suprême et était en train de comparaître devant la commission sénatoriale. L'autre, un journaliste en vue de la télévision, animait maintenant un débat télévisé tous les après-midi. Ces deux-là portaient des astérisques à leurs noms.

Quand Riker releva la tête, le berger, fou furieux, bondissait sur le chat. Mais Mallory avait déjà replié une de ses longues jambes pour lui décocher un coup de pied fatal.

Derrière la porte du bureau privé de Charles, on entendait faiblement le bruit d'une conversation. Dans la pièce du devant, Mallory déposa un grand sac de toile sur le bureau. Le chat en sortit et se frotta contre son bras pendant qu'elle ouvrait le tiroir où se trouvait un répondeur.

Charles n'appréciait pas la cohabitation des instruments de la technologie moderne avec les antiquités. Mallory était donc obligée de contourner la difficulté en les dissimulant. Il ne s'était même pas aperçu du système de sécurité qu'elle avait installé — elle savait bricoler l'électronique.

Repoussant le chat, elle pressa sur le bouton des messages et écouta la voix de Coffey qui disait sur un ton désagréable :

— Je veux vous parler dès votre retour. À la minute même ! Vous m'avez entendu, Mallory ?

Ouais, j'ai entendu.

Le cri d'une femme traversa la porte du bureau de Charles.

Le chat sauta à terre.

En un clin d'œil, Mallory se précipita dans la pièce voisine, revolver au poing. Une voix d'homme disait : « Justin, arrête ça ! »

La femme semblait en proie à un violent malaise, au bord de l'asphyxie. Le souffle court, les yeux exorbités, livide, elle était secouée de tremblements et agrippait les bras de son fauteuil comme le pilote d'une fusée se préparant à son premier lancement.

L'homme se détourna du garçon et s'adressa d'un ton autoritaire à sa femme :

— Pour l'amour de Dieu, Sally, ressaisis-toi ! C'est seulement un crayon à la noix !

— On dirait qu'il t'aime, Sally, dit le garçon assis entre le couple. Pourquoi tu ne donnes pas un nom à ce crayon ? Tu pourrais l'emmener faire de longues promenades dans le parc !

— Quant à toi, ça suffit ! jeta l'homme au garçon.

Mallory considéra le crayon offensant qui reposait sur les genoux de la femme sans rien lui trouver d'effrayant. Mais la dame le fixait comme si c'était un serpent vivant.

Mallory se retourna brusquement. Elle avait entendu la légère oscillation avant même de voir le précieux objet vaciller au bord de l'étagère. Le vase tomba. Elle le rattrapa à quelques centimètres au-dessus de la surface du parquet.

L'homme hurla de nouveau :

— Justin ! Je t'ai dit d'arrêter !

Le jeune garçon eut un mouvement de recul. Il regarda

par-dessus son épaule le vase dans la main de Mallory puis le revolver qu'elle replaçait dans son étui. La femme qui avait peur des crayons avait plaqué sa main sur sa bouche. Seul Charles ne paraissait pas ébranlé. Il observait calmement tout le monde.

— Ce n'est pas moi, dit le garçon.

— Il n'a pas fait tomber le vase, confirma Charles. Les trains roulent toute la journée sous cet immeuble. Quelquefois, les vibrations font bouger les objets. Ce vase était tout près du bord de l'étagère.

Debout derrière la petite famille, Mallory regarda Charles avec une expression d'incrédulité. Les mains jointes derrière la tête, celui-ci lui sourit en se calant dans son fauteuil comme si une porcelaine du ve siècle, d'une valeur de sept mille dollars, n'avait pas failli se briser en mille morceaux.

— Les trains n'ont pas fait voler le crayon, dit l'homme sur un ton impliquant que l'intelligence de Charles était limitée.

— Bien sûr que non... Permettez-moi de vous présenter mon associée, Mallory.

La jeune femme s'approcha du bureau et fit face à la famille. Elle se concentra sur le garçon pendant que Charles lui présentait les Riccalo.

Les cheveux blonds de Justin Riccalo étaient plaqués en arrière et ses lèvres entrouvertes laissaient voir deux dents proéminentes. Il avait l'air d'un lapin mouillé couvert de taches de rousseur. Il devait avoir environ onze ans. C'était le parfait spécimen du petit crétin classique portant une protection en plastique sur la poche de sa chemise bourrée de stylos bille et de crayons. Ses pieds martelaient nerveusement le sol. Ses yeux bleu électrique semblaient danser le rock dans toutes les directions, pour voir ce qu'il y avait par ici, par là et pourquoi pas au plafond ?

Sally Riccalo, la brune hystérique, était la belle-mère de Justin. Mallory pouvait presque entendre la tension qui faisait vibrer le corps émacié de Mme Riccalo, comme si elle était reliée à un circuit électrique. Assise toute droite au bord de son siège, ses grands yeux bruns imploraient : « Ne me faites pas de mal » à tous ceux qui croisaient son regard.

Le père, Robert Riccalo, était un ancien militaire. Cela se remarquait dans sa coupe de cheveux en brosse et ses épaules carrées. Même assis, l'homme paraissait être au garde-à-vous. Il dominait de son torse puissant sa femme et son fils. Charles, malgré sa haute stature, ne dominait pourtant personne, trop gêné par sa propre taille.

Quand Justin faisait face à sa belle-mère, son cou s'allongeait et ses yeux riaient d'une blague qu'il s'était racontée à lui-même. Un fou rire monta de sa gorge. L'ex-soldat posa lourdement sa main sur l'épaule du garçon en la faisant plier sous son poids. Quand Justin regardait son père, il rentrait la tête comme une tortue. Et pendant tout ce temps, ses yeux bleus dansaient au rythme alterné de la peur et du plaisir.

Ensuite, le garçon leva son visage vers Mallory et, aussitôt, une complicité silencieuse s'établit entre eux. *Toi, je sais qui tu es*, disaient leurs yeux. Pourtant, ils ne s'étaient jamais rencontrés.

Le regard de Charles allait de l'un à l'autre comme pour dire : *Un moment. Est-ce que quelque chose m'a échappé ?*

Après avoir fixé rendez-vous pour le lendemain, la petite troupe prit congé, le père menant la charge, la femme et le fils fermant la marche. Quand la porte d'entrée se fut refermée derrière eux, Mallory se retourna vers Charles, le vase en équilibre dans sa main.

— À propos de ces trains...

— Ceci n'est qu'une copie du vase original. J'ai déséquilibré moi-même le vase. Et c'était le train !

Il s'approcha de la bibliothèque et prit une allumette entre ses doigts.

— Avec ceci, j'ai soulevé un bord du vase, suivant ainsi l'attraction naturelle de la pesanteur. Je savais que la moindre vibration le ferait tomber. Je voulais voir la réaction du garçon.

— Et alors ?

— Il a réagi dans les temps normaux. Justin a de bons réflexes. Mais il a nié en bloc toute responsabilité pour le crayon comme pour le vase. C'est bizarre, cette insistance à prétendre qu'il n'a rien à voir avec tout ça. Ça ne colle pas avec le profil du sujet psychokinétique moyen.

— Ce qui veut dire ?

— Eh bien, ça rend le cas plus intéressant. Peut-être que ce n'est pas lui, après tout. La logique de la chose pose problème. Il dit qu'il n'a rien fait et pourtant ce qui s'est passé ne lui a pas fait peur. Comme s'il avait tellement l'habitude de voir des objets volants qu'il en est devenu blasé.

— Bon. J'espère que nous arriverons à trouver la solution avant la mort de la femme numéro trois. D'accord ?

Mallory se pencha sur le sac de toile posé sur le bureau. Le chat sortit sa tête, moustaches frémissantes, humant l'air pour vérifier si les cris et autres bruits assourdissants avaient cessé. Un peu rassuré, il sortit de dessous le bureau et regarda Charles en penchant la tête comme si son pansement à l'oreille pesait plus lourd d'un côté.

— Bonjour, dit Charles en se penchant pour le caresser.

Mais le chat s'esquiva. Il n'avait d'yeux que pour Mallory. Il se frotta contre sa jambe et elle le repoussa.

— Ce chat est un témoin à charge. J'ai déjà expliqué tout ça à Riker. Si vous riez, je vous tire dessus. C'est comme ça.

— Qu'est-il arrivé à son oreille ?

— Ce n'est pas moi qui l'ai fait. Pouvez-vous le garder pour la nuit ? J'échange mon appartement contre celui des Rosen aujourd'hui. Je ne peux pas le ramener chez moi.

— Bien sûr.

Mallory sortit le bac à litière ainsi que deux boîtes de poisson.

— Il s'appelle Long Nez. Veillez bien à ce qu'il n'entre pas dans mon bureau. Je ne veux pas de poils dans mes ordinateurs.

— Je l'emmènerai chez moi ce soir.

— Merci. Alors, à part l'épisode du crayon volant, comment s'est passé l'entretien ? Savez-vous qui est responsable, si ce n'est pas le gosse ?

— Non, je ne sais pas.

Mallory tira un dossier du sac.

— La première Mme Riccalo est morte d'une crise cardiaque. Mais maintenant que je connais son mari, je me pose des questions sur l'état de stress dans lequel elle devait vivre ; il n'en fallait sûrement pas beaucoup pour la faire craquer. Voici le dossier de l'hôpital.

Charles hésita à le prendre pendant une fraction de seconde. Il avait sans doute tort de croire que tout ce qui sortait de l'imprimante de Mallory était dérobé.

— Tu l'as piraté, n'est-ce pas ?

— Oui, mais pas celui-ci, dit-elle en lui tendant un dossier portant le tampon de la police de New York.

Il parcourut rapidement les informations relatant en détail le suicide de la deuxième femme de Robert Riccalo. Le rapport n'avait que trois pages.

— Eh bien, ce suicide est classé comme une mort non suspecte.

— Je vais peut-être changer ça.

— Pourquoi ?

— Quand on examine les statistiques sur les suicides, on s'aperçoit que ce sont en majorité les hommes qui sautent par la fenêtre. Les femmes n'aiment pas trop s'amocher. Et elle n'a pas laissé de mot. D'habitude, elles veulent régler leurs comptes avec l'amant ou le mari avant de disparaître.

— Les deux premières Mmes Riccalo avaient-elles quelque chose en commun ?

— Elles travaillaient toutes les deux et avaient souscrit à la police d'assurance habituelle de leur entreprise. Mais ça ne veut pas dire qu'il n'y avait pas d'autres polices par ailleurs. Je fais des recherches. Sally Riccalo est également assurée par la société de bourse pour laquelle elle travaille comme analyste de systèmes. D'après son CV, elle et Robert Riccalo travaillaient pour la même boîte il y a dix ans, quand la première Mme Riccalo était encore en vie. Intéressant, non ?

— Écoute, Mallory, nous sommes partis d'un problème relativement simple d'objets volants. Tu ne crois pas qu'il est un peu prématuré de penser déjà au meurtre alors que nous commençons à peine l'enquête ? J'imagine que le bénéficiaire de l'assurance-vie était...

— Robert Riccalo. Il est aussi le bénéficiaire de la troisième femme.

— Mais, habituellement, n'est-ce pas la femme la bénéficiaire d'une assurance-vie ?

— Ouais, parce que en général elles vivent plus longtemps. Nous sommes donc en présence d'une crise cardiaque, d'un suicide, et la troisième femme semble au bord de la crise de nerfs. Le lancement d'un simple crayon ne suffirait pas à la mettre dans cet état. Quels autres objets ont fendu les airs dans sa direction, ces derniers temps ?

— Oh ! rien qu'une paire de ciseaux et des morceaux de verre.

— Quelle est l'attitude du père ?

— Colère et incrédulité. Seule la belle-mère y croit.

— J'ai entendu le père accuser son fils d'avoir fait tomber le vase. Il avait l'air sincère.

— Non. Mme Riccalo est la seule à croire aux phénomènes paranormaux. Son mari pense probablement que le garçon a manigancé une supercherie.

— C'est le cas pour l'un d'entre eux. Êtes-vous certain que c'est votre crayon qui a piqué droit sur la belle-mère ?

— Pardon ?

— Charles, vous ne faites pas honneur à la mémoire de Max Candle.

— L'art de l'illusion n'est pas héréditaire. Avoir un illusionniste dans sa famille ne signifie pas que son talent sera transmis à ses descendants.

— Mais vous avez dans la cave un véritable arsenal de magie. Vous pourriez faire voler un éléphant avec tout cet équipement !

— Pas vraiment. Max avait mis au point des tours brillants, mais sa spécialité était de défier la mort. Seul Malakhai pouvait vraiment transporter des objets dans les airs, et des choses moins banales qu'un crayon. Il était le meilleur illusionniste du monde, en son temps.

— Malakhai ? Le démystificateur ?

— Il s'est consacré à la démystification des fraudes paranormales quand il s'est retiré de la scène. Avant ta naissance, Malakhai avait mis au point un numéro avec sa femme décédée... Tu sembles sceptique... Non, vraiment, elle était son assistante !

— Une assistante *morte* ?

— Oh ! oui. Elle n'a participé au numéro de Malakhai qu'après sa mort. Avant, elle était musicienne et compositeur.

— Qu'a-t-il fait ? Il l'a empaillée ?

— Non, elle ne paraissait jamais devant le public en chair et en os. Mais il était toujours sous-entendu qu'elle était à la fois là et pas là – morte mais pas entièrement disparue. Tu me suis ? Eh bien, une fois que l'assistance s'était familiarisée avec l'idée qu'elle était non seulement morte mais invisible, les objets se mettaient à léviter tandis qu'elle les lui passait.

— Malakhai s'entendrait bien avec notre famille au crayon volant. C'est donc la raison pour laquelle il a exercé la parapsychologie ?

— Non, pas du tout. Malakhai ne peut souffrir les parapsychologues. Chaque fois que l'un d'entre eux croit avoir découvert un pouvoir paranormal, il vient le voir et expose l'arnaque au grand jour.

— Songez-vous à l'appeler pour celle-ci ? demanda Mallory.

— Pour des crayons volants ? Sûrement pas. Ça ne serait pas une bonne idée de le déranger pour si peu. Malakhai a plus de soixante-dix ans. Il vit avec Louisa une retraite paisible.

— Louisa ?

— C'est sa femme décédée. Si tu étais un peu moins absorbée par l'informatique et si tu t'intéressais plus à la musique classique, tu connaîtrais son nom. Elle n'a composé qu'un seul morceau, brillant, *Le Concerto de Louisa*. Indispensable dans une collection de musique classique qui se respecte. Le concerto était joué durant chaque représentation. Oh ! j'aurais dû te prévenir qu'il ne s'agissait pas vraiment d'un spectacle. Malakhai vivait avec Louisa, lui parlait, dormait avec elle. Il avait créé sur scène l'illusion des objets volants pour que le public puisse la voir aussi.

— Et ce bonhomme, ce cinglé, démystifie le paranormal ?

— En effet. Il est très efficace, pour un fou. Il a toujours reconnu qu'il avait lui-même créé sa propre folie. Il savait qu'il n'y avait pas de qualité surnaturelle chez Louisa.

— Ouais, d'accord. Comment est-il devenu aussi fou ?

— Louisa est morte très jeune, dit Charles. Après avoir écrit ce superbe concerto. Il la connaissait depuis sa plus tendre enfance. Il n'a pas pu s'en séparer totalement – alors, il l'a reconstruite.

— Pardon ?

— Il l'a recréée de mémoire, à partir de la connaissance intime qu'il avait d'elle. Le phénomène n'est pas nouveau. Certains maîtres le pratiquent dans les monastères d'Asie. Les succubes créés par les moines sortent de leur imagination, basée sur leur tradition. En revanche, la création de Malakhai était fondée sur le souvenir d'une femme vivante. Il connaissait si bien Louisa qu'il pressentait sa réaction dans chaque circonstance. Ainsi, il a été en mesure de fabriquer un modèle vivant. Au bout de quelque temps, non seulement il pouvait lui parler, mais il était capable de la voir et de la toucher. C'était le fruit d'une concentration intense – il fallait être fanatiquement fidèle à la femme vivante, afin de pouvoir réagir...

— Mais c'est un truc ! interrompit Mallory.

— Une illusion, une grande illusion, un fantasme – une création artistique aussi forte que les *Dialogues* de Platon. Nous faisons tous cela à un moindre degré. N'imagines-tu pas parfois ce que ferait ou dirait Markowitz dans certaines circonstances ?

Mallory se tourna vers la fenêtre. Charles s'en voulut immédiatement d'avoir enfreint les limites de ses sentiments personnels, car il était presque le seul à croire qu'elle pouvait en avoir.

— Une autre différence, reprit Charles, entre Malakhai et les moines, était qu'après avoir évoqué leurs apparitions ils les faisaient disparaître à volonté tandis que

Louisa était la compagne constante de Malakhai... Elle l'est toujours, d'ailleurs.

Elle se retourna vers lui. Il observa le fonctionnement de son esprit agile dans le reflet changeant de ses yeux.

— Ce Malakhai, il est vraiment fou ?

— Oui, certainement. Mais il faut un cerveau de premier ordre pour devenir fou à ce point. Quand on pense à la concentration nécessaire pour maintenir une illusion à trois dimensions...

— Et quand il lui parlait, elle répondait comme elle le faisait quand elle était en vie, même si la question était nouvelle ?

— Oh ! oui. D'une manière perverse, si l'on peut dire, la vérité et la logique sont le ciment d'une telle illusion. Louisa n'aurait pu répondre d'une façon qui n'aurait pas été fidèle à la femme vivante.

— Pourriez-vous le faire aussi ? Seriez-vous capable d'avoir une conversation avec une femme morte ?

— Malakhai et Louisa ont grandi ensemble. Il pouvait prévoir ce qu'elle dirait face à n'importe quelle situation. Je ne connais personne aussi bien.

Certainement pas toi, Mallory.

— Il faut donc être fou pour créer une chose pareille ?

— Il faut au moins être possédé par la folie qui accompagne l'état amoureux. Une femme m'a dit un jour que les amoureux sont en proie à la folie. Je le crois aussi. Malakhai a transgressé les limites du rationnel pour ramener Louisa à la vie. Il a beau être fou, il n'en est pas moins brillant et il a beaucoup de charme. Chaque fois que j'habitais chez le cousin Max, Malakhai et Louisa venaient dîner.

— Est-ce que la morte avait bon appétit ?

— Je n'étais qu'un enfant. Je ne sais pas trop. Mais il se passait toujours des choses magiques chez le cousin Max. On mettait le couvert de Louisa, on lui versait du vin et à la fin de la soirée l'assiette et le verre étaient vides. La nourriture et le vin disparaissaient sans doute pendant un moment de distraction de ma part, mais une partie de moi croyait en l'existence de Louisa.

— Avez-vous déjà essayé de créer une illusion en trois dimensions ?

— Une hallucination ? Non. Pourquoi vouloir transgresser les limites de la nature ?

Excepté par amour.

Mallory fouilla dans son sac puis retira sa main comme si elle changeait d'avis.

— J'aimerais pouvoir faire revenir Amanda Bosch pour cinq minutes seulement, dit-elle en regardant Charles.

— La Dame du lac, j'imagine.

— Oui, je crois que je tiens le mobile du crime.

Elle fouilla de nouveau dans son sac et en retira un manuscrit. L'ouvrant sur le bureau, elle en retira une section marquée par un trombone.

— J'ai tiré cet extrait de l'ordinateur d'Amanda. D'après le calendrier, c'est sa dernière entrée. Elle travaillait sur ce bouquin depuis près d'un an. C'est un roman, mais je ne crois pas qu'il soit de la pure fiction.

— L'art est un tissu de mensonges qui dit la vérité. Qui a dit ça ?

— C'est vous qui avez la mémoire d'une banque de données.

— Disons que j'ai une mémoire eidétique qui ne fonctionne pas comme celle d'un ordinateur. Je suis incapable de classer les choses comme tu le fais avec tes machines.

— Voici. Regardez la page 254 du chapitre 7. Le dernier paragraphe... Souvenez-vous qu'elle l'a actualisé le jour de sa mort.

Charles examina la page en question et lut : *Il devait repartir déjà, me répétant la litanie de toutes les choses qu'il avait à faire, toutes plus urgentes les unes que les autres.* *MENTEUR, MENTEUR, MENTEUR, MENTEUR, MENTEUR, MENTEUR, MENTEUR,*

— Je vois ce que tu veux dire, dit Charles. Ça ne fait pas partie du texte. C'est plutôt l'expression d'une émotion violente sur le clavier.

— Exactement. Je suis tombée là-dessus en imprimant le fichier. Je n'ai eu que le temps de parcourir quelques pages, çà et là, en recherchant des indices d'effacement. Le roman a presque sept cents pages. Je suis sûre que la description détaillée de mon assassin est là-dedans...

Vous êtes le seul être humain que je connaisse capable de lire à la vitesse de la lumière. Moi, je n'ai pas le temps. Pourriez-vous y jeter un œil et noter les passages qui vous semblent autobiographiques ?

— Bien sûr, dit Charles.

Il avait l'air de parcourir le texte superficiellement en feuilletant les pages et pourtant il ne perdait pas un mot du roman. Il s'aperçut que Mallory avait menti. Il avait remarqué ses yeux rougis et à présent il en découvrait la cause. Le coin inférieur de chaque page portait la marque de son pouce et de son index. Au bout de quelques minutes de lecture en diagonale, il releva la tête.

— Je me demande en quoi consistait le mensonge. Dès le début du récit, elle fait le portrait d'un homme marié. Ça ne peut pas être ça.

— Vous ne le trouverez pas dans le manuscrit. Je devine qu'elle l'a surpris dans un mensonge récent.

— C'est une possibilité intéressante. Tu penses qu'il trompait sa maîtresse ?

— Non, ce n'était pas ça. Je crois qu'elle ne s'est servie de cet homme que pour tomber enceinte. Mais après, elle a avorté. Il est difficile de construire le mobile du crime à partir de la découverte d'un mensonge, mais c'est la seule piste que j'aie jusqu'à présent. Nous savons qu'Amanda était un chercheur professionnel. Elle a dû faire une enquête sur les antécédents de son amant. C'est une hypothèse raisonnable puisqu'il était le père de son enfant. Elle l'a donc démasqué.

— Malheureusement, ça ne nous avance guère. Il existe autant de mensonges que de personnes.

— Dommage que votre vieil ami Malakhai ne puisse recréer Amanda, pour lui demander la nature du mensonge... Si je n'arrive pas à résoudre rapidement cette affaire, le meurtrier va s'en tirer. Quand vous aurez terminé le manuscrit, laissez-le dans mon bureau, s'il vous plaît.

— Entendu, mais je ne mettrais pas tous mes espoirs là-dedans, si j'étais toi. Je ne pense pas qu'un écrivain s'inspire de sa propre existence plus qu'un acteur qui doit entrer dans la peau d'un personnage. L'acteur ne joue pas sa vie et j'imagine qu'un écrivain, même quand il fait son autobiographie, ne transcrit pas intégralement sa vie privée.

— Et cette dernière transcription – cette série de MENTEUR que vous nommez l'expression d'une émotion violente –, à qui s'adresse-t-elle sinon au personnage principal du roman ?

— D'accord. Je garderai ça en tête en poursuivant ma lecture.

— Irez-vous jouer au poker, demain soir ? demanda Mallory.

— Certainement.

La partie de poker du jeudi soir était pour Charles la soirée marquante de la semaine. Il avait hérité de la place de l'inspecteur Louis Markowitz, et ses trois partenaires étaient devenus ses amis.

— Si je manquais une partie, je devrais leur envoyer un chèque pour remplacer mes pertes habituelles, dit Charles en souriant. Je suppose que c'est juste. Je ne voudrais pas contribuer à leur ruine par mon absence.

— Charles, un jour je vais vous apprendre à battre ces types au poker.

Mais ça serait pour une autre fois. Mallory était en train de rayer dans son carnet les choses à faire dans la journée et Charles observa qu'il lui en restait beaucoup. Se retournant vers la fenêtre, il remarqua :

— En fait, le rabbin Kaplan dit que mes pertes continuelles sont un point en ma faveur.

— Vous a-t-il expliqué pourquoi ?

— Comment ? Et ruiner ainsi sa réputation de Kaplan l'Énigmatique ? Non, je crois que je suis supposé le découvrir par moi-même.

Charles regardait toujours par la fenêtre. Il suivait des yeux la démarche d'une silhouette familière dans son informe manteau d'hiver. Il se retourna vers Mallory.

— D'accord, tu connais la réponse, c'est ça ?

— Le rabbin complimentait votre honnêteté, Charles. Le poker est un jeu de menteurs. Demain soir, je voudrais que vous demandiez quelque chose au Dr Slope et à Duffy, je leur ai préparé une liste d'achats, des choses dont j'ai besoin sans passer par Coffey ou Riker.

— Tu sais, Mallory, il y a d'autres officiers de police que toi dans le département. Ils ont tendance à se considérer comme faisant partie d'une équipe.

— Ouais, je sais, Riker est du même avis.

Elle ajouta avec une pointe d'impatience dans la voix :

— Il se prend pour mon coach.

À ce point de la conversation, Charles fut tenté de prendre la défense de Riker qu'il aimait bien, mais il était dangereux d'adopter un autre avis que celui de Mallory. Il recherchait toujours un terrain d'entente en parlant avec elle.

— Pourquoi ne viens-tu pas avec moi, demain soir ? Le rabbin Kaplan dit que tu es redoutable aux cartes.

— Je ne peux pas. J'ai été expulsée du jeu quand j'avais treize ans.

Une clé tourna dans la serrure et le tuyau d'un aspirateur précéda la petite tête brune de Mme Ortega.

Cette interruption empêcha Charles de poser des questions indiscrètes du genre : *Qu'as-tu donc fait pour que ces gens t'expulsent à vie de leur jeu de poker ?*

À la vue du chat, Mme Ortega s'arrêta brusquement. Elle eut peut-être envie de l'écorcher vif et d'en faire un sac à main. Selon son point de vue radical de femme de ménage professionnelle, un bon chat était un chat mort. En le voyant avec surprise se frotter contre le jean de Mallory, Mme Ortega regarda la jeune femme avec désapprobation en perdant le respect qu'elle avait toujours éprouvé à l'égard d'une consœur de l'Église de la ménagère immaculée.

Mallory glissa à la femme de ménage un billet de vingt dollars, lui faisant tacitement comprendre qu'elle savait que les poils du chat lui causeraient du travail supplémentaire. Mme Ortega fourra le billet dans sa poche en regardant l'animal d'un œil plus doux.

La sonnette retentit avec une vigueur irritante. Mallory, de la main, arrêta Charles qui s'apprêtait à ouvrir la porte.

— O.K., qui est-ce ?

— Riker, répondit-il sans hésiter une fraction de seconde, comme il le faisait d'habitude.

Il alla ouvrir la porte. Riker se tenait sur le seuil, plus négligé que jamais. Il avait l'air d'avoir dormi dans son manteau. Mallory n'en revenait pas. Charles sentit qu'elle soupçonnait l'arnaque. En aucune façon, il ne pouvait deviner qui était derrière la porte. Elle aussi savait reconnaître le coup de sonnette poli d'Henrietta Ramsharan au troisième étage ou le style abrupt et impatient du musicien au premier. Mais Riker n'avait pas de style particulier, dans aucun aspect de sa personne.

— Salut, Charles, fit Riker.

Il adressa un signe de tête à Mallory et un salut exagéré à Mme Ortega qui fit la grimace et s'en alla dans l'autre pièce en bougonnant des mots qui ressemblaient à « sales flics ».

— Tu as téléphoné à Charles pour lui dire à quelle heure tu venais ? demanda Mallory à Riker.

Puis elle se tourna vers Charles qui sourit en secouant la tête. En réalité, Riker ne l'avait pas appelé ; il avait vu par la fenêtre le sergent arriver. Et à présent qu'il avait l'opportunité de mettre en pratique l'une des règles du poker, il décida de ne rien divulguer à son associée. Dans son imagination emballée, il se voyait déjà comme l'heureux gagnant de la partie du lendemain, tandis que Riker s'installait confortablement sur le canapé.

Riker tira de la poche intérieure de son manteau quelques papiers froissés qu'il essayait en vain d'aplatir. La première page consistait en une carte de Central Park avec des lignes jaunes démarquant deux secteurs. Il leva la tête vers Mallory qui fixait encore Charles avec colère.

— Heller a mis en évidence l'endroit précis où Amanda est tombée. Ce mec est génial. Il a apporté des échantillons de sol au ministère de l'Agriculture. Les résidus de terre dans la blessure étaient pleins de créatures microscopiques qui ne peuvent vivre à l'ombre des sous-bois où nous avons trouvé le corps de la victime.

Cigarette au bec, Riker continua, en fouillant dans ses poches à la recherche d'une boîte d'allumettes.

— Heller dit qu'il va écrire une monographie en partageant les honneurs avec toi, Mallory. Alors, t'es prête à aller faire un tour sur le lieu du crime ?

— Pour quoi faire ? dit Mallory en prenant la feuille. Je sais lire une carte.

— Doucement, Mallory ! Je suis simplement venu ici en promenade, O.K. ? La plupart d'entre nous seraient curieux d'aller voir l'endroit où la victime est morte...

— Je perdrais mon temps. J'ai lu le rapport médico-légal. Ils ont tout piétiné ainsi qu'une douzaine de flics aux grands pieds. Qu'est-ce que je vais voir ?

— On ne sait jamais, mon petit.

Une allumette flamba entre les doigts de Riker pour s'éteindre dans une exhalaison de fumée.

— Ne m'appelle pas *ton petit.*

Mme Ortega revenait avec son aspirateur. Riker lui sourit.

— Savez-vous, madame Ortega, que nous avons un suspect qui vous ferait vraiment plaisir. Tout ce que nous savons sur ce salopard est qu'il habite un appartement luxueux et qu'il fait le ménage comme un pro.

— C'est qu'il est pas né riche.

— Hein ?

— Les gosses de riches ne sont pas élevés comme il faut. Ça se voit tout de suite si l'argent leur est tombé du ciel ou s'ils l'ont gagné. Mallory, elle, elle sait ce que propre veut dire.

S'adressant à Charles, elle continua avec véhémence :

— Votre mère à vous, elle vous a toujours protégé. Vous aviez des domestiques à demeure quand vous étiez enfant. Comment je le sais ? Parce que vous n'avez aucune idée de ce qu'est une éponge métallique ni à quoi ça sert. Je reconnais tout de suite si c'est vous ou Mallory qui nettoyez la cuisine du bureau. Mallory a été bien élevée.

— Mais cet homme bien élevé est un tueur ! s'écria Charles, sur la défensive.

— Et alors ? Vous croyez que Mallory porte un revolver pour empêcher le vent de la soulever ?

Mme Ortega s'appuya sur le tuyau de l'aspirateur et agita son index sous le nez de Charles.

— On reconnaît tout de suite les enfants de riches. Si le mari ou la femme se tire, ils ne mangeront pas pendant une semaine. On peut voir combien ils sont bouleversés par la quantité d'alcool et de tranquillisants qu'ils ingurgitent. Mais si la femme de ménage s'en va, tout leur univers s'écroule. Ils retournent à l'état de bête. Alors, y a des chances que votre bonhomme ne soit pas riche de naissance.

Mallory approuvait de la tête les paroles de Mme Ortega. Elle se pliait au jugement de la femme de ménage pour tout ce qui concernait les produits de nettoyage et la chimie des taches. Mme Ortega était sans doute la seule personne que Mallory écoutait.

— Y aurait beaucoup de choses à dire du caractère d'une personne d'après sa manière de nettoyer et ce qu'elle conserve, reprit Mme Ortega qui semblait partie sur une réflexion philosophique inhabituelle.

— Vous savez, dit Riker à Charles, j'ai demandé il y a à peu près un an à Mme Ortega de faire le ménage chez moi. Elle m'a fait le signe du mauvais œil et m'a tourné le dos. Aujourd'hui, je m'estime heureux qu'elle n'ait jamais vu mon appartement.

Des cendres de sa cigarette tombèrent sur son costume fripé pendant qu'il ôtait son manteau.

— Je n'ai pas besoin de voir votre appartement, monsieur Riker, dit Mme Ortega en le toisant de la tête aux pieds. Trois sacs d'ordures s'entassent dans votre cuisine. Il y a des bouteilles de bière sous le lit et vos draps n'ont pas été changés depuis un mois. Il vous reste deux assiettes propres dans l'armoire. Les araignées sont bien installées chez vous et vous sortez avec une femme ce soir.

Trois têtes se tournèrent à l'unisson vers elle.

— Comment savez-vous pour la femme ce soir? demanda Riker.

— Ce matin, vous avez utilisé un détachant bon marché pour enlever les taches sur votre veste. Je peux voir d'ici les auréoles. D'habitude, vous ne vous donnez pas tant de mal.

Mallory fit un petit signe de tête d'appréciation à Mme Ortega avant de se diriger vers la porte de son bureau privé.

— Il faut que j'emballe mon matériel. Je reviens dans quelques minutes.

— Ça fait plaisir de vous revoir, sergent, dit Charles. Voulez-vous une tasse de café ?

— C'est encore le matin ?

— Non.

— Alors, je préfère une bière.

L'aspirateur se dirigeait lentement vers les deux hommes, absorbant toute conversation. Quand Mme Ortega arrêta la machine pour se livrer à l'activité plus tranquille du dépoussiérage, Charles tendit à Riker une bière fraîche.

— Ce que Mallory est en train de tenter est assez dangereux, n'est-ce pas ? Je suis étonné que vous la laissiez faire.

— Elle est obligée d'agir de cette façon, Charles. Il n'y a pas de preuves, pas d'arme, pas de témoin, pas de mobile. N'importe qui capable de manier une grosse pierre a pu faire le coup. Le lieu du crime se trouve à six minutes de l'immeuble où elle va se planquer. Même le concierge avait une opportunité. Vous voyez le problème ? Si Mallory ne réussit pas à le débusquer rapidement, l'assassin va s'en tirer.

Charles commentait en son for intérieur les propos de Riker. Il avait dit : *Pas de mobile.* Était-il possible que Riker n'ait pas remarqué le manuscrit sur le bureau ? Tandis que le regard du sergent se posait sur la rame de papier, un instinct inspiré par Mallory poussa Charles à détourner son attention.

— Vous savez, Riker, Markowitz n'aurait pas du tout apprécié tout ça. Mais vous ne la quitterez pas des yeux, n'est-ce pas ?

— Comme je l'ai dit tout à l'heure, Charles, je ne fais que me promener. Elle n'a pas besoin de moi. Elle n'est plus une enfant et même quand elle l'était encore, elle n'avait besoin de personne.

Il avala une lampée de bière.

— Mais Louis disait toujours qu'Helen...

— Helen ne voyait que les bons côtés de Kathy — même quand ils n'existaient pas. Je me souviens comme elle était contente quand Lou s'est mis à ramener Kathy avec lui au commissariat, après l'école – c'était le seul moyen d'empêcher la gosse de dévaliser toute la ville de New York –, mais Helen ne voyait que l'aspect positif du rôle d'exemple des policiers.

— Apparemment, elle avait raison.

— Et cinq jours par semaine la gosse était plongée dans un univers de meurtres et de cinglés pendant que les mômes de son âge étaient en train de jouer.

— Est-ce que Mallory s'amusait avec les autres enfants ?

— Elle ne jouait qu'avec Markowitz. Maintenant, elle joue toute seule.

— Quelles sortes de jeux aimait-elle ?

— Je lui ai demandé une fois, quand elle avait treize ans, quel était son jeu favori. « Le meurtre est le meilleur des jeux », m'a-t-elle répondu. J'en ai eu froid dans le dos. C'était à cause de la façon dont elle l'avait dit. J'ai alors demandé à Markowitz si la gosse était capable de tuer quelqu'un. « Oh ! oui », m'a-t-il fait, comme si je voulais savoir si Kathy jouait bien au base-ball.

— Tout cela ne m'explique pas pourquoi vous êtes tellement certain qu'elle puisse débusquer l'assassin sans risquer sa vie.

— Si les suspects de cet immeuble n'étaient pas de riches contribuables avec de bons avocats, nous leur ferions cracher tout ce qu'ils ont dans le ventre. En revanche, quand Mallory démasquera le tueur, il n'y aura pas d'avocat dans les environs. Il sera stressé comme un fou. Il ouvrira sa grande gueule pendant que les caméras tourneront. Ce genre de pervers parle toujours trop, même quand on lui lit ses droits. Ces types mentent, mais ils parlent et se contredisent. Si nous ne le coinçons pas avant qu'un avocat lui dise de la fermer, nous avons perdu la partie. Sans preuves, il n'y a pas d'inculpation possible. La rapidité est indispensable dans ce genre d'affaire, sinon le meurtrier s'en tire.

— Mais le danger pour Mallory...

— Le pire des dangers serait qu'elle surprenne les secrets honteux de quelqu'un d'autre. Il y a le même pourcentage de salauds dans ce genre d'immeuble que partout ailleurs.

Charles ramassa une photo parmi les papiers de Riker qui étaient tombés à terre.

— Qui est-ce ? demanda-t-il.

— Amanda Bosch.

— Mais elle ne ressemble pas du tout à Mallory. Comment a-t-on pu faire une erreur pareille ?

— Elle était encore en vie quand cette photo a été prise. Moi-même, j'ai dû l'examiner deux fois après que les insectes l'eurent défigurée.

— Avez-vous prévenu sa famille ?

— Elle n'a pas de famille. Mallory en a été soulagée. Moins de chances qu'il y ait une fuite.

— Que va-t-il se passer maintenant ?

— Ses biens, ce qui reste sur son compte en banque, iront au centre des impôts de la ville. Sa propriétaire vendra ses meubles pour récupérer un loyer en retard ou les jettera dans la rue. Elle sera enterrée et personne ne viendra jamais se recueillir sur sa tombe. Elle disparaîtra à jamais de la surface de la terre. À moins que... Mallory pourrait la rendre célèbre.

Le chat, assis entre les deux hommes, les ignorait complètement. Il grattait son oreille bandée. Charles se souvint de ce que Markowitz lui avait dit un jour : vivre avec Mallory, c'était comme avoir chez soi un animal blessé.

L'immeuble avait été construit pour durer, et il durait. À l'aube du XXIe siècle, il ne montrait aucun signe de décrépitude. La façade en stuc rose renforcée de poutres en bois s'élevait sur dix étages. Cette vieille demeure du West Side ferait un décor idéal pour un film d'horreur. Riker posa à terre les lourds cartons pour souffler un instant. Mallory venait de glisser au portier un billet de cent dollars.

La petite avait tout de même du style.

Riker se demanda comment elle allait faire passer cette note de frais auprès du département.

Le sourire du portier s'élargissait au fur et à mesure que Mallory parlait, au point qu'il paraissait s'échapper de son visage.

— J'attends Amanda Bosch qui doit passer. Vous la connaissez de vue ?

— Oh ! oui, dit le portier qui s'appelait Arthur. L'amie de Miss Hyde ? Une belle jeune femme aux yeux tristes ? Je la connais. Elle va bien ?

Le sourire s'évanouit.

— Pourquoi demandez-vous cela ?

— Elle ne semblait pas dans son assiette la dernière fois que je l'ai vue.

— Quand l'avez-vous vue pour la dernière fois ?

— Il y a quatre ou cinq jours, je crois. Elle n'est pas venue à la porte. Elle était assise tranquillement là-bas, comme si elle attendait quelqu'un, dit-il en montrant un banc en fer forgé à une vingtaine de mètres de l'entrée de l'immeuble. J'ai trouvé ça un peu bizarre parce que Mlle Hyde était en voyage. À ma connaissance, Mlle Bosch n'avait aucune autre relation dans l'immeuble. Au bout d'un certain temps, elle s'est levée brusquement, en proie à une grande agitation, et elle s'est enfuie en courant. Très étrange, en vérité.

— Qu'est-ce qui a pu la perturber ?

— Aucune idée, mademoiselle. J'étais occupé à ce moment-là à ouvrir la porte, à appeler un taxi pour l'un des résidents. Les gens entraient et sortaient...

— Vous souvenez-vous d'eux ?

— Non, je regrette. Il y avait des propriétaires, des visiteurs, des enfants et des chiens. La plupart des gens ici ont des chiens.

Riker ramassait les cartons qu'il avait posés sur le trottoir quand Mallory tourna subitement la tête, son regard attiré par un emplacement vide sur le trottoir de l'autre côté de la rue.

Qu'est-ce qui lui prenait maintenant ?

Il se demanda si elle n'anticipait pas en surveillant ses arrières. Après tout, seul le tueur pouvait faire le rapprochement entre Mallory et Amanda Bosch. Mais elle regardait seulement une femme qui marchait rapidement vers eux.

Riker reposa les cartons au moment où une petite brune aux gestes nerveux accostait Mallory.

— Pardonnez-moi de vous avoir suivie. Puis-je vous parler en privé quelques instants ?

Mallory fit signe au portier qui referma la porte. Les deux femmes s'éloignèrent hors de portée d'oreilles indiscrètes en déambulant sur le trottoir. La petite brune — une pile électrique — parlait avec volubilité en agitant les mains dans tous les sens. Mallory lui dit quelques mots. Son interlocutrice secoua énergiquement la tête, levant les yeux au ciel. Ensuite, la femme serra son sac contre sa poitrine comme si elle voulait se protéger. Reculant de quelques pas, elle s'engouffra dans un taxi qui attendait. Mallory revint en marchant de son pas décontracté.

Riker souleva encore une fois les cartons volumineux.

Le portier, qui avait effacé son sourire de commande dès que Mallory avait tourné le dos, le fit réapparaître instantanément.

L'atmosphère du hall appartenait à un autre siècle. Pendant que Mallory remettait une lettre au concierge installé derrière un bureau en bois sculpté, Riker admira les tapisseries anciennes et les peintures. Les tapis aux motifs raffinés devaient valoir chacun une année de salaire. Canapés et fauteuils groupés pour faciliter la conversation étaient recouverts d'un velours de soie vert. Une femme, arborant des lunettes noires malgré le ciel couvert, traversa le hall comme pour annoncer : *Je suis une célébrité, et vous pas.* L'un des murs était percé de vitraux aux couleurs chatoyantes. Sous l'arche de la fenêtre centrale, une fresque représentait une harde de cerfs qui s'élançaient aveuglément contre le mur adjacent.

Le concierge les escorta jusqu'à l'ascenseur. Celui-ci semblait sortir d'un film en noir et blanc des années trente, avec sa cage en fer forgé, ses barreaux en spirale sur la porte, ses boiseries intérieures en marqueterie et son parquet brillant. Un liftier les prit en charge et les fit monter jusqu'au troisième étage.

Là, ils suivirent un large couloir éclairé par des appliques aux lumières aussi douces que les lampes à gaz du XIXe siècle. Le tapis à cet étage — chaque étage étant décoré différemment – avait un motif oriental. On n'avait pas lésiné sur le prix pour recouvrir luxueusement les murs. Riker savait reconnaître la qualité. Sur la table dans le hall il devait y avoir une petite fortune en fleurs fraîchement coupées. Il respirait encore le parfum des roses alors que Mallory tournait la clé dans la serrure et ouvrait la porte de l'appartement des Rosen.

Riker déposa les cartons dans l'entrée.

— O.K., Mallory, la femme dans la rue, qu'est-ce qu'elle voulait ?

— C'est Sally Riccalo. Elle nous a suivis depuis le bureau. C'est une cliente qui est persuadée que son beau-fils veut la poignarder avec un crayon volant. Une idée intéressante.

— Ça ne ressemble pas à Charles. Alors, lequel d'entre eux est dingo, la femme ou le gosse ?

— C'est encore trop tôt pour se faire une opinion. Elle a l'air véritablement terrorisée.

— Qu'est-ce que tu lui as dit ?

— Je lui ai conseillé de quitter New York.

— Et qu'a-t-elle répondu ?

— Qu'elle ne le ferait pas.

Tout en faisant le tour du salon des Rosen, Riker se demanda comment ceux-ci réagissaient à la simplicité spartiate de l'appartement de Mallory. Leur salon était un musée de photos de famille. La famille était partout, depuis les petits-enfants jusqu'aux grands-parents et même les arrière-grands-parents. Sur un canapé, traînait un jouet qu'un enfant avait oublié. Dans un vaste aquarium nageait un banc de poissons tropicaux. Le seul élément qui tranchait dans cette grande pièce confortable, encombrée de meubles tapissés de fleurs soyeuses, était l'œil brillant d'un ordinateur qu'on apercevait entre les portes à demi fermées d'un meuble en chêne massif.

Pendant que Mallory explorait le reste de l'appartement, Riker ouvrit toutes grandes les portes du meuble et examina l'écran. À l'intérieur d'une des portes était affiché un mode d'emploi rudimentaire pour les illettrés de l'informatique comme lui. Il appuya sur un bouton et l'écran présenta une notice d'information sur l'entretien de l'immeuble, suivie de l'annonce d'une réunion des copropriétaires dans la salle commune située sous le toit. Ce dernier avis était suivi par la mention URGENT et la demande pressante que les habitants de l'immeuble y assistent nombreux. D'autres notes défilèrent, mentionnant des paquets laissés chez le concierge et le compte rendu de la dernière réunion.

Une forte tape sur l'épaule fit sursauter Riker. Derrière lui, Mallory souriait : *Je t'ai eu*. Les jeux entre eux n'avaient jamais cessé. Le Vieux lui avait appris à approcher quelqu'un à pas de loup. Markowitz, en dépit de son poids, se déplaçait encore plus légèrement que Kathy. Mais quand elle eut treize ans, elle était devenue encore plus silencieuse que lui. Elle l'avait surpassé à ce jeu. Riker se demanda une fois de plus qui, de Markowitz ou de Mallory, avait eu la plus mauvaise influence sur l'autre.

— J'ai trouvé une pièce où m'installer, dit-elle.

Ramassant les cartons, il la suivit dans une petite bibliothèque. Riker déposa son fardeau sur le bureau tandis que Mallory déballait le matériel informatique, la mini-cam, des instruments et des câbles variés dont il ignorait l'usage. Il reconnut cependant l'équipement pour écoutes téléphoniques et détourna pudiquement les yeux car elle n'avait pas d'autorisation officielle.

Ce n'était pas Markowitz qui lui avait appris ça. Il ne connaissait rien au maniement du matériel électronique ni aux ordinateurs. Il ne tenait pas trop à savoir ce que Kathy trafiquait avec ses machines. Il voulait pouvoir goûter à une retraite paisible.

Mallory sortit de l'ascenseur à l'étage du *penthouse*, l'appartement avec terrasse. Elle avait à peine fait quelques pas dans la pièce qu'une douzaine de têtes se retournèrent. Elle portait le tailleur noir qu'elle avait mis à l'enterrement de son père. La jupe courte mettait en valeur ses jambes aux mollets musclés et aux chevilles fines, rehaussées par des chaussures à talons hauts.

— La mort vous sied, ma chère, dit une voix aux accents cultivés et doucereux.

— J'ai déjà entendu ça aujourd'hui, dit Mallory en se retournant sur une petite femme aux cheveux noirs.

Son visage accusait la soixantaine, et de nombreux liftings. Mallory ajouta :

— Je suppose que vous allez me dire aussi que je suis bien conservée, pour un cadavre...

Le sourire de la femme traça une ligne mince de rouge à lèvres vermillon :

— Vous avez de la repartie, pour un flic mort !

Mallory reconnut dans la voix les intonations plus rudes des habitants de Hell's Kitchen où jadis les gangsters faisaient la loi. Son estime pour son interlocutrice monta d'un cran.

— Je suis Betty Hyde.

— Mallory.

— Kathleen Mallory, n'est-ce pas ? Il n'y a pas si longtemps, vous faisiez partie de la police de New York. Actuellement vous êtes associée dans le cabinet de consultants, Mallory & Butler, Ltd. Vous habitez durant dix jours l'appartement des Rosen pendant les travaux dans votre propre condo. Ce sont de vieux amis de votre famille et ils vous ont donné leur procuration pour voter l'installation d'une piscine dans les sous-sols. J'ai des espions partout, ma chère !

Mais Mallory n'en compta que deux : le concierge, qui savait qu'elle avait la procuration des Rosen, et Arthur, le portier, à qui on avait raconté le reste.

— Et vous, vous vendez des potins mondains, rétorqua Mallory. Votre chronique est distribuée dans une cinquantaine de journaux. Vous avez un spot quotidien de cinq minutes sur Channel Two News. Vous résidez ici depuis quinze ans. Vous disposez d'une table de billard dans votre appartement et vous changez de jeunes gens aussi souvent que je change mes jeans. Vous devriez mieux payer vos espions, mademoiselle Hyde. Ils n'ont pas le sens de la loyauté.

— Appelez-moi Betty, comme tout le monde, rétorqua la journaliste avec un sourire franchement amusé. J'aime votre style, ma chère. Puis-je vous appeler Kathy ?

— Non.

— De mieux en mieux. Eh bien, mademoiselle Mallory...

— Simplement Mallory. Amanda Bosch m'a donné votre nom comme référence.

Elle tendit sa carte à Betty Hyde qui lut à haute voix :

— Enquêtes-discrétion assurée. J'adore !

— Nos clients sont principalement des agences gouvernementales et des universités pour lesquelles nous effectuons des recherches et des évaluations. Recommanderiez-vous Mlle Bosch ? Si nous utilisions ses services, elle s'occuperait de questions ultrasensibles.

— Je lui confierais des enquêtes sur des personnalités en vue, mais je ne fais confiance à personne sur les sujets très sensibles. Je me charge moi-même de ce genre de recherches.

— J'avais l'impression qu'elle travaillait pour vous, de temps en temps.

— C'est vrai – ou plutôt c'était vrai. Elle a réduit ses activités depuis quelques mois. Je l'emmène dans des réceptions et des fêtes. Quand je veux draguer des jeunes gens, j'ai besoin d'un appât. Elle attire les hommes presque autant que vous.

— Et en échange vous la présentez aux gens importants ?

— Oui.

— Y en a-t-il ici ce soir ?

La bouche de Betty Hyde se tordit dans une expression qui voulait dire : *D'accord, supposons que je croie à cette histoire...* Mallory montra qu'elle comprenait en répondant par un sourire qui signifiait : *Ouais, supposons cela.*

— J'ai fait venir Amanda à plusieurs réunions ici même. Je suppose qu'elle a fait la connaissance de pas mal de résidents. Mais je ne peux vous dire lesquels d'entre eux auraient besoin de ses services. Souhaitez-vous que je vous présente ? Peut-être voudriez-vous ensuite m'accompagner à une fête...

— Attendez... Je crois reconnaître le juge Heart qui comparaît en ce moment devant la commission sénatoriale, interrompit Mallory.

Elle désigna un homme qui se tenait debout près de la longue table du buffet. Les tempes grisonnantes, il portait un costume noir, bien coupé, et dépassait d'une tête la petite femme qui se tenait près de lui. Elle avait ramassé ses cheveux poivre et sel en un chignon sévère sur la nuque.

— En effet, c'est bien lui, dit Betty Hyde. Et, à ses côtés, c'est sa femme, Pansy. Voyez-vous les fils invisibles qui l'attachent à lui ? Il ne la laisse jamais s'éloigner de plus de dix mètres !

Effectivement, Mallory avait l'impression qu'il manipulait cette femme comme un pantin. Dès qu'il ouvrait la bouche, elle le regardait avec un sourire admiratif et forcé.

— Quand vous l'observerez de plus près, dit Betty Hyde à voix basse, dites-moi si vous n'apercevez pas un bleu sous son maquillage.

— Vous plaisantez ? Je croyais qu'il...

— ... soutenait la cause des femmes, ce qui faciliterait sa nomination à la Cour suprême ? Amusant, n'est-ce pas ? Si je pouvais prouver qu'il bat sa femme, je n'hésiterais pas une seconde à le dénoncer publiquement. Si vous entendez quelque chose qui confirme mon intuition, ça vaudra de l'or, ma chère Mallory. Ils habitent l'appartement au-dessus du vôtre. Je serais intéressée par le moindre cri, le bruit assourdi d'un corps tombant contre un mur, n'importe quoi de ce genre...

Betty Hyde leva la tête vers Mallory, son sourire se figeant en un trait mince ; elle se dandinait d'un pied sur l'autre dans l'inconfortable attente de la réaction de la jeune femme. Pour une potineuse professionnelle, ce long silence était aussi désagréable qu'un rayon de soleil pour un vampire.

— J'ai entendu dire que votre appartement était en train d'être redécoré, dit Betty Hyde. Et Amanda Bosch ne prend pas de nouveaux clients. Elle se désinvestit plutôt de son activité professionnelle... D'après ce que je sais, elle a une grossesse difficile.

Mlle Hyde sourit à nouveau. De plus belle.

Mallory, impassible, qui avait été à l'école du « ne

jamais livrer quoi que ce soit », continua à toiser Betty Hyde.

Betty Hyde cessa de sourire. Chacune des femmes évaluait l'autre, prenant mentalement des notes. L'air, entre elles, vibrait de sous-entendus. Betty Hyde céda la première.

— Oublions le projet de recherche. Vous êtes un détective privé, n'est-ce pas ? C'est une évolution de carrière logique pour une ex-flic. J'ai raison ?

Mallory haussa les épaules. Betty Hyde se remit à sourire.

— Puisque vous travaillez à présent dans le secteur privé, laissez-moi vous donner quelques tuyaux.

Passant familièrement son bras sous celui de Mallory, elle l'entraîna dans un coin relativement à l'abri des oreilles indiscrètes, derrière un grand pot de fougères.

— Mallory, les gens de votre profession ne doivent pas transférer dans leur vie « sociale » leurs habitudes professionnelles. Vous, vous ne posez pas de questions — vous soumettez les gens à un interrogatoire ! Vous parlez comme un flic. Il suffit de sourire aimablement et d'écouter. Ces gens-là adorent parler d'eux. Donc, vous êtes sur une affaire, nous sommes arrivées à cette conclusion. Et ça se passe dans le milieu friqué — c'est évident. Est-ce qu'Amanda vous a mise sur un coup ? Comme si vous alliez m'en parler ! Moi aussi, je sais protéger mes sources.

— Je crois que nous pourrions faire affaire ensemble, mademoiselle Hyde.

— Appelez-moi Betty.

— Là-bas, près de l'ascenseur, n'est-ce pas Moss White, l'animateur de télévision ?

— Oui, et son hâle est authentique. Il vient de rentrer d'un tournage d'une semaine en Californie.

— Quel jour est-il rentré ?

— Ce matin.

Éliminons celui-là.

— Lequel est Harry Kipling ?

— Celui-ci, dit Betty Hyde en désignant un très bel homme, grand, aux cheveux noirs et aux yeux bleus. Il est charmant, mais, son physique mis à part, il n'a rien de remarquable. Sa femme est cent fois plus intéressante. Tenez, la voilà. Vous voyez cette femme là-bas, près des étagères ? Angel Kipling est une entorse à la nature. Les trolls sont en général petits. Elle est aussi grande que vous.

— Vous voulez dire cette femme aux cheveux tristes et à la cinquantaine bien sonnée ?

— Je préfère l'expression « une femme d'un âge incertain ».

— Qui est l'homme très grand à qui elle est en train de parler ?

— L'aveugle ? C'est Eric Franz.

— Il est aveugle ?

Éliminons celui-là aussi.

— Oui. Angel lui a ôté ses lunettes noires et sa canne parce qu'elle pense qu'ainsi il s'intégrera mieux avec les gens *normaux*. Il est terrorisé par elle, donc il ne lui résiste pas. Je crois qu'Angel nous terrorise tous. Elle fait partie de ces gens qui ont appris sur le tard comment se tenir à table. Elle pose des questions mal élevées du genre : Quel âge avez-vous ? Combien gagnez-vous ? Est-ce que ce sont vos vraies dents ? C'est éprouvant pour les nerfs. Un peu comme si un bruyant gorille venait interrompre votre paix mentale une fois par semaine. On ne s'y habitue jamais.

Mallory regarda Harry Kipling.

— C'est difficile d'imaginer que ces deux-là forment un couple.

— Parce que Harry est si insolemment beau ? Parce que Angel a l'air de sortir d'une grotte d'un conte des frères Grimm ? Vous avez peut-être raison.

— On se demande quel pouvoir elle peut bien avoir sur lui.

— J'aime bien votre façon de penser, Mallory. Puisque vous fouinez de toute manière, ma chère, vous aurez peut-être envie de partager vos découvertes avec une nouvelle amie.

— Harry Kipling est-il l'un des héritiers de la firme Kipling Electronics ?

— Non... Devrais-je réfléchir à ce que tous ces hommes ont en commun ?

— Quelle est son histoire ?

— Une histoire banale. Il vit aux crochets de sa femme et se fait passer pour un conseiller financier. Mais je doute qu'il gère un sou de la fortune d'Angel. Je crois qu'elle lui verse une pension alimentaire. Tous les crédits en ville sont à son nom à elle. Il faut vous méfier d'Angel. C'est elle l'héritière de Kipling Electronics. Son père a créé l'affaire.

— Et il lui a donné le nom de son gendre ?

— Harry a pris le nom de famille d'Angel. C'était l'une des conditions du contrat de mariage. Si vous vous intéressiez un peu plus aux potins mondains, vous le sauriez.

— Quel est son vrai nom ?

— Personne ne s'est jamais posé la question. Je doute fort qu'il ait un passé intéressant. Vous pensez bien que le père d'Angel l'a épluché de fond en comble. Oh ! cachez-vous, Mallory ! Voici le troll qui vient vers nous... Elle a dû vous voir regarder son mari. Êtes-vous armée, ma chère ?

En fait, Mallory avait oublié son revolver à l'appartement.

Angel Kipling traversa la pièce avec détermination. À son approche, Betty Hyde recula instinctivement. Mallory ne bougea pas.

— On m'a dit que vous êtes une amie des Rosen, lança Angel Kipling en s'approchant d'elle à la toucher. Est-il vrai qu'ils ont un bébé requin dans leur appartement ?... Oh ! bonjour, Betty !

Betty Hyde salua Angel et lui présenta Mallory en omettant le mademoiselle.

Mallory, fascinée, ne pouvait quitter du regard les poils au-dessus de la lèvre supérieure d'Angel Kipling. Ils étaient aussi longs que ceux d'une moustache de chat, sans en avoir la symétrie. Le corps de cette femme ressemblait à une pomme de terre plantée sur deux piquets. Elle avait deux longues saucisses en guise de bras. Le haut de sa tête portait les traces de trois expériences de coloration ratées, les racines brunes ayant viré du blond au noir.

Une femme riche qui se teignait les cheveux elle-même ? Intéressant.

— Dites-moi, mademoiselle Mallory, que pensez-vous de notre immeuble ?

— Appelez-moi simplement Mallory.

— Cette maison a une histoire, vous savez. Lillian Russel, la vieille actrice du muet, avait un appartement ici où Diamond Jim Bradly venait la retrouver en cachette.

— Et Dylan Thomas a vomi sur ce tapis, ajouta Betty Hyde.

Angel Kipling regarda fixement par terre, comme pour voir si la tache était récente. Elle se tourna vers Mallory.

— Je vais vous présenter mon mari.

Levant la main, elle lui fit signe avec son index potelé comme elle aurait hélé un taxi ou un serveur. À l'autre extrémité de la pièce, Harry Kipling se mit presque au garde-à-vous avant de rejoindre rapidement sa femme.

— Avez-vous des enfants ? demanda Angel à Mallory.

— Non. Et vous ?

— Oh ! il y a Peter, mais il n'est jamais là...

Harry rejoignit le petit cercle des femmes.

— Harry, voici Mlle Mallory. Elle occupe l'appartement des Rosen pendant leur absence. J'ai entendu dire qu'Hattie Rosen allait à la clinique Mayo passer des examens. C'est vrai ? Mademoiselle Mallory – Kathy, n'est-ce pas ?

— Appelez-moi simplement Mallory.

Comment cette femme connaissait-elle son prénom ? Les espions d'Angel étaient sans doute aussi bien payés que ceux de Betty Hyde.

Mme Kipling s'adressa à l'homme à la chevelure noire et aux yeux de cobalt.

— Je parlais à Kathy de notre immeuble.

Harry Kipling était plus que bel homme. Avec ses larges épaules, il avait l'allure d'un athlète – un géniteur potentiel prometteur. Que faisait-il avec ce troll ? Si c'était pour l'argent, il aurait pu trouver mieux.

— J'utilise les puces électroniques de votre femme, dit Mallory.

— J'ai bien peur de ne pas pouvoir distinguer une puce électronique d'une pile à quartz... Ma tasse de thé, ce sont plutôt les placements financiers.

Il avait une voix légèrement rauque, aux intonations agréables.

Prenant Mallory par le bras, Betty Hyde fit un sourire d'adieu aux Kipling et entraîna sa nouvelle amie en susurrant :

— Vous avez regardé trop longuement Harry. Ne vous retournez pas. Je crois que vous êtes son type. Pour moi, bien sûr, il est un peu vieux. Je ne sors jamais avec un homme de plus de trente ans et il en a presque quarante. Non, ne vous retournez pas. Je surveille sa femme. Si ses yeux étaient des pistolets, il y a longtemps que vous seriez à terre avec un trou entre vos deux jolies prunelles.

— Excusez-moi, dit Harry Kipling en les rattrapant. N'étiez-vous pas morte, l'autre soir à la télé ?

— C'était de la comédie, dit Mallory.

— Ah bon ! Vous êtes actrice ! dit Kipling.

— Je vous croyais officier de police, coupa Moss White qui les avait rejoints.

White appartenait à ce type d'homme qui est la coqueluche des producteurs de télé avec sa bouche aux lèvres pleines et sensuelles et la douceur liquide de ses grands yeux bruns. C'était une bête de télévision.

— Alors vous êtes actrice, reprit White. Ils ont tout raconté de travers, n'est-ce pas ? Je me demandais si ça vous intéresserait de participer à l'un de mes shows télévisés ? Ça pourrait être bon pour votre carrière. Simplement une interview où vous raconteriez aux téléspectateurs l'effet que ça fait d'être proclamée morte par les médias. Ils vous ont crue morte lorsqu'ils vous ont trouvée dans le parc, c'est bien ça ?

Mallory se retourna lentement vers Harry Kipling qui souriait en exhibant une rangée de dents éclatantes. Son visage dégageait une virilité qui, en comparaison, rendait Moss White presque efféminé.

Betty l'entraîna de nouveau à l'autre bout de la grande salle, vers le juge Emery Heart.

— Moss White a un accent, remarqua Mallory. Anglais ou australien ?

— D'Indiana. Il a passé six semaines à Londres, il y a quatre ans. Moss apprend vite. Moi, j'ai payé cent dollars l'heure pour l'accent que j'ai maintenant et ça m'a pris des années.

Elles arrivèrent enfin devant un homme à l'apparence sévère, aux vêtements élégants et discrets.

— Juge Heart, permettez-moi de vous présenter Mallory, une célébrité de la télévision.

Le juge avait les réactions caractéristiques du bon politicien. Le sourire instantané et les yeux vigilants.

— Pardonnez-moi, mademoiselle Mallory, mais je ne regarde pas beaucoup la télévision. Quel genre de programme animez-vous ?

— Je n'ai fait qu'une apparition de cinq minutes. Je jouais un cadavre.

Le sourire du juge se figea pendant une fraction de seconde. Il évaluait l'importance de la personne qu'il avait devant lui.

— Eh bien, on prétend qu'il n'y a pas de petits rôles, dit-il d'un ton jovial. Voici ma femme, Pansy.

Mallory salua la petite femme nerveuse à ses côtés. Effectivement, elle semblait liée à son mari par des liens invisibles mais indestructibles.

— N'est-ce pas, Pansy ? Il n'y a pas de petits rôles.

La femme acquiesça automatiquement, avec un sourire forcé que contredisait l'expression de ses yeux. Sous l'épaisse couche de fond de teint, on devinait un bleu sur sa pommette.

— Avez-vous de la famille, mademoiselle Mallory ? demanda Pansy.

— Non, et vous ?

— Eh bien, Rosie est partie depuis un certain temps. Oh ! ne me lancez pas sur ce sujet. J'ai envie de pleurer chaque fois que je pense à notre petite Rosie. C'est un amour. Emery a appris à Rosie comment serrer la main. N'est-ce pas, Emery ? Rosie est si intelligente. Elle sait s'asseoir sur ses pattes de derrière et mendier.

— Rosie est un chien, dit Betty Hyde en entraînant Mallory plus loin.

— Je l'avais deviné, répondit Mallory.

— Maintenant je vais vous présenter à notre lauréat du prix Pulitzer, poursuivit Betty Hyde en attrapant au passage sur une étagère des lunettes noires et une canne. Il est merveilleux avec sa canne. Je veux lui donner une chance de s'échapper avant qu'Angel remette le grappin sur lui.

— Je me demande pourquoi il ne l'envoie pas promener.

— Malheureusement, Eric a reçu une bonne éducation. Je pense que vous le trouverez intéressant. Il est une de mes meilleures sources d'informations. Les gens ne font pas attention à ce qu'ils disent en sa présence. C'est comme s'ils faisaient un amalgame avec son handicap en le croyant sourd et muet.

Betty Hyde annonça sa présence en posant doucement sa main sur le bras de l'aveugle.

— Bonjour, Eric. J'aimerais vous présenter une nouvelle résidente, Mallory.

— Comment allez-vous ? dit Eric.

Sa voix reflétait une certaine culture, mais ça ne prouvait pas grand-chose dans cet environnement. L'absence de sa canne et de ses lunettes n'aidait pas Eric à se fondre dans la foule. Au contraire, ses yeux vides ne se fixaient sur rien.

Betty Hyde glissa la canne dans sa main gauche et les lunettes dans l'autre. L'aveugle demanda sur un ton de conspirateur :

— Qu'y a-t-il entre moi et la porte ?

— Quatre personnes que je ne peux pas sentir. Frappez-les avec votre canne si vous le pouvez.

Eric mit ses lunettes noires et fit un profond salut, approximativement dans la direction de Mallory.

— Ravi de faire votre connaissance.

Il traversa la foule d'un pas assuré, sans heurter personne. Mallory eut le temps de se demander s'il ne se dirigeait pas trop bien pour un aveugle. Et comment il avait perdu la vue. Pour combien il était assuré. Et s'il avait touché une assurance-vie sur sa femme décédée.

— Il n'est pas complètement aveugle, dit Betty. Il

aperçoit dans le noir requins et arnaqueurs — les talents indispensables pour survivre à New York.

Mallory avait conscience qu'Harry Kipling l'observait s'éloigner en compagnie de Betty Hyde. Elle se retourna pour regarder Angel Kipling qui surveillait chaque fait et geste de son mari. Mallory surprit dans son regard une expression d'amertume. Toutes sortes d'émotions traversèrent le visage d'Angel — haine, colère, soupçon et peine.

Ce n'était pas un ménage heureux.

— Je connais l'avocat qui a établi leur contrat de mariage, dit Betty Hyde en faisant un petit signe aux Kipling. Ils ont un enfant. La fortune lui reviendra directement à sa majorité sans passer par sa mère. Je n'ai vu le garçon qu'une seule fois.

— Je n'ai pas vu beaucoup d'enfants aujourd'hui, dit Mallory.

— La plupart du temps, vous n'en verrez pas du tout. Les enfants de cet immeuble appartiennent à cette nouvelle classe de SDF fortunés. Ils sont en pension et ne reviennent que pour les vacances. Mais si vos enfants vous agacent particulièrement, en payant un supplément, l'école vous les gardera pendant toute l'année.

— Est-ce que les Heart ont des enfants ?

— Le juge a un enfant d'un premier mariage, une fille. Je ne l'ai vue que sur des photos publicitaires qui ont paru dans le supplément du *New York Times*, le dimanche qui a précédé l'enquête de la commission sénatoriale. Je le soupçonne d'avoir loué la fille pour ces photos.

— Est-ce qu'elle a quelque chose qui cloche ?

— Du genre drogue ou kleptomanie ? Oh ! Mallory, c'est tellement banal dans ce milieu que je ne m'abaisserai pas à en parler.

— Y aurait-il une autre raison pour laquelle on ne la voit jamais, un handicap majeur ?

— Vous voulez dire un secret embarrassant, du type un enfant caché dans le placard ? C'est un angle intéressant. Laissez-moi explorer cela, ma chère. Je vous tiendrai au courant. Ce genre de détail, on ne peut le découvrir qu'en parlant aux gens qui savent. Vous n'en trouverez pas la moindre trace dans un rapport officiel, pas avec la fortune du juge...

— Et l'aveugle ? Eric ?

— Eric Franz ? Non, lui et Annie n'ont jamais eu d'enfants. À moins que vous ne comptiez leur chien d'aveugle. Et ce chien est si brave qu'on ne peut imaginer qu'il soit un enfant d'Annie.

— Encore un mariage raté ?

— Il ne s'agissait pas d'une histoire d'amour. Le grand divertissement d'Annie était de changer la disposition des meubles pour faire tomber Eric. Et Eric disait à leurs amis qu'Annie lui donnait à manger des boîtes pour chien. C'était une blague, bien sûr, mais ça ne m'aurait pas étonnée. Annie avait un grand sens de l'humour.

Il était déjà tard quand il se rendit, seul, à la cuisine. Il abattit son poing sur la planche à découper, de toutes ses forces. Une coupe contenant des fruits sauta en l'air en renversant sur la table les pommes qu'elle contenait.

Cette salope.

Elle savait ce qu'il avait fait et ce qu'il était. Elle savait beaucoup de choses.

Une pomme roulait encore sur la table, aussi rouge que les lèvres de cette femme. Tenant le fruit mûr d'une main, il fouilla dans le tiroir et trouva un couteau pointu. Il transperça la peau de la pomme en regardant le jus s'écouler. Il frappa encore et encore. Ensuite, il pela lentement la peau, imaginant les cris qui émanaient du fruit mutilé dans sa main.

Salope.

Toutes les femmes sont des salopes.

Mallory était assise dans la bibliothèque des Rosen, devant l'écran de son ordinateur. Il lui avait fallu cinq minutes pour entrer dans la mémoire de l'ordinateur central de l'immeuble – pas brillante, leur sécurité. Bientôt, elle fit défiler les fichiers sur les résidents en prenant note des codes d'accès pour contourner tous les ordinateurs personnels, excepté les trois qui l'intéressaient.

Mallory fit apparaître un écran en alias et, dans le secteur des messages personnels, elle tapa un message identique à l'intention de trois noms différents. Si ses suspects ne consultaient pas le soir même le tableau de bord, ils le feraient le lendemain matin. Quand elle aurait rétabli l'ordinateur dans son fonctionnement normal, le faux écran disparaîtrait sans laisser la moindre trace d'effraction.

Puis la jeune femme parcourut la liste des numéros de fax. Deux des suspects en avaient un. Ça servirait sûrement un jour. Ensuite, après un bref coup d'œil sur le plan de l'immeuble indiquant l'emplacement des lignes de téléphone au sous-sol, Mallory prit sa torche et son matériel d'écoutes téléphoniques.

Une demi-heure plus tard, le liftier la remontait du sous-sol. Au rez-de-chaussée, l'ascenseur s'arrêta pour laisser entrer un jeune garçon. Il devait avoir environ quatorze ans.

Harry Kipling était peut-être coureur, mais sa femme, elle, ne l'était pas. Le garçon avait les yeux bleus et les cheveux noirs de son père. Il la lorgnait sans complexes de haut en bas, son large sourire frisant peu à peu l'indécence.

Mallory fixa l'adolescent avec une incrédulité muette qui disait : *Tu rigoles, ou quoi ?*

Le garçon rougit violemment et sortit à l'étage suivant, pourtant ce n'était pas le sien.

Mallory se demanda si courir les femmes n'était pas un trait héréditaire. Elle continua son ascension en regardant à travers les portes grillagées les étages qui défilaient. En arrivant à celui des Rosen, elle leva les yeux et aperçut le bout de la canne blanche de l'aveugle. Eric Franz se tenait près de la porte. Il la salua en disant :

— Mademoiselle Mallory ? Je vous cherchais. Oh ! pardonnez-moi. C'est Mallory tout court, n'est-ce pas ?

— Oui, dit-elle après une seconde d'hésitation.

— C'est votre parfum, dit Eric Franz en anticipant sa question. Quand on perd la vue, la nature compense en vous donnant une perception accrue à travers un autre sens. Betty Hyde m'a dit que vous vous intéressez au juge. Moi aussi.

— Un intérêt professionnel? Je travaille pour un groupe de recherche. Je suppose qu'elle vous a dit ça aussi ?

— Oui, elle me l'a dit. Mais mon intérêt est personnel. Un incident a éveillé ma curiosité. Il y a des inconvénients à être aveugle, vous savez, quelque chose vous échappe toujours. Par exemple, le jour où l'équipe médico-légale est venue constater la mort de Mme Heart, la mère du juge...

— Vous dites que la mort n'était pas naturelle ?

— En principe, elle est morte d'une crise cardiaque. Ça en était peut-être une, mais j'ai été étonné lorsqu'un officier de police est arrivé, une demi-heure plus tard. Je me trouvais dans le hall quand il a dit au portier un seul mot — homicide.

— En effet, ce n'est pas normal s'il s'agissait d'une crise cardiaque.

— C'est intéressant, n'est-ce pas ? J'imagine que vous allez me demander maintenant de décrire le policier.

Mallory sourit. *Ouais, vas-y.*

Comme s'il avait lu dans ses pensées, Franz se hâta de répondre à sa question non formulée.

— Il marchait à grands pas et s'est cogné contre moi. Je lui ai dit : « Vous êtes aveugle ? » Je ne rate jamais l'occasion de dire ça. J'ai senti qu'il était plutôt mince quand il m'a bousculé. Il s'est excusé et, à en juger par son accent, il doit être de Brooklyn. Oh ! et il s'était aspergé de lotion après-rasage. Une marque chère. Il portait une veste de cuir.

— Vous avez parlé aussi du médecin légiste, dit Mallory.

— Il était déjà monté dans l'appartement du juge. Le médecin de famille était là aussi. J'étais assis dans le hall en attendant un ami qui avait été retardé par la circulation. Tout ce monde est passé sans faire attention à moi.

Le policier ne pouvait être que Palanski. Encore lui. Il était toujours le premier à se pointer derrière l'ambulance.

La souris traversa silencieusement la cuisine, évitant soigneusement les deux jambes de pyjama bleues du géant. Dans ses petits yeux se reflétaient les miettes d'un croissant doré. Elle saisit le morceau de croissant et se réfugia dans sa cachette, sous le réfrigérateur. Là, elle mangea goulûment, follement contente de son exploit.

Charles observait la crème qui bouillait à petit feu au-dessus de la flamme du gaz tout en se demandant combien de temps la souris avait encore à vivre dans ce monde cruel. Mme Ortega avait essayé de la tuer à plusieurs reprises, à l'aide de pièges, de poison, ou du manche à balai. Jusqu'à présent, la petite souris des villes lui avait échappé avec une adresse remarquable qui avait provoqué le respect de Charles. Mais Mme Ortega était un adversaire de taille, qui serait toujours à ses trousses, le balai à la main.

La souris était condamnée.

Le café s'écoulait goutte à goutte dans la cafetière en verre. Son arôme s'éleva jusqu'au plafond de la cuisine. Charles s'en versa une tasse qu'il emporta dans la pièce du devant et la déposa sur le bureau, à côté de l'épais manuscrit.

Il vida sa tête de tout ce qui ne concernait pas sa tâche immédiate. Il lui apparut clairement dès la lecture des vingt premières pages que si Amanda Bosch était le personnage central du roman, elle ne se faisait aucune illusion. Charles se mit à lire à un rythme normal, car il s'agissait d'un drame éminemment humain — Amanda réveillée par un cauchemar et le trouvant couché dans son lit, à ses côtés.

Le personnage masculin ne semblait pas se préoccuper des règles de courtoisie élémentaires qui régissent les relations entre amants. La jeune femme se demandait pourquoi il continuait à revenir. Il manifestait si peu d'intérêt pour elle depuis qu'il avait fait sa conquête.

Les prétextes qu'il lui donnait pour justifier son manque d'empressement étaient humiliants. Pourtant, elle ne mettait pas fin à leur liaison, se disant qu'il valait encore mieux sentir le contact froid et sans passion de cet homme que ne rien éprouver du tout. Elle songeait que c'est ce que doivent ressentir les hommes qui séparent l'acte sexuel de l'amour. Elle ne lui posait pas de questions sur sa femme, craignant d'apprendre qu'il n'avait jamais eu de sentiments pour elle, ni d'ailleurs pour personne. Il faisait mieux l'amour qu'aucun des hommes qu'elle avait connus et, pourtant, il n'aimait pas les femmes.

Quand ils couchaient ensemble, qu'il fasse chaud ou froid, les draps étaient toujours trempés de sueur et de sexe. Il la faisait délibérément jouir en premier, manipulant son corps en expert. Et quand elle jouissait, il avait la fierté du technicien pour le travail bien fait. Il gardait, dans le feu de l'action, une froideur perverse.

Quand elle sortait de la salle de bains où elle s'était lavée, il était toujours habillé. Elle le voyait de dos, se dirigeant vers la porte en débitant une litanie d'excuses. Il ne se retournait même pas pour lui dire au revoir, encore moins pour l'embrasser, comme si elle devait apprendre à ne pas s'attacher à une liaison qui n'en était pas une.

Elle ôtait du lit les draps mouillés pour les faire sécher — dans la chaleur de juillet, la première fois — et, à présent, dans l'air froid de l'hiver. *C'était mieux que rien*, se disait-elle, tout en sachant que ce n'était pas vrai.

Charles se détourna un moment des pages du manuscrit pour regarder le mur nu en face de lui. Faisant appel à sa mémoire, il évoqua la photo d'Amanda Bosch que Riker lui avait montrée une fois. Sa mémorisation était parfaite, reproduisant même la tache grasse d'une empreinte sur le coin en haut à gauche du cliché. Les yeux de la jeune femme le regardaient tristement. Leur expression tenait à leur forme légèrement tombante, une tristesse déjà façonnée dans le ventre de la mère.

Il sentit qu'il connaissait si bien Amanda Bosch qu'il serait capable de dialoguer avec elle et de deviner ses réponses.

Si seulement il pouvait la faire revenir à la vie, rien que pour une minute de conversation.

Seul Malakhai serait capable de créer cette illusion extraordinaire. Charles pensait souvent au vieux magicien et à son étrange création. Quelle idée folle !

Et pourtant.

Le manuscrit présentait un délicat problème de construction mentale. Sa narration n'était pas une simple imitation de la vie, c'était le résultat de l'esprit d'Amanda au travail. Le vieil homme aurait pu réussir l'illusion à partir de la photo et du manuscrit. Mais il était fou, et bien loin d'ici, en cœur et en esprit.

Charles se dit que c'était une pensée folle à laquelle il ne fallait pas s'accrocher. Il retourna à sa lecture, mais le visage d'Amanda ne le quittait pas. Sa mémoire eidétique l'avait évoqué et son cerveau ne pouvait plus le chasser. Il planait en surimpression sur le texte du manuscrit. Ses pensées se fixaient sur Malakhai, à présent, tandis qu'il plongeait son regard dans celui d'Amanda.

Oh ! Malakhai, comment vis-tu les derniers jours de ta vie ? Es-tu toujours amoureux de Louisa ? Toujours aussi fou ? Est-ce que cette femme morte partagera ta couche, cette nuit ?

Il regarda fixement le téléphone. Il lui suffisait d'appeler le plus grand magicien du monde, selon le cousin Max. Que dirait-il à Malakhai ? « Excusez-moi d'utiliser mes relations familiales, mais j'ai aussi un petit problème concernant une femme. Que dois-je faire pour devenir aussi fou que vous ? Ou est-ce que je le suis déjà à moitié ? »

Charles secoua la tête. Ce genre de chose ne se prêtait pas à l'amateurisme. Il ne devait pas oublier ce que la création de ce succube avait coûté à Malakhai qui pourtant était un maître. Il retourna à la lecture du manuscrit. C'était l'heure de la nuit où les idées les plus folles paraissent les plus merveilleuses.

Il lisait déjà depuis une demi-heure, quand un léger bruit attira son attention. Il n'était pas habitué à avoir de la compagnie à cette heure-là. Il avait oublié Long Nez. Il observa le chat accroupi à quelques centimètres de ses pantoufles.

Le fait de ne plus avoir de griffes avait à peine handicapé le félin. Une petite souris brune s'était échappée de ses pattes de velours mais elle s'était retrouvée aussitôt capturée entre ses dents blanches et acérées. Charles encouragea en silence la souris. Les dents du chat broyèrent les petits os fragiles. La souris couina. Ce n'était pas un cri aigu ; la petite bête pleurait vraiment.

Le chat le dévisagea. L'aspect des yeux et leur couleur lui rappelèrent Mallory.

Charles se baissa avec la ferme intention de prendre la souris pour mettre rapidement fin à ses souffrances. Le chat émit un grondement sourd tandis que sa queue s'agitait, menaçant la main qui s'avançait vers le petit rongeur.

Dégage, disaient les yeux du chat. C'est mon jouet, pas le tien.

Angel Kipling serra contre elle sa robe de chambre en soie comme s'il faisait froid dans la chambre, ce qui n'était pas le cas.

Assise devant son ordinateur, elle était sidérée par ce qu'elle venait de lire dans le fichier des messages personnels. Elle aperçut l'image de son mari réfléchie sur l'écran sombre derrière les lettres vertes. Elle sentit la chaleur de sa présence derrière sa chaise.

— Angel, qu'est-ce qui ne va pas ?

— Oh ! rien, Harry, dit-elle en regardant fixement l'écran. C'est un message personnel. Je crois qu'il s'adresse à toi.

Elle se leva et se dirigea lentement vers sa chambre à coucher. Elle faisait chambre à part. En se retournant, elle vit Harry se baisser vers l'écran de l'ordinateur en lisant le message qui défilait en répétant sans cesse : MENTEUR, MENTEUR, MENTEUR, MENTEUR, MENTEUR, MENTEUR...

Charles ne voulait pas assister au spectacle du chat dévorant la souris. Il sortit et ouvrit la porte de son bureau qui se trouvait en face de son appartement.

En entrant dans la pièce du fond où se trouvait le repaire de Mallory, il se crut sur une autre planète. Ici, une lumière blanche comme celle du jour éclairait crûment le matériel électronique. Les machines étincelantes le dévisageaient avec les yeux gris acier des terminaux. Les chevaliers en métal beige du Nouvel Ordre s'alignaient en une symétrie parfaite. Une étagère, remplie de manuels d'utilisation et de livres techniques divers, faisait face à l'équipement informatique. Pas le moindre grain de poussière n'osait s'aventurer dans le territoire immaculé de Mallory la maniaque de la propreté.

Le panneau de liège qui tapissait le mur du fond formait un contraste encore plus saisissant avec le monde civilisé de Charles. Si le meurtre était la religion de Mallory, on pouvait penser que le sinistre collage qui s'étalait sur ce panneau était un hommage funèbre en l'honneur d'Amanda Bosch, la madone sans enfant.

Quand Mallory avait-elle eu le temps d'assembler tout cela ? Ne dormait-elle donc jamais ?

Il y avait des photos d'Amanda, de son appartement, et des échantillons de son écriture. La précision dans l'alignement de chaque élément contrastait avec la douceur de la personnalité de la jeune femme. Charles éprouva un coup au cœur en apercevant le vieux berceau en bois qu'Amanda destinait à son bébé.

Il détourna son regard des photos de l'autopsie. Celles du lieu du crime étaient plus supportables. Mais chaque détail se rapportant à la mort d'Amanda lui était devenu douloureux car il avait l'impression de mieux connaître cette femme que ses proches ne l'avaient fait.

Les meilleures photos de la morte étaient placées au centre du panneau. Charles superposa à l'image de son visage défiguré celle que Riker lui avait montrée quand Amanda vivait encore. En surimpression, la peau fraîche et rose se substitua à la chair morte, blafarde. Quand cette image vivante se posa sur le masque de la morte, Charles eut l'impression déconcertante que la jeune femme ouvrait soudain les yeux.

L'esprit de Charles fit un bond hors du réel, puis y revint avec précaution, en trébuchant, surtout à la vue de la blessure à la tempe qui saignait à travers la double exposition photographique. Il frémit à la vue d'Amanda vivante juxtaposée à l'image du sang séché. Une grosse tache de sang avait éclaboussé l'épaule et la manche du blazer.

Elle souriait. Charles en fut gêné. En tâtonnant un peu, il s'aperçut qu'il pouvait transformer son sourire en une expression plus adéquate tout en respectant la vérité du personnage. À présent, elle avait seulement un air amical et un peu curieux, comme pour dire : « Et puis quoi, maintenant ? » Il garda cette nouvelle image d'elle pendant un si long moment qu'elle resterait à jamais gravée dans sa mémoire.

En examinant l'inventaire des objets trouvés dans l'appartement d'Amanda, Charles remarqua le nom d'un parfum. Il retrouva le flacon sur une photo de la salle de bains. C'était une marque prestigieuse. Le parfum était à base d'essence de roses. Charles se souvint d'avoir vu le même flacon parmi le maquillage de scène et les costumes à paillettes rangés dans les malles appartenant à Max Candle le magicien, qui dormaient encore dans la cave de l'immeuble.

Son mari regardait fixement l'écran de l'ordinateur quand elle entra dans la chambre.

Pansy Heart s'approcha de lui par-derrière, sur la pointe des pieds. Le moindre bruit agaçait le juge. Pardessus son épaule, elle lut les mots MENTEUR, MENTEUR, MENTEUR, MENTEUR, MENTEUR, MENTEUR, MENTEUR, qui remplissaient toute la surface de l'écran. Elle remarqua le coin supérieur de l'écran où s'inscrivait l'en-tête : Message personnel.

Son mari se retourna brusquement, la figure rouge de colère.

— Ne t'approche plus jamais de moi comme une voleuse ! s'écria-t-il.

Pansy recula en essayant de contrôler son bras droit qui se levait automatiquement pour parer un coup. Mais le juge se retourna de nouveau face à l'ordinateur. Il frappa violemment du poing sur la console, envoyant valser livres et papiers. Sa femme, à quatre pattes sur la moquette, se mit à ramasser tout ce qui était tombé.

— Va-t-en ! Va-t'en d'ici ! hurla-t-il.

Encore à genoux, elle s'éloigna à reculons, puis, se relevant en tremblant, se précipita vers le couloir. Elle entra en courant dans la chambre à coucher, elle fut surprise par sa propre image dans le grand miroir en pied. Elle s'arrêta net et mit son poing devant sa bouche pour ne pas crier.

Depuis quand avait-elle tant maigri ?

Avec ses cheveux tirés en chignon telle qu'il l'obligeait à se coiffer et cette expression d'animal traqué, elle était le portrait vivant de la défunte mère du juge Emery Heart.

L'imprimante en braille faisait défiler le message, remplissant chaque feuille du mot MENTEUR.

Eric Franz était assis immobile, les yeux fixés sur une scène qui se déroulait à l'intérieur de sa tête, un film d'horreur sans fin. Des flocons de neige tombaient en cascade devant la large fenêtre, illuminés par les projecteurs extérieurs de l'immeuble. Se détournant de la fenêtre, il arracha les feuilles de l'imprimante.

À présent, il neigeait aussi à l'intérieur de l'appartement de minuscules bouts de papier blanc qu'il déchirait dans le noir.

Charles retourna dans le salon, les mains pleines. Il déversa ses trésors sur la table basse. Riker avait oublié en partant cet après-midi un paquet de cigarettes à moitié plein. D'après le rapport du médecin légiste, Amanda fumait. Il n'y avait pas de cigarettes, cependant, dans le méticuleux inventaire de Mallory. Amanda avait peut-être cessé de fumer pendant sa grossesse. Mais son manuscrit était rempli de descriptions des objets familiers du fumeur : cendriers pleins, boîtes d'allumettes et briquets traînant sur les tables, grains de poussière dansant dans la fumée bleue des petits matins gris. Il y avait aussi la cigarette allumée en pleine nuit quand elle se réveillait seule. Ensuite, elle se berçait sur le dos en entourant ses genoux de ses bras avant de s'endormir enfin, à l'aube.

La contribution du cousin Max était le flacon de parfum à l'eau de rose que Charles avait été chercher à la cave, dans la vieille malle à costumes. Il avait besoin de tout ça pour faire revivre une morte. Si Louisa aimait le gardénia, Amanda ne portait que de l'essence de roses.

Charles fit apparaître le visage d'Amanda sur un pan du mur. Image eidétique de la vie sur la mort.

Et maintenant, quelle était la recette de Malakhai ?

Il aurait dû commencer par la grave blessure à la tête

qui ressemblait à celle que Malakhai avait subie lors de la guerre de Corée. Une blessure pareille s'accompagnait parfois d'aberrations psychiques étranges, telles que les stigmates.

Quant à lui, Charles Butler, s'il n'avait pas de traumatismes physiques, il souffrait de blessures profondes dans son cœur et dans son esprit. Ainsi, sans le savoir, Mallory contribuerait aussi à cette potion magique.

L'élément suivant sur sa liste, ce seraient les années de solitude pendant lesquelles Malakhai avait croupi dans une cellule coréenne. Quand il était sorti de cette terrible période d'isolement, c'était en compagnie du fantôme de Louisa.

Charles se mit à réfléchir sur ses propres années solitaires dans le vaste campus d'une grande université. Il s'y était senti aussi seul que dans une cellule. Il se revit à l'école comme l'enfant surdoué parmi les grands de dix ans plus âgés que lui. Et puis étaient venues les années d'isolement dans le cocon de la cellule de réflexion d'Effrim Wilde, avant de se lancer enfin dans le monde réel et de fonder son cabinet de consultant.

Il s'était toujours senti différent, comme un extra-terrestre plongé dans une culture de gens socialement adaptés. Tout cela correspondrait sans doute à l'isolement de Malakhai dans sa prison. Mais il n'avait pas besoin de remonter si loin dans le temps. Il éprouvait une solitude intense chaque fois que Mallory quittait la pièce.

Encore une de tes contributions, merci, Mallory !

Si un malheur devait arriver à Mallory, il ne pourrait jamais la recréer comme Malakhai l'avait fait pour Louisa, car personne n'avait accès aux pensées et aux sentiments intimes de Mallory. Il fallait que rien ne lui arrive, jamais.

Quel imbécile !

Charles avait oublié la musique. Le concerto avait été pour Malakhai un ingrédient important dans sa création de Louisa. Cette musique avait excité l'imagination de Charles lorsqu'il était enfant. Son disque était usé jusqu'à la corde, mais il le connaissait par cœur et n'avait pas éprouvé le besoin d'en racheter un autre. Il se souvint qu'il devait y avoir, quelque part dans la cave, un 78 tours du *Concerto de Louisa* et un vieux tourne-disque datant de cette époque.

Voyons un peu. Si Amanda Bosch était une construction de son esprit, il devrait peut-être d'abord essayer de la façonner à l'aide de la musique. Charles avait entendu ce morceau plus d'un millier de fois.

À présent, il était en possession de tous les ingrédients de la folie de Malakhai. La musique, le parfum, et la solitude.

Il réussirait.

Allumant l'une des cigarettes de Riker, Charles la déposa dans le cendrier après en avoir tiré une bouffée. Il se concentra sur le visage d'Amanda, recréant l'image qu'il avait composée dans le bureau de Mallory, image de vie en surimpression sur la mort. Les yeux d'Amanda le dévisageaient. Malgré la platitude d'une reproduction en deux dimensions, l'expression mystérieuse de ses yeux était irrésistible. Leur regard communiquait une perte irrémédiable.

Ensuite, Charles chercha à retrouver les notes du *Concerto de Louisa.*

Il avait sept ans quand il l'avait entendu jouer pour la première fois. C'était l'ouverture du spectacle magique de Malakhai. Le cousin Max l'avait emmené voir la représentation pour fêter son anniversaire. Le petit Charles était la caricature de son beau cousin Max, avec son grand nez et le blanc des yeux énorme où flottaient quelques petits morceaux de bleu. Cousin Max l'avait conduit par la main jusqu'à leurs places à l'orchestre, tout près de la scène éclairée à la lumière vacillante des chandelles.

Le chef d'orchestre leva sa baguette au moment où ils s'asseyaient dans leurs fauteuils en velours rouge. Le *Concerto de Louisa* commença dans une explosion d'accords qui déferlaient sur le petit Charles en vagues puissantes et terrifiantes pour se transformer harmonieusement en échos d'une musique plus calme qui lui semblaient résonner dans des corridors vides. Avec des accents passionnés, la musique s'éleva de nouveau pour retomber ensuite. Alors, au moment le plus inattendu, il y eut une accalmie qui devint un silence absolu, angoissant. C'était un espace vide que l'oreille tentait de remplir avec l'écho de notes fantômes.

Quand l'ensemble des instruments se remit à jouer, on sentit passer dans la salle un immense soupir de soulagement. Les gens retrouvaient leurs repères. La musique flottait sur eux, bienfaisante, purifiante, comme si elle les avait régénérés par ce passage à vide.

Le rideau se leva et la musique reprit, accompagnant la performance de l'illusionniste. Après avoir créé la présence de Louisa sur scène, Malakhai l'envoyait dans la salle, parmi les spectateurs. Ici et là, on entendait une exclamation de surprise dans l'assistance — quelqu'un avait eu l'impression d'être frôlé par Louisa. Le parfum du gardénia flottait au-dessus de la scène pour s'évanouir bientôt dans l'imagination d'un enfant de sept ans.

Ce soir-là, dans l'espace silencieux du vide de la musique, l'enfant avait entendu le cri d'une femme. Alors, bien après que les spectateurs eurent quitté la salle, en présence du régisseur inquiet, cousin Max était encore au premier rang en tenant la main de l'enfant effrayé.

Max lui avait dit une fois que la meilleure musique suivait le rythme naturel des battements du cœur. Le *Concerto de Louisa* en faisait partie. Charles en avait découvert la structure fondamentale, il ne lui restait qu'à identifier la composition des morceaux les plus subtils. Il demeura assis, immobile, pendant quatre heures, avant de réussir enfin à recréer intégralement, note par note, la mélodie qu'il avait entendue pour la première fois, le soir de son anniversaire. Et dans ce vide que le génie de Louisa avait créé au cœur de sa musique, Charles plaça le cri qu'il avait entendu enfant, mais avec une autre intention. Aujourd'hui, il se réjouissait du son d'une autre voix, même celui d'un cri, qui comblait l'espace vide dont il avait pris conscience comme de sa propre solitude.

Il alluma une autre cigarette. La fumée s'élevait en spirales autour de son visage sans que l'odeur l'incommode ni lui pique les yeux. Il ne sentait qu'un parfum de roses.

Mais le choix du parfum avait peut-être été une erreur. L'arôme de roses fanées qui s'élevait du petit flacon doré s'était déjà éventé bien avant la naissance d'Amanda.

Les accords du concerto résonnaient dans la tête de Charles dans toute leur splendeur quand, soudain, Amanda apparut.

Ce n'était qu'une image photographique en deux dimensions, mais cette femme, devant lui, dégageait une énergie palpable. L'expressivité de son regard créait l'illusion.

À présent, comme on additionne un plat de sel et de poivre, Charles ajouta un léger éclat à la douceur des yeux bleus, et les reflets d'or de la chevelure de Mallory – qui captait la moindre lumière – à celle moins brillante d'Amanda.

Il était prêt maintenant.

Il se pencha en avant et appela : « Amanda ? »

L'image de la photo courba la tête en guise de réponse. Mais ce n'était encore qu'une feuille de papier se pliant avec difficulté. La tentative troublante d'animer la reproduction plate d'une femme morte.

— Pourquoi vous a-t-on tuée, Amanda ?

Elle répondit avec la voix de Mallory. C'était sa voix mélodieuse, dépourvue de son sarcasme habituel. Charles avait réservé à Amanda ses intonations les plus douces.

— Il m'a menti.

Sa bouche pleine s'ouvrait et se refermait en petits mouvements saccadés, comme dans les premiers films muets. C'était une pauvre imitation de la vie, un mauvais tour joué à Dieu.

Le regard sur la photo se voila, comme si Charles l'avait offensée. Ce qu'il avait fait. Il détourna les yeux et elle s'évanouit aux extrémités de sa vision périphérique.

— Je suis désolé, dit-il dans le vide.

Car personne n'était là. Certainement pas Amanda. Quel lamentable spectacle de marionnettes ! C'était vraiment pathétique.

Charles referma le flacon de parfum, mais l'odeur de roses mortes était encore en suspens dans le salon. Quand il entra dans les autres pièces de l'appartement, il retrouva la même odeur de mort. Et quand il alla se coucher, vulnérable dans son sommeil, Amanda revint, incertaine, flottant dans l'obscurité.

Pendant toute la nuit, il rêva qu'on tuait de jeunes roses fraîches. Même les petits boutons aux pétales serrés, pas encore éclos, mouraient aussi.

4

23 décembre

Pendant une bonne minute, Charles se tint derrière la porte d'entrée du bureau en écoutant le crissement des baskets sur le palier. La personne marchait de long en large avec légèreté. Charles en conclut qu'elle était de petite taille. Ensuite, son oreille particulièrement développée – ou était-ce zen ? – lui fit détecter le bruit de quelqu'un dansant d'un pied sur l'autre. Charles attendit poliment que son visiteur maîtrisât son hésitation.

Au bout d'un moment, la sonnette retentit.

Charles ouvrit la porte avec un grand sourire sincère, car il aimait les enfants.

— Bonjour ! Tu es en avance... d'une heure, je crois.

— Oui, dit Justin Riccalo en se balançant sur ses pieds. En principe, je dois retrouver mes parents ici. Ma leçon de piano a été annulée et je ne savais pas où aller.

Et chez lui ? Était-ce possible qu'il n'y soit pas le bienvenu ?

Comme s'il avait lu dans ses pensées, le garçon ajouta :

— Je n'ai pas de clé pour rentrer chez moi. Je peux aller ailleurs. Je m'excuse de...

— Ne t'excuse pas. J'allais descendre à la cave. Je serai content d'avoir de la compagnie. Tu aimes les tours de magie ?

Charles ne s'attendait pas à la réaction de Justin. Il cessa de se balancer ; on aurait dit que sa réserve d'énergie nerveuse s'était brusquement échappée comme l'air par le trou d'un ballon. Il n'était plus qu'un petit gosse malingre qui disparaîtrait tout à fait s'il continuait à se tasser.

— Si j'aime les tours de magie ? Monsieur Butler, est-ce que c'est votre manière subtile de me demander si je sais faire voler les crayons ?

— Absolument pas. Je crois simplement que la cave te plaira.

Haussant ses maigres épaules, le garçon lui fit comprendre qu'il n'en avait rien à faire. Charles ferma sa porte à clé et montra le chemin en suivant le long corridor qui aboutissait à la cage d'escalier. Le gosse regarda l'ascenseur dans son dos. Charles expliqua qu'on ne pouvait atteindre les sous-sols que par l'escalier. Il ajouta qu'il espérait que Justin ne voyait pas d'objection à marcher un peu. Le gosse suivait Charles à contrecœur comme si ses pieds pesaient dix tonnes.

Apparemment, l'escalier était une nouveauté pour cet enfant qui avait grandi dans les gratte-ciel de luxe. Agrippé à la rampe en fer forgé de l'escalier en colimaçon, il se pencha dans le vide. Les ampoules brillantes qui pendaient au plafond à chaque étage créaient des ombres inquiétantes sur le métal sombre des marches en spirale.

— Impressionnant, dit Justin en appréciant l'effet des ombres déformées par l'éclairage vacillant. Il est super, ce vieil immeuble !

— Attends. Tu n'as encore rien vu.

Cette fois, le garçon suivit Charles avec alacrité.

— Qu'allons-nous faire en bas, monsieur ? Avez-vous une espèce d'horodateur dans lequel je devrais mettre mon doigt ?

— Non, rien d'aussi sophistiqué ! Habituellement, je parle avec mon sujet. Quelquefois, nous faisons des tests écrits.

— Quelle est votre spécialité ? Les ovnis ?

— Rien d'aussi divertissant, je regrette. Mon travail consiste à étudier une personne douée d'un talent exceptionnel. Je l'analyse et ensuite je trouve une application à ce talent. Beaucoup de gens ont une forme d'intelligence surdéveloppée. Par exemple, Mallory, mon associée, a un don exceptionnel pour l'informatique.

— Les ordinateurs ne sont que des gadgets mécaniques, dit Justin sur un ton supérieur. N'importe qui peut les faire marcher avec le mode d'emploi ou le manuel du logiciel.

— Eh bien, Mallory n'a pas besoin de mode d'emploi. Elle réalise des choses auxquelles les inventeurs n'avaient même pas pensé. Tu ne peux pas imaginer tout ce qu'elle peut faire avec un ordinateur.

Mais peut-être Mallory n'était-elle pas le modèle idéal pour un enfant...

— Votre associée sait déjà dans quel domaine appliquer son talent.

— C'est exact. Dans la plupart des cas, je rencontre des gens très doués qui n'ont pas trouvé de créneau spécifique. Je leur indique un secteur qui leur sera favorable. Ensuite, je leur trouve une place dans un projet de recherche. Ce n'est pas très excitant, n'est-ce pas ? Mais ça crée une ouverture pour le développement des nouvelles technologies.

— D'accord, monsieur Butler. Voulez-vous que nous commencions sans mes parents ?

— Oh ! non. Cette petite excursion est simplement pour le plaisir. J'étais sur le point de descendre à la cave pour chercher un vieux disque qui a appartenu à mon cousin. Il était illusionniste — Max Candle le magicien. En as-tu entendu parler ? Non, ce n'est pas possible. Tu es trop jeune. Il y a très longtemps qu'il ne monte plus sur les planches. Tu t'intéresses à la magie ? Tu n'as pas répondu.

Ils étaient arrivés au sous-sol. Charles ouvrit la porte de la cave avec sa clé. Une fois à l'intérieur, il tâtonna avec sa main au-dessus de l'armoire à fusibles à la recherche d'une lampe électrique. Quand il l'eut trouvée, il fit signe à Justin de le suivre.

Ils se frayèrent un chemin parmi des caisses, des malles, des vieux meubles et des cadres vides. Le faisceau de la lampe éclairait un bric-à-brac d'accessoires hétéroclites, du matériel de scène recouvert de draps.

Sur le mur du fond, un panneau légèrement plissé couvrait toute la largeur de la cave. À l'aide d'une petite clé que Charles tourna dans une serrure presque invisible, le panneau se replia silencieusement comme un immense accordéon.

Au-delà s'étendait une caverne obscure à peine éclairée par une large fenêtre, haut placée. Mallory y avait fait mettre des barreaux ainsi que de solides cadenas. Si Charles l'avait laissée faire, elle aurait installé des barreaux à toutes les fenêtres de l'immeuble. Il avait eu beaucoup de mal à lui faire comprendre qu'il préférait encore se faire cambrioler plutôt que de vivre emprisonné dans sa propre maison.

La torche de Charles découvrit ensuite des costumes de scène en satin et en soie, soigneusement enveloppés dans de la Cellophane, qui pendaient dans les malles entrouvertes. Les paillettes et les brillants étincelaient malgré la poussière des protections en plastique. Un grand paravent en papier de riz, décoré d'un énorme dragon qui crachait du feu, occupait une partie de l'espace. Sur une solide étagère étaient posés en vrac des masques en satin, des chapeaux hauts de forme, un perchoir à colombes en argent, des cartes à jouer géantes, des boîtes précieusement décorées et des petites mallettes qui contenaient chacune son tour de magie.

Si c'était vraiment ce garçon qui faisait voler les crayons, cette exploration lui donnerait peut-être l'envie de poursuivre dans la voie de l'illusion. Il n'y aurait jamais assez de magie en ce monde.

Charles appuya sur un globe en verre qui diffusa une lumière douce, animée de pulsations étranges, sidérales. Il se retourna vers Justin dont l'attention semblait concentrée ailleurs.

— Oh ! je te présente le cousin Max ! s'exclama Charles.

— Comment allez-vous ? demanda poliment le garçon à la tête coupée qui trônait sur la malle de costumes.

Justin regarda Charles, puis le visage de cire.

— Il vous ressemble.

— Comme je le souhaiterais... Il est mort quand j'avais ton âge.

Charles prit entre ses mains la tête qui le fixait de ses

yeux d'un réalisme extraordinaire, avec cette expression d'émerveillement propre à Max.

— Cousin Max a sauvé mon enfance.

— Comment ça ?

— Par sa magie. C'était un magicien merveilleux. Bien sûr, le plus grand des illusionnistes s'appelait Malakhai. Il avait mis son numéro au point avec l'assistance d'une femme morte.

— Allons donc, monsieur Butler... Attendez ! Je crois qu'elle vient vers nous, là-bas.

— Non, sérieusement. Elle s'appelait Louisa. Elle est morte à dix-neuf ans. Elle appartenait à cette catégorie de gens doués d'un talent exceptionnel dont je parlais tout à l'heure...

— Louisa Malakhai ? Le *Concerto de Louisa* ?

— De toute évidence, on t'a appris quelque chose à l'école.

— Non, je ne veux rien apprendre de l'école Tanner. Trop risqué. Je ne crois pas qu'ils savent ce qu'ils font. Ma première belle-mère avait l'habitude de jouer au piano le *Concerto de Louisa.* L'avez-vous connue ? Je veux dire, Louisa ?

— Eh bien, oui et non.

— Savez-vous pourquoi elle a donné son nom au concerto ? Une sorte d'autoportrait en musique ?

— Pas mal, Justin. En fait, c'est une théorie intéressante. Mais elle avait nommé son concerto autrement. C'est Malakhai qui en a changé le titre à la mort de Louisa. Ainsi, tu connaissais cette musique ?

— Pas vraiment. Je l'ai seulement écoutée après la mort de ma belle-mère. C'était un vieux disque qu'on mettait sur un gramophone comme... comme...

— Comme autrefois ?

— Oui. C'est sûrement enregistré sur CD, maintenant. Ma belle-mère — celle qui s'est suicidée —, elle adorait cet album. Elle l'écoutait tout le temps.

— Et toi, tu l'aimais ?

— Je ne l'ai jamais entendu en entier. Elle le passait quand elle était seule. Elle l'arrêtait quand quelqu'un venait ou elle mettait des écouteurs. Elle disait que le concerto était hanté.

— Hanté ?

— Ouais. Elle disait qu'elle entendait quelqu'un se promener dans la musique. C'est dingue, non ? Un jour, après sa mort, j'ai écouté le disque et mon père l'a arraché du tourne-disque et l'a cassé. Quand je me suis retourné en quittant la pièce, il le piétinait et l'écrasait en mille morceaux.

Le mari et la femme avaient-ils tous deux entendu le cri dans le silence ? Dans cet espace vide, chaque oreille entendait quelque chose de différent. Charles, un soir, avait entendu Louisa crier. Une autre fois, adolescent, il était tombé amoureux de la femme fantôme et avait cru l'entendre rire. Mais cela se passait pendant le spectacle, dans l'obscurité de l'atmosphère magique. L'imagination de chaque spectateur était programmée pour se livrer à tous les fantasmes.

— Louisa est morte très jeune. Elle n'a composé que le concerto. C'est tout ce que Malakhai avait d'elle quand il est rentré à la fin de la guerre de Corée. Il avait fait de ce morceau le thème central de son spectacle.

— Un spectacle avec une femme morte !

— Oui, et invisible. Elle lui passait les objets et accomplissait parfaitement le travail d'une assistante. Quand elle lui tendait un accessoire, on le voyait flotter de sa main dans celle du magicien. On ne voyait jamais sa main à elle, mais on y croyait, tant l'illusion était parfaite.

— C'étaient des trucs. Des fils de nylon, des machins comme ça...

— Ah ! mais Malakhai savait aussi créer la terreur.

Justin dressa l'oreille.

— Il envoyait Louisa se promener parmi la foule dans la salle. Certains spectateurs ont juré qu'elle était passée tout près d'eux, qu'ils avaient senti le frôlement de sa robe, un léger déplacement d'air. Quelques-uns ont même identifié son parfum.

— Comment a-t-il pu faire ça ? Avec quels gadgets ?

— Il n'avait pas de procédés tangibles. Quand il envoyait Louisa se promener dans l'assistance, les gens étaient déjà conditionnés à croire en sa présence.

— Toute l'assistance ?

— En fait, c'est plus facile avec un grand nombre de spectateurs. C'est un phénomène d'hypnose de masse. Avec une énergie décuplée qui circule dans la salle, c'est incroyable ce que l'on peut faire.

— Mais personne ne l'a vraiment vue ?

— Oui et non. Malakhai la décrivait avec une telle précision dans les détails que je la vois encore aujourd'hui. Elle portait la robe dans laquelle elle est morte. Une robe bleue tachée de sang.

— Comment est-elle morte ?

— Personne ne l'a su. Cela fait partie du mystère de Louisa. Certains ont dit que Malakhai l'avait tuée. D'autres rumeurs prétendent qu'elle a été fusillée pour espionnage. C'était très romantique. Quand j'avais ton âge, j'étais amoureux de Louisa.

— Vous étiez donc aussi fou que Malakhai !

— En effet... Et tu as raison, Malakhai était devenu fou. C'est vraiment incroyable ce que les gens sont capables de faire par amour pour le conserver, le tuer ou le venger. On en meurt, parfois.

Dans la distraction de son cerveau compartimenté, Charles se mit à spéculer sur l'avortement d'Amanda. « Arrachez-le de mon ventre ! » avait-elle dit au chirurgien, elle qui aimait tant les enfants. Elle s'était débarrassée du bébé qui commençait à peine à se développer.

L'enfant debout devant lui déclara :

— J'en conclus que tomber amoureux n'est pas toujours une panacée pour les adultes.

— L'amour qu'on éprouve pour son enfant, dit Charles en souriant, peut provoquer parfois des comportements extrêmes. Quand on pense à ce que les parents font pour leur progéniture !

— Ou à leurs enfants !

— Oui, ça existe aussi.

Amanda, pourquoi as-tu arraché ton bébé de ton ventre ?

Charles se concentra de nouveau sur le cas qu'il avait sous les yeux. Est-ce que Justin avait été un enfant maltraité ? Était-ce là le lien qui l'unissait à Mallory ? Car ils avaient quelque chose en commun, ces deux-là.

Et Charles avait également une affinité particulière avec ce garçon : Justin Riccalo ne parlait pas comme un enfant. Il avait donc lui aussi été élevé parmi les adultes, et les gamins de son âge l'avaient évité. Ils ne lui avaient pas transmis leurs mauvaises manières et les façons de parler des gosses « normaux » dont Charles n'avait pas fait partie non plus.

Il trouva enfin l'antique tourne-disque et élimina en soufflant le plus gros de la poussière. Où étaient donc les disques ?

Il les trouva.

Assis par terre, tirant de dessous une table le carton rempli de vieux albums, il se mit à les trier. Le gosse, penché au-dessus de lui, continuait à se balancer.

— Alors, Justin, quand les crayons ne volent pas, comment t'entends-tu avec ta belle-mère ?

— Je ne la connais pas très bien.

— J'avais l'impression qu'elle connaissait ton père depuis longtemps.

— Je crois qu'ils ont travaillé ensemble, pendant un moment. Je ne sais pas très bien. Ma vraie mère vivait encore, je crois. Je la connaissais à peine, elle aussi.

— Pardon ?

— J'étais à l'école, la plupart du temps. Mes parents avaient découvert que ça coûtait moins d'argent et de paperasse de m'inscrire dans des cours après la classe que d'avoir une gouvernante à la maison. Dès l'âge de quatre ans, j'ai subi le lavage de cerveau progressif de l'école. Certains soirs, je ne rentrais pas avant huit ou neuf heures... Comment est-ce que Malakhai a fait croire aux gens que Louisa les avait frôlés ?

— Les spectateurs se sont persuadés eux-mêmes. Ils avaient seulement besoin de savoir qu'elle était parmi eux pour que l'illusion soit totale, imaginant même les sensations tactiles.

— Vous pensez que ma belle-mère complète l'illusion par autosuggestion ? Mais le crayon...

— Le crayon n'est pas un produit de son imagination. Mais une fois que le tour est accompli, l'imagination se met à l'œuvre. Dans le numéro de Malakhai, la vraie magie résidait dans la musique de Louisa.

Charles retira le disque de sa pochette et le plaça sur le phonographe avec l'aisance d'un mélomane familier des tourne-disques de l'époque des dinosaures.

Justin s'accroupit sur ses talons. Son énergie nerveuse était telle qu'il semblait prêt à bondir et à s'envoler.

— Vous pouvez le trouver en CD, vous savez.

— Tu me l'as déjà dit. Chut... Écoute.

Le volume était trop fort pour les dimensions de la cave. Quand la musique déferla comme un raz de marée, Charles baissa le son. Mais, même ainsi, le concerto conservait toute sa puissance. C'était vraiment de la magie.

Charles fut plongé à nouveau dans ses souvenirs d'enfance. Il revit Louisa dans sa robe bleue avec les taches rouges. Il associa la vue du sang à Amanda Bosch et aux événements de la nuit passée. Louisa et Amanda se confondirent dans son esprit. Comme lorsqu'il était enfant, il ferma les yeux en se laissant envahir par la musique. Louisa apparaissait toujours dans l'obscurité.

La belle-mère de Justin avait raison. La musique était hantée. Il y avait une présence dans l'espace vide du silence — cette fois, la femme pleurait.

Avant que la musique ne s'élève à nouveau de l'autre côté de l'abîme, Charles ouvrit les yeux et vit Justin accroupi, qui se bouchait les oreilles.

Qu'entends-tu dans le vide, Justin ?

Soudain, Charles aussi eut peur.

Amanda Bosch se penchait sur le garçon.

La créature produite par son imagination était apparue en trois dimensions, blessée à la tempe, vêtue du blazer taché de sang sur la manche. Elle tendait la main vers le garçon recroquevillé à ses pieds.

La main de Charles jaillit pour arrêter le disque. La musique chuinta dans le grincement aigu de l'aiguille sur le vinyle irrémédiablement rayé.

Amanda avait disparu.

Eh bien, si ce n'est pas le flic de service des riches et des célébrités en personne !

Riker grimaça un sourire à la vue de l'inspecteur Palanski, avec sa longue silhouette filiforme, sa veste en cuir noir et ses lunettes de soleil. Palanski devait se prendre pour une vedette à porter ainsi des lunettes noires à l'intérieur ! Le détective pointait un doigt menaçant à l'encontre de Martin, le policier en uniforme qui avait pour mission d'éloigner tout le monde du bureau du lieutenant Jack Coffey.

Un caïd de la brigade du West Side comme lui n'allait pas tolérer ça d'un simple flic en uniforme, signifiait le doigt de Palanski pointé sous le nez du policier Martin.

Palanski n'avait pas saisi que Martin, de dix ans son cadet, bâti comme un athlète, bien planté sur ses jambes, n'appréciait pas du tout ce geste. En outre, le policier savait que son lieutenant le soutiendrait à fond. N'avait-il pas été derrière Mallory, même quand celle-ci était dans son tort ?

Riker interrompit ce duel muet en posant sa main sur le bras de Martin. Celui-ci fit un pas de côté, libérant l'accès à la porte du bureau de Coffey. Palanski se retourna sur Riker avec la rage d'un gosse de neuf ans qui aurait grandi trop vite.

— Mon capitaine veut savoir pourquoi votre lieutenant garde pour lui cet homicide — le macchabée dans le parc. Aucun de vos officiers n'est impliqué dans cette affaire.

— Vous n'en savez rien, dit Riker en sortant une cigarette de sa poche et en cherchant ses allumettes.

Palanski aurait-il eu vent de l'angle du Coventry Arms ? Ouais, c'était ça. Maintenant que l'affaire se situait dans un milieu classe, Palanski voulait la reprendre en main afin de rattraper la gigantesque erreur qu'il avait commise sur le lieu du crime. Il n'y avait pas d'autre explication. Pourquoi un flic chercherait-il du boulot supplémentaire quand les cadavres et les affaires non résolues ne manquaient pas ?

— Le macchabée n'était pas Mallory, dit Palanski. Ça, je le sais.

— Mais tu ne le savais pas quand tu as découvert le corps, rétorqua Riker en allumant sa cigarette.

Le sergent se doutait que seul Palanski pouvait avoir divulgué l'identité prématurée de la victime à la presse.

Les fuites de cette sorte étaient courantes à New York. Riker soupçonnait ce policier ambitieux et sans scrupule d'être aussi un flic véreux. Il s'habillait trop bien pour un officier de police qui avait à sa charge une femme, une ex-femme et deux gosses.

— Donc, Palanski, si tu as cru que Mallory était la victime, l'assassin le pensait peut-être aussi.

Baissant ses lunettes, Palanski toisa Riker.

— Il te faudra trouver mieux que ça, Riker. Je ne marche pas.

C'était quand même bizarre que Palanski soit arrivé le premier sur les lieux quand le corps d'Amanda avait été découvert. Un rapide contrôle des feuilles de présence avait montré à Riker que l'inspecteur était de repos, ce jour-là. Palanski croyait sans doute que le quartier Uptown, avec sa réserve de richesses et de célébrités, était son territoire.

— Je peux demander à Mallory de te parler, si tu veux, dit Riker en souriant à cet homme qu'il détestait.

— Non, ce n'est pas la peine...

— Pas de problème. C'est son affaire. À toi de lui dire pourquoi tu veux la lui piquer.

— Écoute, Riker, je ne veux pas...

— Tiens, quand on parle du loup... La voilà, justement !

Palanski écarquilla les yeux et tourna la tête comme pour voir quel danger lui tombait dessus. Mallory avançait vers eux, son image se réfléchissant dans les verres du policier. Elle portait un long manteau noir à la place de sa veste en peau de mouton et d'élégantes chaussures de marche en cuir noir.

Qu'est-ce que Mallory avait donc fait à Palanski ? Riker se promit de lui poser la question un jour. Elle arriva à la hauteur des deux hommes.

— Ce n'est pas grave, disait Palanski à Riker. J'expliquerai à mon capitaine que selon vous l'affaire est liée à l'une de vos opérations. Il comprendra très bien.

Pendant que Palanski parlait, Mallory les dépassa, adressant seulement un signe de tête à Riker et laissant derrière elle le léger sillage de son parfum de luxe.

Palanski la suivit du regard. Quand elle se fut suffisamment éloignée, il fit un signe de croix pour se protéger d'un maléfice qui résistait aux balles de revolver.

Mallory s'arrêta subitement, comme si elle avait vu ce geste hérétique. Pivotant sur un talon, elle fit face à Palanski qui s'immobilisa, la main droite encore posée sur l'épaule gauche.

Riker hocha lentement la tête. Il connaissait Mallory depuis si longtemps et pourtant il avait l'impression de ne pas la connaître du tout. Lorsqu'elle était encore enfant, Markowitz la comparait à une petite sorcière aux yeux de tueur. Des années plus tard, elle avait encore ce regard froid de l'assassin. Des hommes aussi innocents que Jack Coffey, par exemple, s'étaient laissé piéger par la beauté de ses yeux verts mais n'avaient pas insisté devant la dureté du regard.

Mallory dévisagea Palanski un instant, puis continua son chemin. Pendant ce court moment, il avait pâli comme si la jeune femme venait de sucer tout le sang de ses veines sans laisser la moindre marque de vampire.

Riker contempla sa main qui tremblait légèrement en se demandant si une bière n'arrêterait pas ce tremblement.

Jack Coffey se cala dans son fauteuil. Mallory venait d'arriver à l'heure pile, selon son habitude. Le Dr John J. Hafner était en retard.

— Qu'avez-vous donc trouvé, jusqu'à présent, Mallory ?

— Harry Kipling a menti en demandant un crédit à sa banque. Les banques refusent parce qu'il ment.

— Tout le monde ment à sa banque. Ça, c'est un péché véniel. Qu'avez-vous d'autre ?

— Il ment aussi au fisc. Il a fait une déclaration individuelle en dehors de sa femme. Le fisc l'a coincé pour un revenu non déclaré, l'année dernière. Et il possède un capital qui fait des petits dans une banque étrangère.

— J'espère que nous faisons discrètement ces vérifications ? dit Coffey en se couvrant le visage de ses mains.

Traduction : *Tu voles tes renseignements, pas vrai ? Tu*

ne communiques jamais avec les humains, seulement avec les machines, pas vrai ?

— Ouais, très discrètement.

Coffey se demanda quel ordinateur elle piratait en ce moment. Avait-elle trouvé l'accès à la banque de données du fisc ? Il ne lui poserait pas de questions. Ça pourrait être utile, un jour. Le fantôme de Markowitz se moquait de lui tandis que cette pensée lui traversait l'esprit. La corruption paraissait si simple quand Mallory était impliquée...

— Et les autres suspects ? Vous en avez combien actuellement ? Quatre en tout ?

— Non, trois. Mon assassin est très grand. Harry Kipling mesure un mètre quatre-vingt-dix.

— Je n'ose pas demander la taille du juge ?

— Un mètre quatre-vingt-quinze et il est toujours dans la course.

— Si vous vous plantez avec le juge Heart, vous allez être submergée de pressions en haut lieu, vous le savez bien. Qu'avez-vous contre lui ?

— Il bat sa femme.

— Oh ! il ne manquait plus que ça ! Le défenseur des droits des femmes que le Président a choisi personnellement !... Tuez-moi avec votre revolver, Mallory, séance tenante !

— Ça colle, n'est-ce pas ?

— Puis-je faire une remarque ? demanda le Dr Hafner.

Il venait d'entrer dans le bureau sans frapper ni s'excuser pour son retard. C'était le psychiatre de service de la brigade criminelle de New York et le partenaire de golf du maire.

Coffey jeta un coup d'œil peu amène au docteur, qui arborait partout le même sourire insipide signifiant : *J'ai toutes les réponses que vous n'avez pas.*

— Un homme qui bat sa femme correspond à ce cas mieux que vous ne le pensez, dit Hafner en déboutonnant sa veste et en remontant le pli de son pantalon avant de s'asseoir.

La coupe et le tissu de son costume élégant rivalisaient avec le long manteau noir et le blazer de Mallory. Hafner était affligé de tics qui agaçaient prodigieusement Coffey.

Il passait son temps à remonter ses lunettes qui lui tombaient sur le nez, il enlevait sans cesse des poussières imaginaires de ses vêtements et tapotait du pied. Coffey devait résister à l'envie de gifler le bonhomme chaque fois qu'il subissait son discours prétentieux.

Comment l'empêcher d'indisposer Mallory ? Comment faire pour qu'elle soit aimable avec le meilleur ami du maire ?

— Le juge est candidat à la Cour suprême, dit aimablement Coffey. Je ne souhaite pas qu'il corresponde au profil de l'assassin.

Espèce de petit merdeux prétentieux.

— Vous noterez qu'Amanda Bosch n'avait ni sac ni portefeuille sur elle, dit Hafner en rajustant ses lunettes. Je ne pense pas qu'ils lui aient été volés. J'ai vérifié l'inventaire des objets dans son appartement. Ses cartes de crédit et son permis de conduire traînaient dans un tiroir et il n'y avait pas de sac à main. Or les femmes en ont en général plusieurs, l'un pour le soir, l'un pour...

— Venez-en au fait, intima Mallory.

Hafner lui répondit avec son sourire le plus condescendant, comme s'il s'adressait à une enfant rebelle.

— Cette absence de sac est signifiante quant à la dynamique interpersonnelle de la relation. Les gens qui ne portent sur eux aucun signe d'identification extérieur témoignent d'une carence de leur propre identité. Une femme qui ne s'estime pas est attirée habituellement par un homme qui maltraite les femmes.

— D'après Mme Farrow, reprit Mallory. Amanda Bosch a cessé de porter un sac après avoir été agressée à trois reprises, il y a plusieurs années. Les rapports de ses plaintes pour vol sont dans le dossier. Je vous l'ai envoyé ainsi que le reste des documents. Vous arrive-t-il de lire ce qu'on vous envoie ? Et sachez que beaucoup de femmes aujourd'hui préfèrent mettre leurs papiers et leur argent dans leurs poches.

Coffey observa avec amusement Hafner vérifier que Mallory n'avait pas de sac. Le psychiatre dévisageait la jeune femme, semblant l'évaluer comme un cas intéressant. Ses yeux brillaient comme s'il venait de découvrir un spécimen unique. C'était le cas.

— Docteur Hafner, dit Coffey en contrôlant sa voix, pensez-vous que le criminel va récidiver ?

— Absolument. Il a déjà pu tuer plusieurs fois. Nous ne savons pas s'il en est à son premier meurtre. Je crois qu'il ne peut pas s'empêcher de tuer.

Foutaises, pensait Coffey en son for intérieur, tandis que les yeux de Mallory exprimaient des mots plus crus.

— Continuez, docteur Hafner, dit Coffey.

Imbécile ! Que tu sois l'ami du maire ou non !

— L'état de propreté immaculée de l'appartement témoigne d'un comportement ritualiste, compulsif. La purification ultime. Des individus manifestant une telle obsession de la propreté ont toujours des troubles sévères de la personnalité.

Coffey se concentra sur Mallory. Ses lèvres s'étaient entrouvertes. Chez elle, c'était le signe d'une explosion émotionnelle. Il se demandait ce que le Dr Hafner conclurait en voyant l'environnement impeccable et ordonné de Mallory. La pièce des ordinateurs était nickel, entretenue par un informaticien qui risquait sa vie si le moindre grain de poussière venait à se poser sur le matériel.

— Vous pensez donc que notre homme a le profil d'un tueur en série ?

— C'est très probable. Et je serais particulièrement intéressé de connaître les premières années de formation de la personnalité de tous les suspects, dit Hafner en regardant Mallory. Y a-t-il eu traumatisme ? Sévices sexuels ? Abandon ? Peut-être une histoire de fugues à répétition ?

Coffey observait l'attitude d'Hafner qui semblait fasciné par l'effet de ses paroles sur Mallory. Il releva encore ses lunettes.

— Le rituel de propreté s'accompagne souvent d'une exactitude compulsive.

Coffey se pencha en avant.

Exactitude ? D'où sortait-il ça ?

Après tout, Hafner avait peut-être visité la salle d'ordinateurs de Mallory — et plus encore. Le psychiatre avait peut-être eu accès à l'évaluation psychologique de la jeune femme, une procédure obligatoire lorsqu'un policier en service utilise son arme contre un suspect. Mais cela n'avait rien à voir avec l'affaire présente. Ce petit connard prétentieux croyait pouvoir jouer avec Mallory, l'appâter comme un animal de laboratoire.

Coffey leva les yeux sur la jeune femme. Il constata qu'elle s'était déjà posé les mêmes questions que lui. Coffey se cala dans son fauteuil, anticipant une réaction à laquelle il ne voulait prendre aucune part. Que cet idiot se débrouille tout seul. Il méritait bien tout ce que Mallory allait lui faire.

Massacre-le, Mallory.

— Peut-être qu'une aide visuelle serait utile, dit-elle avec la voix douce d'une personne civilisée.

Coffey observa avec intérêt son revolver glisser hors de son étui. Mais ensuite – aveuglé par la complicité du silence entre flics – il cessa de voir l'arme qui n'était pas le revolver réglementaire de la police mais un engin beaucoup plus puissant.

— Écoute-moi, imbécile, dit Mallory en approchant sa chaise tout près d'Hafner, le revolver – que Coffey ne voulait plus voir – dans sa main. C'était un acte spontané, dit-elle d'une voix monocorde. L'arme du crime était une grosse pierre. Vous aviez l'information.

Mallory leva le revolver et caressa le métal de ses longs ongles rouges. Le chargeur tomba de l'arme.

Hafner était paralysé, comme sculpté dans le roc. Une grosse mouche noire voletait autour de sa tête sans qu'il y prête attention. Ses lunettes étaient tombées sur son nez sans qu'il fasse le moindre mouvement pour les relever.

— L'homme n'a pas apporté d'arme sur le lieu du crime, continua Mallory d'une voix aux accents de velours. Il n'avait pas l'intention de tuer Amanda Bosch ce matin-là. Quand il l'a effectivement tuée, il a paniqué et s'est enfui. Il a mis au moins une demi-heure avant de recouvrer son sang-froid. Vous auriez su tout cela si vous aviez lu la note du médecin légiste indiquant que le corps avait été déplacé.

Mallory vida le chargeur sur ses genoux et remit une balle dans le revolver. Le chargeur se mit en place avec un léger déclic. La mouche se posa sur la joue d'Hafner qui ne broncha pas. Mallory sourit.

Coffey était fasciné par ce nouveau jeu où Hafner tenait le rôle de la souris. La mouche s'envola et se posa sur le mur à la droite d'Hafner.

— Je suppose qu'il s'agit plutôt d'un homme dans votre genre, Hafner — sûr de lui dans une situation qu'il contrôle. Mais sujet à la panique quand il ne la contrôle plus. Par exemple, quand il s'est servi de la pierre.

Mallory visa la mouche qui grimpait sur le mur ; le canon pointait juste au-dessus du nez d'Hafner.

Elle tira.

Hafner eut un soubresaut. Le déclic du chargeur vide résonna dans la pièce avec l'intensité d'une bombe. Une tache humide s'étala à l'entrejambe du psychiatre. L'homme mit un certain temps avant de comprendre qu'il n'avait pas été touché et qu'il avait seulement mouillé son pantalon.

La mouche n'était plus là.

Coffey contemplait le mur nu. Il se demanda si la mouche s'était envolée ou si elle gisait par terre, morte d'une crise cardiaque.

Mallory balança son revolver du bout du doigt, avant de le reposer délicatement sur ses genoux. Le canon pointait négligemment vers l'homme qui suait à grosses gouttes, assis sur la chaise à côté d'elle.

Coffey entendait sa respiration haletante. Les lunettes glissèrent du nez d'Hafner et tombèrent à ses pieds.

— Il ne l'a pas suivie, continua Mallory. Il la connaissait bien. C'est pourquoi il est revenu pour détruire les empreintes de sa victime en écrasant ses doigts. Il a calculé que ça lui donnerait le temps nécessaire pour nettoyer l'appartement d'Amanda et effacer ses propres empreintes. Un handicapé mental serait arrivé à cette conclusion.

Elle se pencha en avant, les bras appuyés sur ses genoux, tenant le revolver du bout des doigts. Le canon semblait viser, comme par hasard, les parties génitales du docteur.

— Vous êtes un pauvre con, n'est-ce pas, docteur ? dit-elle en hochant lentement la tête.

Hafner mima son mouvement en signe d'assentiment.

Ses yeux allaient et venaient du visage de Mallory au revolver.

— Et vous n'allez pas présenter des honoraires à la ville pour vos élucubrations ineptes ?

Elle secoua la tête en signe de dénégation et Hafner l'imita.

— Ça va, dit-elle. Vous pouvez partir, maintenant.

Hafner ne bougeait pas. Il ne cilla même pas des yeux.

— Merci d'être passé, docteur Hafner, dit Coffey d'une voix forte, en se levant.

Il raccompagna l'ami du maire en détournant les yeux de la tache sombre sur le pantalon. Il ne regarda pas non plus le revolver – il ne l'avait jamais vu – glisser sans bruit dans son étui.

À présent, Coffey souriait en regardant le psychiatre se diriger lentement vers la porte. Mallory allait s'en tirer. Il y avait peu de chances qu'Hafner aille dire à quelqu'un qu'elle lui avait fait mouiller son pantalon. Il était encore sur le seuil de la porte quand Mallory se leva en s'étirant et conclut :

— Je vais choisir un autre psy. Le département pourra le payer avec l'argent que je vous ai fait économiser sur le dos de cet imbécile.

— Asseyez-vous. Je n'en ai pas fini avec vous, dit Coffey avec sévérité. Je n'ai rien à cirer de vos plans pour la journée. Asseyez-vous !

Coffey avait appris de Riker que Mallory considérait une demande courtoise comme de la faiblesse.

— Commençons par le pistolet à amorces qu'Heller a trouvé dans la poubelle. Si on trouve un lien avec l'assassin, cela donne à penser qu'il a sans doute prémédité son crime. Il s'est peut-être servi de l'arme pour entraîner la victime dans un coin désert et la tuer.

— Mais ce n'était...

— Taisez-vous, Mallory ! Vous n'utilisez que les éléments qui confirment votre hypothèse. Vous ne pouvez pas avoir la certitude qu'il n'avait pas l'intention de tuer. Les faits réels n'en disent pas tant.

— Hafner ne connaît pas...

— J'en ai rien à foutre d'Hafner ! Je suis partant pour

le psy que vous choisirez. Mais je veux que vous soyez ouverte à la possibilité que le criminel ait prémédité le meurtre et qu'il n'en soit pas à son premier crime. Et à propos du mobile ? « Amanda l'a surpris dans une magouille quelconque », vous voulez que je serve ça au procureur général ?

— Elle faisait de la recherche sur un plan professionnel. Lorsqu'on a les moyens de faire une enquête sur le père de son enfant, on ne s'en prive pas. Elle a trouvé quelque chose. Si elle l'a fait, je peux en faire autant.

— Vous n'êtes même pas sûre qu'il soit le père de l'enfant. Vous vous rendez compte de ce que vous faites ?

Non, elle n'entendait rien, ne voyait rien. Il parlait dans le vide.

— Si vous sous-estimez le meurtrier, vous êtes morte, reprit-il. Vous ne pouvez compter que sur vous-même dans cette aventure.

Ça demandait du courage — ou peut-être pas. Elle ne connaissait pas la peur. Sa témérité risquait de la faire tuer.

— C'est tout ? demanda Mallory.

— Non. Encore une chose. Prenez garde de ne pas vous tromper de client. Vous risquez d'en avoir plus d'un à vos trousses. Je vois d'ici la pile de plaintes qui vous tombera sur le dos...

Charles se cala dans son fauteuil en attendant que le rituel familier des Riccalo — les remontrances du père à sa femme et à son fils — se passe.

Il n'aimait pas Riccalo.

Cet homme avait besoin d'un auditoire devant lequel il pouvait exhiber son intelligence, sa virilité, son cynisme. Ensuite, après un déjeuner substantiel, il voudrait conquérir le monde. Il avait des yeux sombres qui rappelaient l'eau obscure d'un puits profond. Dieu seul savait ce qui se cachait dans cette eau-là. Mais Dieu, écœuré, avait bien vite détourné son regard.

Riccalo se penchait vers Justin, l'étouffant presque en empiétant sur son espace vital. Le garçon se tourna vers sa belle-mère. Pas le moindre soutien de ce côté-là. Sally

Riccalo évitait toujours de regarder Justin en face. Intéressant.

— Justin, ces bêtises doivent cesser ! menaça le père d'une voix tonitruante.

Le chat recula dans un coin de la pièce. Long Nez n'appréciait pas Riccalo non plus. Charles sourit à Justin qui reprit du courage. À l'entrée de Mallory, la conversation cessa. Le chat trottina vers celle qu'il vénérait. Mallory, d'un seul coup d'œil, modéra l'enthousiasme de l'animal qui recula de quelques pas avant de s'asseoir pour l'adorer à une distance respectueuse. Le ronronnement s'entendait dans toute la pièce.

Quand le pot à crayons en bois se mit à trembler, puis à se renverser sur le bureau, le chat cessa de ronronner et se réfugia sous le canapé. Le visage de Robert Riccalo s'empourpra. Il saisit le bras de son fils qui grimaça de douleur.

— Pas si vite, dit Mallory en s'avançant vers le bureau.

C'était un ordre auquel Riccalo obéit, à sa grande surprise, en lâchant le bras du garçon.

— Nous sommes habitués aux objets volants dans ce bureau, n'est-ce pas, Charles ? dit Mallory en redressant le pot à crayons.

Soudain, un crayon fendit l'air en direction de la gorge de Charles. Mallory l'intercepta à temps.

— Certains d'entre nous ont plus l'habitude de ce genre de phénomènes que d'autres, répliqua Charles en avalant sa salive.

Il ne manquait plus que ça. Mallory avait ajouté les crayons volants à son arsenal personnel !

— Ça arrive tout le temps, reprit Mallory en regardant fixement le garçon.

Celui-ci n'exprima que de la curiosité. Elle s'approcha du fauteuil de Charles en attrapant au vol un deuxième crayon.

— Il n'y a pas de quoi fouetter un chat, ajouta Mallory.

Le gosse ne réagit pas. De toute évidence, les crayons volants commençaient à le lasser.

— Alors c'est bien un *tour* ! s'écria Riccalo en regardant son fils avec colère.

— Pas nécessairement, dit Charles. Voyez-vous, de nombreux phénomènes psychokinétiques peuvent être reproduits par l'illusion. C'est pourquoi il est si difficile d'évaluer un véritable don. Cela demande un certain temps — c'est tout ce que mon associée tentait de prouver par cette démonstration.

Il regarda Mallory en souriant, espérant qu'elle confirmerait ses dires. *Tu peux toujours attendre*, disaient les yeux de Mallory.

Charles s'adressa à Riccalo :

— Nous recherchons ce que nous pouvons tester. Revenez après Noël et nous aurons approfondi le phénomène en détail.

Tout le monde se dit au revoir et l'on prit rendez-vous pour la semaine suivant Noël. Charles reconduisit la famille Riccalo jusqu'à la porte. Quand il se retourna, Mallory se trouvait juste derrière lui. Il sursauta. C'était encore une de ses habitudes qui le perturbait. Elle s'approchait toujours silencieusement, comme pour le surprendre. Long Nez émergea et s'installa aux pieds de sa maîtresse. Quand Mallory était présente, Charles savait toujours repérer le chat par son ronronnement.

Sans faire attention à ce léger bruit de moteur bien rodé, Mallory s'installa dans l'un des fauteuils Queen Ann et invita Charles à s'asseoir en face d'elle sur le canapé.

— N'allez-vous pas me demander comment je fais voler les crayons ?

— Non, laisse-moi d'abord deviner, répondit Charles en souriant. De temps en temps, je rencontre dans la rue un camelot qui vend l'araignée miracle, une araignée noire attachée à un fil de nylon presque invisible. Le type manipule le fil, et l'araignée a l'air de ramper. Mais quand suffisamment de gens sont rassemblés autour de lui, il fait bondir l'araignée dans la figure d'une victime qui hurle de terreur — ce qui ne l'empêche pas d'en acheter ensuite une dizaine. As-tu déjà vu une de ces araignées ?

— Oui, Riker m'en a fait cadeau quand j'étais petite. Il disait que c'était en souvenir de sa dernière crise de delirium tremens. Si elle me plaisait, il savait où s'en procurer des milliers...

— Donc, continua Charles, tu as retiré un fil de nylon très fin d'une paire de bas et tu y as attaché quelque chose de collant mais pas trop — peut-être un petit bout de ruban adhésif enduit de talc. Ensuite tu l'as collé au crayon. Quand tu as brusquement tiré sur le fil, le crayon s'est envolé et le petit bout de ruban adhésif est tombé sans laisser de trace. Tu as pu diriger le crayon dans ma direction en passant le fil autour de mon fauteuil.

— Exact. Maintenant nous savons comment ça fonctionne. Un gosse peut le faire.

— Mallory, tu ferais un piètre enquêteur des phénomènes paranormaux ! En acceptant ce cas, j'ai abandonné tous mes préjugés. Tu ne prouves pas en reproduisant le vol d'un crayon qu'il ait été effectué de cette manière. Ce genre d'enquête doit être mené en recueillant des faits sans idées préconçues sur la culpabilité de quelqu'un ou la méthode employée.

— Vous feriez un mauvais flic, Charles ! Pendant que vous vous amusez à collectionner des indices concrets, quelqu'un pourrait se faire assassiner.

— Tu vois, tu recommences ! Tu suis ton intuition et tu négliges les preuves. Malheur à qui se met en travers de ta solution préconçue !

Charles regarda le chat qui s'enroula aux pieds de Mallory, dans un rayon de soleil.

— Cependant, tu as sans doute raison sur un point. Il règne une dynamique malsaine dans cette famille. Mais je ne sais pas lequel d'entre eux en est responsable.

— Hier, le crayon visait la belle-mère. C'est un fait intéressant.

— Il est plus aisé de faire voler le crayon vers soi, n'est-ce pas ? demanda Charles.

Il songea pourtant que Mallory avait facilement visé sa gorge.

— Je n'élimine pas la belle-mère, dit Mallory. Mais après le décès des deux autres femmes, il semblerait qu'elle soit la nouvelle cible. Sinon, elle veut impliquer le garçon.

— Mais pour quelle raison ? Quelle embrouille !

— De quoi vous plaignez-vous ? Vous avez plusieurs suspects en vue mais votre victime parle et marche encore. Moi, je travaille sur un meurtre dans un parc...

— Tu ne l'as pas encore résolu ?

— Non, fit Mallory en se levant.

Elle mit une main sur sa hanche. Le tissu souple de sa veste en cachemire s'écarta, révélant le revolver dans son étui.

— Quand vient Henrietta ? demanda-t-elle.

Avant que Charles ait pu répondre, le chat se mit debout sur ses pattes de derrière. Puis il effectua un tour parfait, et encore un autre. D'après l'expression sur le visage de Mallory, Charles en conclut que Long Nez n'en était pas à son premier essai.

— Je crois que tu es censée donner une récompense à Long Nez quand il danse. Il a dû être dressé pour cela. C'est dans le roman.

Se dirigeant vers le bureau, Charles tira du tiroir du milieu l'épais manuscrit. Feuilletant rapidement le premier chapitre, il s'arrêta sur une page.

— Voilà : « Il a appris à danser à mon chat... » Il paraîtrait que l'homme a fait cela au début de leur liaison, pendant un week-end de quatre jours. Il s'agit d'une fiction qu'on ne peut prendre au pied de la lettre, bien sûr, mais ce chat sait danser.

— En quatre jours ? Je croyais qu'il fallait plus de temps pour apprendre des tours à un animal. Surtout à un chat.

— Pas s'il s'agit d'un pro et qu'il n'hésite pas à user de cruauté envers l'animal. Je pense qu'il a dû priver Long Nez de nourriture.

Mallory tourna le dos au chat qui continuait à danser.

— Eh bien, il n'a plus besoin de faire ça pour manger.

Le chat se remit doucement sur ses quatre pattes comme si elle le lui avait ordonné.

— Mallory, tu avais également raison au sujet du manuscrit, continua Charles. Il s'agit de démêler la vérité de la fiction. Écoute ceci :

— « Quand la neige recouvre New York, la ville est belle pendant les quelques minutes de répit avant que l'on soit agressée, touchée par une balle perdue au cours d'une bataille de gangs, écrasée par un soûlard, attaquée par un psychotique qui a oublié de prendre son médicament, citée en justice par son propriétaire, menacée par le percepteur, engueulée par le voisin, mordue par son pit-bull, terrorisée par d'énormes rats tenant des chats adultes entre les dents, bombardée par la fiente de pigeon, infestée de souris et de cafards, escroquée dans sa paye par le comptable... Quand le bébé arrivera, je l'emmènerai loin d'ici, dans un endroit sûr qui sera toujours beau. »

« Le bébé est mentionné dans les derniers chapitres du livre, ajouta Charles. L'héroïne ne semble pas attachée à l'homme. Il n'y a que l'enfant qui compte pour elle.

— L'enfant, dit Mallory en hochant la tête, ferait pencher la balance en faveur d'Harry Kipling ou du juge Heart. Ils sont tous deux capables de faire des enfants. Je devrais peut-être rayer l'aveugle de ma liste.

— Un aveugle ? Tu plaisantes ?

— Victime d'un accident du travail. Il travaillait alors pour un journal, il a reçu un énorme dédommagement.

— Je comprends l'importance pour toi du mobile de l'argent...

Il retrouvait l'influence de son père ; Markowitz privilégiait toujours ce mobile.

— ... mais l'homme est *aveugle* ! insista Charles.

— Charles, je vous ai toujours considéré comme un homme « politiquement correct ». J'espère que vous ne suggérez pas que les aveugles sont trop handicapés pour être des meurtriers comme nous tous !

— Un aveugle ne reviendrait jamais sur le lieu du crime. Il ne pourrait pas savoir si quelqu'un l'observe ou non.

— Supposons qu'il ait paniqué après avoir commis le meurtre et qu'un complice soit revenu pour effacer les indices.

— Tu parles sérieusement ?

— Non. Je ne crois pas qu'un aveugle ait pu commettre ce crime. Mais vous êtes l'expert en talents. Expliquez-moi quels sont les sens hypertrophiés quand une personne perd la vue.

— Oh ! c'est un mythe, dit Charles. Les non-voyants n'ont pas un sens exacerbé de l'odorat ou de l'ouïe, si c'est à cela que tu fais allusion. Ils sont simplement plus concentrés. Et ils sont plus dépendants des autres sens, alors ils ont tendance à en être plus conscients. Est-ce que ton suspect a un chien d'aveugle ?

— Oui. Tous les habitants de cet immeuble ont un chien.

— Il est vrai que les aveugles ont moins tendance à se cogner contre une porte vitrée – mais c'est grâce au chien ou à la canne. Un bon chien sait éviter les voitures et les obstacles. C'est le chien le plus doué dans la relation !

— Y a-t-il une plus ou moins bonne adaptation à la cécité ?

— En effet, certains aveugles réussissent à transcender leur handicap. Ils vous regardent droit dans les yeux quand ils vous parlent et tentent de créer l'illusion qu'ils vous voient.

— Eric Franz ne fait pas ça. Mais il combine les talents de Sherlock Holmes et de Mme Ortega grâce à son intuition hyperdéveloppée. En outre, il est capable de se frayer un chemin à travers une pièce remplie de monde sans toucher personne avec sa canne.

— Intéressant.

— Je le pense aussi. C'est pourquoi je le garde en réserve. Il me reste donc un aveugle, un juge qui bat sa femme, et une réédition de *La Belle et la Bête*.

Charles contempla ses mains. Lui aussi avait des problèmes analogues à ceux de *La Belle et la Bête*. Il se regarda dans le miroir ancien, près du canapé. Non, son histoire serait plutôt celle de la Belle et du Clown. L'image de Mallory se refléta dans le miroir, derrière la sienne. Ce visage d'une incroyable beauté n'avait pas sa place dans le même cadre, à côté du sien aux traits disproportionnés et vaguement comiques. Il ferait bien d'aller chez le coiffeur car ses cheveux longs et ondulés commençaient à ressembler à une perruque de clown.

Charles se retourna vers Mallory et fit un signe de la main vers la porte d'entrée.

— Veux-tu ouvrir la porte à Henrietta ?

Au même instant, le carillon retentit.

Mallory le dévisagea.

— Un jour, il faudra me dire comment vous faites ça !

— Quand Henrietta travaille, elle est presque aussi ponctuelle que toi. Elle vient déjeuner avec nous.

Mallory ouvrit la porte à la psychiatre de l'appartement 3A. Aujourd'hui, Henrietta portait ses vêtements de travail : un tailleur bien coupé et un chemisier couleur pastel.

Charles les laissa discuter du meurtre de Central Park et se dirigea vers la cuisine. Le chat le suivit, sachant que c'était de là que provenait la nourriture. Mallory avait garni le réfrigérateur des ingrédients nécessaires à la confection de sandwiches variés. Il sortit un plateau joliment assorti avec tous les condiments imaginables, du fromage et de la viande.

Henrietta entra dans la cuisine au moment où Charles se baissait pour donner au chat un morceau de pastrami. Il avait beaucoup appris, ces dernières vingt-quatre heures, sur les goûts et les dégoûts du félin.

— Salut, Long Nez ! Comment ça va ? demanda Henrietta.

Charles leva la tête, mais pas le chat qui continua à manger.

Dix minutes plus tard, Charles et Henrietta étaient en train de siroter une tasse de café bercés par le ronronnement de Long Nez, assis aux pieds de Mallory, laquelle, debout contre le comptoir, coupait du fromage. Jetant un coup d'œil sur le chat, elle balançait le couteau sur un doigt comme si elle soupesait sa valeur avec celle de l'animal.

Charles demanda à Henrietta :

— Pouvez-vous expliquer pourquoi ce chat est si attaché à Mallory ? Long Nez ne danse pas pour moi, et pourtant c'est moi qui lui donne à manger.

— Est-ce que le roman mentionne comment le chat a été dressé ?

— Non. J'en ai simplement déduit que c'était avec de la nourriture.

— Long Nez a pu réagir à la douleur ou encore à des signaux visuels. Qu'est-il arrivé à son oreille ?

— Ce n'est pas moi, dit Mallory en déposant sur la table un plateau garni de quatre fromages différents. C'est arrivé quand Long Nez était à la rue. Le vétérinaire a dit qu'il était bien soigné.

— Si Amanda Bosch est l'héroïne du roman, ajouta Charles, je ne l'imagine pas laissant torturer son chat.

— Son amant a dressé le chat à danser en quatre jours, dit Mallory.

— Si nous pouvons faire confiance au manuscrit, ajouta Charles en remplissant la tasse d'Henrietta.

Il se rendit compte immédiatement que sa réflexion avait déplu à Mallory mais poursuivit :

— Le roman a été commencé il y a plus d'un an. Les traces de sévices ont dû disparaître.

— Alors, il est probable que le chat danse pour éviter la douleur, dit Henrietta en empilant les tranches de pastrami sur son pain... comme l'enfant battu s'accroche au parent qui le maltraite. C'est pour ça que je me suis posé la question à propos de l'oreille blessée. L'allure générale de Mallory ressemble à celle de la victime. Mallory évoque pour ce chat un souvenir précis.

— Mais il connaît sûrement la différence entre sa maîtresse et Mallory, dit Charles en laissant tomber un morceau de bœuf dans la gueule du chat.

Celui-ci retourna à son occupation favorite — déposer ses poils sur le jean de Mallory.

— Les animaux sont capables de réagir fortement aux signaux visuels, dit Henrietta. J'ai trouvé mon chat dans un refuge. Je passais devant la cage quand l'animal est devenu fou, poussant des hurlements déchirants et essayant d'écarter les barreaux de sa cage avec ses pattes. Les gens du refuge m'ont dit qu'il réagissait ainsi chaque fois qu'une femme aux longs cheveux noirs passait devant lui. C'est ainsi que, venue pour chercher un chien, je suis ressortie avec un chat. Ça a été le coup de foudre. Comme entre Mallory et Long Nez.

— Qu'y a-t-il d'autre dans le roman ? demanda Mallory en repoussant le chat du pied.

Apparemment, chez elle, l'amour était toujours unilatéral.

— Je n'ai rien trouvé qui puisse isoler l'un de tes trois suspects, dit Charles. Il n'apprécie pas particulièrement les femmes bien qu'il aime faire l'amour avec elles. Je ne pense pas que ça t'aide beaucoup. Je n'ai aucune idée de ce que peut être son mensonge. Le manuscrit n'y fait pas allusion.

— Les trois suspects correspondent au profil d'un menteur, dit Mallory. Ils ont tous un enjeu important à sauvegarder. Pour le juge, c'est sa carrière. Plus d'une nomination a échoué à cause de quelques joints ou d'une bonne d'enfants au noir. La moindre irrégularité qu'Amanda aurait pu découvrir dans son passé lui aurait coûté sa nomination. Quant à Harry Kipling, il a une femme riche et un contrat de mariage draconien. Eric Franz, l'aveugle, était en compagnie de sa femme le soir où elle a été tuée dans un accident de voiture. Il n'est peut-être pas innocent.

— En résumé, dit Charles, qu'avons-nous ? Un roman que nous ne pouvons utiliser devant un tribunal et pas d'indices. On n'a rien trouvé d'autre sur les lieux du crime ?

— Heller est notre meilleur expert, dit Mallory. S'il n'a rien trouvé de plus, c'est qu'il n'y a rien.

— Si, il y a le chat, reprit Charles. Mais il ne sert pas à grand-chose, à moins que nous ne puissions lui apprendre à mordre le suspect à la jambe en plein tribunal.

— Je ne suis pas de votre avis, dit Mallory en contemplant Long Nez avec une expression qui ne ressemblait pas à de l'amour. Je peux me servir du chat et du manuscrit pour forcer le criminel à se découvrir. Mon problème est de choisir le lieu et le moment propices.

— Vous vous mettriez gravement en danger en vous confrontant à cet homme, dit Henrietta. Si j'en crois votre théorie, il n'hésitera pas à tuer pour se protéger.

— Et alors ? répliqua Mallory sans se démonter. Le criminel à qui j'ai affaire n'a pas le sang-froid du psychopathe ordinaire. Il a commis un meurtre pour cacher un crime – il a paniqué.

— Vous ne pouvez pas en être certaine, dit Henrietta. Peu importe qu'il ait prémédité son crime. Il a pu tuer sa victime des milliers de fois dans ses fantasmes. Il avait peut-être des relations professionnelles avec Amanda. On ne peut reconnaître un sociopathe d'après son apparence ou son comportement en public. Cet homme peut avoir une pathologie dangereuse et passer pour un membre respectable de la société.

— Un inadapté social ne peut paraître normal — pas à tout le monde.

— Mais si, insista Henrietta.

— Non, répondit Mallory d'un ton déterminé. C'est impossible.

Charles observa la lueur de compréhension qui traversa le regard d'Henrietta. Elle parlait à quelqu'un qui avait une profonde certitude intérieure.

— Donc, puisque nous avons établi ce fait, continua Mallory calmement, est-ce qu'un mensonge est un mobile suffisant ? En épluchant la vie de tous les résidents de cet immeuble, je suis sûre de découvrir quelque chose de compromettant sur chacun d'eux. Quel type de mensonge déclencherait une pareille réaction ? Il a paniqué une fois. J'ai l'intention de le faire paniquer à nouveau.

— Ça dépend du mensonge, dit Henrietta. La vie d'une personne peut être entièrement structurée sur des mensonges.

— Comment déclencher sa réaction de panique ? Comment lui faire assez peur pour qu'il parle ?

— La peur pourrait le faire se refermer sur lui-même. Mieux vaut le mettre en colère. Une révélation provoquée par la colère a plus de poids. En supposant qu'il ait appris au chat à danser, cela suggère un désir de domination. C'est le fondement de la misogynie et des crimes les plus violents contre les femmes. Si c'est le cas, le fait d'être surpris dans n'importe quel mensonge peut l'avoir fait disjoncter. Lequel de vos suspects serait le plus enclin à une pathologie du mensonge ?

— Tout le monde ment, dit Mallory.

— Certainement pas tout le monde, contesta Charles.

— D'accord, Charles, vous ne mentez pas. Mais c'est parce que vous ne pouvez pas. Vous n'avez pas la tête à mentir. Attendez, je ne voulais pas dire ça ! Vous avez manipulé le vase. C'est un mensonge par omission, n'est-ce pas ?

— C'était un test ordinaire « en situation ».

— Et alors ?

— Un mensonge par omission, d'accord. Mais je parie qu'Helen ne mentait jamais.

— Il est vrai qu'Helen ne mentait que par bonté. Mais elle était gentille avec beaucoup de gens...

— Markowitz ne mentait jamais.

— Et comment ! Il mentait comme il respirait. Le Vieux était le meilleur menteur que j'aie connu. Je l'ai entendu mentir au maire, au chef de la police. Il mentait à chaque conférence de presse. Il mentait...

— D'accord, tout le monde ment, concéda Charles.

En transportant le chat du garage au Coventry Arms, Mallory, du trottoir, aperçut le concierge qui lisait le journal. Un taxi s'arrêta devant la marquise. Arthur retira prestement ses lunettes et les rangea dans son journal replié sur l'étagère, sous le téléphone. Puis il arbora un large sourire en ouvrant la porte du taxi pendant que Mallory s'engouffrait rapidement dans le hall. En passant devant l'étagère, elle souleva le journal.

Des lunettes à double foyer. Un petit bonhomme au physique ingrat trop vaniteux pour porter des lunettes devant les occupants de l'immeuble. Intéressant.

Elle s'approcha de la grande baie vitrée qui donnait sur la rue. Un autre résident marchait en direction de l'immeuble. Quand Moss White, l'animateur de télévision, arriva à la hauteur du banc à quelques mètres de l'entrée, Arthur arbora de nouveau son large sourire.

Le concierge pouvait donc apercevoir le banc où Amanda était assise la veille de sa mort.

En montant dans l'ascenseur, Mallory ne put s'empêcher de penser à Amanda. Qu'avait-elle vu ce jour-là ? Qu'est-ce qui l'avait perturbée au point de la faire s'enfuir en courant ? Et quelle crédibilité accorder au témoignage d'Arthur devant un tribunal ? Il fallait avoir une petite conversation avec lui, le plus tôt serait le mieux.

En entrant dans l'appartement des Rosen, elle eut

l'impression qu'il y avait quelqu'un, tout près. Long Nez, blotti dans ses bras, sentit la même chose car il cessa de ronronner. Il regarda autour de lui en enfonçant ses pattes sans griffes dans son manteau.

On remuait quelque chose dans la chambre à coucher. Mallory reconnut le bruit de l'aspirateur. Elle entra dans la pièce et vit Sarah, la femme de ménage des Rosen.

— Bonjour, mademoiselle, dit celle-ci en arrêtant l'aspirateur.

Mallory distingua le bruit de la chasse d'eau. La porte de la salle de bains s'ouvrit et Justin Riccalo apparut, lui adressant un petit sourire qui s'effaça aussitôt quand Mallory lui tourna le dos pour parler à la femme de ménage.

— J'espère que j'ai bien fait, mademoiselle, dit Sarah. Il vous attendait sur le palier et il avait besoin d'aller aux toilettes. Y a pas de mal à ça, n'est-ce pas ?

— Non, non. Vous avez bien fait.

Mallory dévisagea le garçon. Ces derniers temps, elle pensait souvent à lui. Elle sentait confusément qu'ils avaient quelque chose en commun, sans pouvoir définir quoi. C'était comme s'ils avaient partagé une expérience. Cette impression l'envahissait chaque fois qu'elle le rencontrait – un sentiment étrange de *déjà-vu*. Elle connaissait son parcours, car elle l'avait fait avant lui.

— Eh bien, j'en ai fini avec cette pièce, dit Sarah en enroulant le fil de l'aspirateur.

Mallory et le garçon continuèrent à s'observer en silence, jusqu'à ce que la femme de ménage ait quitté la chambre.

— Comment as-tu fait pour éviter le concierge, Justin ?

— J'ai suivi un homme et une femme qui entraient. Le concierge a dû croire que j'étais avec eux.

— Comment sais-tu que j'habite ici ?

— J'ai regardé dans l'annuaire.

Mallory secoua la tête. *Non, c'était impossible.*

Dans le salon, l'aspirateur avait recommencé à ronfler.

— D'accord. J'étais avec ma belle-mère quand elle vous a suivie l'autre jour.

— Alors, c'était toi, dit Mallory, pensive.

Elle avait senti sa présence sans le voir.

— J'ai donné votre nom au liftier et il m'a déposé à cet étage. Sur le palier, j'ai rencontré la femme de ménage qui entrait dans votre appartement. Je lui ai dit que vous attendiez ma visite.

À présent, le gosse paraissait attendre un compliment. Elle le laissa se morfondre. Enfonçant ses mains dans les poches de sa parka, il jeta un coup d'œil autour de lui, observant le lit à baldaquin recouvert de dentelles, le chintz qui tapissait les rideaux et les fauteuils et tout un bric-à-brac sur les tables.

— Je n'imaginais pas votre chez vous comme ça, dit-il.

Il perdit son assurance dans le silence qui suivit. Mallory écoutait le bourdonnement de l'aspirateur de Sarah. Mme Ortega nettoyait toujours à fond une pièce à la fois. En entrant dans le salon, Mallory avait remarqué l'odeur d'encaustique et d'ammoniac qui indiquait que Sarah avait terminé son travail.

Au moment où le garçon ouvrait la bouche pour parler, Mallory mit un doigt sur ses lèvres pour l'en empêcher. Il referma la bouche et écouta aussi le bruit de l'aspirateur. Quand Sarah partit enfin en refermant la porte d'entrée derrière elle, Justin s'écria :

— Il faut que je parle à quelqu'un, mais personne ne veut m'écouter !

— Je t'écouterai si tu ne me racontes pas de salades. Est-ce que ta belle-mère a égaré un bas en nylon, dernièrement ?

— Comment le savez-vous ?

— Est-ce qu'elle t'a accusé de l'avoir pris ?

— Non, pas encore. J'ai remarqué ce matin un bas tout chiffonné fourré dans un tiroir de ma commode. Je ne sais pas comment il est arrivé là.

Quel était donc le lien qui l'attachait à ce garçon ? Quelque chose de lointain. Un souvenir enfoui. Il mentait, c'était peut-être ça, en partie.

— Quand tu seras prêt à me dire la vérité sur ce qui se passe chez toi, je t'aiderai.

— Vous croyez – comme les autres – que je fais

voler les crayons. Pourquoi ? Que savez-vous de moi en réalité ? Rien. Uniquement ce que vous dit mon père.

— Oh ! je connais beaucoup de choses sur toi, Justin. Notamment que tu es assez malin pour savoir comment on réussit les tours. Mais tu ne vas pas le dire, n'est-ce pas ? Soit tu les réalises toi-même, soit tu as peur de ton père, ou peut-être les deux à la fois. Ou encore, c'est ta belle-mère. Peut-être que tu ne parles pas parce que ça t'amuse de rendre ton père dingue.

Mallory observa les vêtements propres du gamin, son visage rose, ses genoux sans cicatrices. Ses baskets n'étaient ni neuves ni sales.

— Tu es un solitaire. Tu n'as pas d'amis. Tu ne fais pas de sport.

Il se tenait très droit, les épaules en arrière.

— Tu as été pensionnaire dans une école militaire...

Elle avait deviné juste. Il hocha la tête.

— Et tu me caches quelque chose. Si tu es vraiment l'auteur de ces tours avec les objets volants, je te démasquerai. Tu as compris ?

— Pour quelle raison je ferais ça ? Vous ne savez pas tout. Vous ne savez pas que tout l'argent de ma mère...

— ... t'a été laissé en trust. Et c'est ton père qui en a le contrôle.

— Il me contrôle aussi.

— Alors tu débines ton père, c'est ça ? Tu sais, si j'avais été à ta place, j'aurais buté ton vieux. Ce salaud n'aurait pas survécu plus de six secondes avec moi.

— C'est un salaud. C'est vrai. Je suis vraiment inquiet pour ma belle-mère.

Mallory regarda fixement le gosse pour lui faire comprendre qu'elle savait qu'il avait encore menti.

— O.K., dit-il. C'est une idiote.

— Comment était ta vraie mère ?

— Elle était comme ma deuxième mère et ma deuxième mère était comme la troisième. Elle avait peur de tout et de tout le monde. Mon père choisit toujours le même type de femme. Chacune est la copie conforme de la précédente.

— Ta vraie mère avait peur de toi aussi ?

Le garçon enfonça plus profondément ses mains dans les poches de sa parka. La frustration montait dans ses yeux en même temps que les larmes. Il courba les épaules et mordit sa lèvre inférieure de ses dents de lapin. Puis il lâcha un profond soupir.

Le chat entra dans la pièce à pas feutrés. Il s'avançait vers Mallory qui lui décocha un regard significatif. Long Nez s'assit à côté du garçon, à une distance respectueuse. Deux paires d'yeux en manque d'amour restaient fixés sur elle.

— Ne laisse pas sortir le chat en partant, dit Mallory en leur tournant le dos.

Elle se dirigea vers le petit bureau où l'attendait son ordinateur.

Dommage qu'elle n'ait pas laissé les caméras tourner. Peut-être devrait-elle enregistrer en continu en prévision d'une autre intrusion pendant son absence.

La porte d'entrée se referma doucement.

— Charles, je vous sers à boire. Vraiment, j'insiste. Tenez-moi compagnie.

Effrim Wilde ouvrit les portes en verre fumé d'un meuble chromé qui faisait office de bar, exposant des verres et des flacons étincelants et un assortiment d'alcools variés.

— Eleanor m'a interdit de boire seul. Elle dit que ça conduit à l'alcoolisme.

Il lui tourna le dos comme si la recette d'un whisky soda devait rester secrète.

— Eleanor est revenue ? demanda Charles.

— Oui, dit Effrim en ajoutant aux deux verres une rondelle de citron avec un sourire ému.

— Elle a culpabilisé à l'idée de m'abandonner à mes cigarettes et à mon whisky, en mangeant trop bien. Cette femme est une sainte. Depuis ce week-end, tous mes repas ont la fadeur de pâtés diététiques, basses calories.

Il tendit un verre à Charles et s'installa, l'autre à la main, derrière un immense bureau recouvert d'une plaque de verre fumé.

La pièce avait été redécorée récemment. Une épaisse moquette couvrait le sol, les murs étaient d'un jaune verdâtre pisseux. Comment Effrim pouvait-il supporter ça ? Il est vrai qu'il ne passait que quelques heures par jour dans ce bureau. Le reste du temps, il assistait à des déjeuners qui duraient trois heures dans l'espoir de séduire les présidents de fondations, ou d'autres sources de financement.

Le mobilier se découpait en lignes aiguës, aux surfaces de verre ou de métal froid. Les peintures abstraites sur les murs étaient de la même main brutale, avec des formes rouge vif déchirées de traits noirs, nerveux, dégageant une énergie proche de la folie. Ce n'était pas le style d'Effrim. Ce bureau reflétait plutôt la personnalité d'Eleanor.

— Eleanor sait-elle que vous vous occupez de mauvais tours de magie ?

— Vous avez donc démasqué le garçon ? demanda Effrim avec une surprise feinte. J'espère que l'expérience a été profitable.

— Elle n'est pas tout à fait achevée. J'ai besoin d'informations provenant du groupe de recherche.

— Demandez à mon assistant. Il vous donnera tout ce dont vous aurez besoin. Je suppose que vous recherchez quelque chose concernant les objets volants ? Vous aviez raison au sujet des données russes et chinoises. Leur méthodologie est un peu laxiste, ne trouvez-vous pas ?

— J'ai besoin des données chinoises sur les expériences avec des succubes, dit Charles.

— Le gosse a-t-il des hallucinations ?

— Non. Mais il m'a mis sur une autre piste.

— Je croyais que vous n'aimiez pas les trucs bizarres. Il s'agit de quelque chose en particulier ? demanda Effrim.

La mémoire eidétique de Charles évoqua une page de journal qui s'imprima sur le mur derrière Effrim. Il parcourut l'article en une seconde.

— Il y a eu une expérience réalisée dans des conditions de laboratoire par un moine asiatique qui a créé un succube. C'est celle-là que je veux. Le profil de ce moine correspond à celui des stigmatisés. Le succube, devant témoins, aurait meurtri le moine dans sa chair.

— Revenez travailler avec moi, et je vous fournis tous les documents que vous voulez.

— Vous recevez toujours votre financement de sources douteuses, comme Riccalo et ses amis qui siègent aux conseils d'administration des fondations ? Et Mallory m'a dit que ses activités parallèles consistent à magouiller dans l'immobilier au détriment des gens âgés.

— Ah ! mais son casier judiciaire est vierge ! Selon l'éthique qui règne à New York, cela en fait un citoyen modèle. Charles, quel dommage que nos vues semblent diverger sur le financement de l'institut ! Je vole de l'argent aux sociétés de ce salopard. Je devrais recevoir une médaille pour service rendu à la communauté. Mais je suis très ouvert. Revenez travailler pour nous et je chercherai d'autres moyens de financement.

— Merci, Effrim. Mais je crois que je vais seulement emporter la documentation sur les succubes et partir en courant...

— Vous perdez votre temps et votre talent avec les esprits médiocres. Je suis pourtant prêt à échanger quatre cerveaux de l'institut contre le vôtre. Revenez à la maison, Charles. Rentrez au bercail. Je triplerai le financement de vos projets.

— Ce n'est plus possible, Effrim.

— C'est dur, là-dehors, Charles.

Pour Effrim, « là-dehors » représentait les réalités de la vie à l'extérieur de l'isolement de la cellule de recherche. Charles se doutait qu'Effrim avait prévu le retour proche de son élève le plus brillant, découragé par les épreuves que lui feraient subir les gens normaux qui le trouveraient excentrique et sur un autre diapason que la plupart d'entre eux — ce qui était la stricte vérité.

— Serons-nous en mesure de faire un rapport satisfaisant au père du garçon ?

— C'est peut-être lui qui orchestre toute cette mascarade. Je n'ai pas confiance en Riccalo. Et je commence à me poser des questions à votre propos aussi !

Une heure plus tard, Charles était assis dans son bureau. Il venait de consulter le dossier sur les succubes. Ainsi, c'était vrai ; il existait un lien entre les succubes et les phénomènes de stigmates exhibés par les fanatiques. Par une étrange aberration mentale, le succube pouvait laisser des traces sur le corps de son créateur comme sur son esprit.

Dans la pénombre grandissante, un souvenir de son enfance lui revint en mémoire avec une incroyable précision. C'était une oie rôtie dont la succulente viande brune exhalait un arôme délicieux. Le rôti trônait dans son plat d'argent au milieu d'une grande table recouverte d'une nappe blanche bordée de dentelle, la lumière douce des bougies mettait en valeur l'argenterie et la porcelaine anciennes. Malakhai était assis à la table, la chaise vide de Louisa à côté de lui. Les adultes buvaient du vin à profusion, riaient et parlaient entre eux, sur les accents mélodieux d'un concerto de Mozart. Le petit Charles avait les yeux fixés sur Malakhai à l'instant même où Louisa l'embrassa. Il avait vu l'empreinte de ses lèvres sur la joue du magicien. Il eut beau se frotter les yeux de ses petites mains, le contour des lèvres de Louisa, l'impression de son baiser étaient toujours imprimés dans la chair de Malakhai.

Amanda Bosch ne s'était pas encore manifestée à travers un phénomène physique. Elle était seulement une image, analogue à un hologramme. Il pouvait donc s'échapper avant d'être vraiment marqué. Amanda n'avait pas de consistance et il n'était pas encore fou. Il venait seulement de se projeter un petit film, une extension bizarre de sa mémoire eidétique.

Bien sûr.

Une lumière rouge flashait sur le boîtier du système d'alerte. Cela indiquait que le juge se servait de son télécopieur. En manipulant les circuits électriques, Mallory put reproduire le fax du juge. C'était une demande à sa banque d'une nouvelle carte bancaire. Elle copia la lettre dans son ordinateur en changeant la police de caractères. À la suite des lignes indiquant le nom et l'adresse, elle tapa ses propres questions. Ensuite, elle copia la lettre à l'intention de Harry Kipling, qui avait aussi un fax.

Maintenant qu'elle commençait à connaître ses suspects, elle se sentait capable de façonner pour chacun une terreur sur mesure. Elle se demanda ce qu'elle pouvait faire avec l'aveugle. Le gardien de l'immeuble lui avait dit qu'il possédait une imprimante en braille, mais elle se demanda s'il s'en servait souvent. Mallory tapa son texte sous la rubrique des messages personnels : JE SUIS DERRIÈRE VOUS, TOUT PRÈS. M'ENTENDEZ-VOUS ? ME VOYEZ-VOUS ? POUVEZ-VOUS VOIR ?

Le ronronnement incessant à ses pieds commença à l'agacer. Le regard menaçant, elle baissa les yeux vers le chat. Ceux de Long Nez formaient une ligne horizontale de contentement. Au même instant, un bruit fracassant s'éleva de la cuisine. Mallory porta la main sur son revolver et le chat leva le nez comme s'il reniflait ce qu'il ne pouvait voir.

Le revolver à la main, Mallory pénétra dans la cuisine et aperçut des fragments de verre cassé dans une flaque d'eau, sous la table. Elle passa la main sur la surface mouillée de la table pour vérifier la présence d'un objet quelconque qui aurait remplacé l'allumette utilisée par Charles pour faire tomber le vase dans son bureau. Mais elle ne trouva rien.

Bon, le gosse était malin, mais il n'avait pas de pouvoirs surnaturels. Le verre était tout simplement tombé.

Incrédule, agenouillée sur le carrelage, elle balaya chaque éclat de verre dans la pelle à poussière dont elle déposa soigneusement le contenu dans un sac en plastique. Ensuite, elle épongea le sol.

Une série de bruits sourds venait de la pièce voisine. Quand elle entra, Mallory vit avec étonnement que le chat faisait le gros dos, les oreilles aplaties en arrière, les pupilles dilatées. Il avait renversé le bol de fruits sur le tapis. Une pomme roulait doucement dans sa direction. Long Nez reculait à petits pas comme si le tapis lui brûlait les pattes. Mallory claqua des doigts pour attirer son attention. Le chat accourut vers elle de l'autre bout de la pièce et sauta dans ses bras.

Encore un tour ?

Elle déposa le chat à terre et claqua des doigts encore une fois. Le chat bondit à nouveau dans ses bras.

Que sais-tu faire d'autre ? Elle rampa sur le tapis pour ramasser les fruits. Il se frotta contre elle, miaulant faiblement comme pour réclamer un signe d'affection, si petit fût-il.

Mallory replaça les fruits en plastique dans le bol. Long Nez se mit à lui lécher la main qu'elle retira prestement. Elle considéra avec déplaisir les nombreux poils blancs qui collaient au tapis.

En bonne ménagère, Helen Markowitz n'aurait jamais voulu d'un animal dans son salon, mais elle nourrissait tous les chats des rues qui venaient mendier dans le jardinet derrière la maison. Un hiver, un petit chien bâtard avait habité le garage pendant une dizaine de jours, mangeant tous les restes, léchant la main d'Helen et la regardant avec adoration de ses grands yeux bruns.

Helen avait montré à Kathy toutes les cicatrices sur le pelage de la bête maltraitée. *On apprend beaucoup sur les gens d'après leurs animaux*, disait Helen. Elle en savait assez sur le propriétaire du bâtard pour ne pas essayer de le retrouver. Elle égara volontairement sa médaille et son collier et le confia à une famille qui vivait dans le pâté de maisons voisin.

Ce n'est pas le chien qui est perdu, disait Helen, *c'est celui qui l'a torturé.*

Helen n'employait jamais le vocabulaire commun à Markowitz et à Kathy : des mots comme ordure, salopard, suceur de merde. À ses yeux, le salaud qui avait cassé les côtes du chien à coups de pied était seulement un être perdu.

Tout le monde a un côté noir, lui disait Helen. *Quand l'obscurité a envahi toute la lumière de l'âme, l'être humain est perdu.*

La petite Kathy se disait : *Non, il n'est qu'une ordure.* Le propriétaire du chien méritait à son tour quelques bons coups de pied dans les côtés. Sa conception de la justice était très sombre et avait cette élégante simplicité de la jeunesse qui avait peu évolué avec les années. Mais pour faire plaisir à Helen, elle essayait de se conduire comme si la lumière brillait encore en elle.

Mallory tendit la main et caressa doucement la tête du chat. Helen aurait approuvé. Le chat ferma les yeux de contentement. Son devoir accompli, elle retira prestement sa main, l'essuya sur son jean et abandonna le chat au milieu du salon. Il ouvrit grands les yeux, regardant partout pour voir où elle était passée.

Le dossier Amanda Bosch avait la place d'honneur sur la pile de documents qui s'entassait sur le bureau de Riker. Il fouilla dans l'un des tiroirs inférieurs à la recherche d'une photo du lieu du crime. Il alla trop loin, car ses doigts se refermèrent sur de vieilles photos qu'il avait prises de Kathy, le jour de la remise de son diplôme de l'académie de police.

Il revit Helen Markowitz arborant un grand sourire, à mille lieues de se douter que le cancer qui la minait la tuerait un an plus tard. Markowitz ne s'en était jamais vraiment remis. S'il n'y avait pas eu Kathy, il aurait rejoint sa femme des années plus tôt.

Riker repensait toujours avec colère aux circonstances de la mort d'Helen. Confiante, tranquille sous l'anesthésie, elle avait été transportée silencieusement dans la salle d'opération stérile d'où son corps sans vie était revenu. La femme de Markowitz s'en était allée sous le scalpel du chirurgien, discrètement, comme elle était entrée.

L'incident aurait dû faire plus de bruit. Le docteur avait dit à voix basse à Markowitz et à Kathy combien il était désolé. Les mots rituels, *c'est fini*, restaient non dits. Dans le silence terrible de cette salle d'attente, Markowitz et Kathy, rivés au canapé en skaï noir, n'étaient que deux spectateurs sans importance d'un drame sur lequel le rideau était tombé pour signifier que la représentation était terminée et qu'il fallait se lever et rentrer chez soi.

Riker avait compris ce que Kathy avait voulu dire quand elle s'était tournée vers lui en s'écriant : « C'est une arnaque ! » C'en était une.

Riker sentit une présence devant son bureau – quelqu'un qui ne voulait pas interrompre le fil de ses pensées, qui attendait poliment en s'annonçant avec le minimum de bruit.

Il connaissait une seule personne aussi polie. Il ne fut donc pas étonné, en levant les yeux, de voir le visage souriant de Charles Butler. Et cela lui rappela son vieil ami, Markowitz. Le sourire de ce dernier n'avait pas l'aspect un peu clownesque de celui de Charles, mais ils avaient en commun le pouvoir de faire sourire en retour, malgré les pensées noires et les petites peines de cœur.

— Asseyez-vous, Charles. Vous attendez Mallory ?

— Non. Jack Coffey m'a demandé de passer pour parler d'Amanda Bosch.

— Il croit sans doute que Mallory ne lui dit pas tout. Il a probablement raison. Mais pour dire vrai, il ne dit pas tout à Mallory et je ne dis pas tout à chacun d'entre eux... Nous formons une famille qui ne tourne pas toujours rond, nous trois. Vous ne l'auriez pas trahie ?

— Bien sûr que non !

Donc Mallory gardait effectivement quelque chose pour elle.

— Que puis-je faire pour vous, Charles ?

— Coffey m'a dit que c'était votre suggestion de confier cette affaire à Mallory. Puis-je savoir pourquoi ?

— À cause d'Amanda, justement. Quand une gosse meurt si jeune, il faut marquer le coup, savez-vous ? Lâcher Mallory sur les traces de l'assassin me semble la pire chose que je puisse faire subir à ce salopard.

— Mais c'est dangereux pour elle.

— Si son hypothèse est exacte, il lui suffira de le débusquer. Si elle s'est trompée, il lui faudra le descendre.

— Vous n'êtes pas inquiet au sujet de Mallory ?

— Non.

Riker mentit parce qu'il éprouvait une réelle sympathie pour Charles.

— Mais en voyant comme elle s'y prend...

— On ne peut inculper quelqu'un sans preuves. Parfois, nous savons qui a commis le crime, mais nous ne pouvons rien faire. On peut s'en tirer après avoir commis un meurtre — je ne vous dis pas que ça arrive souvent, mais ça arrive. Je parie que ce salaud n'échappera pas à Mallory. Je suis prêt à parier cent dollars...

— Mais elle fait aussi figure de cible !

— C'est une cible — elle est flic, non ? Et elle n'est pas prête à prendre sa retraite. Si vous croyez qu'elle sera plus en sécurité avec vous, dans le civil, oubliez ce conte de fées. Ce boulot la stimule. Elle a développé une approche dans cette affaire qui décuple ses facultés. Qu'avez-vous à lui offrir, Charles ?

— Rien, je le sais, dit Charles en contemplant ses chaussures. Mais devant un tribunal vous aurez besoin de preuves acceptables contre cet homme. Les méthodes de Mallory ne sont pas strictement légales, n'est-ce pas ?

— Je sais qu'elle enfreindra la loi pour coincer le type. Voilà où j'en suis à présent : je suis l'exemple de Markowitz sur les voies tortueuses de la corruption. J'y adhère, O.K. ? Vous pouvez me faire arrêter pour moins que ça.

— Supposons qu'elle se fasse prendre en transgressant la loi ? Qu'adviendra-t-il alors de sa carrière ?

— Charles, vous devez savoir comment Markowitz utilisait sa fille. Je sais que le Vieux vous aimait bien et avait confiance en vous, mais je ne crois pas qu'il vous tenait au courant des aspects moins reluisants de la police. Si nous suivions le règlement à la lettre, nous n'avancerions pas beaucoup. Mallory procurait à Markowitz des renseignements précieux, des choses impossibles. Il ne demandait jamais combien de lois elle avait transgressées dans une journée. Ce qu'elle obtenait par des moyens illégaux ne pouvait être utilisé devant un tribunal, mais permettait de faire pression sur le criminel pour qu'il craque. Mallory sait des choses sur ce tueur. Elle en a une connaissance intime. Lorsqu'elle en aura terminé avec lui, il croira qu'elle était dans sa poche quand il a tué Amanda Bosch. Mallory l'aura. J'y compte bien. Il faut la voir à l'œuvre.

— Elle est aussi un être humain vulnérable comme nous tous.

— Charles, nous sommes tous tombés dans ce panneau. Elle est si jeune – une gosse –, n'est-ce pas ? C'est normal que vous vouliez la protéger. Ce visage parfait, si lisse, ces yeux d'ange.

Charles hochait encore la tête quand Riker le secoua par le bras pour le ramener à la réalité du monde effrayant où vivait Mallory. Élevant la voix, il dit :

— Elle a les yeux les plus froids que j'aie jamais vus. Elle fait trembler de peur les gens normaux – même quand ils n'ont pas bu autant que moi. Elle porte en permanence un énorme revolver et vous n'en avez pas.

C'est un tireur d'élite. Vous, vous ne sauriez sans doute pas charger un revolver sans le mode d'emploi.

Riker se cala dans son fauteuil et, posant les pieds sur son bureau, il observa avec intérêt comment Charles s'efforçait de concilier la logique avec l'aveuglement névrotique de son amour pour Kathy Mallory. Il s'était souvent demandé si Mallory se doutait des sentiments que Charles lui portait. Il était enclin à penser qu'elle était au courant et qu'elle s'en servait.

D'une voix plus douce, Riker reprit :

— Je suis content que vous soyez passé, Charles. J'espère que notre petite conversation vous a aidé à mettre les choses en perspective.

En arrivant devant la maison de Robin Duffy, Charles faillit monter sur le trottoir, tellement grande fut sa surprise devant l'arbre de Noël et la menora à la fenêtre de la maison de l'autre côté de la rue. Les anciens occupants de cette maison, Louis et Helen Markowitz, étaient morts.

Robin, son hôte, se tenait sur le seuil de la porte, éclairé par la lumière chaude diffusée à l'intérieur. Charles fit crisser ses chaussures sur la neige fraîchement tombée qui bordait le trottoir qu'on venait de dégager. Marchant à grands pas sur le petit chemin pavé jusqu'à la porte, il serra chaleureusement la main tendue de Robin. Celui-ci avait été le voisin des Markowitz pendant plus de vingt ans.

Après les salutations d'usage, Charles se retourna pour contempler encore une fois la maison illuminée.

— Ça a l'air habité, n'est-ce pas ? dit Robin en souriant.

Ils rentrèrent ensemble dans la chaleur de la maison de Robin.

— Je n'arrive pas à persuader Kathy de vendre, disait Robin.

Le Dr Edward Slope se leva pour donner à Charles une tape amicale dans le dos.

— Kathy est la seule résidente de l'Upper West Side qui possède une résidence secondaire à Brooklyn, dit Edward. Je crois que le côté pervers de la situation l'amuse.

— Elle ne met même plus jamais les pieds dans sa maison, dit Robin. Alors j'essaie de donner à l'endroit un air habité. Louis y mettait un arbre de Noël chaque année, depuis que Kathy habitait avec eux. Il manque quelque chose sans cet arbre de Noël.

— Un buisson d'hanoukka, corrigea le rabbin Kaplan en entrant avec un plateau de sandwiches. Louis m'a juré que c'était un buisson d'hanoukka.

— On dirait vraiment qu'une famille habite dans la maison, dit Charles en regardant par la grande baie vitrée.

— J'ai recueilli les guirlandes de ce premier Noël et j'en ai garni l'arbre, dit Robin.

— Kathy les avait volées au supermarché ? demanda Slope en coupant les cartes.

— Eh bien, répondit Robin qui avait été l'avocat de Markowitz en même temps que son ami, Helen est retournée les rembourser au magasin, alors, en principe...

— Ça n'a pas d'importance, dit Edward. Asseyez-vous, messieurs. Robin, racontez-lui tout ce que vous avez fait dans cette maison.

Les quatre hommes s'installèrent autour de la table et ramassèrent les cartes qui leur avaient été distribuées. On s'échangea la moutarde contre la mayonnaise et chacun se passa l'assiette de viande avec les cornichons, les tranches de pain de mie et de pain de seigle.

— J'ai acheté des minuteurs électriques pour toutes les lampes de la maison, dit Robin en écartant une carte dans l'espoir d'en recevoir une meilleure. Les lumières s'éteignent et se rallument automatiquement à des heures différentes. Je me suis arrangé pour que la lumière de la cuisine s'éteigne à dix-neuf heures quarante-cinq, l'heure habituelle à laquelle Helen avait fini de nettoyer la cuisine.

— Robin s'est vraiment investi dans ce travail, dit le médecin légiste en distribuant une carte à Duffy et deux au rabbin. Le diplômé en droit d'Harvard a finalement trouvé une série de minuteurs dont il peut comprendre le mode d'emploi.

— Mon préféré est celui qui allume la lampe dans le bureau de Louis après le journal télévisé du soir. Elle éclaire cette fenêtre sous le pignon.

Robin pointa avec sa bouteille de bière vers la fenêtre panoramique de son living indiquant le pignon sombre qui se détacha sur la maison d'en face. Il ramassa sa nouvelle carte et la plaça dans son jeu.

Charles n'avait aucun moyen de savoir si sa main en était améliorée. Le visage de Robin demeurait impassible. Pourtant, les trois autres semblaient connaître son propre jeu. Edward éclata de rire quand il monta la mise sur un coup de bluff. Humilié, Charles replia ses cartes et regarda par la fenêtre la rangée de lumières clignotantes qui ornait le toit du porche de la maison de Louis Markowitz.

— Vous savez, dit-il, j'ai d'abord pensé que Mallory avait fait ça.

— Les lumières ? Par sentimentalisme ?

Le Dr Slope étudia le visage de Charles par-dessus ses cartes, peut-être pour y déceler des signes de fièvre.

Charles fit signe que oui. Edward leva les yeux au plafond.

— Charles, laissez-moi vous donner un conseil d'ami — il vaudrait mieux abandonner ce fantasme de la justicière au cœur d'or. Je suis médecin, vous pouvez me faire confiance à ce sujet. Elle n'a pas de battement de cœur qu'on puisse détecter...

— Elle aimait Helen, dit le rabbin Kaplan en examinant son jeu.

Son doux sourire disparut aussitôt sous le masque du joueur de poker chevronné.

— D'accord, vous avez raison sur ce point. Elle aimait même Louis, à sa façon.

Edward replia ses cartes.

— En parlant de cœur, voilà qui fait chaud au mien, dit le rabbin en étalant son jeu à côté de celui de Robin.

Il rafla le premier pot de la soirée en s'adressant à Robin :

— La menora électrique à la fenêtre est une attention délicate, Robin.

Robin distribua les cartes pour le deuxième tour, et Charles demanda :

— Elle a été élevée dans les deux religions ?

— Kathy n'a pas de religion, dit Edward en ramassant ses cartes.

— Vous avez une de ces façons de parler d'elle, dit le rabbin. Elle n'est pas une criminelle.

— À voir, dit Edward en jetant ses cartes sur la table. Elle croit que je vais voler pour elle. Elle voulait que je passe à Charles mes notes résultant de mon enquête personnelle. Elle prétend qu'il y a trop de fuites dans le département. Elle court-circuite tout simplement Coffey.

— Coffey devrait être heureux qu'elle travaille en prenant ses distances, dit Robin. À supposer qu'il ait appris sa leçon de Markowitz, il ne devrait jamais vouloir savoir ce qu'elle fait. Vous lui rendez un grand service.

Edward tira un paquet de feuillets de sa poche revolver et les poussa devant Charles.

— Voici les notes de l'enquête médico-légale. Je ne les aurais pas données à la police. Si nous communiquions nos notes privées à un inspecteur, il pourrait passer des journées à défendre au tribunal des hypothèses et des théories sans fondement. C'est un peu comme de révéler un journal intime.

Charles examinait la quinte royale qu'il avait dans la main. Mais les autres joueurs, suivant l'exemple d'Edward, se couchèrent. Comment connaissaient-ils toujours son jeu ? Les quatre pièces de vingt-cinq cents qu'il y avait dans le pot seraient sans doute son unique gain de la soirée.

— Y a-t-il quelque chose d'intéressant ?

— Pas vraiment. Mallory a demandé un rapport sur le décès de la mère du juge Heart. Je lui ai dit que nous n'envoyions pas un médecin légiste quand le médecin présent déclare la mort naturelle. Elle m'a dit d'y regarder de plus près. En fait, nous avons délégué quelqu'un à cause d'une erreur d'un employé du service. J'ai également trouvé les anciens dossiers de l'hôpital montrant deux fractures sur une période d'un an. Les vieux os cassent facilement. Il n'y a là rien d'extraordinaire. Dites-lui que je ne vais pas demander l'exhumation du corps de la mère du juge tant qu'elle n'aura pas prouvé qu'un crime a eu lieu. Dites-le-lui, Charles !

Robin Duffy plaça une enveloppe sur la table, à côté de la main de Charles.

— Ce sont des informations sur Eric Franz. Une transcription du procès-verbal au tribunal concernant l'accident de voiture qui a tué sa femme. Ils se disputaient au moment de la collision. Mais d'après les témoins, Franz n'a pas poussé sa femme au-devant de la voiture, au cas où Mallory envisagerait cette possibilité. Il se trouvait au moins à un mètre de distance de sa femme pendant qu'ils discutaient, jusqu'au moment de l'accident.

— J'aurais pensé que Mallory serait plus intéressée par l'accident qui a rendu Franz aveugle, remarqua Charles.

— Elle l'est, dit le médecin. Eric Franz est aveugle depuis trois ans, suite à un accident. Le dédommagement a dépassé le million de dollars. Après l'intervention chirurgicale, aucune amélioration de sa vue n'a été constatée. Il a changé de médecin avant que l'examen suivant soit programmé. Je ne connais pas son nouveau médecin. Le dossier ne m'est jamais parvenu.

— Est-il possible qu'il ait recouvré la vue plus tard ?

— Le chirurgien avait évalué la possibilité à quatre contre un, mais pas en faveur de Franz, dit le Dr Slope.

— Il n'aurait pas grand avantage à tricher, dit Robin. Il était indubitablement aveugle quand le tribunal a accordé les dommages et intérêts. Même si l'opération a réussi à lui rendre la vue par la suite, il peut conserver le dédommagement du tribunal. Quant à l'assurance-vie de sa femme, elle l'a léguée à des bonnes œuvres. À mon avis, ce type est clair comme de l'eau de roche. Je me demande ce que Kathy veut lui coller sur le dos.

— Dites donc, Charles, demanda Edward, savez-vous pourquoi Kathy n'est pas venue elle-même prendre les notes de mon collaborateur ?

— Elle a seulement dit qu'elle ne pouvait pas passer parce qu'elle était exclue du jeu de poker.

— C'est l'histoire qu'elle vous a racontée ! rétorqua Edward en souriant. Elle n'est pas ici ce soir parce qu'elle ne veut pas avoir un contact direct avec la personne en possession de ce rapport. Ainsi, légalement, elle est couverte.

— Elle est maligne, la gosse, dit Robin avec une fierté presque paternelle. Elle a appris ce procédé de Markowitz. Pas de temps perdu avec des mandats de perquisition, ni de trace écrite qui puisse servir à l'avocat de la défense.

— Mais elle a bien été exclue de votre jeu de poker ? demanda Charles.

Les trois autres joueurs avaient le nez plongé dans leurs cartes. Personne ne répondait.

— Pourquoi l'a-t-on exclue ? insista Charles.

— Je lui en veux encore, depuis l'époque de son enfance, dit Robin. Markowitz l'emmenait avec lui quand Helen sortait pour la soirée. La gosse gagnait tellement au jeu que Markowitz a dû lui acheter un petit camion rouge où elle mettait tous ses gains pour les ramener à la maison.

— Elle n'a jamais gagné plus de trente dollars dans un jeu à un penny le point, dit le rabbin. La légende s'amplifie.

Après avoir mélangé les cartes, Charles distribua la première au rabbin Kaplan.

— Quelle est la vraie raison, rabbin ?

— Charles ! Comme vous êtes soupçonneux...

La deuxième carte fut distribuée au Dr Slope.

— Je savais que Mallory aurait une mauvaise influence sur Lou, dit le docteur.

Charles distribua la troisième carte à l'avocat.

— Elle ne doit pas jouer. Ce n'est pas juste. Cette gamine est née avec le poker dans le sang.

Charles attendait poliment, en silence, qu'on lui fournisse une meilleure explication avant de distribuer le reste des cartes.

— D'accord, soupira Robin. Kathy allait dans une école privée avec des petites filles bien élevées qui n'avaient jamais joué au poker. Elle leur a appris à jouer.

Charles distribua un second tour de cartes.

— Elle ramenait à la maison trois billets de dix dollars par semaine jusqu'au jour où le directeur a convoqué

Helen et Lou pour un petit entretien, ajouta Edward Slope.

À présent, Charles distribuait toutes les cartes.

— Nous avons trouvé ça génial, dit Robin en rangeant sa main. La gosse était une graine de champion au poker. Nous en étions tous très fiers. Mais ça n'a pas plu à Helen.

— Pis encore, soupira le rabbin.

Edward replia ses cartes et les mit de côté sur la table.

— Lou ne voulait pas que Kathy soit renvoyée. Alors il s'est dénoncé à sa place. Il a affirmé au directeur que c'était une mauvaise plaisanterie qui avait mal tourné. Kathy ne pouvait donc pas comprendre qu'elle avait mal agi puisque c'était lui, son père, qui l'avait influencée.

— Louis était un sacré menteur, dit Robin. Il était si convaincant qu'Helen l'a cru. Cela a été l'unique désaccord entre eux. Kathy sentait confusément que c'était sa faute sans comprendre pourquoi. Et puis, vous savez, c'était une arnaque à moitié honnête. La petite ne se servait pas de cartes truquées ni rien de ce genre.

— Kathy avait simplement des années-lumière d'avance sur ses petites partenaires, dit Edward. Mais vous n'avez jamais connu Helen, Charles. Vous ne pouvez imaginer la force de la relation qui existait entre Louis et elle. Ils se tenaient par la main sous la table. Ils restaient éveillés à parler jusqu'à deux heures du matin.

— Alors, tout d'un coup, un silence oppressant s'est abattu sur la maison, poursuivit le rabbin. Helen a cru que Markowitz avait corrompu la petite Kathy. Louis était effondré, mais il a continué à encourir le blâme pour le racket de Kathy. Kathy a ressenti la fracture entre eux deux. Elle a été tout près de comprendre la différence entre le bien et le mal.

— Mais par la suite, ça lui a échappé, dit Edward.

— Elle n'a plus jamais voulu jouer au poker, dit le rabbin. Kathy s'est exclue elle-même du jeu. C'était sa manière de faire pénitence.

— Vous êtes trop indulgent. C'est un petit monstre sans cœur. Elle corrompt chaque...

La sonnerie du téléphone interrompit la diatribe du

docteur. Après avoir reposé le récepteur, il se tourna vers Charles :

— Ma femme me dit que Kathy a laissé un message sur notre répondeur. Elle passera ici prendre les notes.

— Kathy vient ici ?

— Oui.

— Quand ?

— À vingt heures trente.

— Il est déjà vingt heures trente-cinq, dit Charles. C'est bizarre. Kathy n'est jamais en retard – même d'une minute.

— Oh ! mon Dieu ! Les lumières ! s'exclama Robin. Kathy n'est pas au courant...

Ils se tournèrent d'un seul mouvement vers la fenêtre. La petite voiture beige de Mallory était garée le long du trottoir.

Ce fut Edward Slope, son plus sévère censeur, qui se précipita au-dehors le premier sans même enfiler son manteau. Il courait déjà sur les pavés blancs alors que les autres étaient toujours assis.

Les trois hommes se pressaient dans l'embrasure de la porte d'entrée, insensibles à l'air froid de la nuit. Charles regardait le docteur traverser la rue en courant.

Plus tard, il se souvint de cette scène avec une précision qui lui pinça le cœur. Cette froide nuit d'hiver était d'une clarté transparente. Même de l'autre côté de la rue, Charles put distinguer chaque détail de la silhouette de Mallory. Le reflet du lampadaire sur ses cheveux, l'arête de sa pommette et, surtout, ce silence inquiétant interrompu par le crissement des pas du médecin sur la neige.

Mallory se tenait immobile, seule au milieu de la neige fraîchement tombée, devant la vieille maison de l'autre côté de la rue. Elle ressemblait à une statue, malgré la vapeur que formait son souffle au contact de l'air cristallin. Elle contemplait l'arbre de Noël et la menora. Soudain, une autre fenêtre s'éclaira au premier, là où Louis avait son bureau. Elle leva la tête.

Slope arriva derrière Mallory en l'entourant de son bras. Il lui parla tout bas, presque en chuchotant. Elle resta figée sur place, sans lui parler, regardant, fascinée, la fenêtre du premier étage.

Un ex-équipier est comme une ex-épouse, même si celui-ci est un homme — ce que Peggy n'était certainement pas. Elle manquait beaucoup à Riker depuis qu'une balle dans le poumon l'avait retirée de la circulation. Il la regrettait ; il la voyait toutefois une fois par semaine, à son bar. C'était leur rituel.

Riker regardait Peggy essuyer de son chiffon blanc le cercle mouillé sur le comptoir en acajou et ramasser la monnaie laissée par le dernier client.

Les dégâts de l'âge l'avaient à peine atteinte. Elle se défendait bien. Elle avait teint ses cheveux d'un blond miel qui masquait le gris naissant. Sa silhouette ne s'était que légèrement arrondie à la taille et aux hanches. Vue de l'autre extrémité du bar, sous la lumière diffuse, elle n'avait pas changé du tout.

Riker songea avec nostalgie à ces années où ils étaient jeunes tous les deux, quand il était sobre presque tout le temps, quand Peggy portait sa plaque et son revolver. C'était le bon vieux temps.

Sur le tabouret voisin du sien trônait une matrone qui devait être, ce soir-là, la seule civile dans le bar. De son regard doucereux, elle l'observait avec l'air de reproche du contribuable mécontent. Il remarqua du coin de l'œil, avec un certain agacement, qu'elle agitait les bras dans tous les sens sous prétexte de chasser la fumée, empiétant ainsi sur son espace privé.

— Savez-vous que la fumée des autres tue les non-fumeurs ? demanda la dame.

— Bien sûr, dit Riker.

La femme ramassa son sac à main et s'assit à l'autre bout du bar. Au même moment, Peggy arriva auprès de lui avec un grand sourire et une bière fraîche.

— Alors, où en étions-nous, Riker ?

— Aux premiers signaux d'alerte.

— D'accord, le premier signal se manifeste dans le domaine financier. Ça devrait être facile pour Mallory. Elle devrait vérifier les reçus des cartes bancaires pour découvrir les bars et les restaurants favoris du suspect. De même, l'appartenance à un club de gym est une indication. Ils aiment bien se mettre en forme pour la nouvelle élue. Est-ce que le type achète ses sous-vêtements ? Quelque chose d'un peu voyant ? Ça, c'est un indice aussi.

— S'il y a tant de signaux, pourquoi les femmes ne sont-elles pas au courant ?

— Elles le sont. Les maris ne s'aperçoivent pas tout de suite que leur femme les trompe, mais les femmes, en revanche, savent toujours ce que fait leur mari. Même lorsqu'elles viennent ici me raconter qu'elles n'ont rien su pendant des années. C'est un blocage qui les empêche de l'admettre. Ce sacré blocage... Elles sont confrontées à la vérité, elles peuvent en décrire chaque détail, mais elles ne la voient pas.

— Ah ! Peggy ! Je ne peux pas croire...

— Elles s'en débarrassent par une logique irréfutable. C'est directement proportionnel à ce qu'elles ont à perdre. Sans enfants, ni emprunt sur le logement, une femme peut se permettre d'être cynique à propos de l'infidélité d'un mari. Avec huit enfants à charge, elle aidera elle-même son bonhomme à concocter des mensonges plausibles...

Riker sortit son carnet. Un petit ornement en argent se détacha de la spirale et tomba sur le bar. Peggy le ramassa.

— Qu'est-ce que tu fricotes avec l'étoile de David ? Tu es épiscopalien !

— Non. Je suis un alcoolique.

— Ah ! Riker, tu rêves encore de grimper dans l'échelle sociale ! Si tu veux être alcoolique, il faut aller aux réunions.

Elle lui rendit la petite étoile à six branches.

— O.K. Je suis un alcoolo qui a un idéal, dit Riker en contemplant l'étoile dans le creux de sa main. Lou Markowitz la portait. Mallory a pensé que je devrais l'avoir.

— Tu es un gros bébé sentimental.

— C'est ce que dit Mallory. Mais elle ne me croit pas sentimental.

Riker approcha son stylo de la feuille blanche.

— O.K., prenons des notes concernant le mari infidèle. Supposons qu'il ne soit pas coureur. Supposons que c'était la première fois ?

— Il commencera par changer ses habitudes. Il sortira

peut-être le chien quatre fois par jour sans qu'on le lui demande. Ou il s'adonnera à un nouveau sport à deux — le tennis par exemple. Cherche les petits voyages qui ne correspondent pas à son boulot. Rester tard le soir au bureau peut aussi constituer une rupture avec la routine habituelle.

— C'est un bon menteur ? demanda Riker.

— Oh ! ils croient tous qu'ils sont les meilleurs menteurs du monde, mais leurs femmes ont découvert la plupart de leurs mensonges sans qu'ils s'en doutent. C'est dommage que tu ne puisses pas questionner les femmes... Remarque, la majorité d'entre elles ne dirait rien.

Riker écrivit seulement dans son carnet SORTIR LE CHIEN.

— Alors, Riker, tu crois que Mallory a raison ? L'assassin a paniqué et s'est enfui en courant ?

— Je crois qu'elle le sous-estime. Elle pense que le gars est un trouillard qui grimperait au plafond au cri d'une souris.

Il aimait ça quand elles criaient. Mais il prenait vraiment son pied quand elles hurlaient.

Salopes. Toutes les femmes sont des salopes.

Pensait-elle qu'il ne l'identifierait pas comme son ennemie ? Comme elle était transparente et stupide !

Debout sous la douche, il laissa sa haine ruisseler avec l'eau sur son corps. Elle était l'ennemie. Sortant de la douche, il essuya la buée sur la glace et se dévisagea tandis qu'une mare s'étalait sur le carrelage, à ses pieds. Il fixa si longuement le miroir que ses yeux semblaient flotter, indépendants de son corps.

Quelle intelligence ! Quelle rapidité d'esprit, là, dans sa tête ! Un flux de pensées virant au rouge. Mais cet insecte qu'il voyait courir sur le carrelage, derrière lui dans le miroir, troublait sa sérénité. L'écraser, vite. Il s'exécuta. Chaque fois qu'il faisait ça, son ennemie criait et mourait un peu. Au lit, il se mit à battre son oreiller comme si c'était son visage, à elle. Il se demandait ensuite pourquoi il n'arrivait pas à dormir. Quand il s'endormait enfin, il rêvait de mort, de mort violente. Ce cancer de haine avait envahi toute sa vie, éveillé et endormi. Il était entier et invincible. Les hommes n'ont jamais pu vaincre le cancer. Il n'y avait pas de remède.

Mallory tapotait de ses longs ongles rouges la pile de notes que le Dr Slope avait données à Charles et que celui-ci lui avait ensuite remises. Elle dévisageait le visage inquiet d'un jeune enquêteur de l'institut médico-légal, assis en face d'elle. L'homme n'osait pas croiser son regard. Ses mains serraient nerveusement sa tasse de café qui s'était refroidie. Mallory renvoya d'un geste la serveuse qui s'approchait de leur table.

— Slope ne sait pas que tu es un ripou, mais moi je le sais. Je sais ce que tu as sur ton compte en banque. Je connais toutes tes dernières transactions financières et je connais ton salaire.

— Votre vieux n'a jamais dénoncé personne.

— Non, c'est vrai. Il les envoyait seulement en enfer. La plupart démissionnaient. Ils préféraient vivre mal que risquer leur peau dans des circonscriptions dangereuses. Je suis au courant parce que je transcrivais tout sur l'ordinateur à l'intention de Markowitz. Ce que je faisais pour ces mecs-là, je peux le faire pour toi – et pis encore. Je peux t'expédier dans des lieux bien plus pénibles qu'une retraite anticipée avec salaire partiel.

Tout doux, Kathy, lui souffla la mémoire de Markowitz. *Si tu leur fais trop peur à la première confrontation, ils feront appel à un avocat. Tu n'as pas besoin de ça.*

Mallory se cala dans son fauteuil.

— Je voulais seulement, dit-elle d'une voix douce, te faire réfléchir pendant les fêtes – te donner un peu de temps pour revoir tes notes sur ta visite au Coventry Arms. Joyeux Noël ! Je te contacterai bientôt.

Bien joué, mon petit, souffla encore la mémoire de Markowitz qui refusait d'être relégué au royaume des morts.

Pansy Heart, couchée dans son lit, regarda son mari se lever et se diriger vers la salle de bains. Pendant un bref instant, horrifiée, elle crut le voir ramper sur huit pattes.

Elle se détendit aux bruits qui provenaient de la douche. Au froissement de ses draps et au déclic de la lampe de chevet qu'elle avait éteinte, elle se demanda en soupirant s'il pouvait l'entendre. Un peu plus tard, elle sentit qu'elle pouvait de nouveau respirer — respirer, mais pas dormir. Pas avant d'entendre la respiration régulière de son mari, sachant qu'il ne se réveillerait qu'au matin. Et pourtant, elle resta encore longtemps éveillée. Puis, épuisée par la peur, elle finit par sombrer dans le noir.

Angel Kipling leva les yeux en voyant Harry rentrer dans la cuisine. Le visage encore gonflé de sommeil, il hésita sur le seuil comme s'il se demandait si c'était la guerre ou la paix. Avant qu'il puisse battre en retraite, elle le cloua sur place.

— Alors, qu'as-tu encore fait, Harry ?

— Rien, dit-il en ouvrant la porte du réfrigérateur.

Il sortit les restes du poulet du dîner.

Angel scruta son visage souriant. Elle eut envie de le frapper avec son poing.

Pansy fut réveillée par un coup sur la tête. Ça ne lui avait pas fait mal. Dans la pénombre, elle avait vu le poing fendre l'air. Elle l'avait évité de justesse en se protégeant machinalement avec sa main. Le bras du juge retomba lourdement à ses côtés. Pansy alluma la lampe de chevet. La lumière éclaira les gouttes de sueur sur le visage de son mari et l'auréole de cheveux gris sur l'oreiller. L'angoisse suintait des yeux mi-clos.

— Emery, réveille-toi !

Les yeux bruns s'ouvrirent et plongèrent dans les siens. Elle perçut une légère réaction de dégoût et elle recula comme s'il l'avait insultée. Il l'avait dressée dans ce comportement comme on dresse un chien. Et qu'avait-il fait du chien ? Pourquoi ne lui disait-il pas la vérité ? Qu'avait-il fait ?

— Tu avais un cauchemar, Emery ?

Tu rêvais de Rosie ou de ta mère ?

— Oui, un cauchemar. Je regarde dans ce trou et ça grouille de vers et je rentre dedans ! Tout s'écroule sur moi. Qui me fait des choses pareilles ?

Si Pansy croyait aux fantômes, elle aurait pu répondre.

Elle vit le visage de la mère d'Emery dans le miroir sur le mur en face du lit, mais c'était son propre visage.

Le videur et le barman traînaient la rouquine éméchée par ses bras mous, mais elle se débattit jusqu'au trottoir où ils la jetèrent en l'injuriant copieusement.

Betty Hyde ne les entendait plus. Jetant un regard circulaire autour d'elle, elle remarqua les crottes de souris sur le sol douteux. Cet endroit ne serait sûrement pas bien noté par le service d'hygiène.

Le verre de la journaliste portait des traces de rouge à lèvres de la cliente précédente. La serveuse à l'allure négligée eut une expression amusée quand Betty Hyde eut l'audace de se plaindre. Mais un billet de vingt dollars eut tôt fait de la ramener à la table avec un verre propre. Betty Hyde but le whisky cul sec. L'alcool l'aidait à supporter l'environnement sordide.

Se penchant en avant, elle demanda à la jeune femme assise en face d'elle :

— Mallory, comment faites-vous pour dénicher des bouges pareils ?

Évidemment, elle comprenait la stratégie. Ici, personne du Coventry Arms n'oserait s'aventurer, du moins sans gardes du corps. Elle remarqua la bosse sous la veste de Mallory. Son revolver, sans doute. C'était rassurant.

— Racontez-moi tout ce que vous savez sur Eric Franz, la pria Mallory.

— Quelque chose de spécifique ?

Betty se demanda ce qu'un aveugle pouvait avoir en commun avec un juge et un gigolo.

— Êtes-vous certaine qu'il est aveugle ?

— Absolument, dit Betty Hyde.

— Comment ça ?

— Parce que, s'il faisait semblant d'être aveugle, sa femme l'aurait su. Comment un homme peut-il garder un secret pareil vis-à-vis de sa femme ?

— Elle le savait peut-être.

— Non, Mallory. Annie croyait que son mari était aveugle.

— Comment en êtes-vous si sûre ?

— Eh bien, je crois vous avoir dit qu'elle avait un

sens de l'humour intéressant... pour une salope. Elle flirtait avec des types sous le nez de son mari. Sans même parler des caresses et des attouchements. Eric ne pouvait pas voir ce qu'Annie faisait devant lui avec un autre homme. C'était un vrai spectacle, ces deux-là en public. Et elle se moquait ouvertement de lui par des mimiques et des gestes obscènes. C'était vraiment de l'humour noir. On ne pouvait s'empêcher de regarder et on ne pouvait lui dire d'arrêter. On était prisonnier de ses provocations.

— Pourquoi le détestait-elle autant ?

— Parce qu'il l'aimait tant – trop. Si seulement il avait été mufle avec elle, de temps en temps, leur union s'en serait mieux trouvée. Elle appartenait à cette catégorie de femmes.

— Et lui ? Il s'écrasait ?

— Un type gentil. Mais vous avez raison. Elle n'a jamais eu que du mépris envers lui.

— C'est la raison pour laquelle ils n'ont pas eu d'enfants ?

— Vous savez, j'aurais juré qu'à un moment donné Annie était enceinte. Elle avait cette aura de la maternité, ce visage radieux qu'accompagnent les vomissements du matin... Mais quand je l'ai revue, elle était la même qu'avant – ravissante et d'une excitation inquiétante.

— Vous pensez qu'elle s'est débarrassée de l'enfant ?

— Un avortement ? Oui, je le pense. Cela dit, je n'ai pas de preuves. Je ne suis pas une mauviette, mais je n'ai pas l'aplomb de demander à un aveugle si sa femme s'est fait avorter de leur unique enfant. Quoique... j'en sois capable si ça fait un scoop. Qu'est-ce que vous en pensez ?

— Avez-vous dit à Eric que je suis flic ?

— Non, ma chère. Je lui ai seulement dit que vous étiez intéressée par le moindre petit racontar sur le juge. Mais la nouvelle qui a annoncé votre mort était sur toutes les chaînes de télévision.

— Lundi, un pompier a été tué. Vous souvenez-vous du reportage ?

— Oui, il est mort en sauvant un vieil homme. C'était une longue histoire.

— Comment s'appelait le pompier ?
— Je ne m'en souviens plus... Ah ! oui, je comprends ! Les nouvelles de la veille – qui se souvient des détails, des noms et des visages ? Mais vous, ma chère, vous avez un visage inoubliable.
— Eric Franz est aveugle.

En rentrant à l'appartement, Mallory rangea ses vêtements dans le placard comme Helen le lui avait appris. Le chat avait déjà senti sa présence car il grattait la porte de la salle de bains. Appuyant sur le bouton de son répondeur, Mallory se dirigea vers la cuisine. Elle ouvrit une boîte de thon à l'intention de son témoin principal.
La voix de Riker se fit entendre sur le répondeur.
— Mallory, est-ce que l'un des suspects a un chien ?

Charles baissa la lumière du salon et s'installa confortablement sur le canapé, ses longues jambes allongées devant lui. Il examinait le cadeau de Noël anticipé de Mallory au milieu de son emballage de velours vert.
C'était encore l'une des tentatives de la jeune femme pour le ramener dans le siècle présent. Il possédait une collection de disques remarquable et le meilleur tourne-disque sur le marché, mais, aux yeux de Mallory, il était un dinosaure ce n'était pas tant la musique que la technologie qui comptait pour elle.
Charles prit son cadeau entre ses mains, un lecteur de disques compacts portable. S'attendait-elle vraiment qu'il se promène dans les rues avec cet engin électronique accroché à sa ceinture ?
Ils se faisaient des cadeaux non sans une certaine perversité. Il lui donnait des bijoux, sertis dans leurs montures anciennes, qu'elle ne portait jamais, et elle lui donnait les derniers modèles de la plus haute technologie, qui accumulaient la poussière entre chaque visite de Mme Ortega.
Charles ouvrit le couvercle du lecteur de CD. Elle avait peut-être inscrit à l'intérieur un message sentimental. Mais il savait bien qu'il y avait autant de chances que deux lunes apparaissant dans le ciel, cette nuit-là. Il vit

avec surprise un disque dans la machine, prêt à jouer. C'était le *Concerto de Louisa.*

Avait-elle su que le vieux 78 tours dans la cave était brisé ? Probablement pas. Plutôt, elle avait dû remarquer que le concerto ne figurait pas dans sa collection quand il lui avait dit que c'était un morceau qui devait absolument faire partie de celle de tout amateur de musique classique.

Il ramassa les écouteurs emballés dans le boîtier noir. Mais après tout, il n'en avait pas besoin. Il se jouait mentalement le concerto, à jamais fixé dans sa mémoire.

Ce qui s'était passé au début de l'après-midi l'avait abasourdi comme le coup de gourdin qu'on assène sur le bétail avant de le livrer aux lames acérées de l'abattoir. Il comprit ce qui lui était arrivé. Enfant, la musique avait toujours déclenché ses fantasmes sur Louisa. Maintenant, le concerto produisait sa création eidétique d'Amanda. Elle était rangée pour toujours dans les archives de sa mémoire extraordinaire.

Charles ne voulait plus remuer toutes ces choses. Il en avait une peur réelle. Ce n'était pas une simple histoire de fantôme, cela menaçait son équilibre mental.

Mallory ne se laisserait pas effrayer de cette manière.

Et de quoi avait-il peur, après tout ? Ce n'était qu'une illusion, n'est-ce pas ? Une illusion qu'il avait lui-même créée à partir de ses souvenirs d'enfance d'un tour de magie – rien de plus –, un simple hologramme de la mémoire. La folie de Malakhai exprimait un talent particulier, et n'était-ce pas sa spécialité d'analyser les talents les plus divers ? En outre, Charles avait trouvé une application pratique à l'illusion du vieux magicien. Si sa création d'Amanda était fidèle à la réalité du personnage, elle serait peut-être capable de lui livrer un élément utile à l'enquête de Mallory. Si Mallory pouvait affronter les balles de revolver, il serait prêt à affronter Amanda. Ce n'était pas si fou. Un dialogue intérieur.

À l'aide de sa mémoire, il mit en place la scène pour que le processus prenne forme.

Il redevenait l'enfant qu'il avait été. La baguette du chef d'orchestre se leva lentement tandis qu'un silence total s'installait dans la salle de concert. Le concerto commençait. Sa musique intérieure s'échappait des confins du cerveau de Charles pour élever un mur de sons qui s'ouvrait sur des corridors sévères remplis d'un parfum de roses. Une pause dans la musique l'avertissait de l'immense abîme obscur qui s'étendait à ses pieds. L'auditoire remplissait ce silence magique de notes fantômes plutôt que de subir ce vide insupportable. Pendant cet intervalle, Charles entendit une mélopée funèbre, la lamentation d'une femme appelant la mort. Les cris s'adoucissaient en venant vers lui, sous la lumière.

Elle portait les vêtements dans lesquels elle était morte. Le blazer, le blue-jean et les chaussures sport. La mémoire de Charles avait fidèlement reconstitué la tache sur la veste et celle – plus cruelle – sur les cheveux blonds collés en mèches rougeâtres.

Comment commençait Malakhai ? Ah ! oui. Si simple.

— Bonsoir, Amanda.

Elle s'assit dans le fauteuil en face de lui en esquissant un sourire timide. Il eut un sentiment de soulagement en s'apercevant que sa créature n'était pas d'une substance matérielle risquant de laisser une empreinte sur le coussin de velours. Elle posa ses mains sur les accoudoirs du fauteuil. Charles dirigea son regard sur le mur derrière elle. Il fut encore plus soulagé de ne pas y voir l'ombre d'Amanda.

— Bonsoir, Charles.

Sa voix pouvait ressembler à celle de Mallory, mais, en revanche, ses accents avaient la douceur de ses yeux.

— Amanda, quand je vous ai vue ce matin, vous vous penchiez sur le petit garçon...

— Il souffrait, dit-elle en contemplant ses mains blanches. Je ne pouvais le supporter.

— Vous vouliez seulement le réconforter.

— Oui. Un petit garçon si perturbé. J'adore les enfants.

— Je sais. C'est difficile pour moi de comprendre pourquoi vous avez changé d'avis au sujet de l'enfant que vous portiez...

Elle fixa le sol, comme pour chercher une réponse. Ne la trouvant pas, elle leva vers lui des yeux remplis de larmes. Elle haussa les épaules dans un geste d'impuissance.

— Vous désiriez très fort ce bébé, n'est-ce pas ?

— Oui. J'avais organisé toute mon existence autour de cet enfant. Il représentait tout pour moi, tout ce qui avait un sens dans ma vie.

— Alors pourquoi ? Pourquoi avez-vous fait ça ? Vous avez demandé au médecin d'extirper l'enfant de votre corps. Qu'y a-t-il de si horrible dans cet homme pour vous faire avorter de son enfant ?

Se levant avec grâce, elle s'éloigna et disparut dans l'obscurité. Sa démarche indolente témoignait d'une grande fatigue. Cela avait été trop dur d'arracher cet enfant tant désiré de ses entrailles, de sa vie, de son avenir — lorsqu'elle en avait encore un. Trop dur pour elle.

5

24 décembre

Les yeux brillants, Angel Kipling parcourut le programme de l'ordinateur central de l'immeuble pendant que défilaient les messages divers. Elle recherchait la preuve des nouveaux mensonges de son mari en se demandant combien il lui en coûterait cette fois pour que son nom n'apparaisse pas dans les médias.

Elle avait un mouvement de recul chaque fois qu'il l'embrassait sur la joue. Elle se demandait d'où il venait, ce qu'il avait fait. Ses mensonges l'exaspéraient, mais elle déployait inlassablement tous les ressorts de son intelligence pour décrypter chacun d'entre eux.

Les rayons du soleil levant obscurcissaient quelques lignes qui se répétaient sans fin. Angel les fixait d'un regard haineux mais les lignes apparaissaient sans cesse.

— Ne panique pas, murmura-t-elle. Tu paniques toujours.

Ça ne pouvait être qu'une forme de chantage, sinon cela aurait déjà explosé dans toute la presse.

Donc, rien ne va se passer pour le moment. Nous attendons une connexion.

Angel apostropha le reflet de son image sur le moniteur.

— Tu vois comme les choses sont simples quand on les laisse tranquilles.

Parfois, elle souhaitait la mort de son mari. Tant qu'il serait en vie, il serait en mesure de lui faire du tort. Elle en avait assez d'écouter ses justifications, ses mensonges et ses sempiternelles excuses. Il lui avait très gentiment demandé pardon pour avoir utilisé illégalement l'appartement comme garantie bancaire. Mais il s'excusait aussi quand il s'éclaircissait la gorge. Il s'excusait auprès du chien sur le même ton qu'avec elle.

Le concierge surveillait son petit monde en train de circuler dans le hall du Coventry Arms avec satisfaction. Des gens habillés avec une élégance discrète allaient et venaient sous ses yeux qui prêtaient plus d'attention à leurs vêtements qu'à leurs visages. Quant aux enfants, il ne les voyait même pas.

Son pied battait la mesure d'un concerto pour mandoline de Vivaldi dont la musique constituait un bruit de fond agréable.

Mais un son moins harmonieux vint interrompre les notes du concerto. Des aboiements furieux accompagnés de grondements menaçants provenaient de l'ascenseur qui descendait. Les portes s'ouvrirent pour livrer le hall à une bagarre de chiens.

Le concierge adressa en vain des signes frénétiques au groom qui se tenait à une distance respectable. Rien dans son contrat d'embauche ne stipulait qu'il devrait se faire dévorer par un pit-bull et un mastiff. Les propriétaires des chiens manifestaient la même prudence. À cet instant le portier s'approcha et agita un billet de cinq dollars en faveur du mastiff tandis que le groom pariait sur le pit-bull.

Il fallait faire quelque chose.

Le concierge, qui n'avait jamais encore participé à un combat de chiens et qui n'en connaissait pas les règles, s'approcha trop près. Mordu à la main par le mastiff, il s'éloigna en hurlant de douleur, ses cris se mêlant au concert d'aboiements.

Les allées et venues dans le hall avaient cessé. Une douzaine de personnes s'étaient assemblées pour voir le sang couler. Dans la confusion générale, personne ne remarqua la main qui prit une clé au tableau du concierge et la remplaça par une clé similaire à celle de Mallory.

— Le lecteur de CD vous a plu ?

— Oui, merci. Et surtout l'attention du *Concerto de Louisa.*

— Vous devez vous convertir aux CD, Charles. Vous pourriez revendre la plupart de vos disques ; ils sont en bon état.

— Mais j'aime le microsillon. J'aime mon vieux tourne-disque.

Charles songea que la technologie avait suffisamment envahi la maison.

— Mais vous ne pourrez pas accroître votre collection avec une technologie obsolète. Et les vieux disques ne peuvent plus être remplacés. J'ai remarqué que vous n'aviez pas le *Concerto de Louisa.*

— J'ai usé mon disque il y a des années... Max en avait un dans sa collection à la cave mais il s'est brisé. Tu as choisi le bon moment.

— Qu'est devenu l'ami de Max, ce fou de Malakhai ?

— Oh ! Il vit paisiblement à présent.

— J'imagine qu'il est très vieux.

— Oui, il est d'un âge avancé.

Charles se demanda pourquoi Mallory tenait une conversation mondaine. Ça ne lui ressemblait tellement pas.

— Et Louisa ? Elle est vraiment toujours avec lui ?

— Oh ! oui. Mais Louisa est jeune. Elle aura toujours dix-neuf ans.

Charles regardait Mallory épingler des feuillets fraîchement sortis de son imprimante sur le grand panneau, de liège qui tapissait l'un des murs de son bureau.

— Es-tu certaine de suivre une piste sérieuse avec cette hypothèse du mensonge ?

Pendant que Mallory accrochait un document provenant de l'ordinateur d'une agence immobilière, Charles ne demanda pas si elle avait eu l'autorisation de l'agence ou si elle l'avait piratée en pleine nuit sur l'une des autoroutes de l'information.

— Quatre jours avant l'avortement, répondit Mallory, Amanda a fait une offre pour une petite maison aux environs de New York. D'après le dossier de l'agence, elle était très préoccupée par les écoles voisines et les possibilités d'activités sportives. Durant ces quatre jours, selon le médecin, elle a à peine mangé et dormi. Je suppose que c'est pendant ce temps-là qu'il lui a menti. Ça l'a bouleversée et, finalement, elle a voulu en avoir le cœur net.

— Elle a sans doute tapé cette accusation dans son manuscrit le jour de sa mort, n'est-ce pas ? Nous faisons peut-être fausse route ? C'était peut-être le jour même où elle a découvert le mensonge de son amant ?

— Non. Je ne crois pas. C'était avant. C'est à cause du mensonge qu'elle a avorté. Ça l'a profondément perturbée. Elle n'en pouvait plus. Et, à la fin, elle a craqué.

— Ça ne me semble pas logique.

— On ne peut pas toujours se fier à la logique. Il faut se mettre dans la peau du meurtrier. En le connaissant, on sait comment et pourquoi le crime a été perpétré. Ce qui me manque à l'heure actuelle, c'est son identité.

Mallory se tourna vers Charles :

— Pensez-vous bien connaître Amanda ?

Une ombre légère traversa l'esprit de Charles. Mallory ne pouvait savoir ce qu'il faisait de la folie magique de Malakhai. Mais le cadeau du *Concerto de Louisa* était arrivé trop à point. Avait-elle fait un tour à la cave et aperçu les débris du disque cassé ? Bien sûr que non. Il devenait parano.

— En me fondant sur son manuscrit, je connais assez Amanda pour deviner ses réactions aux événements, mais pas les événements eux-mêmes ni la nature du mensonge. Je peux seulement te dire que cela devait être monstrueux. Amanda avait une personnalité à la fois douce et pourvue d'une certaine ironie désabusée. J'aimais assez...

— Je n'ai rien trouvé qui corresponde à du « monstrueux » dans son entourage, interrompit Mallory. Mais elle a dû dénicher quelque chose en explorant les sources habituelles au cours de sa recherche. Si elle a trouvé, je le peux aussi.

— Pas forcément. Et tu dois tenir compte de la possibilité qu'il n'en est pas à son premier crime et qu'il s'en est toujours tiré impunément. C'est peut-être ce qu'Amanda a découvert. Ce serait plus logique...

— Comment aurait-elle découvert un crime dont il n'a pas laissé de trace ?

— Mallory, ces deux-là se connaissaient intimement. Ce n'était peut-être pas le grand amour — mais ils couchaient ensemble. Ils se parlaient. Amanda a pu découvrir qu'il mentait, comme nous le faisons tous — sans avoir recours à la technologie. Quand nous disons la vérité, nous parlons toujours de la même vérité. Quand nous mentons, en revanche, il faut avoir une mémoire d'éléphant pour dire chaque fois le même mensonge.

Un voile de tristesse embruma les yeux de Charles pendant un instant. Il venait de comprendre leurs rôles respectifs dans cette affaire : Mallory pouvait s'introduire dans la peau d'un tueur avec une aisance déconcertante. Elle lui laissait le travail difficile qui consistait à s'identifier à la victime fragile, sans défense, dans ce paysage violent peuplé d'individus parmi lesquels Mallory se reconnaissait le mieux.

Il souhaitait transférer sur Mallory sa création illusoire d'Amanda et ainsi se retirer du jeu. Car c'était bien un jeu pour Mallory. Le meurtre — le meilleur des jeux.

La jeune femme déballait un carton rempli de cassettes vidéo, la collecte du matin.

— Elle a pu voir quelque chose à la télévision qui l'a mise sur une piste. Le juge était très présent à l'antenne ces deux dernières semaines.

Était-ce donc si simple ? Chercher un indice durant les derniers jours de la vie d'Amanda ? Ils avaient été marqués par les conséquences du mensonge : manque de sommeil, anxiété et culpabilité après l'avortement.

Charles marcha lentement le long du panneau de liège fixé sur le mur du fond du bureau. Il ne retrouva pas le style de Markowitz. Il y manquait l'accumulation de tous les petits détails.

L'esprit rapide de Mallory refusait de s'encombrer de la minutie obsessionnelle de Louis. Il songea qu'elle n'était pas obligée d'être la copie conforme de son père. Il se mit à parcourir l'interview avec le portier.

— De quoi s'agit-il au juste ? demanda Charles.

— Je pense que c'est ce jour-là qu'elle a finalement craqué. Le portier dit qu'elle paraissait très nerveuse. Ensuite elle est rentrée chez elle, obsédée par son problème et, le soir même, elle a travaillé à son ordinateur. Peut-être pour se changer les idées. Mais le sujet de son livre, c'était lui, n'est-ce pas ? C'est ce soir-là que l'explosion du MENTEUR a éclaté dans son manuscrit. Voici les extraits d'émissions de ces deux dernières semaines, continua Mallory en plaçant une cassette dans le magnétoscope.

La première cassette montrait une conférence de presse du juge Heart. Il avait un certain charisme et il en jouait. Choisissant les journalistes femmes qui lui poseraient des questions, il les regardait droit dans les yeux comme si chacune d'elles était au centre de son univers.

Les enregistrements de la commission du Sénat concernant la nomination du juge Heart à la Cour suprême étaient encore plus divertissants. Cet homme qui, selon Mallory, battait régulièrement sa femme, parlait longuement de sa préoccupation devant les manifestations croissantes de harcèlement sexuel sur les lieux de travail. Chaque fois qu'il insistait sur sa compassion envers les femmes et la nécessité de les protéger, la femme sénateur du Maine hochait la tête en signe d'approbation enthousiaste.

Charles se demandait ce qui, chez ce magistrat, aurait pu séduire Amanda. L'attraction du pouvoir, peut-être, la célébrité. Et on ne pouvait contester l'intelligence de Heart.

— Le juge fait souvent la une des médias, dit Mallory. C'est plutôt ennuyeux – comptes rendus de la commission sénatoriale, photos du candidat et de sa famille. Vous ai-je dit que je crois qu'il a tué sa vieille mère ?

— Le Dr Slope en a parlé lors de notre partie de poker. Il n'est pas convaincu. Il n'y a aucune preuve. C'est de la spéculation pure.

— Quelquefois, c'est tout ce qu'on a pour commencer une enquête, Charles. Et vous m'avez demandé d'être ouverte à la possibilité que le meurtrier ait déjà tué. Un matricide. Pensez-vous que cela suffirait à empêcher une femme de garder son enfant en croyant qu'il s'agit peut-être d'une faille génétique ?

— C'est possible, dit Charles. D'après ta description, Harry Kipling, lui, ne semble pas très dangereux.

— Mais il est justement du genre à paniquer. C'est Angel qui possède le plus d'hormones mâles dans ce couple...

Ils passèrent une heure à visionner en silence les cassettes. Mallory accélérait ou arrêtait la bande pour mieux voir un détail. Charles remarqua une tension croissante chez le juge pendant la dernière semaine.

— Tenez, s'écria Mallory, voyez comme Heart embobine cette journaliste !

Avec une expression de bonté paternelle, le juge était en train de se pencher vers une jeune femme qui s'approchait de lui en souriant. Mallory remarqua :

— Je vais boucler cette affaire le 26 décembre. Et, bien entendu, cette conversation reste entre nous, Charles. Ce n'est pas pour les oreilles de Coffey ni pour celles de Riker.

— Comment peux-tu planifier la date ? Tu ne sais même pas lequel d'entre eux est coupable...

— Oh ! je choisirai non seulement le jour mais l'heure – approximativement.

— Comment ?

— Je m'en suis occupée dès le début, Charles. Quand je regarde le juge sur l'écran, je sais activer les boutons qui le feront réagir. J'ai déclenché le même mécanisme pour Franz et Kipling. Je compte faire bouger le juge en lui disant que je vais obtenir l'autorisation de faire exhumer sa mère.

— Slope ne marchera pas...

— Je n'ai pas besoin de la permission de Slope pour déterrer la mère du juge.

En effet, Mallory n'avait besoin de personne.

— Tu as un suspect favori, n'est-ce pas ? demanda Charles.

Mallory ne releva pas.

— J'emballerai le bonhomme pour le procureur général le lendemain de Noël.

— C'est moi que vous voulez emballer ? demanda une petite voix derrière eux.

Justin Riccalo se tenait sur le seuil de la porte en les dévisageant l'un après l'autre.

— Alors, c'est moi ? insista-t-il.

— Ça t'inquiète ? demanda Mallory en tournant le dos au garçon. Dites-moi, Charles, depuis quand les mômes peuvent-ils entrer dans l'immeuble comme dans un moulin ? Nous avons vraiment un problème avec la sécurité.

Charles regarda le garçon.

— Comment es-tu entré, Justin ? Pourquoi n'as-tu pas utilisé l'interphone ?

— J'ai suivi un vieil homme qui marchait avec des béquilles. Il a laissé tomber son paquet, alors je l'ai ramassé et je l'ai porté jusqu'à son appartement. Après, ça m'a semblé idiot de ressortir pour utiliser l'interphone. Il fait froid dehors.

— Mugridge t'a laissé passer ? demanda Mallory, sceptique.

Le concierge était la personne la plus consciente des problèmes de sécurité de tout l'immeuble.

— Oui, m'dame. Mais j'ai frappé à la porte de votre bureau. Vous n'avez pas dû m'entendre.

— Il y a une sonnette à la porte, répliqua Mallory.

Charles poussa Justin dans son bureau en refermant la porte, afin de lui épargner l'interrogatoire de Mallory.

— Mallory me déteste, n'est-ce pas, monsieur Butler ?

— Elle soupçonne tout le monde, même moi. Ne prends pas ça comme une attaque personnelle... Que puis-je faire pour toi, Justin ?

— Je me demandais si nous pouvions retourner à la cave.

— Je ne pensais pas que tu aurais encore envie d'y aller. Pas après...

— Si, j'en ai envie. Je crois que la magie me plaît, après tout.

— Ça ne fait rien à tes parents que tu manques une matinée d'école ?

— Il n'y a pas d'école. Ce sont les vacances de Noël.

Bien sûr. La veille de Noël. Où avait-il donc la tête ?

— Eh bien, je vais les appeler pour les prévenir que tu es avec moi.

— Non, je préfère que vous ne le fassiez pas. Je suis supposé être à l'école Tanner en ce moment.

— Mais tu viens de me dire...

— Je *suis* en vacances. L'école me garde pour la journée. C'est un service pour les parents en vacances... Mes parents font la tournée des cocktails cet après-midi. Toutes les entreprises en ville donnent leur fête de Noël aujourd'hui. Mes parents me croient à l'école.

Assis sur la chaise en bois au dos droit, Justin n'arrivait pas à toucher le sol avec ses pieds. Il agrippait chaque côté du siège comme si la chaise allait s'envoler.

— Je vois, dit Charles un peu embarrassé par la réaction probable de Robert Riccalo. Tu sais, je souhaitais avoir l'occasion de te parler seul. J'ai l'impression que tes parents te rendent un peu nerveux.

— Vous avez le don de minimiser les choses, monsieur Butler ! Ils me rendent dingo tous les deux. Votre associée me rend nerveux aussi. Elle croit que je suis coupable. Vous ne croyez pas à cette histoire de lévitation ?

— Oh ! non. Je crois que personne ne « lévite » quoi que ce soit. L'humanité a déjà assez de problèmes à résoudre sans avoir besoin d'y ajouter l'occultisme. Pour moi, la parapsychologie n'est pas une science. Toutefois, je pense que l'un d'entre vous est un bon illusionniste.

Ou peut-être même pas ? Qui aurait le réflexe de chercher un fil quand un objet pointu fonce sur vous ?

— Je parie sur ma belle-mère, dit Justin.

— Mais elle semble être la cible...

— Je crois qu'elle se sert de ce stratagème pour monter mon père contre moi. Il ne m'aime plus. Il évite de me regarder. Et elle a déjà influencé votre associée. J'ai vu Sally parler à Mallory dans la rue, l'autre jour.

— Où était-ce ?

— Devant sa résidence, au Coventry Arms.

— Ta belle-mère a suivi Mallory jusque-là ?

— Ouais. Elle m'a fait attendre dans sa voiture, au coin de la rue, mais je l'ai suivie. Je sais ce qu'elle essaie de me faire mais personne ne me croit.

— Justin, je suis vraiment de ton côté, assura Charles au garçon qui semblait peu convaincu. J'ai quelque chose à te montrer qui va te changer les idées. Allons à la cave.

Mais pas de musique cette fois-ci... seulement de la magie !

Charles prit ses clés dans le tiroir de son bureau.

En sortant sur le palier, il aperçut Mallory s'engouffrer dans l'ascenseur sans dire au revoir ni « à ce soir ». Il est vrai qu'elle n'aimait pas les paroles inutiles. Mais elle ne manquait jamais un rendez-vous. Quoi qu'il arrive, elle serait de retour à huit heures pour le dîner.

Charles évoqua dans un recoin de son cerveau la conversation innocente qu'il venait d'avoir avec Mallory au sujet de Malakhai. Il se demanda pourquoi elle avait ainsi dévié de son comportement habituel.

Absorbés par leurs pensées, Charles et le garçon marchèrent en silence dans le couloir jusqu'à l'escalier qui descendait à la cave. L'homme regarda l'enfant : il paraissait misérable mais pas effrayé. Cette fois, ce fut Justin qui descendit le premier l'escalier en colimaçon menant aux trésors oubliés du spectacle magique de Maximilian Candle.

Dès que le pan de mur glissa sur le côté, le garçon s'avança dans l'obscurité avant que Charles n'allume le globe lumineux. Son ombre revêtit des formes bizarres sur les malles de costumes et les accessoires de scène.

— Oh ! super ! s'écria Justin, caché derrière le grand paravent chinois.

Charles devina que le garçon avait découvert la guillotine. Mais, en contournant le paravent en papier de riz, il vit que c'était le couteau qui avait attiré l'attention de Justin. Charles toucha un deuxième globe éclairant une rangée de couteaux. Le gosse les contemplait, fasciné.

Il leva les yeux vers Charles puis sur la vieille cible rouge et blanc posée sur un chevalet. Une petite main s'avança hésitante, comme pour demander la permission.

— Tu fais bien attention avec les couteaux, n'est-ce pas ? dit Charles.

Justin saisit le premier couteau, le lança et rata la cible qui était pourtant toute proche.

— Ne t'en fais pas. Cela demande des années de travail. Max avait une longue pratique.

— En effet, dit le garçon en s'approchant de la cible trouée de toutes parts.

Il passa le doigt sur un tracé de figure humaine qui entourait la surface intérieure sans traces de pointes de couteau.

— C'était là que se tenait son assistante ? demanda-t-il avec intérêt.

— Exact.

— Il la serrait de près. Je peux voir les marques du couteau entre ses doigts. Pouvez-vous en faire autant ?

— Oui, je le peux. Un jour, quand j'avais ton âge, Max m'a placé au centre de la cible. C'était son cadeau d'anniversaire.

— Vous plaisantez ! N'aviez-vous pas peur ?

— Non. Ensuite Max m'a passé les couteaux et s'est mis à ma place.

— Alors, vous êtes *vraiment* capable de le faire ?

— Oui, vraiment.

Le garçon se plaça au centre de la cible, épousant la forme tracée.

— Allez-y. J'ai confiance en vous. Allez !

— En réalité, tu n'as qu'à me faire confiance pour que je ne lâche pas les couteaux ! Les lames sortent de la cible ; elles n'y pénètrent pas. On fait semblant de lancer le couteau mais en réalité on le fait tomber dans cette poche.

Charles retourna la petite table pour montrer à Justin le sac en velours noir qui y était accroché. Il désigna ensuite le levier noir à la base du pied de la table qui commandait un fil de fer jusqu'à la cible.

— Le mécanisme qui commande les couteaux se trouve dans cette pédale, vois-tu ? Le manche du couteau, actionné par un ressort, jaillit de la cible. Les spectateurs ne voient que ce qu'ils sont conditionnés à voir. On lance un couteau, et un couteau apparaît sur la cible. Il me faudrait quelques minutes pour ajuster les ressorts. C'est tout à fait inoffensif quand on connaît le fonctionnement du tour.

Si Justin était responsable pour les crayons volants, ceci pourrait servir d'application pratique à son talent, songea Charles. Il se demanda comment il allait persuader le père du garçon que son fils aurait un avenir dans la profession de magicien. Mais déjà Justin s'était éloigné, la cible et les couteaux ne l'intéressaient plus. Il observait la guillotine.

— Et ça aussi, ce n'est qu'un truc ? demanda-t-il comme s'il était déçu.

— Oui, je regrette. La guillotine est dotée d'un mécanisme de sécurité. Ça a l'air redoutable mais il n'y a aucun risque.

Charles se souvenait que, lorsqu'il était enfant, c'était l'astuce du tour qui le passionnait, non le danger. Pour Justin, c'était le contraire. Il semblait déçu par l'absence de risque. L'art de l'illusion n'était peut-être pas un sujet assez stimulant pour son intellect. Qui était l'expert, alors ? La belle-mère ? Le père ?

— Justin, je sais que tu connais l'évaluation de ton QI. As-tu déjà pensé à ce que tu pourrais en faire à l'avenir ? Comment tu peux le développer ?

— Qu'y a-t-il à développer ? Un cerveau est un cerveau. Et si vous me croyez quand je vous dis que je ne fais pas voler des objets, alors je n'ai pas ce talent-là.

— Eh bien, tu pourrais avoir un talent d'observation et de logique déductive. Nous pouvons le tester. Ça peut même être amusant. Supposons que je t'aide à comprendre comment on fait voler les objets ? Après tu sauras ce qu'il faut rechercher. Ainsi, tu travailles pendant quelque temps avec moi et nous nous aidons mutuellement. Marché conclu ?

— Marché conclu, dit le garçon en mettant sa petite main dans celle de Charles.

— Bon. Ceci est l'une des rares illusions volantes du spectacle de Max. Ça ne me prendra que quelques minutes pour l'installer.

Charles ramassa une boule noire percée de trous dans une boîte à ses pieds. Où était donc le flacon de liquide ? Il le trouva dans une autre boîte couverte de poussière.

Pendant que Charles tentait d'évaluer la durée de conservation du produit chimique, Justin, en appuyant par hasard sur le ressort d'une autre boîte, fit surgir une cascade de foulards soyeux et bigarrés qui s'élevèrent dans les airs pour retomber lentement à terre comme un parachute.

Justin tenta précipitamment de rentrer les foulards dans la boîte. Rouge de honte, il tourna la tête vers Charles, les yeux remplis de peur et de culpabilité.

— Je suis désolé, excusez-moi ! s'écria le garçon.

— Il n'y a pas de mal, Justin, dit Charles. Laisse-les là. Vraiment, ce n'est pas grave.

— Vous n'êtes pas fâché contre moi ?

— Bien sûr que non !

— Vous savez que votre associée me déteste.

— Oh ! ça m'étonnerait, dit Charles.

Il dirigea sa torche vers un coin sombre de la cave. Finalement il retrouva le poteau avec les fils encore fixés dessus qui semblaient en état de marche.

— Explique-moi pourquoi Mallory te détesterait.

— Mon père dit que les gens détestent les autres pour ce qu'ils détestent en eux-mêmes.

— En effet, c'est parfois vrai... Mais qu'est-ce que ça veut dire dans le cas de Mallory ?

— Je ne sais pas, dit Justin. Je ne sais pas grand-chose d'elle.

Charles se mit à chercher des allumettes. Il trouva une vieille boîte dans la malle ouverte.

— Eh bien, c'est une solitaire comme toi, dit Charles en disparaissant au-delà de l'étroit cercle de lumière du globe.

Il réapparut bientôt, les mains vides.

— Elle a des rapports difficiles avec les gens.

Avaient-ils autre chose en commun, ces deux-là ? Charles y songeait sérieusement. Il existait un lien entre Mallory et ce garçon, une complicité qu'il ne comprenait pas.

— Bon, Justin. Tu es prêt ?

Le garçon acquiesça.

Soudain, dans une lumière aveuglante, une boule de feu se précipita vers eux. Stoppant net à un mètre de Charles et de Justin, elle s'éleva au-dessus de leurs têtes pour disparaître dans l'obscurité derrière eux.

Justin siffla d'admiration en battant des mains.

— Ça, c'est vraiment un objet volant, dit Charles. Beaucoup plus amusant que des crayons, tu ne trouves pas ? La boule court sur un fil de fer noir. C'est la seule illusion volante que je connaisse mais si ça t'intéresse, il y a ici des caisses remplies de livres de magie.

— Je ne sais pas. Il vaut peut-être mieux que je n'en sache pas trop sur tous ces trucs. Pourquoi est-ce que tout le monde suppose que j'ai fait voler les crayons ?

— Eh bien, quand des équipes de chercheurs vont enquêter sur des histoires de fantômes ou d'autres phénomènes paranormaux, ils découvrent en général qu'il s'agit d'une mystification derrière le garage d'un voisin où trois gosses sont pliés en quatre de rire.

— Mais ce qui se passe chez moi n'est pas drôle. Sally est devenue cinglée. Je ne peux pas rester assis dans la même pièce qu'elle tant elle est givrée. Et elle passe son temps à me fixer de ses yeux exorbités. Ça n'arrête pas. Chaque fois qu'il arrive un incident, et que nous sommes tous réunis, c'est moi qu'on accuse.

Justin donna un coup de pied rageur dans une caisse.

— Ce n'est pas juste, continua-t-il. J'ai besoin d'un allié. Quelqu'un doit m'écouter !

Pendant que Charles faisait face au garçon, ils entendirent tous deux un bruit sur leur gauche. Ils virent, en se retournant, planté dans la cible, un couteau dont la lame tremblait encore.

Les yeux de Justin s'étaient agrandis. Cette fois, ce n'était ni un crayon volant ni une boule de feu sur un fil de fer.

— Maintenant, vous ne me croirez plus jamais, dit le garçon.

Pivotant sur lui-même, il trébucha hors du cercle de lumière et s'éloigna dans le noir, se cognant contre les cartons et les malles dans sa fuite éperdue pour trouver la sortie. Avec ses bras maigres qui faisaient des moulinets, il ressemblait à un papillon de nuit battant des ailes.

Guidé par sa mémoire, Charles s'orienta rapidement dans l'obscurité et ouvrit la porte de la cave sur le rectangle de lumière de l'escalier. Un instant plus tard, le garçon s'y précipitait, grimpant les marches quatre à quatre, ses chaussures résonnant sur le métal. Arrivé sur le palier supérieur, Justin s'écroula.

Charles l'aida à se relever et, le soutenant par les épaules, lui demanda :

— Ça va, Justin ?

Non, ça n'allait pas très fort. Les yeux débordant de larmes, l'enfant se jeta contre lui. Charles l'entoura de ses bras jusqu'à ce que les sanglots s'arrêtent.

Le capitaine Judd Thomas, de la brigade du West Side, était assis au centre des chaises rangées par ordre hiérarchique dans le bureau de Jack Coffey. Le capitaine arborait un sourire diplomatique qui indiquait qu'il ne voulait pas la guerre — pas aujourd'hui, en tout cas.

— Palanski veut prendre part à cette affaire, annonça-t-il.

— Je crois que ce n'est pas possible, Judd, dit Coffey.

Son visage, marqué par le manque de sommeil et le stress, révélait ce que le surmenage et le manque d'effectifs lui faisaient subir. Il ne souhaitait qu'une seule chose : que cette réunion se termine le plus vite possible.

— Palanski sait comment obtenir des informations de ces gens-là, insista le capitaine.

— Je suis bien placée pour le savoir, dit Mallory.

Les yeux du capitaine Thomas se rapetissèrent tandis qu'il se tournait vers Mallory.

— Qu'est-ce que ça veut dire ?

Mallory se leva et quitta la pièce si rapidement que Coffey eut à peine le temps de lui jeter un regard menaçant, l'accusant d'insubordination — ce dont elle n'avait rien à faire, d'ailleurs.

Riker sourit.

Coffey regarda le capitaine avec un éclair de colère dans les yeux qui ne se traduisait pas encore en paroles.

— Qui a prévenu Palanski que Mallory travaille dans cet immeuble ?

— Il a des informateurs dans ce milieu.

— Je parie que ses informateurs ne se limitent pas au concierge, dit Riker en se penchant en avant. Suis-je le seul ici à trouver ça intéressant ?

Coffey jeta à Riker un regard qui signifiait *ferme-la*.

Le capitaine Thomas ignora le sergent et regarda Coffey en levant les sourcils, l'air de se demander si Riker avait été bien dressé.

— Palanski est l'un de mes meilleurs inspecteurs. N'importe quelle équipe considérerait comme un atout de travailler avec lui.

— L'affaire est entre les mains de Mallory, Judd. Vous laissez tomber. Un point, c'est tout.

— Nous nous connaissons depuis longtemps, le commissaire divisionnaire Beale et moi, Jack.

— En ce qui concerne Beale, Kathy est dans ses bonnes grâces, cette semaine. Cette petite peste s'en lèche les babines. Elle est le seul flic félicité par la commission civile de contrôle pour avoir tiré sur un citoyen. Elle est au-dessus de tout soupçon.

— Mais toi, Jack ? Tu es sur le point de recevoir une promotion. Cette affaire est très médiatique – de grosses fortunes, des personnalités habitent cet immeuble. Palanski a seize ans d'expérience derrière lui. Mallory n'est qu'une gosse. Tu ne veux quand même pas qu'elle te fiche en l'air ta promotion ?

— Judd, si je croyais une seconde que tu me menaces, je demanderais à Mallory de te foutre en l'air – vraiment, et je n'aime pas ça du tout.

Riker s'enfonça dans son fauteuil. Si Coffey continuait à tenir tête à ses supérieurs, il serait obligé de lui témoigner un peu de respect et de cesser de le mettre en boîte. Alors, que lui resterait-il pour se distraire ?

— Dis à Palanski de lâcher prise, Judd, continua Coffey.

— Tu sais, Jack, avec le travail au noir, la nourriture gratuite et les ristournes pour les policiers, toutes ces petites magouilles de la vie ordinaire, si nous devions appliquer la loi, nous n'en...

— Je ne sais pas où tu veux en venir, Judd, interrompit Coffey. Si tu as quelque chose sur l'un de mes hommes, accouche, vite !

Thomas leva les mains comme pour dire : *O.K., ça va*, et, soulevant sa grande carcasse, il quitta la pièce.

Riker savait que c'était trop facile. Il se demanda ce que le capitaine avait dans sa manche. Coffey, furieux, se tourna vers lui :

— Sais-tu ce que Mallory a contre Palanski ?

— Aucune idée. De toute façon, elle ne balancerait jamais un flic. Elle serait capable de le descendre s'il se trouvait sur son chemin, mais le dénoncer, jamais.

— Tu as exagéré avec Judd Thomas.

— La vie de Mallory est en jeu. Tu sais comme moi que Palanski n'est pas clair. Il est responsable de toutes ces sacrées fuites. Une de ces fuites pourrait la faire tuer.

— Tu as été trop loin, Riker. Thomas se sert de Palanski comme moi je me sers de Mallory. Si tout ce qu'elle a contre Palanski, ce sont ses fringues tape-à-l'œil et ses coupes de cheveux à cinquante dollars... Mallory s'habille sur mesure, pour l'amour de Dieu ! Et elle ne se coupe pas les cheveux au-dessus de son lavabo ! Pour le moment, nous avons la chance que le capitaine doive sa place au piston plus qu'à son intelligence. Mais il ne faudrait pas le prendre pour un crétin. Ne poussons pas le bouchon trop loin, d'accord ?

Riker était furieux quand Coffey avait raison.

— Voulez-vous que je dégotte des informations sur Palanski ?

— Non, j'ai quelqu'un dessus qui travaille incognito. Alors, tu oublies ça, O.K. ? Plus de spéculations, même en silence...

— Vous n'avez pas mis l'I.A.[1] sur le coup ?

— Non, pas d'hommes de l'I.A. Je veux régler cette histoire en famille. Quand tu verras Mallory, tu lui diras de se ramener ici. Je crois que ce serait gentil de sa part de passer par la formalité de me remettre un rapport — simple question de politesse...

— Vous savez, c'est peut-être sa manière de concevoir la courtoisie professionnelle. Elle pense peut-être que vous préférez ne pas savoir ce qu'elle fait, ni connaître ses méthodes... Elle a peut-être raison. Pensez à votre retraite !

— Elle me cause déjà un problème par la manière dont elle gère l'affaire. Elle essaie de s'occuper de trois

1. I.A. : Internal Affairs — l'équivalent de l'I.G.S., la police des polices. *(N.d.T.)*

suspects à elle toute seule. C'est une approche dangereusement dispersée pour un seul flic. Si elle n'attrape pas bientôt l'assassin, elle le perdra.

— Oh ! je crois qu'elle l'a repéré. Si elle vous a dit qu'elle a trois suspects, il y en a deux qui lui servent d'écran de fumée. Mallory croit que vous ne lui faites pas confiance dans sa manière de conduire son enquête. Vous avez bien raison. Je ne lui fais plus confiance depuis qu'elle a dix ans.

— Je t'assure qu'il n'y a rien de surnaturel, dit Charles.

Justin restait muet, sa petite figure tournée vers la fenêtre du taxi, contemplant la chute des flocons de neige qui s'écrasaient silencieusement contre la vitre.

— En rentrant à la maison, continua Charles, je descendrai à la cave pour examiner la cible. Je découvrirai que le vieux mécanisme a été déclenché accidentellement. Tu t'es probablement cogné contre le levier. C'est aussi bête que ça. En fait, je n'ai même pas besoin d'aller voir. Je n'irai pas, car j'ai confiance en toi. Il n'y a pas d'autre explication, Justin. Le couteau a été planté de l'autre côté de la cible. Personne ne l'a lancé. D'accord ?

Le garçon tourna son visage vers lui en essayant d'esquisser un pauvre sourire.

Quand ils sortirent du taxi devant l'école de l'Upper East Side, Charles s'attarda un moment à regarder Justin retrouver ses camarades dans la cour de récréation. Ils se tenaient par petits groupes de trois ou quatre. Justin n'alla pas vers eux. Tête basse, mains dans les poches, il resta isolé au milieu des autres garçons. Comme par une concertation tacite.

Charles tressaillit. Il revivait le souvenir pénible de ses années scolaires. Une cloche retentit, appelant les élèves dans les salles de classe. Ils rentrèrent, deux par deux, trois par trois, et Justin le dernier, tout seul.

Charles déploya son parapluie contre l'assaut redoublé de la neige et regarda dans la direction du parc, de l'autre côté de l'avenue. Il pourrait faire une visite à Mallory si elle se trouvait dans l'appartement des Rosen. Il lui suffirait de traverser le parc et de suivre la route au nord. En outre, de l'autre côté de Central Park, se trouvait le lieu du crime.

Des taxis vides le dépassèrent, prêts à être hélés, mais Charles aimait marcher dans la neige. Au cours des années, il avait acquis une prédilection pour les activités solitaires. Ce serait pareil pour le jeune Justin.

Pendant ses promenades par mauvais temps, Charles finissait par rencontrer d'autres membres de ce club fermé. Il disait bonjour ou souriait en croisant les adeptes de la marche sous la pluie ou sous la neige. Ils se reconnaissaient par un signe secret – leur démarche tranquille – tandis que les autres piétons avançaient d'un pas pressé, impatients d'échapper à la pluie et au froid.

Traversant la rue, il s'engagea dans un chemin sinueux qui conduisait à une vallée cristalline de neige fraîche. Ses pas laissaient les seules traces sur la neige. Charles arriva bientôt à la route qui traversait le parc. Tout en marchant, il songeait à ce que faisait Mallory en ce moment, sans avoir vraiment envie de le savoir.

Une calèche approchait. Alors que les flocons s'écrasaient sur son parapluie, Charles s'aperçut tout à coup que ses souliers n'étaient pas appropriés pour la neige. L'idée de héler le cocher lui traversa l'esprit. Mais non. Il laissa la voiture à cheval le dépasser. Il pouvait s'acheter une nouvelle paire de chaussures. La neige nouvelle était plus rare. Il poursuivit sa promenade solitaire.

Que dirait Markowitz de la négligence de Mallory qui s'abstenait d'examiner le lieu du crime ? Qu'avait-elle manqué ? Rien, sans doute. Son refus marquait probablement une réaction aux discours moralisateurs de Riker sur la procédure à suivre.

Pourquoi ne visiterait-il pas la scène du crime lui-même ? Il y découvrirait peut-être quelque chose d'utile. Comment réagirait-elle ? Après tout, ils étaient associés.

— Vous vous bercez d'illusions, dit une voix qui venait de s'abriter sous le parapluie de Charles. Voyez le cheval pâle !

L'homme qui marchait à ses côtés semblait entretenir une conversation avec une tierce personne, invisible au commun des mortels.

Charles frissonna. Il aperçut un cercle brillant et chauve au milieu de la chevelure grise, emmêlée, du vieil homme qui portait un manteau de bonne qualité. Une écharpe était enroulée autour de son cou, si longue qu'elle traînait à terre derrière lui. C'était la plus longue écharpe que Charles ait jamais vue, avec toutes les couleurs délavées et tachées d'un interminable arc-en-ciel. L'homme continua à marcher à côté de lui comme si l'abri du parapluie lui était dû.

Charles ne pouvait plus considérer la folie comme autrefois. Il avait fait sa propre expérience en compagnie de quelqu'un qui n'était plus là. Il se demanda combien de fois Malakhai avait créé son illusion avant que le dommage ne fût devenu permanent, avant qu'il ne devînt impossible de renvoyer Louisa. Chaque pensée changeait la configuration même du cerveau.

— Je suis l'alpha et l'oméga, le commencement et la fin.

— Je suis Charles Butler. Bonjour !

Charles pencha son parapluie vers son compagnon pour mieux protéger ses épaules voûtées contre la neige qui tombait furieusement.

— Et alors, il y eut un grand tremblement de terre ; et le soleil s'obscurcit comme caché derrière un sac de cheveux noirs, entonna le vieil homme.

— C'était sans doute un mauvais jour, dit Charles.

— Une femme vêtue de soleil avec la lune à ses pieds.

Quelle était la journée de Mallory ? Que faisait-elle en ce moment ?

— Et la guerre avait envahi le ciel.

Ce n'est peut-être pas si loin de la vérité.

Puis le vieux se sépara de Charles, à la suite de son invisible compagnon qui le conduisit sur un autre chemin de révélations et de graviers sous la neige.

Quand Charles arriva sur le lieu du crime, des bouts de ruban adhésif fixés sur des piquets flottaient sous le vent blanc et neigeux.

Debout au bord de l'eau, il regarda tout autour de lui. Jusqu'à présent, il n'avait rien appris de plus que ce que Mallory avait vu sur la carte d'Heller. Le site était visible du sentier qui longeait le lac. Cela confirmait la théorie de Mallory d'un acte spontané. Il n'y avait pas assez d'arbres pour commettre un meurtre sans risquer d'être vu.

Il pleuvait le jour du crime. Peu de gens se promenaient à Central Park par un temps pareil, sauf les habitués qui défiaient les éléments. Charles leva les yeux vers les hauts immeubles surplombant Central Park West. Les étages supérieurs dominaient la crête des arbres dénudés. Mallory regardait peut-être par la fenêtre à cet instant.

Charles contourna la petite presqu'île pour suivre le sentier bordé de bancs. S'asseyant sur l'un d'eux, il attendit. Il n'eut pas bien longtemps à attendre avant que la personne qu'il espérait voir n'arrive en déambulant le long du sentier — l'autre promeneur sous la neige.

Il faillit la manquer bien qu'elle fût passée tout près de lui. La réverbération de la neige l'avait aveuglé et il dut se concentrer pour observer les détails de son visage, sa pâleur, ses cheveux blancs recouverts d'un capuchon de laine blanche. Elle était presque aussi invisible qu'une hallucination.

Cora baissa le capuchon sur son visage.

Trop tard.

Il avait percé son camouflage. L'homme n'était pas menaçant malgré sa haute stature. Elle cligna des yeux pour se concentrer sur son visage qui devenait plus visible à mesure qu'il s'approchait.

Eh bien, en voyant son large sourire béat, on pouvait supposer qu'il était un de ces lunatiques inoffensifs qui parcourent Central Park. *Non*, se dit-elle, *il n'est pas dangereux.*

Cora fouilla, sous ses couches de pulls, dans les poches de son large pantalon en laine à la recherche de quelque monnaie.

— Excusez-moi, dit l'homme debout devant elle.

Il la salua si bas que le vent emporta ses paroles mais elle avait lu les mots sur ses lèvres.

Cora sortit quelques pièces de ses poches et les lui tendit en disant :

— Maintenant, promettez-moi que vous n'allez pas acheter une bouteille de vin.

— Oh ! Non merci. Je n'ai pas besoin d'argent !

Aussitôt, les soupçons de la vieille dame resurgirent. Il ne voulait pas d'argent ? Bon, il était certainement fou et peut-être dangereux de surcroît. Elle s'éloigna. L'homme fit un détour pour lui faire face sur le sentier, à une distance respectueuse. Sa posture, son regard idiot et plein d'espoir, le blanc des yeux qu'il avait beaucoup trop grand autour de la pupille, tout chez lui exprimait les plus humbles excuses.

Décidément, il était complètement fou.

— J'ai besoin de votre aide, dit-il. C'est au sujet de ce qui s'est passé ici le matin du 19 décembre.

L'homme se retourna en désignant, au-delà de l'eau sombre, l'endroit délimité par les piquets avec les rubans jaunes qui flottaient au vent. Il se retourna vers Cora avant de parler car il avait remarqué qu'elle savait lire sur les lèvres. Cela montrait qu'il avait une certaine présence d'esprit.

— Madame, dit-il, je ne pense pas que vous vous promeniez dans le parc, ce matin-là ?

À présent, il paraissait raisonnablement sain d'esprit. Et l'accent qu'elle devinait sur ses lèvres indiquait qu'il venait d'un bon quartier, d'un bon milieu, sans trace d'argot. Enfin, il avait de bonnes manières.

— Si, jeune homme, je me promenais par ici ce matin-là.

— Auriez-vous remarqué deux personnes, un homme et une femme qui se tenaient là-bas ?

Il faisait sans doute allusion au couple d'amoureux, Jambes bleues et le grand parapluie. Bizarrement, elle ressentit un désir de protéger le jeune couple. Qui était cet intrus pour fouiner dans leur vie privée ?

— Pourquoi me demandez-vous cela ?

Quand il eut fini d'expliquer comment les amants étaient un couple formé d'un meurtrier et d'une victime, Cora éprouva le besoin de s'asseoir. L'homme sentit sa détresse et l'accompagna jusqu'à un banc, quelques mètres plus loin sur le sentier. Il l'épousseta avec une courtoisie touchante et s'assit à côté d'elle.

Le visage de l'homme se remplit de sollicitude. Lisait-il l'horreur qui montait dans ses yeux ? Elle avait pris la blessure à la tête de Jambes bleues pour une fleur... Comment avait-elle été aussi stupide... Une rose rouge en hiver ? Pourquoi n'avait-elle pas compris que la jeune femme était sur le point de mourir ? Elle aurait peut-être pu...

Oh ! si, elle aurait pu intervenir. Si seulement elle n'était pas sortie sans ses lunettes et son appareil acoustique. Cora baissa la tête sous le poids d'une compréhension sinistre. De la même manière qu'elle avait empêché le carnage entre une araignée et un hanneton, elle aurait pu prévenir un meurtre.

Un insecte avait survécu, une femme était morte.

Jambes bleues, je suis vraiment désolée.

Charles toucha légèrement sa main pour la faire sortir de sa rêverie mélancolique. Il voulait lui poser encore une question. Avait-elle vu autre chose qui sortait de l'ordinaire ?

Ma foi, non. Toute son attention était concentrée sur le couple d'amoureux.

Soudain, un garçon, en veste et casquette rouges et en jean bleu, fila sous leur nez comme si le diable était à ses trousses, en laissant derrière lui un effluve de chewing-gum et de laine mouillée. Ce n'était pas le diable mais un chien qui bondissait sur ses talons. Le gosse et le chien quittèrent le sentier et grimpèrent le talus derrière les bancs, laissant de nouvelles traces sur la neige vierge. Ils disparurent bientôt.

— Ah ! Le chien ! Oui, il y avait un chien qui courait sur cette colline et sa laisse s'est accrochée dans les broussailles. J'aurais dû trouver ça étrange, ce chien avec une laisse et aucun être humain à l'autre bout... Mais vous savez comme les gens laissent courir leur chien en liberté dans le parc, même si c'est interdit...

— J'aimerais vous faire rencontrer quelqu'un, dit l'homme en souriant.

Maintenant Cora trouvait charmant le sourire de Charles — quoique encore un peu étrange.

Ils se rendirent au Coventry Arms où Charles demanda

au concierge si Mallory, son amie, était là. Avec son large sourire, après avoir vérifié son nom sur une liste chiffonnée, le gardien annonça qu'elle n'était pas chez elle et les invita à s'asseoir dans le hall pour attendre Mlle Mallory.

— Mallory, asseyez-vous et taisez-vous.

À la surprise de Coffey, qu'il espérait dissimulée, elle s'assit sans dire un mot.

— Ne quittez plus jamais une réunion comme vous l'avez fait tout à l'heure. Je ne supporterai plus de provocations de votre part. Ne me cherchez plus, plus d'insubordination, plus de conneries de ce genre. J'ai déjà Riker qui joue ce rôle. S'il s'aperçoit que vous lui volez son répertoire, il ne sera pas content.

— Je ne travaillerai pas avec Palanski.

— Non, vous ne travaillerez pas avec lui. Mais c'est ma décision, pas la vôtre. Et maintenant, qu'en est-il de ce petit travail que je vous ai demandé ? Avez-vous les dossiers ?

Les avez-vous volés pour moi ?

Mallory ne répondit pas. Coffey dut interpréter son silence comme il le pouvait. C'était Mallory qui menait le jeu, à présent.

— J'espère que vous opérez discrètement.

Ne vous faites pas prendre.

Silence.

— J'ai dans l'idée que Palanski fait beaucoup d'heures supplémentaires, ajouta Coffey.

C'est un ripou.

Mallory se contenta de hocher la tête. Mais c'était un début prometteur.

— On dirait qu'il possède un sixième sens qui l'avertit d'un homicide, même pendant ses jours de congé – surtout quand il y a de l'argent chez les intéressés. Il était en vacances au moment du meurtre dans le parc. Oh ! excusez-moi, Mallory. Je vous raconte ce que vous savez déjà. C'est impoli, n'est-ce pas ?

Le lieutenant éprouva presque de la joie quand un coin de la bouche de Mallory se crispa en signe d'agacement. Même Mallory avait ses points faibles.

— M'avez-vous apporté les dossiers ? demanda-t-il encore une fois.

— Vous n'avez pas besoin de voir ses dossiers, dit-elle.

— Mallory !

— Markowitz n'a jamais balancé un flic.

— La ferme, Mallory ! D'accord, je ne suis pas Markowitz, mais vous non plus ! Votre vieux était un maniaque du détail. Il prenait n'importe quelle information d'où qu'elle vienne, de n'importe qui. Vous auriez dû en apprendre davantage de lui pendant que vous en aviez l'occasion. Je n'espère pas vous guérir en un jour de votre attitude de cow-boy solitaire, mais je tiens à vous garder en vie assez longtemps pour vous inculper la prochaine fois que vous me doublerez. Quelqu'un au Coventry Arms a tuyauté Palanski sur vos activités. C'est peut-être votre assassin, ou vous avez secoué quelqu'un d'autre qui n'a rien à voir avec le crime. Pour découvrir la fuite, j'ai besoin de connaître la vérité sur Palanski.

Mallory croisa calmement les bras sur sa poitrine. Non, disait-elle, elle n'allait pas moucharder un flic.

— Je fais mon affaire de Palanski, dit-elle, si vous y tenez.

C'était un petit cadeau qu'elle lui faisait, un prix de consolation, tandis qu'elle lui disait en réalité d'aller se faire foutre.

Encore une bataille perdue.

— O.K., occupez-vous de lui, concéda-t-il. Ne faites rien que Markowitz ne vous aurait demandé de faire.

Est-ce qu'il perdait la tête de la lâcher ainsi sur Palanski en lui donnant carte blanche ?

— Entendu, dit Mallory.

Un peu plus tard, dans les toilettes, il aperçut un fantôme dans le miroir au-dessus du lavabo. C'était Markowitz – non, c'était bien lui, Jack Coffey, avec sur sa gueule les soucis de Markowitz concernant Mallory et l'éventuel retour du bâton. Maintenant, enfreindre la loi était devenu la règle.

Elle le séduisait si facilement.

Il allait la tuer. C'était le seul moyen. Mais d'abord, s'amuser un peu. Il lui ferait payer la torture qu'elle lui avait fait subir. Elle paierait lentement.

Ses pensées à son sujet allaient et venaient dans sa tête, apportant une sensation brûlante dans tout son corps et son esprit. Quand il pensait à elle, il voyait d'abord ses yeux comme les phares brillant de l'accident inévitable, fonçant droit devant elle, implacable, sans personne au volant. Pas moyen de l'arrêter.

Après ces moments de panique insurmontable, il se sentait exténué par l'humiliation et la rage. Ses poings étaient tellement serrés que ses ongles laissaient des traces rouges sur ses paumes. L'une des marques se mit à saigner.

Il examina sa chair meurtrie. Elle lui avait fait cela. Elle avait fait couler le sang la première. Elle le regretterait.

Un oiseau gris et grassouillet se promenait le long du rebord de sa fenêtre ouverte. Il était encore là quand l'homme revint de la cuisine avec un morceau de pain. Il écrasa le pain en miettes qu'il déposa sur le rebord de la fenêtre.

Le pigeon sursauta et pencha sa tête sur le côté pour le fixer de son œil unique. Ce pigeon des villes n'avait pas peur des humains. Ignorant superbement la main posée à quelques centimètres seulement de lui, l'oiseau picorait avec concentration les miettes de pain qui le rapprochaient inexorablement de sa mort.

Une jeune femme se tenait devant la loge. À la vue du couple que le concierge lui désignait, elle dissimula promptement ce qu'elle portait derrière son dos.

Quand les présentations d'usage eurent été faites par son nouvel ami, l'homme au sourire idiot, ils montèrent tous trois à l'appartement spacieux qui ne correspondait pas à la personnalité de la jeune femme appelée Mallory.

— Mallory, vous aviez raison, dit l'homme que Cora appelait maintenant Charles.

Il était si bien élevé qu'il tournait son visage vers Cora en parlant avec la jeune femme, afin qu'elle puisse suivre sa conversation.

— Amanda est allée le retrouver dans le parc ce

matin-là. C'était improvisé, comme vous l'avez dit. Le meurtre s'est passé à sept heures quarante-cinq. Et nous avons un témoin, Cora Daily, qui aime se promener dans le parc par tous les temps. Madame Baily, Mallory, que je vous ai présentée tout à l'heure dans le hall, est mon associée.

— Enchantée, fit Cora.

La jeune femme en face d'elle était très belle, mais il y avait en elle quelque chose d'inhumain. Elle avait des yeux de chat. Et pourquoi pas ? En fait, c'était plutôt bien. À soixante-dix-huit ans, Cora avait survécu à de nombreux chats. Mallory ne lui faisait pas peur.

— Qu'avez-vous vu ? demanda Mallory en approchant son visage de celui de la vieille dame.

Elle avait vite compris que Cora lisait sur les lèvres.

— Avez-vous vu le meurtre ?

— Non, j'ai peur que non.

— Avez-vous vu l'homme la frapper ? Le premier coup ?

— Non. Mais j'ai assisté à leur rencontre.

— Vous pourriez donc identifier le meurtrier ?

— Non, parce que, voyez-vous, j'avais oublié mes lunettes. Mais je sais qu'il est grand.

Cora eut l'impression qu'elle n'apprenait rien à la jeune femme. Elle n'aurait pas voulu décevoir le charmant M. Butler.

— J'ai vu la blessure rouge à sa tête une fois qu'il l'eut frappée. Il a dû la frapper derrière le parapluie. Mais il la tenait fermement avant et après l'apparition de la blessure. Est-ce que cela peut vous être utile ?

— Parlez-moi encore du tueur. Vous avez dit qu'il était grand. Grand comment ?

— Il était plus grand que la femme.

— De combien plus grand ?

— C'est difficile à dire. Le parapluie gênait ma vue la plupart du temps. Je suppose aussi qu'il avait l'air grand à cause de la manière dont il tenait la femme, mais...

— Trouvez-vous que je suis grande ?

— Oh ! oui.

— Êtes-vous certaine au moins que c'était un

homme ? Ou avez-vous supposé cela parce que vous croyiez qu'ils étaient amants ?

— Vous avez raison, bien sûr. Je n'aurais pas dû supposer cela... Je ne vous ai pas beaucoup aidée, n'est-ce pas ?

— Bien sûr que vous nous avez aidés ! dit Charles, interrompant avec galanterie un moment de silence inconfortable.

Il échangea un regard avec la jeune femme qui disait : *Conduis-toi gentiment.* Et son regard à elle répondit : *Pourquoi ne le ferais-je pas ?* Puis Mallory dit avec un sourire :

— Vous avez fait mieux que la plupart des gens. C'est un cauchemar pour moi de penser qu'une affaire criminelle dépendra du témoignage d'un témoin oculaire. On ne peut se fier entièrement à eux. Leur témoignage est la pire des preuves que l'on puisse apporter devant un tribunal. Mais vous avez confirmé le lieu où s'est déroulé le crime. C'est très utile. Vous avez indiqué l'heure du meurtre. C'est important aussi. Vous avez vu couler le sang. J'apprécie ça également. En somme, votre contribution a été excellente. Du bon travail.

Sa tirade à peine finie, le sourire de la jeune femme s'évapora et Cora ne parvint plus à déchiffrer l'expression sur son visage.

Charles se pencha en avant, en prenant soin qu'elle puisse lire sur ses lèvres ce qu'il allait dire à Mallory.

— Mallory, est-ce que l'un des suspects possède un chien ?

— Presque tout le monde dans l'immeuble a un chien. Pourquoi ?

— Cora m'a dit qu'elle a vu un chien courir dans le parc, ce matin-là. Il avait une laisse. Il est possible que l'un de tes suspects était en train de promener son chien qui lui a échappé avant qu'il ne perpètre son crime...

— Vous avez vu le chien ? demanda Mallory en se tournant vers Cora.

Elle hocha la tête.

— De quelle race était-il ?

— Je regrette de ne pouvoir vous le préciser. Je n'avais pas mes lunettes...

— De quelle taille ?

— Oh ! plutôt de taille moyenne, ni très grand ni très petit. Je suis désolée de ne...

— De quelle couleur ?

— Je ne me souviens pas très bien... Foncé je crois, mais pas noir – un chien marron peut-être.

— Peut-être ?

La vieille dame ne pouvait répondre. Elle avait sous-estimé cette jeune femme au point qu'elle se demandait maintenant si elle avait vraiment vu un chien, un couple d'amoureux. Étaient-ce des femmes ? Est-ce que le chien aurait pu être...

— Eh bien, dit Charles, brisant encore une fois le silence, vous avez situé un chien sur le lieu du crime et vous avez éliminé les caniches nains et les chiens danois !

Mallory acquiesça. C'était un renseignement utile pour son enquête, ce qui parut réjouir Charles. N'importe qui pouvait voir qu'il était amoureux de cette fille. Tant mieux, il était heureux au moins. Du bon travail... Cora commençait à éprouver de la sympathie pour cet homme.

Elle se leva en annonçant qu'il fallait qu'elle rentre. Charles l'escorta dans l'ascenseur et la conduisit jusqu'à un taxi. Il insista pour payer sa course. La vieille dame lui serra la main en disant :

— Vous n'êtes pas né dans le siècle que vous méritez, cher ami...

Quand Charles retourna à l'appartement, il remarqua immédiatement le couteau acéré posé sur la table basse, à côté du sac en toile. Dieu sait qu'elle possédait assez d'armes ! En premier lieu, le gros revolver qui formait une protubérance sous son blazer. Elle le retira et le déposa dans la pièce du fond. Ensuite, il y avait le revolver réglementaire de la police qu'elle était autorisée à porter. Enfin, elle avait encore le vieux long colt de Markowitz qu'elle gardait dans le tiroir de son bureau chez Mallory & Butler, Ltd. Mais Charles ne parvenait pas à se représenter Mallory avec un couteau.

Il ramassa l'arme et la retourna. Sur la lame se trouvait gravé le blason de Maximilian Candle.

— Ça ne me regarde probablement pas, dit Mallory en

entrant dans la pièce et en désignant le couteau, mais je me demandais ce qui se passait dans la cave. J'en viens justement. La porte était ouverte et le panneau qui dissimule les accessoires de Max était également grand ouvert.

— C'est ma faute. Je suis parti assez vite. Tu n'aurais pas retiré ce couteau de la cible ?

Mallory fit un signe de tête affirmatif.

Charles était tellement surpris par le couteau qu'il en oublia de lui demander la raison de sa visite à la cave. Car ce n'était pas le bon couteau, bien sûr. Les lames qui sortaient de la cible n'avaient pas de pointes et demeuraient fixées au mécanisme intérieur. On pouvait repousser les couteaux dans leurs compartiments mais pas les retirer de la cible, encore moins un couteau avec une lame entière terminée par une pointe acérée.

Quand il eut expliqué ce fait étrange à Mallory, elle lui demanda :

— Est-ce que quelqu'un d'autre aurait pu se trouver dans la cave en même temps que Justin et vous ?

— C'est possible, mais j'en doute.

— Avez-vous prévenu les parents de Justin de ce qui s'est passé dans la cave ?

— Oui, bien sûr. Je les ai appelés du bureau. J'ai mis quarante minutes avant de les joindre à un cocktail. L'enfant avait été traumatisé. Ils avaient le droit de savoir qu'il était perturbé.

— Bon. Mais vous avez laissé les portes ouvertes. Est-ce que le garçon a eu le temps de retourner à la cave et d'échanger les couteaux ? Lui ou l'un des parents ?

— Mais la porte d'entrée de l'immeuble est fermée. Et il y a un...

— Nous savons tous les deux qu'un gosse peut franchir cette sécurité-là. Croyez-vous que cela serait plus difficile pour un adulte ?

— Je ne peux imaginer l'un des parents...

— C'est plus facile à imaginer qu'un couteau fendant l'air sans avoir été lancé ! Quelqu'un s'est donné beaucoup de mal dans cette mise en scène. C'est une escalade en comparaison des crayons volants. Cette affaire doit être résolue — par vous. Moi, j'ai les mains pleines avec mon meurtrier.

— Tu penses vraiment qu'un membre de la famille Riccalo est en danger ?

— Certainement. Ça va arriver bientôt. Vous pouvez y compter.

— Mais tu n'as aucun argument logique qui te permette d'affirmer ça !

— Et alors ?

Alors, en effet, la logique interférait peu dans le système de pensée de Mallory. Sa méthode était d'abord de cibler une hypothèse et ensuite de foncer dessus sans laisser le moindre obstacle se mettre en travers.

Reprenant ses mauvaises habitudes, Long Nez vint s'allonger aux pieds de la jeune femme.

— Tu comptes toujours résoudre le meurtre d'Amanda le 26 décembre ?

— Oui, acquiesça Mallory. Si je ne le coince pas maintenant, je risque de le perdre. Si je joue trop longtemps avec lui, il pourrait prendre un avocat avant que je puisse l'épingler.

— Heureusement pour toi, les trois suspects passent les fêtes à New York.

— Si l'un d'eux avait quitté la ville, je l'aurais rayé de ma liste.

— Mais logiquement...

— La logique ne marche que sur le papier.

— Jack Coffey semble croire...

— Vous avez parlé à Coffey ? Vous ne lui avez rien dit au sujet du roman d'Amanda, j'espère ?

— Non. Mais pourquoi est-ce que tu ne lui en parles pas ? Pourquoi tout ce mystère ? Tu travailles avec ces gens...

Non. Attends, imbécile. Elle ne travaille pas avec eux. Elle travaille seule.

— Un flic est à l'origine de fuites dans le département. Je ne peux plus prendre de risques.

— Mais tu prends des risques énormes. Supposons que tu aies sous-estimé le meurtrier. Coffey dit que tu sous-estimes tout le monde...

Mallory se redressa et leva légèrement le menton.

— Je *connais* cet homme. Il a nettoyé son appartement de fond en comble. Il a astiqué des objets qu'il n'avait pas pu toucher ! Il lui fallait être absolument sûr de n'avoir rien oublié. Ainsi, il ne sera jamais certain de ne pas avoir oublié quelque chose. Il est le seul homme qui me conduira au meurtre d'Amanda Bosch car il est le seul à savoir qu'elle est morte et que l'on m'a confondue avec elle. Il veut fuir, mais il ne le peut pas. Il se doute que je sais quelque chose, mais il ne sait pas exactement quoi. Ça le rend fou que j'habite dans l'immeuble. Chaque message que je laisse sur l'ordinateur le fait flipper un peu plus. Il ne peut pas partir. Il est devenu mon prisonnier du jour où j'ai emménagé dans cet appartement. Il attend que je vienne le chercher. Chaque coup de sonnette à sa porte d'entrée sonne le glas pour lui. Quand il n'en pourra plus, quand il craquera vraiment, il viendra à moi. Et c'est ce moment-là que je choisirai.

Pendant toute la durée de son monologue, Charles jura que Mallory n'avait pas cligné des yeux une seule fois. Seul le timbre de sa voix avait monté d'un ton. Cette voix qui rendait fous les idiots comme lui, et dont la proximité accentuait sa nervosité.

— Jack Coffey a raison, dit-il.

Long Nez le fixa l'air de dire : mais comment ose-t-il prononcer tout haut une chose pareille ?

— Coffey a raison ? répéta Mallory.

— Eh bien, je pense qu'il a raison sur pas mal de points.

Le chat détourna son regard. Pour lui, Charles était mort.

— Et moi, j'ai tort ?

Le poids mesuré de ses mots signifiait implicitement *De quel côté êtes-vous ?* Car cela serait toujours ainsi avec elle, cette demande de choisir — son côté contre le reste du monde.

— Mallory, si l'on énumère tous les faits, seulement les faits, tu n'as pas les éléments d'un portrait-robot, certainement pas celui que tu as extrapolé. Je suis prêt à t'en faire le pari.

Pourvu de ce sens qui avertit les animaux de l'orage à venir, Long Nez fut le premier à en percevoir les signes annonciateurs. Le poil hérissé, il se cacha en rampant sous le canapé. Charles se souvint tout à coup du vieil homme dans le parc qui citait les Révélations – la menace du tremblement de terre, l'éclipse du soleil.

Les longs ongles rouges plongèrent dans le sac de toile et en ressortirent avec des liasses de feuillets attachés par des trombones. Mallory choisit l'un des paquets et le montra à Charles.

— O.K., Charles. Examinons un peu *votre* petit problème d'objets volants.

Le visage rigide, elle jeta avec force la liasse de feuillets sur la table basse.

— Voici les *faits* – ma contribution à notre association. Deux femmes sont mortes. Deux compagnies d'assurances ont payé. La troisième femme a peur, ou du moins exprime sa peur. Le fonds en fidéicommis du garçon a diminué d'un tiers. Son père le gère. On peut supposer qu'il a fait de mauvais placements parce que son compte bancaire et son portefeuille personnels ont considérablement fondu. Mais cela ne serait qu'une hypothèse et je m'en tiendrai aux faits. La belle-mère du garçon est programmeur de logiciels avec une formation d'analyste financier. Elle a un numéro de fax codé, elle a accès à la signature de l'exécuteur testamentaire et aux documents originaux. Elle connaissait Robert Riccalo depuis dix ans avant de l'épouser. D'après vos notes, rien ne vole tant que les trois personnes ne sont pas réunies dans la même pièce. Un crayon a volé en direction de la belle-mère. Nous avons constaté qu'il est plus facile de faire voler le crayon dans la direction de la personne qui tire le fil, mais j'ai réussi à le faire voler sur vous, n'est-ce pas ?

La voix de Mallory était bien trop policée, ce qui fit sortir la tête du chat de dessous le canapé.

D'où tenait-elle donc toutes ces informations ? Au moment même où il se posait cette question, Charles la classa parmi les autres énigmes restées sans réponses, en suspens quelque part dans le grenier de son cerveau comme des chauves-souris endormies. Il avait cessé de demander à Mallory d'où venaient ses renseignements et de spéculer sur ses sources, mettant ainsi de côté son code déontologique – il ressemblait de plus en plus à Markowitz.

Un autre feuillet tomba sur la table. Le chat disparut à nouveau.

— Le garçon suivait des heures de classe régulières, l'année dernière. L'après-midi, il restait à l'étude après l'école, pendant les heures de bureau des parents. À présent, à l'école Tanner, ses journées sont encore plus longues. Parfois, il reste six jours par semaine sans prendre un repas à la maison. Sa nouvelle belle-mère a conclu cet arrangement. Et Justin avait raison quand il disait que les nouvelles femmes de son père étaient des copies de la première. Elles étaient toutes d'avis que le gosse prolonge ses heures d'étude. Aucune ne voulait de lui à la maison. La fortune du garçon fond à vue d'œil et le père est endetté. La nouvelle belle-mère est très bien assurée grâce à son travail. La mère naturelle du petit avait des problèmes cardiaques. La belle-mère qui s'est suicidée a fait un bref séjour dans un hôpital psychiatrique. Voilà les faits.

— Je suppose que celle qui a eu des problèmes psys a vu des objets volants ?

— Pas moyen de le savoir. Mais c'est un fait que le psychiatre qui l'avait en observation pendant son séjour à l'hôpital recherchait des signes de paranoïa. Elle n'a pas laissé de lettre avant de se tuer. L'enquêteur médico-légal a dit que la famille ne lui a jamais parlé d'objets volants. Voici le dossier sur la mort de cette femme. Il contient des notes personnelles sur le gosse. Les mots « dérangeant », « malaise » sont mentionnés à son sujet. Je ne fais que citer les faits.

Sous les paroles de Mallory, on décelait une violence contenue, une force réprimée. Mais son visage au masque impassible ne révélait rien de sa colère montante.

— Eh bien, le suicide écarte le mobile de l'assurance, dit Charles.

— Non, Charles. *En fait*, ce n'est pas le cas ici. Riccalo est allé en justice pour que l'assurance paie. Il n'y avait pas de clause excluant le suicide dans la police d'assurance de sa deuxième femme et elle n'avait pas de problèmes psychiatriques à l'époque où elle a souscrit le contrat d'assurance-vie.

— Et Riccalo en était le bénéficiaire ?

— C'est un fait. Le versement a été déposé sur le compte de son fils.

— C'est plutôt sinistre, en effet.

— Tenons-nous-en aux faits, Charles. L'argent de l'assurance a tout juste couvert les sommes perdues en mauvais investissements, le trimestre précédent. Si les fonds du trust avaient trop baissé, cela aurait déclenché un audit de la banque. Riccalo était obligé d'y déposer de l'argent. Alors, au bon moment, sa femme, très bien assurée sur la vie, meurt. Je trouve ça intéressant.

— Mais tu n'as rien trouvé qui indique qu'il y a eu meurtre. D'après ce que j'ai compris, il n'y avait personne à la maison au moment du suicide.

— Ça, c'est de la pure spéculation, dit Mallory. La police ne vérifie pas les alibis tant qu'il n'y a pas de soupçon d'homicide. En nous en tenant aux faits, nous avons de quoi établir une charge contre chacun des trois membres de la famille. Mais si l'instinct compte pour du beurre, comment se fait-il que *moi* je connaisse le criminel qui se prépare à tuer sa prochaine victime et que *vous* ne le connaissiez pas ?

L'atmosphère entre eux deux devenait si hostile qu'elle en était dangereuse. Même Malakhai, durant sa période de démystification, aurait trouvé Mallory douée d'une intuition hors du commun. La bonne logique du cerveau surdoué de Charles s'effaça et il souhaita rejoindre le chat sous le canapé. Trop tard, il croyait en elle comme d'autres croient en la magie.

— Lequel d'entre eux est coupable ? demanda-t-il.

— Dommage, je ne peux pas vous le dire. Je ne l'ai pas découvert par déduction logique, donc ça ne compte pas, n'est-ce pas ?

— Qui est-ce ? À qui penses-tu ?

— Oh ! non, Charles ! J'ai appris ma leçon. Je suis seulement un flic, un détective. Vous êtes le génie. Maintenant que vous avez des faits concrets enrobés d'une logique imparable, ça vous sera facile de démêler le reste. Faites-moi savoir quand vous aurez trouvé la solution.

— Mais on peut soupçonner chacun d'entre eux. La logique...

— La logique est votre handicap, pas le mien... Si la logique triomphe, comment se fait-il que je sache et que vous ne sachiez pas ? Amusez-vous bien, Charles. N'oubliez pas de baisser la tête à temps... Envoyez-moi une carte postale !

Mallory se mit à sortir des boîtes de disquettes neuves de son sac de toile.

— Tu parles comme si on n'allait plus se voir pendant un certain temps, dit Charles.

— J'ai à faire.

Il lui tourna le dos un instant, cherchant quelque chose à lui dire. Quand il se retourna, elle n'était plus là. La porte de la chambre du fond se refermait derrière elle et le chat. Elle ne se donnait donc pas la peine de le raccompagner.

— C'est toujours d'accord, pour ce soir ? cria-t-il à travers la porte.

Silence.

Tout en se dirigeant vers l'entrée, Charles réfléchissait à une autre série de faits. Mallory avait eu raison au sujet de l'aspect autobiographique du manuscrit, en tout cas à propos de la grossesse d'Amanda, du chat qui savait danser et de la rencontre spontanée entre la victime et son meurtrier. Il avait déjà refermé la porte et appelé l'ascenseur, quand il éprouva le désir urgent de retourner dans l'appartement, de tambouriner sur la porte du fond en lui demandant qui faisait voler les crayons.

Elle savait.

Charles se souvint brusquement que le couteau se trouvait encore sur la table basse. Pourquoi l'avait-elle apporté dans l'appartement des Rosen ? *Que faisait-elle donc dans la cave ?*

Bien qu'il fût dissimulé derrière les pages financières de son journal, Robert Riccalo avait une position dominante dans la grande pièce. Seuls, son pantalon et le cuir vert de son fauteuil étaient visibles.

Son fauteuil trônait au-dessus des coussins du sofa sur lequel sa femme était assise. Justin était perché sur une petite chaise pour enfant avec un livre sur les genoux.

Le froissement des pages du journal de Riccalo couvrait le bavardage d'une pub à la télé vantant les mérites d'un assouplissant pour linge. Les grognements ou les soupirs émanant du « trône » attiraient le regard de Justin, interrompant sa lecture. Chaque fois qu'il levait les yeux, il surprenait le regard de sa belle-mère posé sur lui. Elle semblait trouver Justin beaucoup plus intéressant que la télévision. Personne ne la regardait, d'ailleurs.

Au fracas de verre brisé, les trois têtes se tournèrent à l'unisson vers la pièce voisine. Robert Riccalo regarda son fils qui s'enfonça sur sa chaise. Sally Riccalo, rigide, assise toute droite sur le bord du canapé, fixait les yeux dans la direction du bruit, son long nez pointu frémissant comme l'aiguille d'un compas.

Robert Riccalo fut le premier à se précipiter dans la salle à manger. Des tessons de verre bleu jonchaient le carrelage en marbre. Quatre des plus longs éclats étaient alignés dans la direction de la pièce qu'il venait de quitter. Il se retourna brusquement au sifflement aigu que poussa sa femme, derrière lui. C'était un cri étouffé qui remontait du plus profond de sa poitrine. Ses yeux ne quittaient pas les morceaux de verre cassé.

Justin entra le dernier tandis que le premier tesson semblait avancer insensiblement vers Sally Riccalo. Elle demeurait figée sur place, comme tétanisée. Tout à coup, elle recula d'un pas en désignant Justin du doigt :

— C'est lui ! C'est lui qui a fait ça... Il essaie de me tuer ! C'est lui !

Robert Riccalo se tourna vers son fils, avec des éclairs dans les yeux.

Justin s'enfuit en courant de la salle à manger et s'élança dans le couloir jusqu'à sa chambre. Il s'enferma à double tour et bloqua la porte avec des meubles.

— Justin ! hurla son père. Justin !... Justin !

La voix de son père s'approchait. La poignée tourna en

vain. Le garçon entendit les pas de son père qui s'éloignait dans le couloir pour aller chercher une autre clé. Bientôt, Riccalo était de retour et mettait la clé dans la serrure.

Justin recula contre le mur du fond de sa chambre tandis que la porte cédait inexorablement et que la commode et l'armoire s'ébranlaient sous les coups de boutoir de son père.

Le bambin de cinq ans attira l'attention de Mallory en criant d'un ton rageur :

— Je veux voir !

Mallory eut la même curiosité. Elle s'approcha du groupe de badauds rassemblés sur le trottoir de l'immeuble voisin. Le gamin donna un coup de pied contre la jambe d'une femme qui le tenait par la main. Cette femme était différente par sa couleur et son uniforme. Elle venait d'un autre lieu de la planète Terre, bien plus proche du sol que celui de l'enfant qui habitait sans doute un étage élevé de l'immeuble en face.

— Je ne veux pas rentrer à la maison, s'écria l'enfant en fermant ses petits poings.

Mallory remarqua tout de suite la coupe élégante du long manteau noir de l'homme qui retournait le corps de la pointe de son parapluie.

— Est-il mort ? demanda une dame en reculant. C'est pour cela qu'il sent si mauvais ?

— Non, dit une autre femme. Ils sentent tous comme ça.

Quand Mallory se fraya un passage parmi le petit groupe de curieux, l'homme au long manteau avait réussi à retourner le cadavre rigide du bout de son parapluie. Les yeux fermés lui donnaient un air endormi et son visage crasseux ne portait pas trace de traumatisme. L'homme ne s'offusqua pas des piqûres de parapluie car il était bien mort. La bouteille vide à côté de lui, les traces de vomi sur sa veste, ses habits misérables suffisaient à raconter son histoire. Il s'était réfugié sous les buissons pendant la nuit, et trop abruti par l'alcool pour chercher un autre abri, il était mort de froid. Ou peut-être s'était-il étouffé en vomissant. Le portier de nuit — dont le travail principal consistait à chasser les sans-abri – s'était sans doute endormi à son poste, ou lisait le journal, pendant que le clochard essayait de se protéger de la neige sous le couvert des maigres buissons qui entouraient l'immeuble.

L'enfant leva les yeux vers Mallory, ayant détecté en elle un semblant d'autorité :

— Est-ce que le portier va appeler l'ambulance des accidents de la route comme pour le chien ?

— Quel chien ?

— J'ai vu tuer un chien, dit le gamin tout excité, sur un ton de conspirateur. C'est arrivé ici.

Il montra du doigt le trottoir.

— J'étais en haut...

— À quel étage ? demanda Mallory.

— Il habite au dixième étage, intervint la nurse. Il ne fait que parler de ce chien, mais je doute qu'il ait vu grand-chose...

— Si, j'ai tout vu ! Et je n'étais pas au dixième étage ! Elle dit ça simplement parce qu'elle ne veut pas que mes parents découvrent que je n'étais pas sous sa *supervision*, dit l'enfant en accentuant le dernier mot comme s'il venait de l'apprendre.

C'était une expression nouvellement acquise pour faire peur à la gouvernante. Cela expliquait pourquoi celle-ci ne protestait pas. Le gamin lui faisait du chantage.

— J'étais sur le palier du troisième étage, dit l'enfant. J'ai regardé en bas et j'ai vu l'homme tuer le chien.

— Comment ?

— Il l'a étranglé. Le chien tirait sur sa laisse et l'homme n'aimait pas ça. Alors il a soulevé le chien par son collier de force. Il l'a soulevé de terre et le chien s'est débattu longtemps, longtemps... À la fin, il n'a plus bougé. Il était mort. L'homme a poussé le corps dans la rue avec ses pieds. Je voulais voir le chien mais le portier n'a pas voulu. Il a dit qu'il attendait l'ambulance des accidents de la route.

— Quand est-ce arrivé ? demanda Mallory.

— Je sais pas, répondit le gosse.

Cette fois, Mallory s'adressa à la gouvernante :

— Quel jour est-ce arrivé ?

— Ça n'est jamais arrivé, dit-elle en haussant les épaules. Il invente toutes ces choses...

— C'est pas vrai ! C'est pas vrai ! hurla l'enfant en décochant un autre coup de pied bien placé dans la jambe de la nurse.

— Je devrais peut-être parler au portier ou aux parents, dit Mallory.

— C'était le 19 décembre, dit rapidement la gouvernante. Il pleuvait ce jour-là.

Mais ni le portier ni le petit garçon ne réussirent à décrire le chien. Mallory se dit que le monde se porterait mieux sans l'abondance des témoignages oculaires.

La porte de l'appartement était entrouverte. Mallory cala le sac à provisions sur sa hanche et sortit son revolver qu'elle dissimula sous le sac en papier. Alors elle entra.

De l'entrée, Mallory aperçut d'abord le concierge qui se tenait dans la première pièce. Elle put également voir Angel Kipling dans la chambre, qui allait entrer dans la salle de bains.

— Vous cherchez quelque chose ? demanda calmement Mallory.

— Oh, mademoiselle Mallory, pardonnez cette intrusion ! dit le concierge en se tournant vers elle. Mais Mme Kipling est sûre d'avoir entendu un cri venant de cet appartement.

— Ça devait être le chat, dit Angel. Oui, c'est sûrement ça. Vous le tenez toujours enfermé là-dedans ?

— La salle de bains est grande... Je n'ai pas envie qu'il perde tous ses poils sur les meubles des Rosen.

Le concierge prit congé en s'excusant et referma la porte d'entrée derrière lui. Alors seulement, Angel Kipling s'adressa à Mallory :

— Nous avons bien reçu votre message.

— Mon message ? Quel message ?

— Ne faites pas l'innocente. J'ai vu votre installation, dit Angel en désignant la porte entrouverte du bureau. La plupart d'entre nous ne possèdent qu'un seul ordinateur. Ce harcèlement provient d'un de vos ordinateurs. Ça explique beaucoup de choses. Que voulez-vous ? Combien ?

— Pour tenir ma langue ?

C'était trop beau ! Quel dommage que les caméras ne fussent pas branchées. Rien de ce qu'Angel dirait ne pourrait être utilisé contre son mari.

— Je préfère discuter avec votre mari, ajouta Mallory.

— Vous le faites, en ce moment. C'est moi qui porte la culotte dans notre couple.

Angel Kipling s'avança vers Mallory dans l'intention de lui en dire davantage. Mais, refermant subitement la bouche, elle changea d'avis. Comme le chat qui reculait devant la menace du regard de Mallory — *ça suffit* — elle marcha dignement jusqu'à la porte et sortit en la claquant derrière elle.

Mallory alla déposer son sac de provisions dans la cuisine. Posant son revolver sur le bar, elle rangea les denrées périssables dans le réfrigérateur. Le téléphone sonna. Elle continua à ranger le beurre. À la deuxième sonnerie, elle referma la porte et se dirigea vers le salon, sans se presser. Le chat essayait rageusement d'attraper un poisson à travers la paroi de verre de l'aquarium.

— Je comprends parfaitement ce que tu ressens, lui dit Mallory en passant.

À la quatrième sonnerie, elle décrocha le récepteur.

— Mallory...

— C'est moi, Justin. C'était pas moi qui faisais voler les crayons !

— Quoi ?

— C'était pas moi. Voulez-vous m'aider ?

— Tu connais les conditions. Quand tu seras prêt à me dire la vérité, je t'aiderai.

Elle entendit Justin pousser un grand soupir. La communication fut brusquement coupée.

L'instant d'après, Mallory avait oublié Justin. Par la porte entrouverte du bureau de M. Rosen, elle vit le vase tomber de la petite table ronde, éclaboussant d'eau et de roses le tapis moelleux.

Maudit chat !

Mais, au même moment, elle entendit Long Nez miauler derrière elle. Elle regarda le tapis d'un air songeur, jusqu'à ce que le clignotement sur son système informatique lui signale l'arrivée d'un nouveau fax.

Elle fit apparaître le fax sur son moniteur. Il était adressé au juge Heart. Le logo portait le nom d'un journal juridique. Le texte demandait au juge l'autorisation de publier l'un de ses articles dans une prochaine édition.

Mallory recopia le logo et la signature sur une page vierge où elle tapa son propre texte :

« Notre journal considère la possibilité de publier votre manuscrit, mais nous voulons nous couvrir en cas de procès pour diffamation. Il ne reste que quelques points à élucider. Est-il vrai que vous brutalisez régulièrement votre femme ? Est-il vrai que votre mère est morte après avoir été sévèrement battue ? »

Ensuite, Mallory se livra à une heure de terrorisme informatique en envoyant à ses trois suspects de nouveaux messages sur l'ordinateur de l'immeuble.

— Oh ! Doux Jésus ! s'écria Riker en arrivant devant la porte de Mallory.

C'était bien ce qu'il pensait. Il donna un violent coup de sonnette et tambourina de toutes ses forces contre la porte.

— Tu es là, Mallory ?

Quand elle ouvrit enfin, il eut un large sourire. Mallory ne saurait jamais combien il était soulagé et quel effort il avait dû faire pour résister à la pulsion d'enfoncer la porte.

Il lui montra le graffiti en forme d'X sur sa porte d'entrée. C'était du sang. Ils connaissaient tous deux la différence entre du Ketchup et du sang.

— Une attention délicate, Mallory, dit le sergent en se dirigeant vers le téléphone dans l'entrée. Un peu voyant, mais ça me plaît. L'assassin connaît ton nom et sait où tu habites. Ça ne te suffit pas ? Tu penses qu'il va se perdre en route ?

— Ça vient certainement d'un écureuil, dit-elle seulement, en regardant fixement le X badigeonné sur sa porte.

— Maintenant, je voudrais te parler de ta théorie favorite, dit Riker d'une voix plate. Ce mec te traque. Ça ne correspond pas à ton hypothèse d'un assassin qui tue par panique et prend la fuite. Nous avons affaire à une nouvelle donnée...

— Peut-être. Ou bien il a un complice ?

— O.K. Deux des suspects sont mariés. Supposons que l'une des épouses ait une personnalité hors du commun – du genre de la tienne. Soit elle est un monstre qui a des couilles...

— Soit elle fait tout ce que veut le mari, interrompit Mallory.

— Toutes les possibilités sont encore ouvertes, hein ? Peut-être que tu secoues trop d'arbres à la fois. Était-il nécessaire de flanquer la trouille à tous les trois ? L'idée ne t'est jamais venue que quelqu'un puisse te poursuivre, avec un procès de plusieurs millions de dollars contre la cité de New York ? Ou tout simplement avec une arme...

Riker jeta un regard vers la porte.

— Depuis combien de temps ce graffiti est-il là ?

— Il n'y était pas quand je suis rentrée, il y a une heure.

Riker décrocha le téléphone et fit le numéro du département.

— Demandez à Heller de venir ici au plus vite. Peut-être que la chance va tourner de notre côté. Si c'est du sang humain, ce sera peut-être celui de notre homme.

Raccrochant le téléphone, Riker s'adressa à Mallory :

— Il est temps d'appeler du renfort, mon petit.

— Ne m'appelle pas *ton petit*. Et je coûte trop cher au département, tu as oublié ?

— Tu ne peux plus rester ici sans protection.

— Je n'ai pas une si haute opinion du meurtrier. Regarde ceci, dit-elle en désignant le centre du X sanglant. Des plumes d'oiseau. Notre assassin téméraire a tué un oiseau. Alors pas de renforts. Je ne laisserai personne bousiller mon plan.

Ils étaient encore en train de discuter de l'opportunité des renforts quand Heller arriva avec sa mallette remplie d'instruments. Il se mit aussitôt à recueillir des traces sur la porte. Finalement, Riker avait dû céder à l'usure avec un « O.K., pas de renforts » quand Heller partit.

— Quand penses-tu l'arrêter ? demanda-t-il.

— Peut-être dimanche.

Pas étonnant qu'elle choisisse le jour du Seigneur,

quand Il se repose et ne surveille pas les humaines — si elle ne lui mentait pas, une fois de plus.

Le chat ronronnait contre les jambes de Mallory tandis qu'elle mettait son revolver dans son étui. Elle le prit dans ses bras. Long Nez frotta son museau contre sa joue, léchant sa peau de sa langue râpeuse, les yeux mi-clos, avec un air de profonde satisfaction. Mallory ouvrit la porte de la salle de bains et, tenant de l'autre main le chat à bout de bras, le laissa choir sur le carrelage. Aussitôt, il se dressa sur ses pattes arrière et se mit à danser.

Riker émit un long sifflement.

— Il a déjà fait ça ?

— Non, dit Mallory.

S'agenouillant, elle prit les pattes du chat et les posa fermement sur le sol.

Le chat ronronna à nouveau, les yeux mi-clos. Elle se releva et se dirigea vers la porte. Aussitôt, le regard blessé de l'animal confus sembla lui dire : *Qu'est-ce que j'ai fait de mal ?* Les yeux arrondis, avec un hochement de tête, il battait l'air de ses pattes avant.

La porte se referma définitivement.

Si seulement elle était une femme d'intelligence et d'ambition raisonnables ; si seulement sa beauté n'était pas l'antithèse de sa figure de clown à lui ; si seulement elle était tout simplement normale, il lui aurait donné tout ce qu'il avait. Mais elle était anormale et étrange. Pourtant, si elle le voulait, il lui donnerait tout ce qu'il avait.

À huit heures cinq du soir, il sut qu'elle ne viendrait plus. À présent, il mesurait le passage du temps en regardant la glace fondre dans le seau en argent. Le papier rouge qui enveloppait le cadeau de Mallory lui semblait vaguement pathétique. Qu'elle était absurde et ridicule, cette boîte festive à l'intention d'une femme qui ne tenait pas à l'ouvrir ! Une heure encore, il resta à contempler la porte qu'elle n'allait pas franchir. Soudain, il se leva et enfila son manteau. Se précipitant dans l'escalier et le vestibule, il sortit dans la nuit pour marcher et réfléchir.

La nuit était claire et froide. Charles entendit, au nord, les cloches du couvent sur Bleeker Street et, à l'ouest, celles de Saint-Antoine. Il était assez idiot pour trouver cette nuit romantique, bien qu'il n'ait personne avec qui la partager. Jamais, peut-être.

Mallory était tout ce qu'avait dit Riker : sans cœur, sans point sensible qu'il aurait pu toucher. Évidemment, elle le prenait pour un imbécile. Il en était un. Il gaffait toujours en sa présence. Si seulement il y avait en elle un élément conventionnel où il aurait pu se trouver en sécurité.

Il sentit le lecteur de CD à travers la poche de son manteau. Il avait remercié Mallory pour son cadeau mais ne s'en était pas encore servi. Eh bien, cette petite merveille de technologie serait peut-être un lien avec elle... Il mit les écouteurs sur ses oreilles et appuya sur le bouton. La musique envahit son cerveau en semblant jaillir de tous les côtés à la fois. C'était *merveilleux* ! Cette musique qu'il portait en lui depuis son enfance lui semblait renouvelée. Pendant un instant, il oublia de respirer en écoutant ce son qui n'était ni de la musique, ni un klaxon, ni le carillon d'une cloche. Il savait que c'était le bruit des pas d'Amanda, derrière lui. Sa démarche était trop légère et indécise. C'était l'imitation encore imparfaite du pas d'une femme vivante. Comme elle arrivait à sa hauteur, il détourna la tête et arrêta la musique.

Les pas disparurent.

Charles essaya de se concentrer sur Mallory. Elle savait qui faisait voler les crayons. Elle connaissait peut-être aussi la dynamique de cette petite famille télékinétique d'une manière qui lui échappait, à lui. Est-ce qu'elle reconnaissait des signes d'enfance maltraitée chez Justin ? Ou, comme le garçon l'avait dit, avait-elle vu en lui ce qu'elle refusait pour elle-même ? Ou encore, était-ce quelque chose de simple qui permettait à Mallory de voir ce que lui, Charles, ne pouvait voir ? Simplement, l'absence de cœur ?

— Parfois, ils ne peuvent aimer en retour, disait Amanda revenue à côté de lui et qui marchait maintenant à son rythme.

Charles songea que l'illusion qu'il avait créée montrait une insistance presque humaine. Amanda était revenue lui tenir compagnie pour un moment. En regardant le visage triste de la jeune femme, sa peur se transforma en curiosité.

— Vous n'étiez pas aimée en retour non plus, n'est-ce pas ?

— Non.

— Et quand vous avez mieux connu cet homme, le mépris a tué les sentiments que vous éprouviez pour lui. J'ai raison ?

— Oui, mais vous n'aurez jamais de mépris pour Mallory. Ce n'est pas pareil. Moi, je méprisais sa faiblesse à lui. Elle, elle possède une force terrible, exceptionnelle... C'est quelquefois effrayant, n'est-ce pas ? Vous êtes perdu, Charles. Je m'en suis mieux tirée que vous. C'est mieux de mettre fin définitivement à l'amour...

— À la fin, vous n'aimiez que l'enfant ?

— Oui.

— Alors, pourquoi avez-vous supplié qu'on l'arrache de votre chair ?

— Il m'avait menti.

Les pas d'Amanda faisaient moins de bruit. Elle marchait auprès d'un homme qui projetait une seule ombre pour eux deux. Cette fois, il ne s'était pas donné le mal de la faire apparaître. Cela aurait dû l'inquiéter, mais, bizarrement, il était content de sa compagnie.

— Savez-vous pourquoi elle vous a donné mon manuscrit ? demanda Amanda.

— Pour que je le lise attentivement, et pour faire avancer l'enquête.

— Vous savez bien qu'elle en a lu chaque page avant de vous le donner.

— Bien sûr.

— C'est mon amour pour l'enfant qu'elle n'a pu saisir complètement. Elle ne pouvait pas comprendre pourquoi je faisais des plans d'avenir pour un bébé qui n'était pas encore né.

— Pourtant Mallory était une enfant très aimée. Helen et Louis l'adoraient.

— Mais seulement après le mal qu'elle avait subi dans la rue. Que savez-vous de la vraie mère de Mallory ? Comment une enfant si jolie, si intelligente, a-t-elle pu être lâchée dans les rues ? Elle était tout ce qu'une mère pouvait désirer. Pourquoi a-t-elle été abandonnée? Si vous cherchez encore un lien avec le garçon aux crayons volants, il faut remonter à leur histoire commune. Que savez-vous de la petite enfance de Mallory ?

— Mallory est une personne très secrète, soupira Charles. Elle n'a jamais voulu parler de son passé.

— Si vous pouviez libérer votre esprit des paramètres logiques et factuels, vous arriveriez sans doute à la conclusion que la mère de Mallory est morte, peut-être assassinée.

— Là, je pense que vous exagérez un peu, Amanda.

— Croyez-vous vraiment ? Mallory a prédit qu'il y aura de la violence dans la famille Riccalo. Vous voyez un lien entre elle et ce garçon. Ils ont tous deux perdu leur mère. Et vous ne vous posez pas de questions ? Qu'est-ce qui a pu mettre à la rue une petite fille en fuite ? Qu'est-ce qu'elle fuyait ?

— Elle a peut-être subi des violences sexuelles ?

— De la part de sa mère ? Non. Elle a tout de suite aimé Helen. Elle a donc appris à faire confiance aux femmes comme Helen, les mères nourricières, celles qui soignent les genoux écorchés, qui adorent les enfants. Supposez que Mallory ait vu tuer sa mère ?

— Oh ! c'est tout à fait absurde ! Aucun fait ne corrobore cette hypothèse. Bientôt, vous me direz que Justin a vu mourir sa mère, que c'est le lien qu'ils ont en commun, comme si Mallory pouvait lire dans l'esprit du garçon...

— Chacun a pu lire dans les yeux de l'autre. N'ont-ils pas en commun quelque chose d'abîmé ? Justin ne se conduit pas comme un enfant ordinaire, n'est-ce pas ? Il ne parle pas comme un enfant. Mallory était pareille.

— Dans votre cas, le but de votre création était de trouver votre assassin...

— Oui, mais était-ce votre idée ? Elle ne vous a donné mon manuscrit que lorsqu'elle a compris que vous pouviez créer l'illusion du succube à partir de ces éléments intimes de moi-même.

Mallory pouvait-elle être machiavélique à ce point ?

Certainement. Toutes ces allusions à Malakhai ? Il ne s'agissait que de cela. Il s'était laissé piéger.

Amanda lui fit un petit signe de tête, indiquant qu'elle avait compris, puis elle marcha devant lui en s'éloignant.

— Et vous, Amanda ? cria Charles. Qui vous a tuée ? Pourquoi vous a-t-il tuée ainsi ?

Il était trop fatigué pour soutenir son illusion et, par la même occasion, la retenir auprès de lui. Il la regarda s'évanouir dans l'ombre. Elle était d'une substance si frêle qu'elle fut absorbée par la première tache d'obscurité qu'elle rencontra.

Il avait été abandonné par les deux femmes dans la même journée.

Il contemplait ses chaussures en passant de l'ombre à la lumière des lampadaires. Perdu dans ses pensées sur Mallory, il erra dans la ville vers le sud et l'est, en territoire inconnu et peu sûr. Quand, enfin, son regard se tourna vers l'extérieur, il prit conscience de son environnement et s'aperçut que cela lui était égal. Il se rendait à peine compte du temps écoulé ; on était passé de la veille de Noël au matin de Noël.

S'emmêlant les pieds dans une pile de journaux posée contre un mur en brique, il s'étala de tout son long. Le ciment du trottoir l'accueillit brutalement. Au même instant, quelque chose de petit et de vivant se tortilla sous ses jambes en s'enfuyant.

Levant les yeux, Charles vit une petite fille, debout devant lui, qui portait un manteau rouge trop petit pour elle.

Oh ! mon Dieu ! Il avait trébuché sur le corps d'une enfant ! Elle dormait sans doute sous la pile de journaux. Il contemplait les plus grands yeux du monde au milieu d'un visage barbouillé. Elle avait les cheveux tout emmêlés. Elle devait avoir six ou sept ans. Elle lui tendit un vieux gobelet en carton qu'elle agita en faisant tinter la monnaie. Charles mit un moment avant de comprendre que l'enfant mendiait, que son petit corps maigre tremblait de froid.

— Où est ta mère ? Pourquoi tu...

Aussitôt, l'enfant recula d'un pas. Ses yeux vifs et

malins avaient saisi que l'homme n'était pas du genre à faire la charité, qu'il représentait une autorité, un flic peut-être, ou, pis encore, un assistant social ! Il eut à peine le temps de lire tout ce qui défilait dans ce regard que la gosse avait déjà disparu dans le noir.

Se relevant péniblement, Charles se lança à sa poursuite. Ses pas résonnaient sur le trottoir à mesure qu'il entrait et sortait des cercles d'ombre et de lumière des lampadaires dont certains étaient brisés. Dans l'une de ces zones d'ombre, la petite s'était évanouie. Il s'arrêta pour écouter le bruit léger de ses pas.

Silence.

Soudain, un tintement lointain.

Il leva les yeux à temps pour voir l'enfant escalader une palissade. Il retint son souffle en la voyant descendre de l'autre côté à une vitesse incroyable. Quand il arriva devant la clôture, il aperçut un pan de manteau rouge tourner au coin d'un bâtiment, au loin.

Maintenant, la petite fille était partie pour toujours – et avec elle, un fragment de l'enfance de Mallory.

Quel imbécile !

Charles appuya son front contre le métal froid de la palissade. Il ferma les yeux très fort. Il avait le cœur brisé.

Imbécile.

Ses yeux n'étaient pas du vert de Noël, ni d'un vert vivant. Ils étaient froids et, sur le moment, inquiétants. Les lumières du tableau de bord les faisaient briller dans l'obscurité. Les yeux de Mallory semblaient illuminés de l'intérieur comme si la nature avait tenté une expérience différente – pour casser la monotonie des stéréotypes et faire une peur bleue à Riker.

— Tu sais, Mallory, si je pensais que tu avais un cœur, j'aurais cru que tu te serais fait un sang d'encre en n'ayant pas de mes nouvelles pendant les fêtes.

Ouais, d'accord, répondit le pli de sa bouche, sur le côté, sans qu'il soit nécessaire de prononcer une parole.

Riker referma la portière de la petite voiture marron.

— Je ne serai pas long, juste le temps de prendre quelque chose pour mon petit déjeuner.

Il s'approcha de la lumière diffuse du bar derrière la paroi de verre. Regardant à l'intérieur, il fit un signe de la main. Peggy, posant son balai, lui répondit. Riker s'avança d'un pas incertain vers la porte du bar.

La bière qu'il avait ingurgitée ralentissait ses réflexes. Il eut à peine conscience de l'adolescent qui se tenait à une vingtaine de mètres sur sa droite. Le jeune regardait dans toutes les directions. Il attendait sans doute quelqu'un. Riker se retourna pour voir Mallory qui se fondait dans l'obscurité de la voiture. La barman lui ouvrit toute grande la porte.

— Qui est ton ami ? demanda Peggy en regardant derrière lui.

Riker tourna lentement la tête et aperçut le jeune derrière lui. Peggy, qui n'était pas ivre, recula rapidement vers le bar où se trouvait son fusil à canon scié.

Mais c'était déjà trop tard.

Riker observa le jeune plonger la main sous sa veste pour la refermer sur la crosse du revolver dans sa ceinture. Il se demanda s'il serait tué par le réflexe rapide de la jeunesse, ou par sa propre réaction ralentie par l'alcool. De toute façon, le jeune voyou l'aurait. Sa réflexion dura le temps que prit le garçon pour saisir son revolver, une seconde.

Le jeune n'eut même pas le temps de sortir son revolver.

Une boule d'énergie fulgurante, Mallory, dont Riker ne voyait qu'une masse de cheveux blonds, se précipita sur le voleur dans l'embrasure de la porte et le plaqua si fort contre une table qu'il faillit se casser en deux. Plongeant sa main dans sa veste, elle en retira un revolver calibre 22. En un clin d'œil, elle lui passa les menottes et le poussa dehors. La violence du choc, la douleur et la surprise avaient rendu le garçon docile.

Riker ne dit pas un mot à Peggy. Levant les bras, il attrapa au vol le sac en papier qui contenait son pack de bières et suivit Mallory avec sa prise sur le trottoir.

Hé ! qu'est-ce qui lui prend ?

Mallory était en train d'appuyer sur la tête du jeune pour le faire monter sur le siège avant de sa voiture, du côté passager. N'importe quel gosse qui regarde trop la télé sait que le criminel monte toujours à l'arrière. Qu'est-ce qu'elle manigançait encore ?

Mallory ouvrit la porte arrière pour Riker en disant :

— Excusez le dérangement, monsieur. Je m'en débarrasse dès que possible.

Depuis quand est-ce que Mallory disait « monsieur » à quelqu'un ? Elle ne l'avait même pas appelé ainsi quand il avait eu le rang de capitaine. Mais ça, c'était du temps de sa femme et avant qu'il ne devienne alcoolo. Acquiesçant de la tête, il s'installa sur le siège arrière et se prépara à jouer le jeu de Mallory.

Quand Mallory fut assise derrière le volant, elle se pencha vers le garçon et lui dit à voix basse :

— Pas de chance pour toi que tu aies vu le commissaire de police, soûl dans un bar, après la fermeture légale... Je vais être obligée de te supprimer. Tu comprends, n'est-ce pas ? C'est rien de personnel. C'est de la stratégie interne...

Tandis que Mallory conduisait, Riker observait le visage de l'adolescent. Il transpirait abondamment et l'attitude de tout son corps vacillait entre « c'est du bluff » et « elle va me buter ».

— C'est vraiment dommage pour toi que tu fasses ce coup-là juste le soir où je trimballe un super flic, pété, à l'arrière de ma caisse... Ouais, je crois que je vais te descendre.

C'était absurde, se disait Riker. Mais ce garçon était très jeune. Il n'y avait pas longtemps encore, il devait croire au père Noël et à la fée Carabosse. Et surtout, le gosse voyait dans le regard de Mallory des yeux d'assassin.

Ouais, le jeune avalait cette salade.

Riker sentit un pincement à l'estomac, à l'endroit où il avait son ulcère. Elle n'avait pas attendu que le jeune sorte son revolver. Elle ne lui avait pas lu ses droits constitutionnels. Elle avait enfreint toutes les lois et, maintenant, elle s'apprêtait à en enfreindre de nouvelles.

Bon, il pouvait se détendre un peu. Elle n'allait pas le tuer parce que Markowitz n'aurait pas apprécié. Manquant de repères moraux, des notions élémentaires du bien et du mal, Mallory se fondait sur ce qui aurait plu ou déplu à son père adoptif.

À présent, ils roulaient dans le quartier de Wall Street, désert en cette veille de Noël. Elle s'engagea dans une rue sans issue, bloquée par des pancartes « chantier ». Mallory arrêta la voiture près d'une poubelle de gravats abandonnée sur le site, qu'elle examina attentivement.

— Non, ici ça ne va pas, dit-elle. Je regrette que ça prenne si longtemps, monsieur. Je vais m'en débarrasser au prochain pâté de maisons. O.K. ?

— Je ne dirai rien ! hurla le jeune.

Mallory resta silencieuse pendant que la voiture roulait doucement dans des rues obscures. Elle s'arrêtait puis repartait en secouant la tête.

— Je me demande d'où vient ce flingue, dit-elle, et je me demande ce que tu en as fait.

Riker remarqua avec intérêt qu'elle perdait le vernis de sa bonne éducation en des moments chauds comme celui-ci. Sa voix avait une tonalité si menaçante que n'importe quelle personne saine d'esprit reculerait hors de sa portée, sans faire de mouvements brusques. Il devina ce qui passait par la tête de l'adolescent. Lui-même était tassé contre le cuir du siège arrière.

Mallory et le délinquant lui semblaient si jeunes tous les deux. Ils auraient pu être frère et sœur avec leurs visages lisses et leurs chevelures blondes.

— Tu as très mal ? demanda Mallory, sur un autre ton, avec une sollicitude presque maternelle.

— Ouais, j'ai horriblement mal au ventre, dit le garçon.

— Bon. J'ai remarqué que ton revolver n'était pas chargé. C'est pas très malin, non ?

Surpris, le jeune regarda Mallory, puis le revolver dans sa main.

— Alors, tu as volé ce revolver sans prendre les balles ? Quand je vais passer le numéro d'enregistrement de l'arme dans l'ordinateur, est-ce que je vais trouver qu'un honnête contribuable a été cambriolé par un débile mental qui croit qu'un revolver fabrique ses propres balles ? Qu'as-tu volé d'autre ?

— Rien ! Je n'ai rien...

Riker fut projeté en avant quand Mallory freina brutalement. Mais ce fut pire pour le garçon dont le front alla heurter le tableau de bord, car ses mains menottées dans le dos l'empêchèrent de se protéger. Il poussa un gémissement de douleur. Riker détourna les yeux. Il n'avait pas envie de voir Mallory faire couler le sang dès la première heure du matin de Noël.

Wall Street ressemblait à une ville fantôme à cette heure-là. On pouvait y faire ce qu'on voulait sans craindre les regards indiscrets.

Mallory se pencha et saisit le gosse par le col de sa chemise.

— Tu es vraiment con. Tu ne sais pas que lorsque j'aurai le renseignement au sujet du revolver, je saurai aussi tout ce que tu as volé avec ?

— C'était rien. Il y avait une bague et un bracelet, mais ça valait pas une thune. Je les ai apportés chez un bijoutier. Il m'a dit que je ferais mieux de les vendre aux Puces. C'est la vérité. Je connais ce mec-là. Il ne me mentait pas.

Riker secoua la tête et ne put s'empêcher de sourire. Un bébé truand qui apportait des objets volés au bijoutier de son quartier ! Le niveau de la classe criminelle baissait chaque année... Et pas de balles dans le revolver ! Ces gosses n'apprenaient donc rien à l'école !

Il entendit Mallory appeler le département sur le téléphone de sa voiture pour leur donner la date et la description des bijoux. Mais elle négligea de mentionner qu'elle avait arrêté le suspect et qu'elle avait son revolver en sa possession. À la fin, elle dit seulement :

— Je regrette, ça ne correspond pas.

Elle raccrocha.

— Tu m'as dit la vérité. Je vais te laisser filer. Mais tu ne diras à personne que tu as vu un commissaire de police se bourrer la gueule dans un bar après la fermeture. D'accord ?

Le garçon hocha la tête comme un poney de cirque. Ouais, tout ce qu'elle voudrait, pourvu qu'elle ne lui fasse plus mal.

Riker ne souriait plus. Assis au fond de la voiture, il essaya d'imaginer la beauté du pack de bières pour son petit déjeuner. Rien à faire. Il dessoûlait rapidement et involontairement au fur et à mesure qu'il découvrait l'esprit retors de Mallory.

C'était l'évidence même.

La seule chose qui l'intéressait, c'était le revolver du voleur. Il leva les yeux vers le plafond de la voiture.

Ah ! Markowitz, mon salaud ! Comment as-tu pu me faire ça, à moi ? Mourir et me mettre ta gosse sur le dos ? Peux-tu m'entendre, enfoiré ? Regarde ce que ta petite fille est en train de faire. Elle truande un autre gosse.

— Je compte jusqu'à dix. Si je ne te vois plus, je ne te tue pas. O.K. ?

Elle se pencha sur lui pour ouvrir la porte côté passager. Riker écouta le bruit métallique des menottes qu'elle enlevait. Elle posa ensuite ses deux mains sur son volant. Mais le gosse, paralysé par la peur, restait collé à son siège. Elle dut finalement couper les liens en criant :

— FOUS LE CAMP, imbécile !

Le jeune fit de nouveau son signe de tête obéissant et trébucha à moitié hors de la voiture. Vacillant sur ses jambes, il mit quelques secondes avant de comprendre qu'il était réellement libre. Puis il prit ses jambes à son cou et disparut.

Riker sortit de la voiture et se glissa sur le siège à côté de Mallory.

— Je prends le revolver, Mallory.

— Non, il est à moi.

— Tu ne comptais pas ramener ce jeune au commissariat. Et ce n'est pas pour me sauver la face parce que j'étais soûl. Tout le monde sait que je bois. Non, tu avais besoin d'un flingue d'appoint. Tu veux le garder pour l'assassin du Coventry Arms. Si je me trompe, arrête-moi.

Mais Riker était bien décidé à ne pas se laisser arrêter par Mallory. Il avait la résolution énergique d'un train lancé à pleine vitesse – c'était la seule manière avec elle, s'il reprenait son souffle, il perdrait son tour et elle l'écraserait.

— Supposons que l'arme préférée du criminel soit ses mains. Si tu descends un homme désarmé, la commission de contrôle civile t'épinglera. Mais si tu joues encore une fois au cow-boy, mettons que tu blesses le mec aux genoux, Coffey ne te fera pas de cadeau. Il t'enfermera dans la pièce aux ordinateurs – tu ne verras plus jamais la rue. On dirait que c'est perdu d'avance pour toi. Mais s'il y a une arme par terre, à côté du corps de l'assassin, on dira qu'il est venu armé à la fête et tu ne risques plus rien... Pas vrai ?

Mallory évita son regard.

— Pendant toute sa carrière, Markowitz ne s'est jamais servi d'une arme d'appoint, continua Riker. Il prenait des risques, comme nous tous. Il jouait franc-jeu et ça demandait du courage. Peut-être que tu n'as pas la même envergure, Kathy. N'as-tu rien appris au contact du Vieux ? Rien du tout ?... Kathy ?

— Mallory, pour toi, corrigea-t-elle.

— Si tu ne me donnes pas ce flingue, je vais te flanquer une raclée et le prendre de force. J'ai aimé Markowitz plus longtemps que tu ne l'as connu. Je ne vais pas laisser sa gosse déconner. Donne-le-moi. Tu sais que je ne bluffe pas. Je ne l'ai jamais fait et je ne le ferai jamais.

Rien.

Elle se tenait toute raide, aveugle et sourde à ses paroles.

— *Maintenant*, Mallory, ou ça va barder.

— Joyeux Noël à toi aussi, Riker, dit-elle en lui tendant le revolver.

Le bip accroché à la ceinture du sergent se mit à émettre ses sons aigus avec insistance, réclamant une réponse urgente. Décrochant le téléphone, il fit le numéro de la section criminelle spéciale.

— Ouais, dit-il, je le connais... Non, pas de problème, j'arrive tout de suite...

Puis, à Mallory :

— Charles est au commissariat. Il a besoin de quelque chose et il dit que je réponds de lui. Tu viens ?

— Non. Je te dépose.

— Y a de l'eau dans le gaz entre toi et lui ?

— C'est toi que Charles a demandé, pas moi. Il n'a pas besoin de moi. C'est clair.

Quand Riker sortit de sa voiture, dix minutes plus tard, il se pencha vers Mallory pour lui dire à voix basse :

— As-tu pensé au revolver à amorces sur la feuille d'inventaire ?

Les yeux de Mallory brillèrent d'une compréhension subite. Elle esquissa un lent sourire, rusé. Il détestait ce sourire-là, chez elle.

Charles était assis sur une chaise en plastique jaune trop petite pour lui. Il croisait et décroisait les jambes, essayant de ne pas avoir l'air gauche.

À trois heures du matin, il régnait au commissariat une activité constante sous les vives lumières au néon. Une femme, enveloppée dans une couverture, hurlait, accompagnée par deux policiers en uniforme. Un adolescent hébété suivait docilement un inspecteur en civil que Charles connaissait vaguement. Deux touristes entrèrent en vociférant ; ils avaient été délestés de leurs bagages, de leurs portefeuilles et de leurs bijoux. Enfin, deux jeunes gens, menottes aux mains, apparurent escortés par quatre policiers.

Joyeux Noël, pouvait-on lire en lettres d'argent audessus du bureau du gardien de la paix qui avait enregistré son rapport.

Charles contemplait d'un air absent les rayures et les marques sur le sol lorsqu'il aperçut une paire de chaussures marron, usées et familières, surmontée d'un costume froissé. Il sentit les effluves de bière – le souffle de Riker.

Le sergent lui fit un signe de tête et se joignit aux deux policiers qui avaient essayé de raisonner Charles. Ils n'avaient pas réussi à lui faire admettre qu'il n'y avait aucun moyen d'attraper un gosse qui ne voulait pas se faire prendre. Il y avait moins de problèmes à retrouver des criminels endurcis que les gamins des rues car ceux-ci connaissaient des cachettes impensables. Alors, en désespoir de cause, Charles avait fait jouer ses relations. Un coup de téléphone du sergent de service avait suffi à faire venir Riker – improbable chevalier – au bout de quelques minutes.

Assis devant un bureau, Riker hochait aimablement la tête en écoutant les doléances des deux officiers sur son ami, le doux dingue, assis là-bas. Riker saisit le récepteur et passa trois coups de téléphone à la suite. Au quatrième appel, Riker sourit, se cala sur sa chaise et posa ses pieds sur le bureau. Il fit un signe de la main aux deux policiers indiquant que le problème était réglé. En partant, l'un d'entre eux pressa amicalement son épaule.

Riker reposa le téléphone et fit signe à Charles d'approcher : il ramassa une feuille de papier, et se mit à lire tout haut le rapport de son ami.

— Ainsi donc, votre petite fille portait un manteau rouge qui n'était pas à sa taille ? des chaussures et des chaussettes dépareillées ? des cheveux châtains, emmêlés, et des yeux noisette ?

Riker reprit sa respiration avant de lire le paragraphe suivant :

— Elle n'était pas lavée, était sous-alimentée mais douée d'excellents réflexes moteurs. Âgée de sept ans approximativement, elle mesurait environ un mètre, et elle était très pressée ?

— Oui, c'est bien elle.

— Et elle avait des poux, Charles. Vous n'avez pas mentionné cela. Je l'ai retrouvée. Vous avez bien réussi. Vous avez fait si peur à la môme qu'elle a couru se réfugier dans un foyer pour enfants. Ils connaissent bien la petite. Elle est arrivée avec de grands yeux effrayés en leur racontant qu'elle avait été poursuivie par un géant. Je suppose que c'était vous.

— Je ne voulais pas l'effrayer.

— C'est bien que vous l'ayez fait. Elle aura eu un repas chaud et un lit pour la nuit.

— Que puis-je faire d'autre ?

— Rien, Charles. Vous ne reverrez jamais cette gosse. Vous ne saurez plus jamais rien d'elle. Je ne peux même pas vous donner le nom du foyer, parce qu'une promesse est une promesse. Normalement, ils ne nous disent rien du tout. Légalement, nous nous en tenons au fait que l'enfant « appartient » aux parents. Souvent, les gens du foyer sont d'avis que le gosse vivra plus longtemps si nous restons à l'écart. Mais la directrice de ce foyer me doit une faveur. Donc, avec la promesse que cette conversation n'a jamais eu lieu, je lui parle de mon ami doux dingue qui veut mettre la police de New York sens dessus dessous pour enlever de la rue une enfant, un matin de Noël... Alors, elle m'a demandé votre taille.

— Je suis un crétin.

— Ne changez pas, Charles.

— J'ai empoisonné vos vacances.

— Ma femme m'a quitté le jour de Noël. Ce n'est plus un jour de fête pour moi. Allons boire un verre.

— C'est moi qui vous invite.

— Pas question. Je vais vous faire goûter le meilleur scotch au monde. Suivez-moi.

Ils passèrent par la porte à double battant qui conduisait au couloir familier menant à la section criminelle spéciale. Du vivant de Markowitz, Charles avait souvent parcouru ce chemin — grimpant l'escalier étroit et débouchant sur un espace de lumière diffuse et de silence qu'interrompait seulement la sonnerie plaintive d'un unique téléphone. Deux inspecteurs étaient assis sous des lampes séparées, à l'autre extrémité de la grande pièce. L'un d'eux leva la tête, faisant un signe de main amical à Riker.

Le sergent ouvrit la porte du bureau de Jack Coffey, l'ancien bureau de Markowitz. Il s'assit dans le fauteuil et, tout à fait à l'aise, sortit un fil de fer de sa poche qu'il introduisit dans le dernier tiroir du bureau. Il l'ouvrit et en tira une bouteille et un paquet à moitié vide de gobelets en plastique.

Charles s'installa en souriant sur la chaise en face de Riker. Se sentant complice de ce petit délit, il accepta l'un des verres versés et, levant son gobelet, trinqua :

— Joyeux Noël, Riker !

— Joyeux Noël, Charles, répondit Riker en faisant cul sec. Alors, quel est le problème entre Mallory et vous ? Puis-je vous aider ?

— Nous nous sommes disputés au mauvais moment.

Elle ne me parle plus. Vous a-t-elle raconté l'épisode du fils Riccalo ?

— Des objets volants et pas de mains visibles ? Ouais.

— Elle voit quelque chose dans ce garçon que je ne vois pas. Comme un souvenir, une complicité ou une similitude. Je voudrais connaître ce lien, mais elle ne me parle plus. Que devrais-je faire ? M'excuser ?

— Oh ! non. C'est une très mauvaise idée. Avec elle, il ne faut jamais perdre la face. Jamais montrer de faiblesse.

— Alors, qu'est-ce que je fais ?

— Qu'est-ce qui vous fait croire qu'il y a un lien entre ces deux-là ?

— Eh bien, ce n'est pas logique, bien sûr. Rien de précis ne confirme cette idée, mais, je vous le répète, j'ai l'impression qu'elle retrouve une part d'elle-même dans ce garçon.

— Vous voulez dire que ce gosse est un monstre !

— Je pensais à une enfance maltraitée, dit sérieusement Charles. Que connaissez-vous de son passé avant qu'elle n'habite avec Louis et Helen ?

— Markowitz y pensait souvent. Il a gaspillé beaucoup de temps et d'énergie à faire des recherches. Helen voulait à tout prix adopter la môme. Mais Mallory ne voulait pas coopérer. Même pour Helen. Elle aurait donné sa vie pour Helen, mais elle a refusé de parler de son passé. Au bout d'un moment, Markowitz et l'enfant étaient arrivés à un statu quo. C'était son histoire, à elle. Il n'insista plus.

— Avait-il des hypothèses ?

— Il respectait le désir de l'enfant. Il n'a jamais divulgué ce qu'il avait pu découvrir.

— Et vous, croyez-vous que des mauvais traitements ou des abus sexuels auraient pu être des facteurs déterminants dans l'histoire de la petite ?

— Si un salaud avait essayé, il pouvait s'attendre à perdre un bras... Non, Charles. Vous croyez que je plaisante ? J'ai vu grandir cette gosse.

— Mais enfin...

— Quand Markowitz a enlevé cette enfant de la rue, il a tout de suite repéré sa place dans la chaîne de survie – elle était un prédateur précoce. Mallory aura de nombreuses suspensions mais elle ne perdra jamais son travail avec la police de New York. Aucun d'entre nous ne voudrait subir le stress de l'avoir contre nous, du côté des truands. Il faut seulement respecter quelques règles simples – ne pas trahir sa confiance, ne pas la balancer et ne jamais lui faire confiance.

Charles se demanda si Riker changeait délibérément de sujet, ou était-ce son imagination ?

— J'ai besoin de connaître son lien avec le garçon. C'est très important.

Riker sortit son vieux portefeuille qui tombait presque en morceaux et en tira une photo.

— Vous avez peut-être déjà vu ceci ? Markowitz la portait toujours sur lui. Voilà de quoi avait l'air la gamine à dix ans.

Charles examina la photo. Il y avait un air de défi dans sa pose. Il retrouva chez la petite ce même aspect dérangeant qu'il y avait chez Justin, quelque chose d'abîmé dans le regard qui en savait trop.

— Riker, croyez-vous qu'il soit possible que Mallory ait été le témoin d'un meurtre quand elle était enfant ?

Riker renversa une partie de son whisky. Pas par manque de coordination, car gaspiller de l'alcool était un manquement grave à sa religion.

Curieux.

Riker se baissa et sortit du tiroir un sac en kraft rempli de serviettes en papier. Il prit son temps pour essuyer le bureau afin de se donner une contenance. Finalement, haussant les épaules, il leva les yeux vers Charles.

— Elle était dans la rue depuis sa plus tendre enfance. C'est possible, je suppose. Elle n'en a jamais parlé.

— Je devrais peut-être poser la question à Edward Slope. Il l'a connue en même temps que vous.

Une ombre passa rapidement sur le visage de Riker indiquant qu'il préférait que Charles n'en fasse rien.

Riker lui cachait quelque chose. Mais quoi ?

Charles vit sur le bureau un feuillet qu'allait atteindre le liquide renversé. Il le ramassa. Cela sortait d'une imprimante. Les mots répétaient : JE PROMETS DE TIRER POUR TUER ; JE PROMETS DE TIRER POUR TUER ; JE PROMETS DE

TIRER POUR TUER : JE PROMETS DE TIRER POUR TUER, ligne après ligne, sur toute la page.

— Qui est assez fou pour écrire ça ? demanda Charles.

— Mallory, dit Riker. La gosse a parfois le sens de l'humour. Coffey lui avait passé un savon et, le lendemain, elle a déposé ça sur son bureau.

— Pourquoi Coffey lui en voulait-il de ne pas avoir tué le voyou ? Il menaçait un vieillard de son revolver et elle...

— Coffey a jugé qu'elle jouait avec le truand, et c'était vrai. J'ai soutenu Mallory cette fois-là, mais Coffey avait raison. Elle a déconné. Lorsqu'on sort son flingue pour tirer sur un criminel armé, on a été entraîné à viser la partie la plus large de son corps pour l'arrêter net.

— C'est un peu brutal, non ?

— Ça l'est, en effet. Mais c'est souvent l'unique chance que vous ayez de sauver votre peau. Et chaque citoyen est sous votre responsabilité quand vous sortez votre arme. Dès que Mallory est arrivée sur les lieux, ce vieil homme, la victime, était sous sa protection. Si elle avait raté son coup, le vieux écopait d'une balle après qu'elle eut tiré la sienne.

— Mais les membres de la commission de contrôle civile...

— Ouais, parlons-en de la commission de contrôle, une initiative de la ville, composée d'amateurs... Cette semaine, Mallory est une héroïne. Mais si, en sortant de l'hôpital, le truand n'est pas content de la courbure de son petit doigt après avoir été opéré de sa main qui tenait le revolver, il fera un procès à la ville de New York pour un million de dollars ! Ça arrive. Alors, vos citoyens aux idéaux élevés se souviendront qu'ils sont aussi des contribuables. Ils se retourneront contre Mallory. Et tout le monde lui en voudra de ne pas avoir tué le criminel, parce qu'un homme mort ne peut faire un procès. *J'adore* cette ville !

— Comment dois-je m'y prendre avec elle ? Elle sait quelque chose de vital au sujet de Justin mais elle ne veut rien me dire.

— Apprenez à penser comme Mallory.

— Comment le pourrais-je ? Je n'ai pas été un enfant délinquant et je ne sais pas grand-chose d'elle.

— Charles, vous êtes un homme intelligent. Je pense que c'est pour cela que Lou vous a demandé de vous occuper d'elle. Réfléchissez. Elle est trop vieille pour avoir besoin d'une nounou, d'accord ? Le Vieux a pensé que vous étiez le seul qui ait une chance de lui damer le pion. C'est à vous qu'il l'a confiée, non à ses vieux copains comme le Dr Slope.

— Oui, le Dr Slope aurait été mon choix. Il est très intelligent.

— C'est vrai. C'est un vieux malin. Alors, on peut se demander pourquoi pas lui ? On l'entend toujours râler contre les défauts de Mallory. Il déjoue toutes ses combines, n'est-ce pas ?

— Oui.

— Eh bien, vous n'avez peut-être pas remarqué qu'il fait ses quatre volontés. Il romprait le serment d'Hippocrate pour elle. Et le rabbin prendrait sa défense contre Dieu lui-même.

Riker vida son verre et se versa encore une rasade. Ses yeux rougis se levèrent vers Charles. *Et vous, que ne feriez-vous pas pour Mallory ?* demandaient-ils.

6

25 décembre

Toutes les femmes sont des salopes.

Seule la mort les rendait belles. Ce regard stupéfait quand elles savaient qu'elle était proche. Quand elles pouvaient la voir, l'entendre venir les prendre. Alors seulement il les respectait pour cette expérience, ce savoir qui lui échappaient. Être mort, être rien, ne plus être mis au défi.

Son obsession était de voir la vie quitter le corps. Mais cela aussi s'était dérobé à lui. Car mortes, elles avaient l'air d'être endormies. Les femmes avaient emporté leur secret avec elles. Les garces, qui ne voulaient pas partager. Un jour, peut-être, l'une d'elles lui dirait ce qu'elle ressentirait pendant qu'elle est en train de mourir. La prochaine.

Il complotait contre elle, en ouvrant son tiroir pour prendre ses chaussettes, en enfilant son pantalon, en boutonnant sa chemise. Il élaborait des plans pendant son petit déjeuner – ce qui lui donnait ensuite des brûlures d'estomac. Il balança un coup de pied à un petit animal et entendit crier son ennemie. Il regardait avec envie les couteaux aiguisés et en enfonça un dans un fruit... de nombreuses fois. Il la tuait cent fois par jour, faisant souffrir à sa place les bêtes, les fruits et les insectes.

Les délicates sculptures en grès formant des bras incurvés ornent de chaque côté le grand escalier qui conduit à la place, dominée par un ange de bronze qui surmonte la Bethesda Fountain. Ses ailes sont déployées, sa robe froissée et les avis partagés : danse-t-il ou non?

Du haut de l'escalier, dissimulée derrière les structures en pierre, Mallory observait l'homme sur la place. Il était seul à en arpenter les pavés, ce matin-là, projetant une ombre affaiblie par la pâleur du soleil d'hiver. Il s'assit au bord du grand bassin de la fontaine et regarda sa montre. L'ange de Bethesda s'élevait derrière lui à une quinzaine de mètres de hauteur. On prétendait que les eaux de la Bethesda biblique avaient des pouvoirs bénéfiques. Mallory, elle, se disait que ses eaux seraient gaspillées sur un misérable salaud comme Palanski. Les méfaits dont elle le soupçonnait étaient considérés comme criminels par toutes les philosophies du monde.

Mallory porta à ses yeux d'antiques jumelles. Elle avait finalement trouvé un usage à ce cadeau de Charles, car l'opéra l'ennuyait profondément. Ignorant la monture délicate des minuscules perles et pierres précieuses, elle appréciait surtout la puissance des lentilles. Elle pouvait distinguer le grain de beauté sur la joue de Palanski. Ensuite elle examina l'ensemble de la place. Le ciel couvert qui obscurcissait le soleil éclairait d'une lumière inquiétante les pavés gris. De temps en temps, un rayon de soleil crevant les nuages formait une ombre qui se défaisait aussitôt quand les nuages s'épaississaient à nouveau.

Une femme passa non loin de Mallory qui la regarda de dos suivre le sentier menant au grand escalier. Elle était petite — un mètre cinquante à peine — et maigre. Un chignon roux ornait le haut de sa tête. Elle portait une minijupe en cuir sur ses jambes nues qui avaient la chair de poule. À l'arrière de ses genoux, Mallory distingua des traces d'aiguille qui renforcèrent son impression qu'il s'agissait d'une prostituée.

La femme fut momentanément cachée aux yeux de Mallory derrière une balustrade en pierre. Quand elle réapparut, Mallory fixa les lunettes d'opéra sur son visage.

Ce n'était pas une femme.

Sous les sourcils dessinés au crayon, l'eye-liner et le

rouge à lèvres qui débordait, Mallory distingua le visage d'une enfant. Quel âge pouvait-elle avoir ? Douze ou treize ans ? Les yeux brun clair avaient l'expression d'un animal hébété. Malgré la fraîcheur de l'air, la sueur du toxico inondait son visage. Sa veste mince ne la protégeait guère du froid. Remettant ses jumelles dans sa poche, Mallory se demanda quand l'enfant prostituée avait eu sa dernière dose.

Palanski se leva tandis que la fille descendait les marches et traversait la place à sa rencontre. Elle lui fit un vague signe de la main.

Mallory descendit le chemin conduisant à la place, hors du champ visuel de Palanski. Elle marchait silencieusement sur les pavés et fit rapidement le tour de la fontaine. La petite putain ne la remarqua même pas ; elle s'avançait lentement vers Palanski, les yeux vides, l'esprit absent. Palanski plongea la main dans sa poche et sortit l'appât.

Dans l'écartement soudain des nuages, l'ange de bronze projeta son ombre sur l'eau, le bout de ses ailes caressant les pavés clairs sous les pieds de Mallory qui courait. La fille était à moins de deux mètres de Palanski quand Mallory la rattrapa. Elle saisit son bras maigre en lui fourrant sa plaque sous le nez. La petite sembla se désagréger, corps et âme, avec la même résignation que ses sœurs aînées, prostituées adultes. L'arrestation, ça faisait partie du boulot.

Palanski, abasourdi, regarda Mallory remettre sa plaque dans sa poche. Ses yeux incrédules s'agrandissaient sous l'effet de la panique. Il fit un pas en avant. Instinctivement, Mallory plaça sa main libre sur l'étui de son revolver. L'inspecteur s'immobilisa. En observant son regard fuyant, elle comprit qu'il concoctait une histoire pour justifier son geste. Comme il ouvrait la bouche, Mallory l'interrompit.

— N'essaie pas de mentir. Je sais ce que tu as fait.

Palanski fit demi-tour. Il sembla cloué sur place pendant un instant, ses pieds refusant de lui obéir. Puis il s'enfuit, courant de plus en plus vite en traversant la place.

Les trois paquets de poudre blanche dont il s'était délesté flottaient sur l'eau de la fontaine.

— Cours plus vite, fils de pute ! hurla Mallory.

Son cri résonna sur les pavés de cette place froide et désolée où elle avait pour seule compagnie un ange de bronze, aveugle, et une adolescence au regard perdu.

Betty Hyde attendait dans l'entrée pendant qu'Arthur ouvrait successivement la porte à une résidente âgée et à son chien, à une femme portant des paquets de provisions et à un homme avec une mallette, les derniers retardataires de la matinée. La chroniqueuse regarda de l'autre côté de l'avenue, à l'endroit où le sang d'Annie Franz, renversée par un chauffard ivre, avait été répandu sur la chaussée, il y avait plus d'un mois.

Profitant qu'il n'y ait plus d'allées et venues par la porte du Coventry Arms, elle s'approcha d'Arthur qui arborait son éternel sourire.

— Bonjour, mademoiselle Hyde !

— Bonjour, Arthur ! Belle journée, n'est-ce pas ?

Un billet de cinquante dollars glissa subrepticement du sac de Betty Hyde dans la poche d'Arthur.

— Oui, m'dame. C'est vraiment une belle journée.

— Corrigez-moi si je me trompe, Arthur, mais n'avez-vous pas changé d'horaire avec Bertrum la nuit où Mme Franz est morte ? Il me semble que vous étiez de service, cette nuit-là.

— En effet, mademoiselle Hyde. Vous avez une excellente mémoire.

— Vous avez donc dû voir l'accident.

— J'ai tout vu, chaque détail. J'ai pu donner à la police une description complète du chauffard soûl et les numéros de la plaque d'immatriculation. Ils l'ont attrapé dans l'heure, vous savez. C'est arrivé là-bas.

Arthur pointa le doigt vers le côté de l'avenue en bordure du parc. Il continua son discours, rodé comme celui d'un guide touristique.

— Il était deux heures quinze du matin. Mme Franz ne tenait pas très bien sur ses jambes. Remarquez, je n'ai pas dit qu'elle était ivre.

Non, Arthur ne dirait jamais une chose pareille. Betty hocha la tête en signe d'encouragement.

— Eh bien, ils étaient encore en train de se disputer.

Dans la version d'Eric, quand elle l'avait recueilli, à l'abri de la presse et de la police, il n'avait pas mentionné de dispute. Elle avait fait venir son médecin généraliste pour le soigner contre le choc. Eric lui avait dit qu'Annie et lui parlaient de la première ébauche de son nouveau roman.

— *Elle trouvait que c'était la meilleure chose que j'aie jamais écrite.*

Cette phrase avait été reprise dans les diverses interviews d'Eric, le circuit – le cirque – d'entretiens télévisés ou radiodiffusés, à la suite de la mort de sa femme.

— Donc, le ton de la dispute a monté, continua Arthur. Elle a trébuché légèrement en arrière et s'est retrouvée sur la chaussée.

Annie m'a raconté qu'elle avait laissé tomber son sac. Elle est retournée le chercher, lui avait dit Eric, les yeux pleins de larmes. Derrière lui, pendant qu'il décrivait le bruit mat du véhicule heurtant le corps de la femme, on pouvait admirer la vue à un million et demi de dollars, le spectacle des gratte-ciel se détachant contre l'horizon bleu doré de l'aube naissante.

Arthur avait maintenant pris l'intonation d'un animateur décrivant un événement sportif.

— Alors, il est toujours sur le trottoir et il la regarde, face aux phares du camion qui fonçait droit sur elle. Je n'oublierai jamais l'expression sur son visage, éclairé par la lumière des phares qui se reflétait dans ses yeux, pendant que la voiture s'approchait pour écraser sa femme. Si on ne savait pas que M. Franz est aveugle, ça ferait vraiment un drôle d'effet... Il était à moins d'un mètre d'elle, assez près pour la tirer de côté ou la prévenir, au moins. Mais il ne savait pas que le véhicule arrivait puisqu'il ne voyait pas...

— Est-ce que la police vous a questionné à ce sujet ?

— Oui, on m'a posé quelques questions. J'ai répondu aux officiers en uniforme et ensuite à un inspecteur – un grand type mince. À ce moment-là, ils s'intéressaient plutôt au véhicule en fuite.

Et la police n'avait pas payé Arthur pour ce long

monologue, ce récit détaillé de la mort d'une femme qu'il avait dû autant détester qu'il aimait Eric Franz. Tout le monde aimait Eric.

— Plus tard, reprit le concierge, l'inspecteur est revenu me demander si je pouvais confirmer les déclarations des autres conducteurs. Trois véhicules étaient concernés, savez-vous... Les journaux ont raconté n'importe quoi, bien sûr. Elle avait le dos tourné quand la voiture du chauffard ivre l'a renversée. Son corps a été projeté à six mètres au moins, dans cette direction-là...

Arthur indiqua le nord. Betty se demanda s'il se rendait compte du fait qu'il souriait en parlant du corps projeté en l'air.

— Mme Franz a atterri sur une camionnette qui roulait vers le sud, continua Arthur. Le conducteur a dérapé sur le trottoir en défonçant l'armature de la marquise de l'immeuble voisin. La pauvre dame est tombée de la fourgonnette sous les roues d'une Jaguar argentée. Sa robe a été happée par la roue arrière. La Jaguar l'a traînée sur cinq mètres avant de s'arrêter.

Arthur baissa la voix et reprit sur un ton confidentiel :

— Elle respirait encore, mademoiselle Hyde. Ça, les journaux ne l'ont pas dit non plus. Elle est morte juste avant l'arrivée de l'ambulance.

Betty hocha la tête. Bien sûr, il avait fallu au moins trois véhicules pour tuer Annie Franz. Et c'était vraiment approprié que le dernier ait la forme d'une balle en argent.

— Est-ce que Mme Franz a parlé avant de mourir ?

— Je ne crois pas. Vous devriez demander à la police. Cet inspecteur pourra peut-être vous aider. Il était le premier sur les lieux. Je crois qu'il a dit : « Un coup de chance »... Il passait par là, par hasard, il me semble. Il lui a donné les premiers secours pendant que nous attendions l'ambulance.

— Et que faisait Eric pendant ce temps ?

— Il se tenait là sans rien dire, en état de choc, naturellement. L'un des policiers a essayé d'obtenir de lui une déclaration, mais M. Franz avait du mal à comprendre ce qui s'était passé. À ce moment-là, vous êtes descendue et vous l'avez emmené.

— Oui, il était sous le choc, en effet. Pauvre Eric, dit Betty. Cela a dû être très pénible pour lui. Si seulement il avait pu voir...

— Il aurait pu la sauver.

Mallory se pencha vers la fenêtre du chauffeur de taxi.

— C'est une affaire de police. Je réquisitionne le taxi.

— Moi, pas parler anglais, dit le chauffeur.

— *Police!* dit-elle en agitant sa plaque et sa carte sous le nez du type. *Plaque.* Maintenant, vous savez parler anglais.

Pendant que Mallory attachait les menottes de la fille à la poignée de la porte, le chauffeur de taxi vociférait dans sa langue natale avec force mouvements de mains dont l'un était obscène dans toutes les langues.

Ensuite, Mallory traversa la rue pour se rendre à la cabine téléphonique. Après cinq minutes de conversation, elle revint à la voiture et détacha la fille. Elle donna une adresse au chauffeur.

— Moi pas parler anglais, dit-il encore une fois.

Elle ouvrit la porte du chauffeur et, l'agrippant par le revers de sa veste, balança le petit bonhomme sur le trottoir.

— Tu veux t'asseoir sur le siège arrière ou voyager dans le coffre? Si tu ne réponds pas tout de suite, c'est moi qui déciderai à ta place. À propos, j'ai remarqué que la photo sur ta licence n'est pas la tienne. Ce taxi est peut-être volé.

— Je vais m'asseoir derrière, dit le chauffeur en se relevant péniblement.

Il allait ouvrir la porte arrière quand Mallory démarra en trombe, sa prisonnière assise à côté d'elle, sur le siège avant.

— Pourquoi n'avez-vous pas appelé une voiture de police? demanda-t-elle à Mallory.

Elle était restée silencieuse jusque-là.

— À cause de la paperasse, dit Mallory. Si je remplis toute cette paperasse, je serai obligée de vous amener au commissariat. Vous êtes déjà en manque. Si je vous arrête, vous serez en garde à vue quand la vraie souffrance vous tombera dessus. C'est ce que vous voulez?

La fille tourna la tête vers la fenêtre.

— Je ne le pensais pas, continua Mallory. Je veux savoir quelles sont vos relations d'affaires avec Palanski. Il ne vous donnait pas un rendez-vous galant sur une place publique.

L'adolescente garda le silence, serrant rageusement les lèvres, comme si elle allait piquer une crise de colère. Une preuve flagrante qu'elle n'était encore qu'une enfant.

— Si vous croyez que Palanski vous sortira de là, vous vous trompez, dit Mallory. Il va garder profil bas pendant quelques jours. Et si vous croyez qu'il vous tuera parce que vous avez mouchardé, vous avez une bonne intuition. Mais j'empêcherai que ça arrive.

— Je suppose que vous voulez aussi que je vous raconte l'histoire de ma vie... Qu'est-ce qu'une petite fille comme moi...

— C'est pas la peine. Je connais votre histoire. Toutes les histoires se ressemblent. Vous ne pouvez pas retourner chez vous.

Elles n'échangèrent plus une parole pendant que Mallory conduisait le taxi hors de Manhattan en prenant le Lincoln Tunnel éclairé d'une lumière tamisée.

— Ça ne servirait à rien de le dénoncer, dit la fille. Personne ne croira à ma parole contre celle d'un flic.

— Vous avez raison. Palanski dirait que vous n'êtes qu'une indic. Il s'en tirerait avec une réprimande pour ne pas vous avoir remise à la police des mineurs — à moins que quelqu'un ne confirme votre témoignage.

— Les michetons ne parleront jamais. C'est dingue de croire que ces riches salauds...

Elle s'interrompit abruptement, sachant qu'elle en avait trop dit. Mallory sourit.

— O.K. Voyons si je peux reconstituer les choses. Palanski vous fournissait les clients. Il fait tout le travail de recherche, de filature. Il connaît leurs habitudes. Ensuite, il vous dit où vous planquer pour les rencontrer. Est-ce qu'il vous apprend aussi comment leur parler ? Est-ce que vous savez comment faire pour qu'ils vous emmènent chez eux ?

La fille ferma les yeux et pencha la tête sur le côté :

— Il fait froid, m'sieu... j'ai faim... Quelquefois, ils me donnent seulement un peu d'argent. Une fois, l'un d'eux a essayé d'arrêter une voiture de police. Je n'ai eu que le temps de filer. Palanski se goure, parfois. Mais vous seriez étonnée d'apprendre combien d'hommes veulent me réchauffer...

— Et le lendemain, Palanski sonne à la porte du micheton, n'est-ce pas ? Il lui montre une photo de vous avec votre date de naissance. Quel âge avez-vous ?

— Treize ans.

— Et les michetons paient. Et ils paient bien.

L'inspecteur n'avait même pas besoin de solliciter le prix de son silence. On était à New York et les types connaissaient la musique. Les portefeuilles s'étaient subitement matérialisés et les billets s'étaient entassés dans la main ouverte de Palanski. Celui-ci faisait un petit salut et s'en allait le sourire aux lèvres.

— Où m'emmenez-vous ? demanda la fille, les yeux grands ouverts, à présent, sur un paysage qui n'était plus celui de Manhattan.

— Dans un lieu sûr. Un ami à moi s'est arrangé pour que vous passiez quelques jours à la campagne. Je n'ai besoin que de quelques jours.

— Je ne peux pas rester trois jours sans ma dose...

— Je sais.

Mallory retira de la poche intérieure de sa veste les trois paquets de poudre blanche qu'elle avait repêchés dans les eaux de la fontaine de Bethesda. Elle les montra à la fille et les remit dans sa poche.

Avant que le taxi ne se soit engagé dans l'allée circulaire, Mallory avait appris que l'adolescente s'appelait Fay et qu'elle ne pourrait jamais retourner chez elle, sa mère alcoolique la battrait à mort, ou, sinon, le nouveau copain de cette dernière serait le premier à se faire du fric sur le jeune corps. Mallory gara le taxi devant la façade blanche d'une gracieuse, vieille demeure, style XVIIIe anglais. La voiture d'Edward Slope était stationnée près d'un écriteau en bois.

— Centre de recherche de Mayfair ? Qu'est-ce que c'est que cet endroit ?

Mallory ne répondit pas. Elles entrèrent dans un grand vestibule qui pouvait passer pour le hall d'un hôtel chic. À la vue du premier employé en blouse blanche, Fay essaya de s'échapper. Elle tira sur la main de Mallory qui ne la lâcha pas. Une seconde plus tard, l'infirmier l'avait saisie par les deux bras et l'entraînait à l'autre bout du hall. Elle hurla en direction de Mallory :

— Vous aviez dit que vous n'alliez pas me livrer ! Vous aviez promis ! Vous aviez promis !

La fille se dégagea des mains de l'infirmier et courut vers Mallory.

— Nous étions d'accord... Vous m'aviez promis...

Elle pleurait maintenant. Les larmes faisaient couler le maquillage outrancier sur son visage délavé qui ressemblait à un vieux masque de Halloween. Sous le masque, l'enfance délivrée remontait à la surface. Elle entoura de ses bras la taille de Mallory tandis que l'homme en blouse blanche essayait de lui faire lâcher prise.

— Je t'avais dit de la préparer, dit le Dr Edward Slope en jetant un coup d'œil furieux à Mallory. Tu ne m'écoutes jamais – ni moi ni personne.

Il s'accroupit et tourna doucement le visage de la jeune fille vers le sien.

— Vous croyez que ça va faire mal, mon petit, mais je vous promets que vous n'aurez pas mal. Je veux que vous alliez avec cet homme. Vous vous sentez déjà malade, n'est-ce pas ? Si, je le vois. Il va vous donner quelque chose qui enlèvera cette douleur. Vous ne la ressentirez plus jamais. Je vous en donne ma parole.

Fay desserra son étreinte, mais le regard blessé qu'elle adressa à Mallory montra qu'elle ne lui pardonnait pas d'avoir trahi sa promesse. Rien ne pourrait effacer cela. Elles le savaient toutes les deux.

Quand elle s'éloigna, accompagnée de l'infirmier, Slope se tourna vers Mallory.

— J'ai tiré toutes les ficelles que j'ai pu, mais il y a une limite à mon influence ici. J'espère que tu sais ce que tu fais. Une mineure sans papiers, c'est carrément illégal... Alors je la fais passer pour une parente, incognito. Elle fait partie du programme mais seulement pendant les trois jours de désintoxication. Et après, quoi ?

— Je n'ai pas encore prévu si loin. J'avais simplement besoin de l'enlever de la rue pendant deux jours. Oh ! j'ai aussi besoin d'un polaroïd de la gosse. Peux-tu m'obtenir ça ?

— Oui, bien sûr. Mais qu'arrivera-t-il à la fin des trois jours ?

— Je ne sais pas. J'ai assez de problèmes sur les bras en ce moment.

— Kathy, parfois j'ai l'impression que tu es devenue un être humain, puis très vite après tu m'exaspères comme en ce moment. Tu l'as amenée ici, c'est bien. Mais après la désintoxication ? Tu ne peux pas laisser tomber une petite fille comme si c'était un sac de pommes de terre !

— Doris fait la cuisine chez toi – c'est son boulot, n'est-ce pas ?

— Comment ?

— Si tu avais essayé de préparer un repas dans ta vie, dit Mallory, les mains sur les hanches, tu saurais que c'est un art véritable, rien que pour que tous les plats soient prêts en même temps.

La colère avait fait monter sa voix d'un ton.

— Eh bien, moi, je fais la cuisine en ce moment. J'ai six plats sur le feu à des températures différentes. Et tous doivent être prêts en même temps sinon mon repas est fichu.

Elle enfonça un ongle long dans la poitrine du médecin légiste et conclut :

— Fais ton boulot ! Et lâche-moi les baskets, veux-tu ?

La cuisinière au revolver traversa le hall et passa la porte d'entrée.

Ce jour-là, Mallory n'adressa qu'un seul message à chacun de ses suspects. Effaçant le bulletin quotidien auquel ils avaient accès sur leurs écrans par le système informatique de l'immeuble, elle entra le code qui allait faire apparaître la substitution – une seule phrase répétée indéfiniment : J'AI UN TÉMOIN.

Et ce n'était pas un mensonge si l'on comptait le chat.

Bien qu'il y eût largement de la place pour deux personnes de front, Pansy Heart s'aplatit contre le mur du couloir au moment où son mari passait devant elle. Le visage congestionné, le regard dur, il marchait d'un pas lourd en frappant le mur de son poing à quelques centimètres de la tête de sa femme. Dans la pièce qu'il venait de quitter, l'écran de l'ordinateur était de nouveau vide. Quel avait été le message, cette fois ?

Une porte claqua à l'autre bout de vestibule. Pansy sursauta comme si elle avait été électrocutée. Elle agrippa le rebord de la table en chêne massif. Elle se sentait complètement vidée. Elle crut qu'elle s'envolerait si elle n'était pas solidement ancrée à la table. Son cœur battait à tout rompre.

C'était normal de penser à sa belle-mère, en cette date anniversaire de la dernière journée de sa vie. Dans les yeux de cette femme usée par les ans, il y avait eu la conscience de sa mort prochaine. Quelques minutes plus tôt, la terreur avait habité ce visage buriné. Puis les rides s'étaient estompées et son regard à cet instant-là avait exprimé moins la paix qu'une sorte de triomphe. C'est alors que sa belle-mère était morte ; elle s'était échappée.

Angel Kipling arpentait nerveusement la moquette devant son mari Harry.

— Ne me dis pas que tu ne sais pas ce que ça veut dire ! s'écria-t-elle en brandissant un feuillet qui sortait de l'imprimante.

Une même phrase, imprimée une centaine de fois à la suite.

— Un témoin de quoi ? Qu'as-tu fait encore ?

La voix larmoyante d'Angel était sur le point de se transformer en hurlements.

Harry Kipling boutonnait sa chemise devant le miroir. Il chercha du regard l'image de sa femme derrière la sienne.

— Cette note ne m'est pas adressée à moi, n'est-ce pas ?

Il se retourna pour lui faire face en chair et en os. Angel mit ses poings sur ses larges hanches, un sourire sarcastique sur les lèvres. Son peignoir s'entrouvrit, laissant apercevoir ses seins flasques pendant sur son corps lourd. Les yeux d'Harry, qui s'étaient fixés un instant sur l'échancrure du peignoir, se détournèrent aussitôt. Angel tressaillit comme s'il l'avait giflée.

Harry s'éloigna du miroir en pied pour choisir une cravate dans l'armoire. Angel put s'examiner à loisir dans la glace. Elle n'avait pas encore mis son maquillage qui la protégeait comme une carapace et ses cheveux fins étaient tout emmêlés.

Fermant promptement son peignoir, elle s'adressa à son mari d'une voix plus douce.

— Il ne s'agit pas encore d'une arnaque à la carte bancaire, hein, Harry ? Tu n'as pas assez pour vivre avec ta pension ? Dis-le-moi.

Ça lui avait coûté une fortune de renflouer ce qu'il avait perdu dans son dernier projet de « banque créative ». Si elle n'était pas venue à son secours, c'était le scandale et la débandade des actionnaires. Pourtant, Angel n'avait jamais cru que l'argent volé avait été perdu ou dépensé. Amassait-il du capital pour préparer sa séparation ? Non, il ne la quitterait jamais. Il n'abandonnerait jamais la source d'une fortune illimitée.

Harry l'ignora tout en nouant avec concentration sa cravate. Cela semblait à Angel une préoccupation bien futile et inutile pour un homme qui n'avait pas d'occupation ni d'affaires à gérer. Elle avait déjà oublié combien elle était moche et vulnérable au saut du lit, sans l'aide magique de son maquillage.

— Réponds-moi, espèce de connard. Tu n'as pas envie que je te coupe ta pension encore une fois, pas vrai ?

— Écoute, Angel... Je n'ai pas la moindre idée de ce qui se passe. C'est sans doute la mauvaise plaisanterie d'un gosse de l'immeuble.

— C'est encore une escroquerie bancaire ? J'ai cru t'avoir fait comprendre très clairement ce qui arriverait si tu recommençais. Tu n'aimerais pas retourner à la pauvreté, Harry.

— Je n'ai rien fait.

Angel tira un feuillet chiffonné de la poche de son peignoir et le tendit à Harry.

— Ceci a été faxé hier. C'est une demande de carte de crédit et ça t'est adressé.

— Je n'ai fait aucune demande de carte de crédit.

— Lis ça !

Harry déplia le papier roulé en boule avec soin et l'étala sur la surface de la table de nuit.

Sous un en-tête intitulé « Informations pertinentes », on pouvait lire : « En premier lieu, dites-nous pourquoi vous l'avez fait. Rédigez votre confession en lettres capitales dans l'espace prévu à cet effet. »

Il ramassa la feuille de papier, l'approcha de ses yeux et examina le logo de la carte bancaire en haut de la page.

Puis il passa au paragraphe suivant. « Est-ce que votre femme est au courant de ce que vous avez fait ? Si c'est le cas, nous avons prévu un espace supplémentaire pour son commentaire. »

Suivaient deux questions :

« 1. Pourquoi avez-vous menti ?

« 2. Le feriez-vous encore si nous vous en donnions l'opportunité ? »

Posant la feuille, Harry leva les yeux sur Angel qui marchait de long en large sous le coup d'une fureur à peine contenue.

— Et maintenant ce message affiché sur le programme de l'immeuble ! explosa-t-elle. Qu'est-ce que ça signifie ?

Elle déplia le dernier message qu'elle tenait dans sa main :

— « J'AI UN TÉMOIN. » Un témoin de quoi ? Dis-moi quelque chose, Harry, ou je te coupe les vivres juste avant de te couper les couilles !

Eric Franz prit son temps pour ouvrir la porte. Betty Hyde entendit son pas traînant dans l'entrée, le bruit de ses semelles dures glissant sur le marbre. Quand il ouvrit la porte, il regarda par-dessus son épaule, comme s'il la cherchait des yeux. Il tenait une feuille de papier à la main. Son visage avait l'impassibilité d'un masque. Derrière lui, la pièce était plongée dans une obscurité que transperçait seule la lueur de l'œil constamment allumé de l'ordinateur.

— Si elle savait que vous fouillez dans son passé, ça serait la fin de votre amitié, dit le rabbin David Kaplan.

— Je recherche seulement le lien entre ce garçon et Mallory, rétorqua Charles.

Le bureau du rabbin était un lieu où les livres vivaient. Ils ne se cantonnaient pas sur les rayons de sa bibliothèque mais s'empilaient discrètement par thèmes sur chaque surface disponible de la pièce. Un volume relié était ouvert sur son bureau, attendant patiemment le retour du rabbin interrompu dans son activité studieuse.

— Le lien entre eux relève peut-être d'un caractère commun, ajouta Kaplan.

— La différence dans leur environnement passé ne laisse que peu de place pour une quelconque ressemblance.

— Tous les enfants ont en commun l'innocence.

— Je ne qualifierais ni l'un ni l'autre d'innocent. Le garçon parle comme un homme de quarante-cinq ans. Quant à Mallory... C'est Mallory...

— Ils partagent peut-être l'innocence du bien et du mal.

— C'est la première fois que j'entends le mot innocence associé au mal.

— Prenez l'opinion d'Helen sur Kathy. Helen ne voyait aucun mal dans cette enfant. Elle disait toujours que personne n'avait appris les lois à Kathy. Et c'était vrai. Ces concepts du bien et du mal, de la justice et de l'injustice, du ciel et de l'enfer, quel sens peuvent-ils avoir pour une enfant de la rue qui vit d'expédients et de larcins ? Au début, quand elle est venue habiter avec Louis et Helen, son comportement ressemblait à celui d'un enfant sauvage qui n'aurait pas été élevé au contact des humains.

— Et que sait-on de sa mère naturelle ? Est-il possible qu'elle ait maltraité l'enfant ? Cela pourrait expliquer pas mal de choses.

— Charles, je ne sais rien au sujet de sa mère. Kathy n'a jamais parlé de cette femme.

— Imaginons que vous deviez spéculer sur ses parents... Seulement à partir de ce que vous savez de Kathy. Que diriez-vous ?

— Nous supposions que Kathy était déjà à la rue trois ou quatre ans avant que Markowitz ne l'arrête. C'était une petite voleuse de dix ans. Elle a essayé de nous mentir en disant qu'elle en avait douze. Markowitz a fait un compromis à onze ans – mais elle avait volé une année !

Le rabbin Kaplan reprit :

— Nous savons qu'elle n'a jamais été dans une école traditionnelle. Helen a fait évaluer son niveau scolaire au centre d'éducation. On a découvert qu'elle avait appris très tôt à lire et à écrire. Elle avait aussi une aptitude remarquable pour les mathématiques. C'est pourquoi Louis et Helen ont dépensé sans compter pour l'inscrire dans des écoles privées. Ils craignaient que ses talents ne s'épanouissent pas dans les classes surchargées de l'école publique – avec leurs cinquante élèves par professeur.

Le rabbin alla à sa bibliothèque et prit une boîte parmi les livres. Il en retira des papiers.

— Voici un exemple de l'écriture de Kathy à l'âge de dix ans. Ce n'est pas celle d'une enfant. Quelqu'un s'est donné beaucoup de mal pour cette petite, dès son plus jeune âge.

« Ensuite, Helen a testé son éducation religieuse. Un jour, nous l'avons emmenée voir le père Barry à la paroisse du quartier. C'était à cette époque de l'année que nous nous réunissions tous pour nourrir et vêtir les pauvres. À la vue du crucifix au-dessus de l'autel, Kathy a fait automatiquement le signe de croix. Helen a interprété cela comme une indication et elle a donné autant de place au christianisme qu'au judaïsme dans l'éducation spirituelle de Kathy. Quelqu'un avait donc appris à l'enfant à faire le signe de croix.

« De ce simple détail, poursuivit le rabbin, je déduis que quelqu'un a passé énormément de temps avec elle. On ne peut pas supposer que sa mère ne l'ait pas désirée ou qu'elle l'ait ignorée. Kathy n'a pas été un fardeau mais le centre d'attention pour sa mère. C'est grâce à elle que Kathy a aimé Helen dès le premier contact. J'aime à penser que cette femme si spéciale ressemblait à Helen Markowitz. Pouvez-vous imaginer cette personne maltraitant l'enfant ? Ou laissant quelqu'un d'autre le faire ? Moi, je ne le peux pas. Cette femme – dont je ne connais rien –, je ne l'oublie pas dans mes prières.

— Dois-je interpréter cela comme votre conviction que la femme est morte ?

— Quoi d'autre aurait pu la séparer de son enfant ?

— Je vais inculper le juge.

Mallory se dit que cela ferait se mettre en vrille les petits yeux de l'homme.

Elle le dévisagea à la même table, dans le même café où elle l'avait épinglé la première fois. Elle lui avait laissé suffisamment de temps pour que l'imagination du type fasse tout le travail. Ensuite, il ne restait plus qu'à ramener la ligne avec le poisson. C'était le style du Vieux et ça avait bien fonctionné.

Merci, Markowitz.

— Heller ne vit que pour son travail et il est le meilleur, continua Mallory. S'il savait que vous enleviez des preuves de la scène du crime, il vous traquerait et vous mettrait une balle dans la tête. Donc, vous piquez les indices. Vous les donnez à un flic. Vous êtes pratiquement complice du crime de chantage.

— Vous n'avez rien de concret, Mallory. Sinon...

— J'ai des rapports sur trois suicides sans notes d'accompagnement. C'est ce qui m'a mis la puce à l'oreille. Vous étiez l'enquêteur de l'institut médico-légal pour les trois décès. Qui était accusé dans les notes ? Quels détails embarrassants contenaient-elles ? En général, les suicidés adorent se confier avant de faire le grand saut. Je suppose que vous avez emporté aussi quelques souvenirs comme des photos d'hommes mariés ? des lettres d'amour ? Dans l'affaire de la mère du juge, vous avez fait obstruction à une enquête criminelle. Vous avez passé sous silence les indices du meurtre. Palanski s'est pointé parce que vous l'avez appelé. Vous étiez bien obligé. En aucun cas vous ne pouviez lui remettre le corps de la vieille dame. Alors, je vous ai tous les deux, marinant dans le même bain. Mais, cette fois, vous avez couvert un crime.

— Non, coups et blessures peut-être, mais pas un homicide. Et l'agression n'était pas récente. Sa lèvre était fendue mais elle avait commencé à se cicatriser. Ça datait peut-être de la veille. Elle portait aussi un hématome sur un côté du visage qui était survenu deux jours auparavant. Ça ne l'avait pas tuée non plus. Son médecin traitant était présent. Vous pouvez lui demander. Elle est décédée de mort naturelle.

— Mais les marques de coups auraient embarrassé le juge, pas vrai ? Alors Palanski s'amène, prend les choses en main, et fait chanter le juge. J'ai raison ?

L'assistant du médecin légiste évita son regard. Mallory observa ce qu'il faisait de la serviette en papier entre ses doigts. Il l'avait réduite en confettis humides. Il ouvrit la bouche pour parler mais elle ne se risqua pas à lui laisser le temps de dire qu'il voulait un avocat. Elle tapa sur la table avec sa paume ouverte. Il sursauta et referma la bouche. Il avait les nerfs en compote.

— Votre plus gros problème, continua la jeune femme, est que votre associé est stupide. Il achète des actions, des obligations au porteur, et cet imbécile croit qu'il n'y a pas de traces parce qu'il a payé en liquide. Chaque transaction en liquide est enregistrée sur ordinateur comme les opérations à crédit. Saviez-vous que Palanski trichait sur votre part ?

Non, de toute évidence, il ne le savait pas.

— En revanche, vous avez géré plus intelligemment votre part.

Mallory parcourut rapidement la pile de feuillets sur la table jusqu'à ce qu'elle ait trouvé le papier qu'elle cherchait. Elle le présenta à l'enquêteur.

— C'est un rapport sur tous les dépôts en liquide que vous avez versés sur le compte de votre mère. Mais comme vous avez une procuration sur ce compte, vous êtes également impliqué dans les transactions enregistrées par l'ordinateur. L'unique revenu déclaré de votre mère provient de la Sécurité sociale. Pourtant son compte en banque est bien garni. Mais il y a peu de chances que les impôts fassent un contrôle. Quant à Palanski, quel idiot !

— Vous n'avez rien contre lui si je ne témoigne pas au sujet du pot-de-vin.

— Je ne cherche pas à vous nuire. Un marché est un

marché. Je vous laisse témoigner contre vous-même et Palanski. Vous connaissez la musique. Le premier qui témoigne contre son complice obtient l'immunité.

Long Nez avait la permission de sortir de la salle de bains pour la soirée. Il ronronna autour des jambes de Mallory pendant qu'elle mettait des balles dans le chargeur de son revolver.

Elle fit face au miroir de l'entrée et pensa à des repères visuels. Elle regarda le chat en fermant à demi ses yeux qui ne formèrent plus que deux longues fentes. Long Nez se mit à danser.

Quel était donc le signal qui le faisait danser ?

Un bruit sourd dirigea le regard de Mallory vers le plafond. L'isolation du plancher et l'épaisseur de la moquette ne pouvaient étouffer complètement le cri et le bruit de meubles renversés à l'étage au-dessus. Des pas précipités se firent entendre dans le living au-dessus de sa tête. Mallory, les yeux fixés au plafond, suivit la direction des bruits. Elle décrocha le téléphone dans le salon.

En même temps, elle tapa des chiffres sur l'ordinateur de l'immeuble et chercha sur la liste des résidents le nom de Betty Hyde. Encore un remue-ménage de meubles renversés. Elle entendit la tonalité dans le récepteur et un second cri.

— Ici la résidence de Mlle Hyde, répondit la voix à l'accent étranger.

— Passez-moi Mlle Hyde. Dites-lui que c'est Mallory et que c'est urgent.

Le récepteur pressé contre son oreille et son épaule, Mallory ouvrit le placard et sortit sa veste en peau de mouton. Sa veste était si épaisse qu'elle entravait sa liberté de mouvement, mais elle dissimulerait son revolver. Elle n'était pas encore prête à montrer l'arme en public : ce serait le signal permettant d'appeler l'avocat. Elle enfilait les manches quand Betty Hyde prit la communication.

— Mallory chérie, ça fait des heures que j'attends votre appel !

— Retrouvez-moi à l'appartement du juge Heart. J'y

serai avant vous. Restez à l'écart, compris ? Tenez-vous hors de mon chemin.

Mallory monta l'escalier quatre à quatre. Elle remarqua tout de suite les trois serrures qui verrouillaient la porte. D'habitude, les gens ne s'enferment à triple tour que la nuit. Il était encore tôt. La porte était trop solide pour qu'elle puisse l'enfoncer. Elle frappa fort et appuya en même temps sur la sonnette.

— Ouvrez !

Silence de mort à l'intérieur de l'appartement. Et peut-être une femme morte ? Mallory frappa encore de toutes ses forces.

— Ouvrez ou j'appelle la police !

Une parole magique pour un homme en vue.

Mallory entendit des pas lourds sur le carrelage du vestibule, puis le bruit de la clé tournant dans la serrure et de la chaîne qu'on fixait dans son crochet. La porte s'entrouvrit. Au-dessus de la chaîne dorée qui retenait la porte, Mallory croisa le regard froid du juge.

Elle sourit poliment, recula d'un pas et décocha un coup de pied sec en plein centre de la porte, brisant net la chaîne et déséquilibrant du même coup le juge. Mallory le poussa de côté et pénétra dans l'appartement.

Pansy Heart se tenait dans un coin du salon, essayant désespérément de se fondre dans le motif du tapis. Elle saignait du nez, sa lèvre était fendue et un côté de son visage commençait déjà à enfler.

— Vous n'avez pas le droit ! hurla le juge dans le dos de Mallory qui se retourna vers lui en disant d'une voix calme :

— Je l'emmène avec moi. Ne me causez pas de problèmes.

L'homme s'avança sur elle, le visage empourpré de rage. D'un coup de pied rapide et précis, Mallory le frappa à l'aine. Il devint blême et ses yeux exorbités exprimèrent la surprise et la douleur. Il s'affaissa sur un genou.

Pansy Heart pleurait doucement. Mallory la releva et escorta la petite femme jusqu'à la porte en entourant de son bras sa taille minuscule.

Betty Hyde se tenait sur le seuil, le regard fixé sur le visage tuméfié de Pansy Heart. Elle dissimula un petit sourire.

— Je m'en occupe, dit-elle en enlaçant la femme en pleurs. Venez avec moi, Pansy. Vous avez besoin d'un docteur, ma chérie.

Le juge se releva péniblement, avec lenteur et maladresse. Il se tenait l'aine à deux mains. Dès qu'il fut debout sur ses jambes raides, Mallory lui fit un croc-en-jambe. Il tomba en avant et heurta son visage contre un coin de la lourde table en chêne. À son tour, il se mit à saigner abondamment du nez.

Pansy Heart se retourna vers son mari, comme si elle attendait encore ses ordres. Ensuite, elle obéit à la pression douce des mains de Betty Hyde qui l'emmena hors de l'appartement.

La chroniqueuse mondaine allait, de ce pas, interviewer cette femme battue. Nulle force au monde ne pourrait l'arrêter, sauf peut-être un décret conjoint du Congrès et de Dieu. Mallory se demanda si elle avait rendu service au juge en l'empêchant de s'interposer entre Hyde et sa femme.

Mallory posa sur la table un plateau avec une théière et des tasses. Puis elle jeta un regard circulaire sur le luxueux salon de l'appartement de Betty Hyde. Seule l'architecture rappelait celui des Rosen. La décoration était celle d'un professionnel. Elle songea que Charles apprécierait le mélange harmonieux des antiquités anglaises et américaines et du mobilier moderne. La pièce était spacieuse et claire, dépourvue de bric-à-brac. C'était l'exemple raffiné d'un style de vie dépouillé, sans souvenirs ni sentiments. Mallory approuvait.

La femme du juge était assise dans un rocking-chair américain début XIXe. Elle tenait une compresse froide sur son visage gonflé. Betty Hyde, assise sur un tabouret, appuyait sa main sur l'accoudoir du fauteuil de Pansy. Elle tentait de la consoler en la berçant doucement. Mêlant son regard à celui de Pansy, Betty, aux petits soins, murmurait des mots tendres en souriant, les yeux brillants.

Mallory tendit une tasse de thé à la femme du juge. Celle-ci sourit en guise de remerciement et prit la tasse d'une main tremblante. Elle paraissait plus fragile encore que la porcelaine délicate de l'Old Willow.

Mais elle ne pleurait plus et regardait Mallory, penchée sur elle, avec une confiance absolue.

— Madame Heart, étiez-vous à la maison le jour où le juge a tabassé votre belle-mère ?

Les yeux écarquillés, la femme colla ses épaules maigres contre le dos du fauteuil. Puis sa tête tomba en avant et tout son corps parut se flétrir. Pansy venait d'être agressée une seconde fois, ce soir-là. Décontractée, Mallory se servit une tasse de thé et la remua avec une petite cuillère en argent.

— Est-ce que cette vieille femme a crié aussi fort que vous ?

Les sanglots reprirent, secouant ce corps décharné et léger comme une plume.

Betty Hyde leva les yeux au ciel et emmena Mallory dans la cuisine.

— C'était brutal, Mallory. Un jour, il faudra que nous parlions de votre style... Je crois que je peux apprendre de vous. Est-ce que vous bluffez, ma chère, ou savez-vous quelque chose que j'ignore sur ce salaud ?

— J'ai des copies du dossier de l'hôpital durant les années pendant lesquelles la mère du juge vivait chez son fils. Il existe également un dossier dans les rapports d'hospitalisation de sa femme. Le juge n'a probablement pas délibérément battu sa mère à mort, mais si vous voulez le coincer pour coups et blessures, je suggérerais que vous fassiez pression sur le médecin de sa mère – vous pourriez peut-être faire exhumer le corps de la vieille dame. Le procureur est un véritable animal politique. Vous pourriez l'approcher en insinuant qu'on a « étouffé l'affaire ». Lui expliquer comment un cas aussi médiatique pourrait servir sa carrière. Surtout, ne mentionnez pas mon nom.

— Entendu. Et que puis-je faire pour vous, Mallory ?

— Soutirez de Pansy tout ce que vous pourrez. À la réunion des copropriétaires, elle a dit que son chien n'était plus là. Est-il mort ?

Betty alla retrouver Pansy dans l'autre pièce. Elle avait cessé de pleurer et restait tranquillement assise à contempler sa tasse de thé. Betty Hyde éleva la voix pour lui demander :

— Pansy, vous avez toujours votre chien, n'est-ce pas ? Je crois qu'elle s'appelle Rosie ?

— Oui, Rosie est à la clinique vétérinaire, répondit Pansy Heart avec un regard étonné. Je ne sais pas quand elle reviendra à la maison. Elle est très malade.

Mallory reconnut quelque chose de forcé dans l'intonation de la voix. Cette femme parlait comme si elle avait appris sa leçon. Elle mentait.

Et alors, tout le monde ment.

Mallory retourna dans le salon et se pencha sur Pansy, les deux mains appuyées sur les accoudoirs du rocking-chair. Pansy leva les yeux et esquissa un geste de la main comme pour se protéger. C'était un réflexe.

— Votre chienne est morte, n'est-ce pas ? demanda Mallory.

La femme sembla se disloquer de l'intérieur. Sa main désarticulée se leva maladroitement et envoya valser la tasse et la soucoupe qui se fracassèrent sur le sol. Son regard devint flou, sous le choc.

— Quand la chienne est-elle morte ?

Maintenant les mots s'échappaient de la bouche de Pansy dans un flot hystérique.

— Je ne sais pas ! Je n'ai pas revu Rosie depuis des semaines. Un jour, mon mari l'a emmenée se promener et elle n'est jamais revenue. Il a dit qu'elle était chez le vétérinaire...

— Mais vous avez téléphoné chez le vétérinaire et on vous a dit que la chienne n'était pas là, c'est ça ?

Pansy fit oui de la tête. Calme à présent. Le choc l'avait anesthésiée.

Mallory se détourna et laissa Betty Hyde ramasser les fragments épars de cette femme au milieu de son salon.

Edward Slope s'assit à la table.

— Cessez de vous excuser, Charles.

— Je voulais seulement laisser un message sur votre

répondeur au bureau. Je ne vous aurais jamais enlevé à votre famille la nuit de Noël.

— Mais je n'étais pas avec ma famille, Charles. Je rattrapais mon retard concernant une pile de rapports d'autopsie. Noël n'est pas la morte-saison pour moi. Bien au contraire... Pourquoi tout ce mystère ? Notre petit monstre vous a demandé d'enfreindre la loi ?

Charles n'avait jamais su gagner au poker. Il n'avait pas la tête à bluffer, lui rappelait le Dr Slope chaque semaine. Comment donc s'aventurer en terre inconnue, dans cette forêt de mensonges qui était le royaume de Mallory ?

— J'ai eu une conversation avec Riker, hier soir, dit Charles. Je sais que Kathy a été témoin d'un meurtre quand elle était enfant.

Et c'était la stricte vérité. La réaction de Riker l'avait certainement confirmé. En suggérant à Charles d'en parler avec Slope, il laissait entendre que le docteur pourrait lui apprendre des choses que lui, Riker, ne voulait pas lui dire.

Le médecin se cala dans son fauteuil et gagna un peu de temps en enlevant ses lunettes pour les nettoyer.

— Ainsi, Riker vous a parlé de ça ?

Charles hocha la tête en signe d'assentiment. C'était son premier mensonge de la soirée. Il mettait en pratique la religion de Mallory : Tout le monde ment.

Pardonne-moi, Edward mon ami, pour avoir péché contre toi.

Slope remit ses lunettes sur son nez.

— Quand j'ai demandé à brûle-pourpoint à Riker s'il avait vu les films, il a nié. Vous n'avez parlé de ceci à personne d'autre, j'espère ?

— Non, dit Charles en réalisant soudain qu'il venait de trahir Riker.

Pardonne-moi, Riker, car je vais pécher encore...

Charles déplia la serviette sur ses genoux, n'ayant pas la moindre envie de rencontrer le regard d'un homme qu'il ne pouvait battre au poker.

— Riker n'a pas précisé les détails du film.

C'était vrai, au moins. Non, ça ne l'était pas, c'était encore une entorse à la vérité.

— Je suis sûr qu'il ne l'aurait pas fait, reprit Slope. Il n'est pas supposé savoir que le film existe. Mais, de toute évidence, il en connaît l'existence. C'est seulement par le film qu'il est au courant du meurtre. J'imagine que ceci est important, sinon Riker ne se serait pas mouillé à ce point.

— C'est très important, dit Charles.

S'il avait raison au sujet du lien entre Mallory et Justin, la vie d'un enfant était en jeu.

— Markowitz m'a juré que Riker n'avait jamais vu le film. Nous l'avons détruit cette nuit-là. Ça n'avait pas de sens d'en parler à Riker après, si vous connaissiez le style de Markowitz. Comprenez-vous que, d'un point de vue légal, ce savoir peut vous rendre complice d'un délit ?

Charles hocha la tête. *Encore un mensonge. Non, je ne comprends pas. Et en une seconde, il semble que je viens de trahir Markowitz aussi.*

— Markowitz n'aurait jamais montré ce film à personne, continua Slope. C'était la vie privée de Kathy qu'il protégeait. Il ne voulait pas risquer que les agents fédéraux interrogent Kathy après l'avoir vue dans le film. Il me l'a montré seulement parce qu'il voulait boucler l'affaire. Il avait besoin que j'identifie un homme d'après une cicatrice. La blessure originelle avait été filmée. Est-ce que Riker vous a fourni les éléments de l'affaire ?

— Il ne m'a pas dit grand-chose.

— Le FBI a débarqué à la section criminelle spéciale quand on a découvert un cadavre à Manhattan. Les blessures portaient la marque d'une paire de tueurs en série qui sévissaient sur la rive est du fleuve. Markowitz avait trouvé un indice identifiant l'un des meurtriers, mais les fédéraux ont bousillé l'arrestation. Ils ont envoyé cinq de leurs hommes pour coincer le type qui a été tué dans un échange de coups de feu.

— Markowitz a dû être furieux.

— Bien sûr. Il a fichu les fédéraux à la porte de sa section spéciale comme des malpropres. Il est retourné sur les lieux de la fusillade et a découvert une cachette où se trouvaient les films. Il a pris du temps pour visionner toutes les bobines. Il l'a fait tout seul. Il disait que c'était si brutal qu'il ne voulait pas choquer ses inspecteurs. En réalité, il était un peu comme Kathy. Toujours à garder ses petits secrets pour lui. La seule chose qu'il ait laissé voir à son équipe était une image du film montrant le visage du second tueur...

— Je sais que vous connaissez l'histoire de la rencontre entre Markowitz et Kathy, reprit le docteur après une pause. Il a effectivement interpellé Kathy qui volait une voiture. Helen tenait absolument à garder l'enfant – tout cela est vrai. Mais la véritable raison pour laquelle il n'a pas remis la petite au tribunal pour enfants était qu'il l'avait reconnue. Elle était plus jeune quand le film a été tourné... Mais comment oublier ce visage ?

— Elle avait donc assisté au meurtre et il avait besoin de son témoignage ?

— Non, les flics avaient déjà découvert le lieu du tournage. Des années se sont écoulées depuis. Quatre ans plus tard, Riker a arrêté le second tueur et l'a tué.

— Mais c'était de la légitime défense, n'est-ce pas ?

— C'est la version de Riker. À l'audience, ce qui a plaidé en sa faveur, c'était le fait que le FBI avait tué le complice au cours de l'arrestation. Markowitz a soutenu que Riker – tout seul – avait fait la même chose que les cinq agents fédéraux. Ni plus ni moins. Et Markowitz a juré qu'il était le seul à avoir vu les films. Ainsi, la police des polices ne pouvait prétendre qu'il s'agissait d'un flic qui avait craqué et qui avait voulu venger les victimes. En outre, Riker avait tué le suspect avec ses poings, pas avec son revolver. Donc, l'IA et le procureur en ont conclu que la mort n'avait pas été préméditée et qu'elle était survenue pendant que le criminel résistait à l'arrestation.

— Ça paraît raisonnable.

— Oui, en effet. Sur le moment, j'ai confirmé leurs conclusions. À ma connaissance, à ce moment-là, Markowitz était le seul à être au courant du lien personnel qui le rattachait au film. À présent, il semble qu'il m'ait menti. C'est typique de sa part. il ne m'aurait pas dit la vérité si cela me rendait complice d'un crime. Il se sentait peut-être en partie responsable de ce que Riker avait fait. L'absence d'implication personnelle est essentielle dans le travail d'un policier, vous le savez bien.

Et Riker adorait Kathy.

— Kathy n'est pas au courant du film. C'est ce que voulait Markowitz. Vous ne devez jamais lui parler de notre entrevue de ce soir. Nous sommes d'accord ?

— Évidemment.

— Markowitz m'avait prévenu. Il me disait que je n'avais pas besoin de tout visionner. Que je le regretterais. Mais j'étais tellement sûr de mon détachement professionnel que j'ai voulu relever le défi. Il fallait que je voie le film parce que Riker avait réduit le visage du type en bouillie et que Markowitz ne pouvait donc pas l'identifier d'après la photo du permis de conduire. L'homme n'avait pas d'empreintes enregistrées au fichier de la police. En revanche, le type avait été blessé au cours du tournage et Markowitz voulait que je l'identifie en comparant la cicatrice.

— Racontez-moi le film.

— Si je vous le raconte, vous le regretterez. Je peux vous le certifier. Dois-je continuer ?

Charles se dit que c'était sa dernière chance d'être un homme honnête, l'homme auquel Edward Slope croyait avoir affaire.

— Oui, allez-y.

— Savez-vous ce qu'est un « snuff film » ?

— Non.

— C'est un film qui montre un être humain *réellement* torturé et tué devant la caméra. Le divertissement ultime pour cinéphile pervers. La plupart des victimes sont des enfants. N'importe quel enfant que vous voyez traîner dans les rues de New York peut être la proie de ce genre de commerce, très profitable par ailleurs.

Slope commanda un double scotch à un serveur qui passait. Il se retourna vers Charles.

— Je ne peux pas en parler en étant sobre. Vous êtes certain de vouloir entendre tous les détails ?

— Tout à fait certain.

Pas du tout certain. J'ai suffisamment de cauchemars comme ça. Non. Poursuivez. Je le mérite.

— Au début du film, les enfants, un petit garçon et une petite fille, dorment dans une cage, à même le sol. La production n'avait pas de gros moyens. Le tournage se déroulait dans un entrepôt avec un unique décor. Je crois que les enfants étaient drogués. Le petit garçon commençait à se réveiller. C'est sans doute pourquoi ils l'ont pris en premier. La petite fille ne bougeait pas. C'était Kathy, bien sûr. Vous l'aviez deviné.

Charles acquiesça.

Encore un mensonge, et encore un cauchemar en suspens en guise de pénitence.

— Elle devait avoir à peine huit ans à l'époque du tournage du film. Apparemment, elle vivait déjà dans la rue depuis un certain temps. Elle portait un tee-shirt maculé de taches et un jean trois fois trop grand pour elle. Je me souviens qu'elle m'a dit une fois piquer toujours le jean le plus près de la sortie. Elle ne portait donc pas souvent la taille qui lui allait.

Le garçon déposa sur la table un whisky qu'Edward saisit immédiatement. Il avala le verre d'un trait.

— Kathy ne portait qu'une chaussure. L'autre pied était nu. Bref, ils ont sorti le petit garçon de la cage et se sont mis à le torturer de toutes les manières que vous pouvez imaginer. J'ai demandé à Markowitz de baisser le son, mais je peux encore entendre les hurlements de l'enfant. Vous n'avez pas besoin de connaître ce qu'ils lui ont fait subir. Sachez seulement qu'il a vécu pas mal de temps avant qu'ils n'en aient terminé avec lui. Pendant tout ce temps, la cage était visible à droite de l'écran. Kathy n'a pas bronché, n'a pas ouvert les yeux. Je l'ai observée pendant qu'ils torturaient le petit garçon.

Oh ! mon Dieu ! Non, attends. Je suis un visiteur dans l'église de Mallory ce soir. Dieu est absent.

— Ensuite, ce fut au tour de Kathy.

Je ne veux plus rien entendre.

— L'un des hommes a ouvert la porte de la cage et l'a portée dehors. Elle se laissait aller dans ses bras comme un poids mort.

Edward passa la main dans ses cheveux et but son deuxième verre comme s'il mourait de soif.

— Savez-vous ce dont je me souviens de la façon la plus vivace ? Du petit soulier et du petit pied nu. N'est-ce pas absurde ? Kathy dormait toujours quand l'homme l'a déposée sur le matelas ensanglanté. Ils avaient roulé de côté le corps du petit. Tout ce sang...

Charles remarqua le mouvement rapide des yeux d'Edward, comme s'il revoyait le film dans sa tête. Il mit son visage dans ses mains pendant un instant. Quand il parla de nouveau, ses paroles semblaient étouffées.

— Bon Dieu ! Quel monde merveilleux pour les enfants, n'est-ce pas, Charles ?

Charles commença à se lever et se pencha vers le docteur. Edward leva la main.

— Non, non, ça va. Asseyez-vous, Charles. Je suis désolé.

Au bout d'un moment, le film défila de nouveau devant les yeux du docteur qui continua son récit.

— Et l'homme s'est baissé vers la petite. Soudain, Kathy s'est réveillée. Non pas en émergeant de la torpeur de la drogue, mais tout à fait éveillée. Elle avait fait semblant de dormir – c'était évident – pendant la scène du meurtre, attendant le moment propice. Tout à coup, elle s'est transformée en petit animal sauvage, attaquant l'homme avec ses griffes et ses dents, en poussant des grognements furieux. Elle a enfoncé rageusement ses petits pouces dans les yeux du tortionnaire. Celui-ci a lâché prise et couvert son visage de ses mains. Le sang giclait entre ses doigts. Vous pouvez imaginer les dégâts qu'elle avait causés. Alors, l'homme derrière la caméra s'est jeté sur elle. Elle a mordu de toutes ses dents son bras nu et arraché un lambeau de chair. *Un lambeau de chair*, Charles, qu'elle a aussitôt recraché.

Charles regarda les fragments d'horreur éclatés dans les pupilles dilatées d'Edward. Le docteur revivait ce moment.

— Les deux hommes hurlaient de douleur, les projecteurs ont été renversés, la caméra est tombée à terre. La dernière image montre Kathy s'enfuyant vers l'obscurité, courant à toute vitesse, avec une petite chaussure à un pied.

Il avait aimé son air idiot, surpris, au moment où elle avait compris qu'elle allait mourir. Mais surtout il avait aimé son expression quand elle était morte, les rides hostiles de son visage effacées. Une bonne salope est une salope morte. Ça serait pareil avec Mallory.

Il écrasa deux grains de raisin sous ses pouces, lentement, jouissant du craquement délicieux des orbites, du déchirement de la peau, de l'aplatissement des membranes à l'intérieur de la chair, du toucher de cette substance froide, détruite. Chaque grain était pour lui un œil vert. Il retira ses pouces de la planche à découper. Il contempla les grains de raisin, écrasés et fendus. Maintenant, elle était aveugle.

— Elle n'a pas voulu porter plainte, dit Betty Hyde en posant sa tasse de café sur le bar dans la cuisine des Rosen. Je suppose que vous n'avez pas d'autres preuves qu'il battait sa mère ? continua-t-elle. J'ai écrit un article très imprécis qui paraîtra dans la première édition. Le rédacteur en chef ne me laisse pas citer de noms tant que nous n'avons pas les résultats de l'exhumation du corps — ce qui ne va pas tarder. J'ai aussi convoqué un jeune reporter qui attendra, embusqué, le juge à la sortie de l'immeuble, demain matin. Vous connaissez le baratin d'usage... « Y a-t-il un fondement dans la rumeur qui prétend que vous avez battu à mort votre vieille mère ? »

— Est-ce que Pansy vous a fourni des informations ? demanda Mallory.

— Non. Pauvre Pansy. Je n'ai jamais vu d'aussi près une pareille souffrance. Elle est retournée avec lui.

— Elle est là, maintenant ? Elle est folle.

— Elle dit qu'il est toujours très contrit après l'avoir battue. Elle n'a pas peur de lui, en ce moment. Elle pense qu'elle peut gérer la situation.

— Vous savez qu'il la tuera, la prochaine fois.

— Est-ce qu'il faut absolument qu'elle porte plainte ? Ne pourriez-vous pas le faire à sa place ? En plus de l'aspect humain, je pense au procès en diffamation. Aucun journal ne publiera l'information sans un rapport de police pour l'étayer. Et il n'y en a pas.

— Je n'ai pas été témoin des coups qu'elle a reçus. Si elle prétend qu'elle est tombée, la loi sera de son côté.

Le visage de Mallory était sans expression pendant

qu'elle toisait Betty Hyde, les bras croisés. La journaliste luttait contre l'illusion que Mallory avait grandi en quelques secondes. Mallory se pencha vers Betty Hyde qui recula jusqu'à la table de travail de la cuisine.

— Vous ne me dites pas toute la vérité. Qu'est-ce que vous avez découvert sur Eric Franz ?

C'était un peu tard pour rendre visite à un voisin. Mais après tout, elle avait hébergé Eric la nuit où Annie était morte. Il était tard aussi, cette nuit-là. *Vous me rendez la pareille, mon cher !*

Eric ouvrit la porte en attachant le cordon de sa robe de chambre. Son regard erra par-dessus l'épaule gauche de Betty Hyde.

— Eric, c'est Betty. Est-ce que je peux vous parler un instant ?

Il recula d'un pas et lui fit signe d'entrer. Mais le vestibule resta noir jusqu'à ce qu'il ait appuyé sur le commutateur.

— Oh ! excusez-moi, dit-il.

À la surprise de Betty, la pièce n'avait pas changé depuis la mort d'Annie, un mois auparavant. Si, pourtant. Leur photo de mariage, ornée avec un goût douteux de cornes de cocu tracées au crayon de chaque côté de la tête d'Eric, avait disparu.

À la fin de la soirée, bien arrosée de vin, Eric s'énerva :

— Vous êtes folle ? Annie ne serait jamais restée avec moi ces trois dernières années si je n'avais pas été aveugle. En réalité, c'est l'argent de l'assurance qui l'a fait changer d'avis au sujet du divorce. Et puis, mes livres ont bien marché et j'ai eu ce prix... Mais si je voyais, elle m'aurait quitté séance tenante en exigeant une grosse somme d'argent. Elle ne pouvait pas abandonner un aveugle, pas une femme aussi mondaine qu'Annie... Qu'auraient pensé les gens ?

Le loquet s'abaissa et la porte s'ouvrit doucement sous une légère poussée. Il rôda dans les pièces obscures jusqu'à ce qu'il l'ait trouvée. Son long corps mince était allongé sur le lit. Sa chevelure d'or brillait faiblement comme si elle avait trouvé le moyen de piéger la lumière du soleil et de la garder vivante dans la nuit.

Furtivement, il s'étendit à ses côtés avec la grâce du félin. Il roula sur le dos et s'endormit les quatre pattes en l'air, rêvant qu'il chassait des souris.

Le froid métal du canon d'un revolver contre son nez le réveilla sous la vive lumière de la lampe. Il fixa le bout du canon. Il fut obligé de loucher pour y arriver. Fatigué, les pattes flageolantes, perdant l'équilibre sur le lit, il se dressa sur ses pattes arrière et se mit à danser. Mais elle était déjà partie, s'était glissée hors du lit et rendue dans la pièce voisine précédée de son revolver.

À son tour il sauta à terre et la suivit à pas feutrés pendant qu'elle regardait partout, derrière chaque porte. Elle s'arrêta un moment devant la porte de la salle de bains. Il frotta sa tête contre l'un de ses pieds nus, qui ne lui rendit pas sa tendresse mais le repoussa. Sa main abaissa le loquet de la porte. Elle refit plusieurs fois le même geste.

Elle regarda le chat à ses pieds et murmura :

— Tu n'es pas si malin tout de même ?

Ce qu'il interpréta correctement comme un compliment. Il commença à ronronner.

Elle le prit dans ses bras. Il goûtait avec volupté la chaleur de sa peau. Tout à coup, elle le laissa choir sur le carrelage de la salle de bains. Elle éteignit la lumière et claqua la porte. Il resta seul dans le noir, se demandant ce qu'il avait fait de mal, cette fois.

Mallory, l'experte en mensonge, s'était exclue du jeu de poker à cause d'un mensonge. Comme il était pervers et compliqué, son code de l'honneur !

Charles avait appris à mentir et à trahir en une nuit. Oh ! comme elle serait fière, Mallory, du chemin qu'il avait parcouru, de l'abîme où il était descendu.

Non, non, même pas. On ne fait pas ce genre de tort aux gens dans l'orbite de Mallory. Mais elle ne saurait jamais ce qu'il avait fait. Même s'il était d'humeur à se confesser, Slope l'avait condamné au silence. Un mensonge par omission.

Ainsi que Riker le lui avait expliqué, l'histoire de Mallory n'appartenait qu'à elle. Elle haïrait cette intrusion, cette conspiration du savoir. Slope ne parlerait jamais de leur soirée à Riker. Les mensonges et les trahisons passeraient inaperçus. Ainsi, il y aurait de nouveaux mensonges par omission.

Charles ne pouvait s'offrir le luxe de s'exclure du jeu de poker. Cela susciterait des questions, Mallory fouinerait et trouverait les réponses. Cela pourrait faire encore plus mal. Une fois par semaine, il serait donc obligé de s'asseoir à une table de jeu en face d'Edward Slope.

Il ne pouvait pas non plus se confesser à Riker. Cela agrandirait la toile d'araignée. Il regretta de ne pas être un catholique pratiquant afin de pouvoir se confesser à quelqu'un.

Le dessin de cette toile d'araignée devenait trop complexe. Son sommeil se perdait dans l'enchevêtrement des fils. Il s'endormit enfin, accompagné de visions d'une petite fille courant dans le noir, poursuivie par des monstres encore plus obscurs qui étaient peut-être des araignées. Et lorsqu'elle glissa dans le sang de ses rêves, il s'éveilla brusquement.

Il s'inonda l'esprit de musique pour noyer les images et les pensées créées par une nuit de mensonges. À présent, sa pénitence était avec lui, dans la chambre. Fermant les yeux, Charles essaya d'arrêter la musique. Mais il entendait toujours les pas légers d'Amanda tout autour de son lit.

— Intéressant, n'est-ce pas ? dit Amanda. Elle a pu faire semblant de dormir pendant qu'un autre enfant se faisait assassiner...

Non, s'il vous plaît, je ne veux pas penser à ça.

— Oh ! Charles, vous ne cesserez jamais d'y penser. Est-ce la réaction qu'on attendrait d'une petite fille ?

Depuis quand peut-on prévoir les réactions de Mallory ?

Charles gardait les yeux fermés en espérant minimiser les dégâts causés à sa raison. Il ne savait pas comment renvoyer Amanda. Peut-être que l'hallucination pâlirait sans l'aide de sa vue.

Mais non. Elle continua à arpenter la chambre, ses pas se faisant plus lourds. Elle attendait une réponse à sa question comme l'aurait fait n'importe quelle femme en chair et en os.

Charles s'adressa au plafond et dit :

— Ce n'est pas la mère de Mallory qui a été assassinée dans le film. Vous vous êtes trompée à ce propos.

— Vraiment ? (Amanda s'immobilisa un instant.) Mallory n'a pas bronché pendant tout le temps qu'on torturait un enfant. Elle a fait la morte.

— Elle était peut-être paralysée par la peur. Aucun fait ne confirme...

— Les faits et la logique vous perdent, Charles. Vous avez entendu le témoignage d'un médecin légiste hautement qualifié. Elle faisait la morte. Où a-t-elle appris à faire ça ? Peut-être en assistant à un autre meurtre sanglant. C'est peut-être ce qui est arrivé à sa mère et à la mère de Justin.

Charles se tourna sur le côté pour faire face à cette femme fantôme, mais il garda les yeux fermés.

— Amanda, c'est grotesque. La mère de Justin est morte d'une crise cardiaque. C'est un fait. L'hypothèse de l'enfant martyr est plus vraisemblable. C'est ce que Mallory a vu chez le garçon. Elle reconnaîtrait les symptômes. Même Mallory ne peut deviner un meurtre dans les yeux d'un enfant.

Les mesures du concerto flottèrent dans sa tête. Charles récita en chuchotant l'alphabet grec. La musique disparut ; Amanda continua à faire le tour de son lit. Ses pas devenaient de plus en plus lourds. Charles ouvrit les yeux à la faible clarté de la lune. L'éclat plus fort des lampadaires inondait sa chambre par la fenêtre. Il se retourna contre le mur. Son ultime cauchemar se promenait sur le papier à fleurs.

Amanda avait appris à faire de l'ombre.

7

26 décembre

Elle n'avait pas réussi à intimider la femme de chambre. C'était peut-être vrai, Betty Hyde pouvait être sortie, ce matin-là. Et Eric Franz ne répondait pas au téléphone. Mais le juge et Harry Kipling étaient chez eux.

Mallory prit le sac en plastique qui servait à ranger les preuves matérielles et le présenta à la caméra pour enregistrer visuellement le contenu inscrit sur les scellés et, ensuite, se filmer brisant ceux-ci. Elle retira du sac le revolver à amorces et le posa sur la table du salon.

De retour dans le bureau, elle testa le matériel vidéo dont elle venait de se servir, Tandis qu'elle se dirigeait rapidement vers la porte d'entrée, les quatre miroirs muraux reflétèrent son image en tee-shirt blanc et jean, son étui de revolver à l'épaule. Elle enfila un blazer neuf en cachemire marron, identique à celui que portait Amanda le jour de sa mort. Le tailleur l'avait parfaitement coupé, reproduisant les moindres détails, ce dont la plupart des gens ne s'apercevraient même pas.

Elle avait été tentée de refaire le trou de cigarette sur la manche, mais le fantôme d'Helen Markowitz l'en empêcha. Et Helen aurait été la première à faire un commentaire sur la déformation de la ligne du blazer. Mallory s'arrêta devant le miroir dans l'entrée et regarda d'un œil critique le renflement du revolver sous sa veste.

Elle appela le chat qui arriva sur-le-champ. Elle claqua des doigts et il lui sauta dans les bras en frottant son museau contre son cou. Mallory s'observa de nouveau dans la glace. Non, ça n'allait pas. Ce chat remuant ne dissimulerait pas le revolver sous sa veste. Il aurait fallu qu'elle le tue d'abord et le transforme en étole de fourrure.

Laissant tomber l'animal à ses pieds, elle ôta le blazer et l'étui. Elle rangea le revolver dans le tiroir d'une petite table sous le miroir de l'entrée. Remettant la veste, elle claqua des doigts à nouveau.

Sans le moindre orgueil ni amour-propre, Long Nez bondit dans les bras de sa maîtresse.

Mallory s'avança dans le couloir de l'étage au-dessus en se demandant pourquoi les portes ne s'ouvraient pas pour s'enquérir du bruit insolite que faisait ce ronronnement ininterrompu. Elle s'arrêta devant celle du juge Heart et frappa fort. Comme la veille au soir ! La chaîne avait été remplacée. La porte s'entrouvrit à peine. Le juge la dévisagea froidement.

— Je veux voir votre femme, dit Mallory.

— Allez-vous-en.

— Je peux être discrète ou pas. Cela ne tient qu'à vous. Je veux voir si elle va bien. Je veux la voir MAINTENANT !

Le juge referma la porte pour retirer la chaîne et l'ouvrit toute grande. Il appela :

— Pansy ! Pansy !

Pansy Heart entra dans la pièce. Sur son visage, on remarquait les bleus dus aux coups de la veille mais pas de marques plus récentes.

— Je vérifie, c'est tout, dit Mallory en s'en allant.

À la porte, elle se retourna et lança au juge :

— Je sais ce que vous avez fait et je ne vous laisserai pas vous en tirer !

Toutes les couleurs de la colère se succédèrent sur le visage du juge Heart pendant que Mallory sortait et claquait la porte derrière elle.

À l'étage au-dessus, ce fut le fils Kipling qui lui ouvrit. Cette fois-ci, il ne lorgna pas Mallory comme il l'avait fait dans l'ascenseur. Il s'écarta pour la laisser passer. Harry Kipling était assis derrière son bureau. Il jeta un coup d'œil sur le chat et se leva précipitamment, mais apparemment, pas assez vite.

Un épagneul bondit sur le tapis et fonça sur Long Nez, gueule ouverte, une lueur de joie dans les yeux.

L'appartement était silencieux. Pas le moindre courant d'air. Rien n'indiquait la présence d'un être vivant, pas même celle d'un chat. C'est alors que cette atmosphère calme de maison vide fut brisée par deux pieds traversant l'entrée en traînant une ombre derrière leurs talons.

L'intrusion fut de courte durée car le revolver se trouvait dans le premier tiroir ouvert. Le métal bleuté du canon brilla un instant entre le tiroir et l'obscurité du sac. Marchant à pas feutrés, le voleur quitta l'appartement.

Quand Mallory eut claqué la porte derrière elle, le fils Kipling hurla :

— Regarde ce qu'elle a fait à mon chien !

Mallory rentra chez elle par l'escalier. La porte de l'appartement des Rosen était ouverte. Comment avait-elle pu être aussi stupide ?

Cette fois, le chat ne miaula pas quand elle le laissa tomber. Il s'était préparé à la chute. Long Nez s'était habitué à son jeu de le prendre dans ses bras puis de le laisser tomber. Il s'éloigna en bâillant. Elle ouvrit le tiroir de la petite table près de la porte. Le tiroir était vide. Son Smith & Wesson avait disparu. Rien d'autre n'avait été dérangé. Le revolver à amorces était toujours sur la table, là où elle l'avait laissé.

Que faire maintenant ? Elle ne pouvait pas appeler du renfort et admettre qu'elle avait perdu son revolver. Coffey et Riker en feraient des gorges chaudes pendant le reste de leurs jours. Une bleue ne perdait pas son arme de service.

Un bruit de verre cassé s'éleva de la chambre à coucher. Mallory passa par la cuisine et attrapa une bouteille de vin. Elle entra dans la chambre. Le chat se tenait près des débris d'une lampe renversée. Il n'y avait pas de mystère. Une frange de l'abat-jour était restée emmêlée dans l'une de ses pattes. Mais le problème du revolver manquant demeurait. Mallory décrocha le récepteur de la chambre à coucher et fit le numéro de Charles.

— C'est très urgent, Charles. Ouvrez le tiroir du

milieu de mon bureau et apportez-moi le vieux Long Colt. N'oubliez pas la boîte de munitions qui va avec. Et il faut que vous débranchiez...

Elle abaissa doucement le récepteur au bruit de ce qui pouvait être ou ne pas être le chat. Puis elle raccrocha pour faire taire les « Allô ? allô ? » bruyants de Charles qui sortaient de l'appareil.

Elle sortit rapidement de la chambre, marchant silencieusement dans le petit couloir qui menait au bureau. Elle brancha la série de boutons qui mettaient en marche les caméras et tout le système audiovisuel.

Mallory entra dans le salon pour surprendre le chat en train de ramper sous le canapé et Harry Kipling debout au milieu de la pièce. Le revolver à amorces se trouvait toujours sur la table basse. Combien de temps faudrait-il à Charles pour lui apporter le vrai ?

— Vous avez laissé votre porte ouverte, dit Kipling. C'était imprudent.

Elle avait prévu de lui faciliter l'entrée de l'appartement mais avec un revolver entre ses mains quand il passerait la porte. Ce n'était vraiment pas le moment de penser à la grimace sarcastique de Riker disant : « Je te l'avais bien dit. » Trop tard pour du renfort, et Charles se trouvait encore à des kilomètres de distance.

Les caméras tournaient. Elle eut le temps de se demander si Coffey allait la surprendre dans ce merdier ou si elle pourrait s'en tirer en mentant. Le couteau de Max Candle était posé sur une étagère de la bibliothèque, derrière Kipling. L'avait-il vu ? Dans son plan originel, Mallory avait prévu de lui montrer le couteau afin qu'il ait une arme à la main au cas où la caméra la filmerait en train de buter un contribuable. Mais ce plan allait de pair avec le fait qu'elle soit armée. Où cachait-il son revolver ?

Kipling regardait encore fixement le revolver à amorces sur la table.

— Tu le reconnais, Harry ? C'est avec ce jouet que tu as appris au chat à danser. Maintenant, dès que Long Nez aperçoit un revolver, il se met à danser. Était-ce à cause du bruit de l'amorce ? As-tu tiré tout près de sa tête pour le faire danser ?

À présent, le chat ronflait.

Charles referma la porte de son appartement. Ainsi, il s'agissait de ça ? *C'est très urgent ! Apportez-moi le vieux Long Colt !* De combien d'armes avait-elle besoin, subitement ? Elle possédait déjà un gros revolver et un couteau aiguisé. Mais de quel droit mettait-il en question Mallory, lui qui acceptait la compagnie d'une femme morte ?

Charles traversa le palier vers les bureaux de Mallory & Butler, Ltd, en se demandant ce qui l'avait mise le plus en colère parmi toutes les choses stupides qu'il avait dites. Il l'avait accusée de manquer de logique et de sous-estimer...

Imbécile !

Elle l'avait interrogé au sujet d'un aveugle. Elle n'avait pas perdu de temps à sous-estimer ce suspect... Et maintenant elle s'armait encore. Il ne pouvait l'accuser d'imprudence. Où était sa logique à lui ?

Il n'avait peut-être rien compris – malgré son génie. Qu'est-ce qui lui avait pris de prendre le parti de Coffey dans cette affaire ? Sur le moment, cela avait un sens, mais à présent ? Coffey craignait sans doute qu'elle ne soit trop sûre d'elle en identifiant le suspect. Riker avait eu raison de le mettre en garde. Il aurait dû montrer plus de respect à l'égard de Mallory. Il ne fallait pas la laisser tomber maintenant.

Charles se dirigea à grands pas vers le bureau de la jeune femme. Le tiroir du milieu était fermé à clé.

Voilà un obstacle imprévu car il ne possédait aucune clé de tiroir. Mallory supposait que tout le monde avait comme elle le don de forcer les serrures. Il ramassa le coupe-papier qu'il lui avait donné. C'était le seul objet dans la pièce qui n'était pas moderne. En fait, il datait d'un autre siècle. Il n'hésita qu'un instant, soupesant dans sa main l'objet, irremplaçable. Puis il l'inséra dans l'interstice en haut du tiroir métallique et appuya de toutes ses forces.

Le premier avertissement fut un cri aigu – à vous percer le tympan – suivi d'une cascade de sons de cloches, de carillons retentissants, de bourdons amplifiés à un paroxysme infernal. Ce devait être le compromis de Mallory à l'égard de son aversion envers la haute technologie. Au lieu de l'installation d'une alarme classique, avec les sirènes et les bips insupportables, elle avait utilisé ses enregistrements de cloches d'église. Et maintenant, il se trouvait à l'intérieur du clocher, des cloches même.

Charles se boucha les oreilles. Il allait devenir sourd s'il s'attardait davantage pour tenter de débrancher l'alarme. Il se trouvait au centre de résonance d'une cloche monstrueuse. Pas moyen de savoir d'où venait le son.

Il ouvrit la boîte en bois dans le tiroir central et reconnut le vieux 39 Long Colt de Markowitz dont le canon reluisait grâce à l'obsession méticuleuse de Mallory. Ramassant le revolver et la boîte de munitions, il partit en courant. Le carillon infernal des cloches sonnant à toute volée le poursuivit dans l'escalier, jusque dans la rue où une tête apparut à chaque fenêtre.

Charles leva la main pour arrêter un taxi, implorant intérieurement le pardon des voisins.

Kipling marcha jusqu'à la porte d'entrée et la ferma à double tour.

— Je ne pense pas que nous voulions être dérangés en ce moment, dit-il.

Que ferait Charles en se trouvant confronté à une porte fermée à clé ? Il était assez grand pour l'enfoncer à coups de pied, mais il ne saurait pas s'y prendre.

— Comment avez-vous deviné ? demanda Harry Kipling, en s'asseyant sur l'une des chaises et en lui faisant signe de s'asseoir.

Mallory resta debout.

Kipling s'adossa à la chaise et, soulevant les pieds de devant, il se balança sur les pieds arrière, le regard absent. Sur son visage tiré, les ombres de l'après-midi accentuaient les creux sous ses pommettes hautes. Il avait l'air fatigué, au point de s'abandonner ou d'abandonner la lutte.

— Quelle erreur ai-je commise ?

— Beaucoup, dit Mallory.

Cela faisait une dizaine de minutes maintenant qu'ils

tournaient autour du pot. Où était ce revolver? Caché peut-être derrière son dos, glissé dans sa ceinture. Kipling n'avait pas encore remarqué le couteau incrusté du blason de Max Candle.

— Combien voulez-vous? demanda Kipling en souriant. Ceci n'est qu'une simple affaire d'extorsion, n'est-ce pas?

— Ça vaut combien pour vous, Harry?

— Combien vaut mon mariage? Téléphonez au comptable de ma femme. Je n'ai pas de temps à perdre. Combien vaut votre silence?

— Pourquoi l'avez-vous fait?

— En désespoir de cause. N'attendez pas de moi les détails sordides, vous ne les aurez pas. Dites-moi seulement combien d'argent vous voulez.

— Je vous le dirai dans un instant.

Mallory ne laissa pas son regard se poser sur le couteau pour ne pas attirer l'attention. Si seulement elle changeait de position, elle pourrait s'en saisir en un clin d'œil. Mais la chaise sur laquelle se balançait Kipling bloquait le passage.

Elle commença un lent mouvement circulaire autour d'Harry qui tenait dans ses mains le revolver à amorces en l'examinant comme une curiosité. Elle put le voir de profil, à présent. Il n'y avait pas de revolver caché dans son dos. Il était habillé d'un polo et d'un pantalon serré. Pas moyen de dissimuler une arme de cette taille.

Où était donc ce sacré revolver?

— J'ai eu une liaison avec Amanda Bosch, et alors? Combien voulez-vous? Combien pour ne pas le raconter à ma femme?

— C'est qu'il s'agit d'un peu plus que de votre liaison avec Amanda.

— Vous ne pouvez prouver que celle-ci. Si vous pensez qu'il y en a eu d'autres, vous me l'auriez déjà dit. Je ne vais pas dépenser la lune pour cette histoire. Maintenant, dites-moi combien vous voulez.

— Vous ai-je dit que je connaissais Amanda? Je sais que vous lui avez menti et qu'elle a découvert votre mensonge.

— Mais il y avait tant de mensonges...

Par sa façon de sourire, il semblait en tirer une certaine fierté.

— Je parle du mensonge qui l'a fait avorter. Ça vous dit quelque chose ?

— Ce mensonge-là ne vaut rien pour moi. Je ne crois pas que vous la connaissiez. Je crois que vous êtes un flic ripou. Aux nouvelles, on a dit que vous étiez flic et la fille d'un flic. Votre père était ripou aussi ? C'est un travers de famille ?

— Disons que j'ai beaucoup appris de mon vieux. Si je ne connaissais pas Amanda, comment aurais-je su ce qui l'a avertie du mensonge, ce qui l'a fait craquer ?

Mallory n'avait pas été une joueuse de poker de première classe pour rien. Helen avait toujours souhaité une bonne éducation pour Kathy, mais, en ce moment, elle mettait à profit les jeux de poker de son enfance.

— Amanda était assise sur un banc devant votre immeuble, la veille de sa mort, la veille du jour où elle vous a confronté à votre mensonge. Elle ne s'est même pas approchée de la porte d'entrée, elle regardait seulement les allées et venues. C'était une journée chargée pour le portier. Les gens entraient et sortaient, résidents, gosses, chiens... C'est alors qu'elle a vu...

— Pas la peine de dramatiser, s'il vous plaît. Elle a aperçu Peter et elle s'est rendu compte que je ne l'avais pas adopté. Savez-vous que, jusqu'à ce jour, je me disais que c'était une bénédiction qu'il me ressemble au lieu de ressembler à Angel...

Kipling se leva et s'approcha de la bibliothèque. Il avait toujours le pistolet à amorces dans les mains. Il s'appuya contre l'étagère où se trouvait le couteau de Max Candle, à quelques centimètres de sa tête.

— Donc, c'est du chantage. Si vous la connaissiez, vous devriez savoir qu'elle se servait de moi uniquement comme d'un matériel génétique. Est-ce qu'elle m'a demandé si je voulais faire un autre gosse ?

— Elle ne savait pas qu'elle était capable d'en faire un. D'après son médecin, c'était une grossesse miraculeuse. C'est alors que vous lui avez menti.

— Oui. Je lui ai dit que la mixture génétique était bousillée. Et alors ? Je lui ai dit que le résultat serait un monstre, que tous mes enfants seraient des monstruosités — des choses poussant à l'extérieur du corps qui devraient être à l'intérieur, des petits yeux ou des petits membres manquants —, un tas de bricoles comme ça. Et après, ce n'est pas un crime. Un flic ne s'intéresse pas à ce genre d'histoires. Vous me faites chanter. Combien voulez-vous pour qu'on ne parle plus de cette désagréable petite affaire ?

— C'était un mensonge stupide, non ? Vous deviez savoir qu'un jour ou l'autre, en voyant votre fils, elle saurait que vous aviez menti ?

— Il y avait bien peu de chances qu'ils se rencontrent. La majeure partie de l'année, mon fils est en pension. L'été, il part en camp de vacances. Ma femme manque d'instinct maternel. En fait, Peter me ressemble tellement qu'elle le déteste cordialement. Il est rarement ici.

— Mais Amanda l'a vu. C'est pour cela qu'elle a insisté pour vous rencontrer dans le parc.

— Je ne sais pas ce que vous voulez dire. Nous ne nous voyions qu'à son appartement.

— Je sais que vous l'avez rencontrée dans le parc. Vous n'êtes pas obligé de m'en dire davantage. Vous avez le droit de vous taire. Si vous parlez, cela pourrait être utilisé contre vous devant un tribunal.

— Êtes-vous en train de me citer mes droits ? Nous jouons toujours au gendarme et au voleur ? Bientôt vous me direz que si je ne peux pas me payer un avocat, il m'en sera assigné un d'office. Vous n'êtes pas plus flic que moi. Vous avez été virée de la police, n'est-ce pas ? Vous n'êtes qu'une minable petite arnaqueuse. Il n'existe pas de loi qui interdise de tromper sa femme. Vous vous êtes peut-être arrangées toutes les deux pour me faire un procès à plusieurs millions de dollars ? Eh bien, vous pouvez toujours attendre.

Mallory haussa les épaules. La vidéo avait enregistré la lecture de ses droits constitutionnels au suspect dont le bras reposait sur l'étagère tout près du couteau. Tout se déroulait comme prévu. Le seul problème était qu'elle n'avait pas d'arme. Qu'en avait-il fait ?

— Vous l'avez retrouvée dans le parc, dit Mallory. Elle a démasqué votre mensonge. Elle venait de tuer son enfant, pensant que c'était un monstre. Mais c'était faux. Elle avait avorté pour rien. Elle était folle de rage. Vous avez paniqué quand elle vous a menacé de raconter à votre femme quel monstre vous êtes. Elle allait le faire sur-le-champ. À la minute même. Alors, vous l'avez tuée.

— C'était donc Amanda, la femme assassinée dans le parc ? Pas étonnant que vous pensiez être sur un gros coup. Adultère et meurtre. N'avez-vous jamais songé qu'elle connaissait d'autres hommes dans cet immeuble, que quelqu'un d'autre a pu la tuer ?

— Non. Je n'y ai jamais pensé. Pas une seconde depuis le début.

— S'il ne tenait qu'à moi, je prendrais le métro, dit Amanda en aspirant une longue bouffée de sa cigarette.

Charles la dévisagea. Il n'entendait pas de musique dans le taxi. C'était sans doute le stress qui avait fait apparaître son illusion, cette fois-ci.

Il se rendait compte qu'il y avait des erreurs dans sa création, des ratés dans le processus de sa mémoire surdéveloppée, car, de temps à autre, les yeux bleus d'Amanda viraient au vert de ceux de Mallory.

— Amanda, vous n'avez pas le droit de fumer dans ce taxi. Vous voyez cette pancarte ? Peut-être que...

— Je ne fume pas, mon pote, dit le chauffeur de taxi. Et je m'appelle Fred.

Amanda sourit en continuant à tenir sa cigarette entre ses doigts.

— L'un des avantages d'être mort – on ne craint plus le cancer. Mais si ça vous dérange, je vais l'éteindre.

Charles ne pouvait sentir la fumée et la légère spirale bleue n'irritait pas ses yeux. C'était bon signe. Il n'était pas complètement fou. Le revolver dans la poche de son pantalon pressait contre sa jambe. Il le transféra dans celle de son manteau.

— Alors, qu'est-ce que vous faites avec ce revolver ?

— Mallory en a besoin.

— Qu'est-ce que vous dites ? demanda le chauffeur.

— Rien.

— Prenez le métro, dit Amanda. Supposons qu'elle soit pressée... Cette circulation est impossible.

Elle regarda par la vitre arrière la longue file de véhicules immobiles qui s'étirait derrière eux.

— Je suis sûr que nous allons bientôt repartir, dit Charles.

Il agita sa main pour écarter la fumée fantôme qui flottait à l'intérieur du taxi.

— La cigarette me gêne, vous savez. Le taxi est rempli de...

Le chauffeur se retourna en disant :

— Pour la dernière fois, mon vieux, je ne fume pas !

Maintenant la fumée avait totalement envahi le taxi, obscurcissant la réalité. Cette fumée irréelle l'étouffait. Il commençait à paniquer.

Du calme. Ce n'est pas réel.

Charles se tourna vers Amanda qu'il distinguait à peine à travers les volutes bleues de son illusion. Il se sentait perdu dans ce petit espace confiné qui était son esprit.

— Je vous en prie, arrêtez ! Arrêtez de fumer !

— O.K. Ça suffit comme ça, dit le chauffeur. Dehors, mon bonhomme ! Tout de suite !

— Tromper sa femme n'est pas un mobile suffisant pour tuer, dit Kipling.

— Oh ! si. Ça me suffit, à moi. Les mobiles d'argent sont les meilleurs. Selon le testament de votre beau-père, vous n'héritez de rien si votre femme meurt. Un vieux malin, votre beau-père. Et vous ne recevrez pas de pension alimentaire si elle divorce pour cause d'adultère. Incidemment, c'est la clause qui vous perd — vous ne pouvez vous payer le luxe d'être convaincu d'adultère.

— Vous ne pouvez établir le mobile d'un meurtre sur la possibilité que ma femme ne ferme pas les yeux sur une petite incartade. Vous seriez la risée du tribunal. Tout le monde triche.

Et tout le monde ment.

— Vous faites allusion à la manière dont elle a passé sur votre détournement de fonds ? J'ai retrouvé la trace des transactions dans l'ordinateur de la société. Elle a couvert la vente d'actions que vous ne possédiez pas et elle a garanti votre emprunt sur l'appartement. Elle ne vous traînerait pas en justice pour ça. Cela rendrait les actionnaires nerveux de savoir qu'il y a un escroc dans la famille. Mais je parie qu'elle entamerait une procédure de divorce si vous la trompiez.

— La menace d'un divorce demeure un mobile faible pour un meurtre.

— Croyez-vous ? Si Angel divorce, vous n'aurez plus rien. Vous avez même été obligé d'accepter de confier la garde de votre fils à un parent dans l'éventualité de la mort de votre femme. Cela prouve combien le vieil homme avait confiance en vous.

Kipling commençait à faiblir, c'était visible. Il essayait de rassembler ses esprits pour une nouvelle argumentation.

— Ma femme est plutôt du genre frigide. Elle ne me laisse plus la toucher. Il a bien fallu que je prenne une maîtresse. Mais je n'ai certainement pas tué Amanda.

Mallory avait toujours su que ça serait simple et décevant. Maintenant, il ne lui restait plus que la tâche fastidieuse de le laisser s'enfoncer dans ses mensonges devant les caméras.

Il exhibait tous les signes du menteur. Il donnait trop d'explications, il y mettait trop d'émotion. À présent, il ne tarissait pas sur la mort tragique d'Amanda et sa tragédie personnelle, plus importante encore.

Il avait attendu toute sa vie que la chance lui sourie. Elle s'était présentée sous la forme d'une femme riche. Et maintenant qu'il avait la sécurité à vie, tout s'écroulait, tout partait en lambeaux autour de lui, et il ne pouvait pas, ne voulait pas l'admettre. Les mensonges n'opéraient plus et pourtant il continuait à mentir.

— Amanda a pris la décision de se faire avorter, dit-il.

Une boucherie — traduction silencieuse de Mallory.

— Ce n'est pas raisonnable de me rendre coupable, reprit-il.

Elle allait avertir ta femme.

— En fin de compte, Amanda s'est ralliée à ma façon de voir.

Assommée avec une pierre, et elle saignait.

— J'aimais Amanda. J'aime toutes les femmes.
À mort.

Ici Mallory l'interrompit :

— Votre groupe sanguin est B positif.

Tous les muscles du visage de Kipling se tendirent.

— Vous l'avez tuée au bord de l'eau, et ensuite vous vous êtes enfui. Vous êtes revenu plus tard et vous avez écrasé ses mains. Vous avez mis un certain temps à faire ça.

— Je suppose que vous étiez présente quand ce conte de fées macabre a soi-disant eu lieu ?

Mallory sourit.

Charles descendit en courant les marches du métro. Il tomba à moitié dans l'escalier étroit tandis que les gens se bousculaient pour monter en sens contraire. Au guichet, il échangea précipitamment ses pièces contre un jeton. L'employé derrière la vitre blindée continua ses écritures, puis se mit à compter tranquillement une liasse de billets. Il ignora les coups frénétiques contre sa fenêtre. Charles allait rater le train qui arrivait. Sans lever les yeux, le préposé poussa un jeton sous la cloison de verre au moment où le train entrait en gare.

Charles, faisant face à la horde des passagers qui débarquait, introduisit son jeton dans la fente et courut sur le quai. Les portes se refermaient. Il réussit à glisser sa main à l'intérieur. Il se pressa dans le wagon contre la foule des autres passagers dont quelques-uns, se retenant aux courroies du plafond, semblaient lui reprocher sa haute stature.

Le train démarra et une annonce inintelligible, entrecoupée de bruits de ferraille, gargouilla dans les haut-parleurs.

— Qu'est-ce qu'il dit ? demanda Charles à sa voisine.

La passagère se contenta de hausser les épaules.

Ce fut Amanda qui répondit aux pires craintes de Charles :

— Ce qu'ils disent toujours. Peu importe où vous allez, vous ne pouvez y arriver d'ici.

À l'arrêt suivant, Charles s'aperçut que le train régional s'était transformé en express. À en juger d'après l'attitude menaçante des autres passagers qui semblaient bien plus irrités que la femme blasée à ses côtés, Charles en conclut que ce changement de route était dû à un caprice du mécanicien. Dès qu'il remonta à la surface et qu'il lut le nom de la première rue venue, il comprit qu'il était à des kilomètres de sa destination et se mit à courir.

— Vous étiez debout au bord de l'eau quand elle vous a confronté à votre mensonge. Elle allait fournir à votre femme toutes les preuves dont cette dernière avait besoin pour divorcer au motif d'adultère. Vous avez paniqué et l'avez saisie par le bras. D'abord vous l'avez assommée, ensuite vous l'avez tuée. Après, vous vous êtes enfui... comme le chien.

— Mon chien...

— Justement, vous promeniez le chien ce matin-là. C'était votre prétexte pour retrouver Amanda dans le parc. Le chien courait en liberté. Pendant votre dispute avec Amanda, il a accroché sa laisse dans les buissons en escaladant la butte vers le nord. Vous vous demandez sans doute comment je le sais. Donc, vous avez récupéré le chien et vous l'avez ramené à la maison. Ensuite, environ une demi-heure plus tard, vous êtes revenu pour cacher le corps d'Amanda dans les sous-bois...

— Vous ne pouvez...

— Et vous avez massacré ses mains, à cause des empreintes. Vous avez commis tellement d'erreurs stupides, Harry...

Il s'avança vers elle en s'éloignant du couteau. Bien. Mallory se déplaça dans un mouvement circulaire autour de lui. La voie vers la porte était presque libre. L'homme leva les mains, ces mains qui avaient brisé le cou d'une femme. La panique s'emparait de nouveau de Kipling. Il fonça sur elle. Mallory attrapa une de ses mains tendues, tendant au même moment l'une de ses longues jambes en travers de son chemin. Tirant d'un mouvement sec sur la main qu'elle venait de saisir, elle déséquilibra Kipling et le fit chuter à terre de tout son poids.

Il était grand mais pas particulièrement adroit.

Harry s'empêtrait dans ses grands pieds en essayant de se relever quand Mallory lui décocha un coup de pied à l'entrejambe qui lui fit prendre — involontairement — la position fœtale. Ensuite, elle le roula sur le ventre et lui tordit brusquement un bras derrière le dos. Il hurla de douleur.

— Vous allez le casser !

— Alors tenez-vous tranquille !

De sa main libre, Mallory arracha le lourd cordon des rideaux et fit tomber la tringle qui les maintenait.

La folle course de Charles était gênée par la foule sur le trottoir. Ce n'était pas juste. Les rues devraient être désertes. Pourquoi tous ces gens n'avaient-ils pas pu attendre une journée de plus pour échanger leurs cadeaux de Noël ?

Charles laissa tomber le revolver. Une vieille femme donna un coup de pied dedans pour l'écarter de son chemin. Il se demanda si elle l'avait remarqué au-dessus de tous les paquets qu'elle portait ou si, pour elle, c'était juste un débris de plus dans ce quartier mal famé. Il se baissa pour le ramasser. Il courait plus vite maintenant. La foule s'était subitement clairsemée, lui laissant le passage. En fait, les gens se dépêchaient pour s'écarter de son chemin.

Eh bien, c'était mieux comme ça.

Et soudain l'idée lui passa par la tête que cette courtoisie soudaine était peut-être provoquée par le revolver dans sa main.

Imbécile !

Harry Kipling était ficelé comme un cochon. Les mains attachées derrière le dos et une jambe recourbée, nouée aux mains, donnaient à son corps une posture bizarre en forme d'arc. Il n'était plus qu'un pauvre type ridicule, un salaud minable, qui avait frappé une femme sous l'empire de la peur et de la colère. Ensuite, il avait essayé vainement d'effacer sa bévue, la mort d'un être humain nommé Amanda.

Cet adversaire si nul, si décevant, faisait si peu de bruit sur terre qu'il n'avait même pas réveillé Long Nez.

La vidéo continuait à enregistrer la musique des ronronnements du chat mêlée aux sanglots étouffés de

Kipling. D'un œil critique, Mallory considéra en même temps son trophée si bien empaqueté et la faiblesse de son chef d'accusation. Car l'agression d'un policier ne constituait pas une preuve suffisante pour convaincre l'agresseur de meurtre. Il fallait encore remplir les cases manquantes, trouver des preuves plus évidentes, quelque chose de solide à mettre sous la dent d'un procureur qui se dégonflerait s'il n'avait pas les empreintes du criminel et son revolver qui fumait encore...

Mais elle ne laisserait pas Kipling s'en tirer comme ça, même si elle devait enfreindre quelques règles.

— Arrête de chialer. Ce n'est pas comme si je t'avais fait mal. Qu'as-tu fait de mon revolver ?

Mais il ne cessait pas de pleurer et Mallory n'y trouvait aucune satisfaction.

Elle leva brusquement la tête et se tourna vers la porte. Elle avait cru entendre un frottement de métal. On ouvrait la serrure. Charles ? Non, c'était impossible.

Ce n'était pas lui.

Quelqu'un d'autre se tenait dans l'entrée, seul avec son ombre qui s'allongeait jusque dans le couloir, à l'extérieur de l'appartement.

Ça ressemblait à quelque chose, au moins. C'était la mort en marche.

Mallory se vit dans le miroir de ses propres yeux au-dessus du canon de son 357 Magnum.

— Le meurtre est encore le meilleur jeu, n'est-ce pas ?

— Oui, en effet, dit Justin Riccalo.

Il visa la tête de Mallory en relevant légèrement le canon du revolver.

— Oh ! ce n'est pas correct, hein ? reprit-il. On doit viser la partie la plus large du corps.

Il abaissa le canon à la hauteur de sa poitrine, de son cœur.

La jeune femme eut la perversité de sourire. Le garçon n'apprécia pas. Elle savait que ça lui déplairait.

— Tue la salope ! hurla Kipling qui ne pleurait plus, les yeux fous.

— Toutes les femmes sont des salopes, entonna Justin d'une voix monotone, comme s'il récitait une litanie.

— Oui, oui, elles le sont toutes ! cria Kipling avec la ferveur d'un pasteur évangéliste à la télé. Tue-la, maintenant !

— On se calme, pauvre crétin, dit Mallory à l'homme à ses pieds. Il te tuera ensuite. Je croyais que tu avais compris ça.

Kipling resta la bouche ouverte mais aucun mot n'en sortit.

Les seules paroles que Mallory entendait venaient d'un recoin de son cerveau où Markowitz habitait avec Helen. *Fais-le parler, mon petit*, dit la mémoire du Vieux, avec son accent de Brooklyn.

— Dis-moi, Justin, quelle sorte d'oiseau as-tu tué pour faire l'X sanglant sur ma porte ?

— C'était un pigeon, dit Justin avec une pointe d'interrogation dans la voix.

— J'adore tous ces petits détails, dit Mallory. Comment as-tu fait pour le verre d'eau dans la cuisine ?

Actionne la pompe. Fais-le parler et il ne pourra plus s'arrêter.

Justin sourit.

— J'ai posé le verre près du bord de la table. Ensuite, j'ai placé quelques pièces sous les pieds arrière pour que la table penche très légèrement. Sous le verre, pour qu'il soit droit, j'ai mis un fragment de glace. Quand elle a fondu, le verre a glissé, s'est écrasé par terre sans laisser de trace.

Le garçon regarda fièrement Mallory comme s'il attendait un compliment, de l'admiration.

— Du beau travail, Justin. Même chose pour le vase ?

— Ouais. Il fallait que j'utilise un récipient qui contienne de l'eau pour justifier la glace fondue.

— Pour moi, ton meilleur tour a été celui du couteau dans la cible. Tu as même dupé Charles, et ce n'est pas facile. Je suis sûre que tu as truqué le mécanisme à ressort.

— Oui. J'ai été surpris de voir ce vieil accessoire de foire dans la cave. Ainsi que vous l'avez sans doute deviné, je m'intéresse un peu à la magie. Pour le ressort, c'était facile. Il était vieux. On pouvait voir la rouille, même dans cette mauvaise lumière. J'ai fixé le ressort sur le roulement à billes et j'ai eu seulement besoin de faire parler M. Butler pendant un moment. Puis le ressort s'est cassé en libérant le faux couteau.

— Et ensuite, dit Mallory, tu es retourné à la cave pour ranger le faux couteau dans son compartiment et tu as planté un vrai couteau dans la cible. Exact ?

Justin hocha la tête.

— Comment pouvais-tu prévoir de revenir dans l'immeuble à temps pour échanger le vrai couteau à la place du faux ?

— C'était facile. M. Butler se déplace toujours en taxi. Je l'ai observé de la rue. J'imagine qu'il n'aime pas le métro parce qu'il porte tellement d'argent sur lui. Pendant qu'il est parti se promener dans le parc, j'ai pris le métro jusqu'à Soho. J'ai eu tout le temps pour changer les couteaux.

Le revolver pesait lourd dans les mains de l'enfant. Il corrigea la direction du tir qui devait viser le cœur.

— Tu n'as pas de questions à me poser, Justin ?

— Vous n'avez pas été surprise de me voir, n'est-ce pas ?

— Non.

— À quel moment avez-vous commencé à me soupçonner ?

— Dès le début. Je savais qu'il y aurait de la violence. Tu t'es donné beaucoup de mal pour créer l'ambiance. Tu étais le plus intelligent de la famille. J'ai toujours su que tu serais celui qui survivrait à tout le monde.

Justin changea la position du revolver pour viser Harry.

— Si vous voulez, comme une dernière faveur, je le tue en premier.

— Il est vraiment embêtant, hein ?

— Non ! supplia Harry. Je peux t'aider !

— Tu es ficelé comme un porc, dit Justin. Tu ne peux même pas t'aider toi-même. Tu te rends compte de quoi t'as l'air ? Ils vont trouver ton corps dans cette position. Ça ne te dérange pas ?

— Écoute-moi, mon garçon. Je peux t'aider. J'ai une

idée. C'est imparable. Je corroborerai ce que tu diras si les flics te cherchent. Elle veut m'arrêter pour le meurtre d'une femme, une salope. Tu as besoin de moi, et maintenant tu sais quelque chose contre moi. Donc je ne peux pas te dénoncer, d'accord ?

Justin regarda Mallory.

— Il a vraiment tué quelqu'un ?

— Non. Je ne crois pas qu'il en aurait le courage. Et toi ?

— Pourquoi m'avez-vous attaché, alors ? Expliquez ça au gosse.

Le garçon se tourna vers Mallory. Il attendait la réponse.

— Je l'ai attaché parce que ce connard me fait chier et parce que la commission civile de contrôle ne me permet pas de le flinguer.

Mallory se fit mentalement la recommandation de couper ce passage sur la bande vidéo.

— Tu as entendu parler de la femme inconnue qui est morte dans le parc ? cria Kipling. Eh bien, c'est moi qui l'ai tuée !

— Nous appelons ça une confession sous la contrainte, dit Mallory en secouant la tête. Ça ne vaut rien.

Elle baissa les yeux vers Kipling.

— Et je ne pense pas que Justin avale ton histoire non plus. Tu es un menteur invétéré, Harry. Ce gosse est malin. Il va arranger une mise en scène pour faire croire qu'il a tenté de me défendre contre toi. N'est-ce pas, Justin ?

— Oui, j'en ai peur.

— C'est évident. Ce mec n'est pas trop futé, hein, Justin ?

— Je l'ai tuée ! s'écria Harry. J'ai tué Amanda Bosch parce que c'était une salope !

Il faisait tout son possible pour prouver à Justin qu'il partageait sa misogynie. Et le garçon, persuadé que toutes les femmes sont des salopes, semblait en tenir compte.

— Bon, dit Mallory en s'adressant à Harry. J'aimerais que tu me donnes des détails qui ne figuraient pas dans la presse. Il ne s'agit que d'une curiosité professionnelle. Justin, lui, a déjà tué deux fois. Il n'est pas un amateur. Toi si, Harry. Des détails. Est-ce qu'Amanda a pleuré ? Ou a-t-elle pris la chose comme un homme – que tu n'es pas ?

— Hé ! c'était sa faute. Si elle ne m'avait pas menacé, ça ne serait pas arrivé. Cette salope l'a voulu.

— Toutes les femmes sont des salopes, chantonna Justin sur la note descendante d'un amen.

— Des détails, Harry, insista Mallory.

— Je l'ai frappée avec une grosse pierre, et puis je lui ai tordu le cou.

— Tu l'as saisie à la gorge et tu l'as étranglée ?

— Non. J'ai tourné sa tête jusqu'à lui rompre le cou.

— Ça t'a pris combien de temps pour apprendre au chat à danser ?

— Quatre jours ! O.K., petit ? Maintenant détache-moi.

— Non, dit Justin, je ne crois pas.

Il pointa le revolver en direction de Kipling qui s'immobilisa. Ensuite il tourna lentement le canon du revolver vers Mallory.

— Ça serait plus logique de tuer Mallory en premier. Elle est dangereuse. Vous, monsieur, vous êtes lamentable. Vous ne détestiez même pas cette femme...

— Non, il ne la détestait pas, dit Mallory. Il a tué par panique et après il a pris la fuite. Ce n'est pas ton style, Justin.

C'était comme si Markowitz était dans la pièce avec elle. *Ils aiment parler, Kathy*, lui disait le Vieux. *Même après leur avoir lu leurs droits, tu ne peux pas les faire taire.*

Le gosse ricanait, jouissant de son pouvoir sur deux adultes.

— Je parierais que tu as préparé et conçu avec plus de soin tes deux meurtres, dit Mallory. Ou alors, je t'ai surestimé. Ta mère et ta belle-mère sont mortes seules. Tu frimes peut-être là aussi.

— Vous savez mieux que personne ce qu'il en était. Vous n'étiez pas loin de la vérité... Vous aviez prévu de faire déterrer ma mère. Je vous ai entendu en parler à M. Butler.

— Si j'avais fait exhumer le corps de ta mère, qu'est-ce qu'on aurait découvert ?

— On aurait peut-être découvert que j'ai remplacé son médicament pour le cœur par des vitamines de la même taille et de la même couleur. L'absence de médicament aurait pu être remarquée.

— Pourquoi l'as-tu tuée ?

— Eh bien, disons que je ne rate jamais une occasion de m'amuser.

— Ainsi donc, elle est morte par manque de médicament ? Comme c'est banal.

Arthur tenait la porte ouverte pour un locataire quand il aperçut l'homme de haute taille qui courait vers lui en portant un objet près de sa poitrine qu'il dissimula ensuite dans sa poche. Le concierge put l'identifier comme l'ami de Mlle Mallory. Quand l'homme fut encore plus proche, Arthur remarqua le billet de vingt dollars qu'il lui tendait. Le billet flotta un instant en l'air pendant que Charles passait en courant. Arthur l'attrapa au vol.

— Pas le temps de m'annoncer, cria l'homme en passant. Je suis en retard ! Elle me tuera si je tarde encore...

Les paroles se perdirent derrière Charles qui, voyant que l'ascenseur était occupé, s'engouffra par la petite porte latérale et monta l'escalier quatre à quatre. Arthur hocha la tête en empochant les vingt dollars. Il n'aurait pas voulu non plus braver la colère de Mlle Mallory.

— Oh ! non, c'est bien moi qui l'ai tuée, dit Justin.

— Elle est morte d'une crise cardiaque, dit Mallory. J'ai vu le certificat de décès.

— Je suppose qu'on peut dire que je l'ai terrorisée jusqu'à en mourir. Une fois affaiblie par le manque de médicament, ce n'était pas très difficile. J'ai fait ce qu'elle n'oserait raconter à personne de peur de paraître folle. Elle n'allait pas dire à mon père qu'elle voyait des objets volants. Vous avez rencontré mon père. Il est plutôt intraitable, qu'en pensez-vous ?

— Tu es un garçon intéressant, je te le concède. Mais ce genre de meurtre est quand même assez banal.

— Oh ! ce n'était pas banal du tout ! Elle rampait de

pièce en pièce à la poursuite de ce flacon de pilules sans effet. Je marchais à ses côtés, donnant un coup de pied dans le flacon chaque fois qu'elle allait le saisir. Elle hurlait, elle pleurait. Elle était terrorisée. C'était fantastique ! Vous auriez dû voir son visage pendant qu'elle mourait... Elle ne pouvait croire que ça lui arrivait, à elle.

— Et l'autre, sa remplaçante, ta première belle-mère ? Je suppose que tu l'as tuée aussi ?

— Oui. J'ai aussi fait flotter pour elle des objets dans les airs. Elle n'a rien dit à personne, elle non plus. Elle croyait qu'elle devenait folle. À mon avis, elle était déjà à moitié dingo quand j'ai commencé à la travailler.

— Mais *elle* n'avait rien au cœur.

— Non. Mais après son bref séjour en hôpital psychiatrique, son suicide était tout à fait crédible. Ils auraient dû faire poser un garde-fou sur cette fenêtre, vous savez. C'est la loi.

— D'après les rapports des médecins légistes, les deux femmes étaient seules au moment de leur mort.

— Ça s'est passé pendant la classe, les deux fois. Je crains que l'école Tanner ne suive pas les enfants d'une manière rigoureuse. Ils sont très progressistes – ils font confiance aux élèves pour la présence aux cours. Mais je crois que personne n'a même eu l'idée de contrôler. Ils ont simplement supposé que je n'étais pas à l'appartement, comme ils ont supposé qu'aucun des décès n'était suspect.

Amanda semblait d'une consistance plus légère tandis qu'elle flottait sur l'escalier à ses côtés.

— Il y a encore trois étages. Vous auriez dû prendre l'ascenseur, Charles.

— C'est maintenant que vous me le dites.

Il avait un point de côté, n'étant pas habitué à ce genre d'exercice. Il avait l'impression que ses poumons étaient en feu.

— As-tu gardé des souvenirs, Justin ? C'est une simple curiosité professionnelle de ma part. Tous les grands tueurs en série ont conservé des trophées de chacun de leurs meurtres.

— J'ai gardé le flacon de pilules vitaminées et les objets volants dont je me suis servi sur ma première belle-mère.

— Comment as-tu fait pour qu'elle se jette par la fenêtre ?

— Eh bien, elle ne s'est pas vraiment jetée. J'avais ouvert la fenêtre. C'était une grande fenêtre. J'ai attaché le fil au couteau en suivant les fils électriques encastrés au plafond. Je n'avais plus qu'à la manœuvrer dans l'axe de la fenêtre et à la faire reculer. Lorsque vous voyez un couteau foncer sur vous, vous avez tendance à faire deux pas en arrière en vitesse. Quand elle s'est trouvée déséquilibrée, dos à la fenêtre, je devais seulement me précipiter sur elle en la poussant au-dehors. C'était le moment délicat de l'opération. Pendant un instant, elle a compris ce qui lui arrivait et s'est accrochée à moi pour m'entraîner avec elle. Ce coup-là était un peu risqué.

— Mais ta nouvelle belle-mère, elle a parlé à ton père des objets volants ?

— Ouais. Et je m'en veux pour ça. J'aurais dû passer plus de temps avec Sally pour mieux la connaître. Je n'avais pas la moindre idée qu'elle était une de ces pathétiques allumées *new age*, une obsessionnelle du paranormal. Mais ça travaille en ma faveur. Maintenant, elle est devenue une hystérique documentée.

— Tu envisages toujours de la tuer ?

— Bien sûr. Vous pouvez dire adieu à cette salope... Et maintenant je vais vous tuer. C'était amusant de vous connaître, Mallory. Vraiment.

Le garçon releva le canon du revolver.

— Écoute, Justin, le revolver ne va pas tirer, dit Mallory. Tu n'as pas enlevé la sécurité.

— Il n'y a pas de sécurité sur un revolver. Bon essai, tout de même, Mallory. Qu'avez-vous encore en réserve ?

— As-tu déjà entendu ce vieux cliché : « Attention, il y a quelqu'un derrière toi » ?

— Une fois, je crois. C'était dans une rediffusion d'une série des années soixante-dix.

Charles se tenait à l'autre extrémité du vestibule qui semblait très éloigné à Mallory. Il avait à la main le colt de Markowitz. Sa tête était tournée d'un côté et vers le bas comme si son attention était attirée par quelqu'un ou quelque chose qu'elle ne voyait pas. Quel était son problème ?

Charles, ne me laisse pas tomber maintenant.

— Donc, si je dis au mec derrière toi de te flinguer, tu ne m'en voudras pas ?

Charles la dévisageait à présent, les yeux agrandis, en secouant doucement la tête.

Charles, ne me laisse pas tomber.

— Ce sont vos dernières paroles, Mallory, dit Justin en souriant. Dites ce que vous voulez.

Le canon se leva, visant son visage quand elle hurla :

— Charles, tire !

Charles leva son colt et tira à plusieurs reprises sur le garçon, appuyant sur la détente au fur et à mesure qu'il avançait lentement dans la pièce, comme en transe.

Le garçon avait aussitôt tourné la tête en entendant le premier déclic du chargeur vide. Il dévisagea le géant fou, aux grands yeux tristes, qui s'avançait sur lui, le colt à la main, dans une succession de clics.

Mallory bougea. Justin tourna immédiatement la tête. Ses yeux calculateurs faisaient un choix. Il opta pour le danger le plus grand. Le canon de son revolver se dirigea vers Charles tandis que le chat sortait en courant de dessous le canapé et, se dressant avec grâce sur ses pattes de derrière, se mettait à danser en s'approchant du revolver. Le garçon le regardait, médusé. Mallory plongea sur l'arme. Le coup partit. La balle fit tournoyer brutalement le chat dont le sang éclaboussa la moquette.

Kipling perdit connaissance. Il était tranquille à présent.

Mallory avait récupéré son revolver avant même qu'elle ait touché le tapis, Justin sous elle.

— Bon travail... dit-elle à l'adresse de Charles en immobilisant le garçon avec une jambe.

Le colt pendait au côté de Charles, serré dans sa main qui continuait spasmodiquement à presser sur la détente. La boîte de munitions, non décachetée, tomba de son autre main.

— Vous n'avez jamais chargé un revolver, n'est-ce pas, Charles ?

— Non, je ne l'ai jamais fait.

Il s'était donc avancé vers le gosse, sans balles dans son revolver, sans couverture et sans hésitation. Le chargeur vide expliquait sans doute son absence d'hésitation. Sinon, il n'aurait pu tirer si rapidement sur un enfant, sans même viser. Les civils ne fonctionnaient pas comme ça. Charles appartenait au genre civilisé et non violent. Dans son monde, on n'agissait pas ainsi. Pourtant, avec son courage particulier et sa pensée rétrograde, il avait risqué sa vie afin de détourner l'attention de Justin et de gagner du temps pour Mallory.

À présent, Riker et Martin faisaient irruption dans l'appartement, revolver au poing, Martin en premier, Riker haletant sur ses talons. Ils s'arrêtèrent net à la vue de Kipling ficelé comme un saucisson et à celle du garçon immobilisé sous la jambe de Mallory.

Riker s'accroupit à côté d'elle, encore essoufflé par sa course dans l'escalier. Il sortit ses menottes et en un clin d'œil les mains du gosse furent attachées derrière son dos.

— Comment êtes-vous arrivé ici si vite ? demanda Mallory sur un ton accusateur.

— Eh bien, Charles m'a mis la puce à l'oreille quand je l'ai vu courir près de la voiture, dit Riker en retirant un petit mécanisme de son oreille. Je t'avais sur écoute. J'ai placé un micro très illégal dans l'appartement, la dernière fois que je suis venu. Tu m'as appris beaucoup de choses, mon petit.

Riker soupesa les rideaux tombés à terre.

— Ça fait très désordre, Mallory. Ça ne te ressemble pas.

Martin dit, en rangeant son revolver dans son étui :

— La réception était très inégale. La plupart du temps, nous n'entendions qu'un petit bruit régulier de moteur. Riker me disait que c'était le chat qui ronflait. Il croit que j'avalerai n'importe quoi...

Riker désigna Charles et dit à Mallory :

— Peux-tu l'empêcher de cliquer ce machin ? Ça me tape sur les nerfs.

Mallory se releva et s'approcha rapidement de Charles. Elle dut utiliser sa force pour détacher ses doigts du revolver. Ensuite, elle referma sa main sur celle de Charles pour calmer le mouvement spasmodique de son doigt qui continuait à presser sur la détente d'un revolver absent.

Charles plongea son regard dans celui de Justin. Le garçon était calme et silencieux. Il détourna les yeux pour regarder en lui-même. C'était un peu déroutant de le voir faire la moue comme un gosse ordinaire, un enfant en colère.

Martin contemplait Kipling, toujours ficelé.

— Il est mort ?

— Non, répondit Mallory. Il s'est évanoui quand le coup de revolver est parti.

Une communication sans paroles s'échangea entre Riker et Mallory. *Est-ce que je connais mes criminels ?* demanda-t-elle avec un léger mouvement du menton. *Tu parles, Charles*, répondit Riker, le pouce levé.

Martin sortait ses menottes.

— Non, dit Riker en levant la main. Je ne crois pas que les menottes soient plus efficaces que les nœuds de Mallory. Emmenons Kipling à travers le hall dans cet état...

Martin ricana.

— Ouais, ça me plaît.

Il toucha du doigt les éclaboussures de sang sur la moquette.

— Alors, qui a été touché ?

La réponse rampait lentement sur le tapis, se traînant à l'aide de ses pattes de devant. Il se dirigeait en miaulant vers Mallory. Il arriva enfin à ses pieds, saignant sur ses tennis blanches.

— Qu'est-ce qui est arrivé au chat ?

— Ce n'est pas moi, dit Mallory.

— Mallory, vous allez adorer ça.

Betty Hyde glissa la cassette vidéo dans le magnétoscope. Sur l'image apparut le juge debout sur les marches du Coventry Arms. Il était escorté par deux policiers en uniforme. Une jeune journaliste lui fourra un micro sous le nez en lui demandant s'il était vrai que le procureur avait décidé l'exhumation du corps de sa mère.

Alors le juge s'avança vers la jeune femme. D'un coup de poing, il fit valser le micro hors de ses mains et, avec l'autre poing, il frappa le cameraman. La caméra tombée sur le trottoir continua à filmer les pieds du juge entremêlés à ceux des policiers qui essayaient de l'éloigner des pieds de la journaliste. Pendant ce temps on entendait sur la bande-son les cris de la femme :

— Vous me faites mal, espèce de...

— À propos de cette escorte policière auprès du juge, demanda Betty Hyde... Je me demande si vous pourriez l'expliquer.

— Je n'en suis pas certaine, mentit Mallory. Une rumeur circule prétendant qu'un enquêteur du service médico-légal aurait impliqué un inspecteur dans un racket d'extorsion. Je crois qu'ils veulent seulement demander au juge s'il possède des informations à ce sujet. Mais je ne vous ai rien dit...

— Bien sûr que non. Merci de m'avoir livré le juge sur un plateau, dit Betty Hyde. Ce n'est pas que je sois gourmande, mais avez-vous trouvé autre chose d'intéressant ?

— Non, mentit encore Mallory en continuant à faire ses bagages.

— Moi si, dit Betty. Vous aviez raison, Mallory. Je n'ai pas été tout à fait franche avec vous. Eric Franz n'est pas aveugle.

Mallory aplatit un faux pli sur son tee-shirt avant de le plier et de le ranger dans son sac de voyage.

— Eric Franz vous a dit ça ?

— Oh ! non. Il l'a nié pendant plusieurs heures. Il a passé les trois quarts du temps à se péter la gueule et à se souvenir d'Annie avec nostalgie. C'est ce qui est étrange dans cette histoire – il l'aimait vraiment. Mais l'accident était certainement un meurtre s'il y voyait et qu'il n'a pas...

— Si Franz ne vous a rien avoué, d'où tenez-vous cette information ?

— J'ai des espions partout, je vous l'ai déjà dit.

Mallory plia une paire de jeans dans le sac et remonta lentement la fermeture Éclair.

— C'est Arthur, n'est-ce pas ? Il était de service la nuit de l'accident. C'est lui qui vous a dit que Franz a tué sa femme ?

— Eh bien, non. Arthur ne sait pas qu'Eric peut voir. Il m'a seulement dit que si Eric n'était pas aveugle, il aurait pu sauver sa femme. Mais la version d'Eric ne correspond pas à celle d'Arthur. Eric a menti.

— Combien avez-vous payé Arthur ?

— Cinquante dollars.

— Eh bien, vous avez dû recevoir le traitement de faveur. Moi, je ne lui en avais donné que vingt.

Mallory ouvrit la poche extérieure de son sac et fouilla jusqu'à ce qu'elle trouve le dossier qu'elle cherchait.

— Arthur vous a dit qu'il avait donné le numéro de la plaque d'immatriculation à la police et qu'ils ont interpellé le type en moins d'une heure, exact ?

— Oui, mais...

— Voici le procès-verbal de l'accident, dit Mallory en sortant une feuille de papier. Il leur a effectivement donné un numéro d'immatriculation, mais ce n'était pas la bonne plaque. La police n'a retrouvé le chauffard qu'à sept heures du matin. Il s'était garé devant le garage de son quartier et il dormait dans son véhicule en cuvant sa boisson. Il attendait l'ouverture du garage pour faire réparer son pare-chocs. Il y avait des traces de sang sur la voiture. Une contractuelle l'a repéré.

— Mais Arthur a décrit...

— Vous a-t-il parlé aussi de la petite Jaguar argentée ? C'était une Ford grise. Rien à voir avec une Jag, mais ça faisait mieux dans le tableau...

— Il a vu que les Franz se disputaient.

— De l'autre côté de l'avenue ? J'en doute.

Mallory sélectionna un autre papier du dossier.

— Ceci provient de l'ordinateur de l'ophtalmo. Arthur voit parfaitement jusqu'à quatre mètres — sans ses lunettes. Vous n'avez donc que la parole d'un aveugle contredisant un autre aveugle. Mais si Arthur avait vingt sur vingt de vision, ça reviendrait sans doute au même.

N'importe quel flic vous dira qu'on peut rarement se fier aux témoins oculaires. Si votre plaidoirie repose sur un témoin, vous êtes mal barré dans une salle d'audience. Et c'est encore pire quand vous devez payer pour le témoignage. Je ne crois pas que vous feriez un bon détective. N'abandonnez pas votre boulot actuel.

— Vous m'avez eue, n'est-ce pas ? Vous m'avez dirigée vers Eric Franz pour m'éloigner de Kipling, pas vrai ?

— Vous avez la tête du juge et l'histoire exclusive du meurtre d'Amanda. Bon, vous n'avez rien sur Eric Franz. mais deux sur trois, c'est pas mal ?

— Je vous dois une faveur, Mallory.

— Vous me devez bien plus que ça ! Si vous aviez publié cette connerie sur Eric Franz, vous seriez l'objet d'un procès en diffamation et à la recherche d'un emploi...

Sur le trottoir, Eric Franz s'arrêta pour lui parler. Il baissa ses lunettes noires et la dévisagea comme le ferait une personne qui voit. Son visage tiré était marqué par le manque de sommeil et la souffrance.

— J'imagine que nous avons une affaire à régler ensemble, vous et moi. Je suppose que vous êtes l'auteur des messages sur l'ordinateur ? Vous allez encore me contacter ?

— Non, dit Mallory. Nous n'avons pas d'affaire à régler ensemble, vous et moi. Je ne pense pas que nous nous reverrons.

Elle lui montra sa plaque.

— Je suis seulement flic et vous n'avez pas enfreint la loi.

Rien qu'elle soit en mesure de prouver, en tout cas. Il était simplement un peu fou. Charles pourrait l'expliquer mieux — il était fort en culpabilité.

Mallory avait négligé de mentionner à Betty Hyde que le concierge portait ses lunettes, cette nuit-là. Arthur n'avait fait que les erreurs normales du témoin ordinaire avec une bonne vue.

Le concierge avait vu les phares de la voiture éclairer le visage d'Eric. Dans cette lumière vive, il aurait pu remarquer la proximité de l'homme qui avait regardé sa femme se faire écraser dans la rue. Comme Cora, Arthur avait été le témoin d'un meurtre sans le savoir.

Mais ce n'était pas le meurtre prémédité qu'on pouvait étayer avec de bons arguments. Il s'agissait d'un crime passionnel au même titre que s'il l'avait trouvée au lit avec un amant et qu'il l'ait tuée sur le coup. Il y a des moments dans la vie de chacun où il vaudrait mieux ne pas se trouver avec une arme entre les mains. Mallory avait compris ce moment du meurtre. Le destin avait présenté à Eric Franz une tonne de métal lancée à toute vitesse. Annie Franz était morte par omission, par manque d'avertissement.

Mallory regarda le faux aveugle s'éloigner avec son chien. Elle ne cesserait de penser à ce que pouvait être la vie de cet homme, condamné à cette comédie de l'obscurité. Impossible de la quitter même pour une heure d'inattention. L'idée de le confondre et d'obtenir un aveu lui avait traversé l'esprit. Mais quel en serait l'intérêt? Quel enfer ajouterait-elle à celui qu'il devait endurer? L'homme subissait déjà son châtiment.

Markowitz aurait laissé Franz partir. Elle ne savait pas comment elle le savait, mais elle en avait la certitude.

ÉPILOGUE

La veille du jour de l'an

Jack Coffey avait vu à la télévision le juge Emery Heart attaquant une journaliste. Comment aurait-il pu ne pas le voir ? Ce film était passé sur toutes les chaînes d'information depuis cinq jours.

Pendant ce temps, le juge en personne coopérait gentiment avec le service des affaires internes. Il balança tout ce qu'il savait au procureur et à l'I.A. Il confirma les allégations d'un enquêteur de l'institut médico-légal et dénonça l'inspecteur Palanski pour extorsion.

En échange du témoignage du juge, la police renonça à l'exhumation du corps de sa mère. D'après Mallory, on n'aurait rien trouvé justifiant une inculpation. Et Coffey, à la différence de Riker, faisait confiance à Mallory — de temps à autre.

Palanski, stimulé par une photo provenant du bureau du médecin légiste, confirma que le juge battait régulièrement sa femme. Palanski se vengeait également de son associé en extorsion, l'enquêteur de l'institut médico-légal, assis dans une autre pièce, qui ignorait que l'immunité accordée à un témoin à charge ne s'étendait pas à la fraude fiscale. Dès la fin du procès, les agents du Trésor l'attendraient en embuscade, se frottant les mains avant de l'inculper. Il en irait de même pour Palanski : quand il aurait purgé sa longue peine pour extorsion, les hommes du Trésor le coinceraient également.

Dans ce concert discordant de mouchards, on ne trouvait nulle trace du chef d'orchestre. Un jour, le lieutenant

Coffey apprendrait à Mallory à lui faire confiance. Il pourrait alors lui demander comment elle avait fait pour mettre au point un coup pareil – et elle lui dirait d'aller au diable.

Coffey examina la photo qui avait tant effrayé Palanski. C'était le portrait innocent d'une charmante adolescente aux cheveux roux et bouclés. Elle se tenait près d'un arbre de Noël dans la maison du médecin légiste. Le bras protecteur de Doris Slope entourait ses épaules. Le lieutenant avait reçu le polaroïd du Dr Edward Slope, accompagné d'un mot laconique qui ne mentionnait pas Mallory.

Il gratta une allumette sous la photo – à la demande de Slope. À présent, la section spéciale était hors du coup et Mallory n'y avait jamais été mêlée.

Plus tard dans la journée, quand Riker apprendrait le sort de Palanski, il devinerait seulement que Mallory lui avait caché des choses.

Bon. Tout le monde le faisait. Tout le monde mentait.

Il ne discuterait jamais avec Riker la possibilité que Mallory ait démasqué un flic, un collègue. Elle avait pris soin de couvrir ses traces. Il y avait toujours une personne entre elle et la preuve directe dans la chaîne des circonstances aggravantes.

Jack Coffey tenait entre ses mains le procès-verbal, qui n'attendait que sa signature, entérinant la solution de trois homicides. C'était un jour rare et heureux.

Semblable à l'obsession de Malakhai, la sienne avait exigé qu'il soit fidèle à la logique de sa création. Amanda ne reviendrait plus ; il le savait. C'était une femme qui aimait les enfants.

Jusqu'où irait sa folie ? se demanda Charles. Il pressa le bouton du lecteur de CD. La musique bien réelle que Mallory lui avait donnée s'éleva du centre de sa conscience et l'enveloppa. Il baissa les yeux sur son bureau, en courbant lentement la tête. À la fin du concerto, il resta tranquillement assis, dans la quiétude du crépuscule, à cette heure où s'allongeaient les ombres.

Soudain, il aperçut une femme qui prenait forme dans

l'obscurité, qui émergeait à la vie pour lui seul, qui s'avançait vers lui dans la lumière.

Mallory.

Elle s'assit sur le bord du bureau et attendit qu'il lève son visage vers le sien.

— Justin est envoyé dans un asile de fous pour les très riches. J'ai pensé que vous voudriez le savoir.

— Tu crois que ça servira à quelque chose ?

— Non. Je crois qu'il est né comme ça.

— Tout de même, ce n'est qu'un enfant.

— Un tueur.

Un enfant.

— Qu'est-ce que le procureur a pensé de ton œuvre audiovisuelle ?

— Il est emballé. Deux assassins et trois meurtres sur la même bande. Quelle économie pour les contribuables !

Charles ne put distinguer, dans la pénombre naissante, l'expression du visage de Mallory, mais il pensa qu'elle souriait.

— La commission de contrôle civile pourrait croire que c'est moi qui ai tiré sur le chat, dit-elle. Mais ils ne m'ont pas encore inculpée.

Il sourit aussi, malgré lui, et en dépit de son humeur.

— Eh bien, vous avez la vidéo pour vous disculper.

— Je n'ai plus les dernières minutes de l'enregistrement.

C'était la manière de Mallory de lui faire savoir qu'elle avait effacé la partie sur la bande où il tirait sur le jeune garçon. Donc, l'incident n'avait jamais eu lieu. De temps en temps, l'intuition et la délicatesse inattendues de Mallory le surprenaient.

— Ça demandait un sacré courage, Charles. Le bluffer avec un revolver vide...

Glissant du bureau, elle quitta la pièce, suivie du chat qui faisait plus de bruit qu'elle, moins gracieux maintenant, avec ses pattes de derrière recouvertes d'un lourd bandage. Le parfum de la jeune femme flotta un moment derrière elle. Il s'écoula quelques minutes avant qu'elle soit tout à fait partie.

Dans la littérature romantique d'un autre âge, une

femme aurait demandé : « Tuerais-tu le dragon pour l'amour de moi ? » Mais les temps avaient changé, changeaient encore, et les monstres d'aujourd'hui revêtaient des aspects cruellement équivoques. Dans cet amour étrange, aux abords du troisième millénaire, Mallory aurait pu demander : « Tuerais-tu un enfant pour l'amour de moi ? »

Elle avait un certain code éthique. Elle ne poserait jamais la question qui demeurerait en suspens, entre eux. Et s'il en avait le courage, il lui répondrait « oui », car il croyait que le revolver était chargé quand il avait tiré sur le garçon — tiré pour tuer, par amour.

Collection Policier

des livres qui laissent des traces !

Le crime n'a pas de frontières…
De Paris à Londres en passant par New York, partez, en compagnie des auteurs réunis ici, sur les traces de meurtriers qui rivalisent d'imagination pour brouiller les pistes.

Vos enquêteurs favoris vous donnent rendez-vous sur www.pocket.fr

POLICIER

MEURTRES
DE SANG FROID...

◀ Carol O'CONNELL
Meurtres à Gramercy Park

Les unes après les autres, les vieilles dames qui habitent le très chic Gramercy Park sont assassinées en plein jour. Kathy Mallory, l'enfant des rues de New York recueillie par le chef de la brigade criminelle, et qui a gardé de cette époque un mépris farouche des conventions sociales, s'empare de l'enquête. Elle pénètre alors dans un univers étrange dominé par un magicien, maître de l'illusion...

Pocket n° 10241 - 5,80 €

Carol O'CONNELL ▶
Les larmes de l'ange

Kathy Mallory revient dans la bourgade du Mississipi où sa mère a été assassinée dix-sept ans plus tôt. Devenue inspectrice de police, cette ancienne gosse des rues est bien décidée à démasquer tous les coupables. Mais voilà que des morts inexplicables se succèdent dès son arrivée, rendant son enquête plus difficile que prévu...

Pocket n° 10775 - 5,80 €

Pour en savoir plus : www.pocket.fr

Carol O'Connell ▸
Verdict assassin

Après avoir rendu un verdict qui acquitte à l'unanimité l'auteur d'un homicide à Chicago, sept des dix jurés sont assassinés. Rien ne semble pouvoir arrêter le « faucheur », puisque c'est la signature qu'il laisse en lettres de sang sur la scène des crimes. Mais le sergent Riker et sa coéquipière, l'inspecteur Kathy Mallory, sont déterminés à démasquer ce tueur qui s'amuse à tourner en dérision le système judiciaire par sa folie meurtrière…

Pocket n° 12540 - 6,70 €

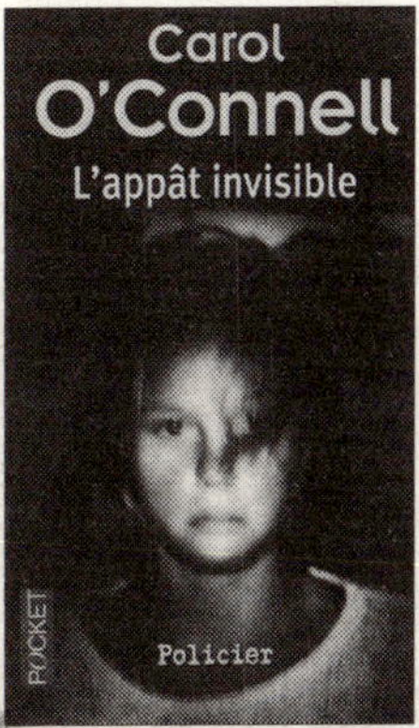

◂ Carol O'Connell
L'appât invisible

Rouge Kendall, jeune homme de 25 ans, vit dans le souvenir d'un drame qu'il lui arrive de noyer dans l 'alcool. Il est policier dans une bourgade de la côte est des États-Unis, où, quinze ans plus tôt, sa sœur a été assassinée. On croyait le coupable en prison jusqu'au jour où le même schéma se reproduit : deux fillettes disparaissent la veille de Noël… Une triste et mystérieuse affaire que certains cherchent un peu trop à occulter...

Pocket n° 10776 - 6,30 €

Pour en savoir plus : www.pocket.fr

Impression réalisée sur Presse Offset par

C P I
Brodard & Taupin

43850 – La Flèche (Sarthe), le 26-09-2007
Dépôt légal : octobre 2007

POCKET – 12, avenue d'Italie - 75627 Paris cedex 13

Imprimé en France